柏林日記

Berlin Diaries

1940-1945

瑪麗・瓦西契可夫/著
(MarieVassiltchikov)

唐嘉慧/譯

麥田叢書 17

柏林日記
Berlin Diaries 1940-1945

作　　者　瑪麗・瓦西契可夫（Marie Vassiltchikov）
譯　　者　唐嘉慧
責任編輯　曾敏英
發 行 人　陳雨航
出　　版　麥田出版股份有限公司
發　　行　城邦文化事業股份有限公司
台北市信義路二段213號11樓
電話：(02)2396-5698　傳真:(02)2357-0954
郵撥帳號18966004
城邦文化事業股份有限公司
香港發行所　城邦（香港）出版集團
香港北角英皇道310號雲華大廈4樓504室
電話：25086231　傳真：25789337
新馬發行所　城邦（新、馬）出版集團
Penthouse, 17, Jalan Balai Polis,
50000 Kuala Lumpur, Malaysia
電話：603-2060833　傳真：603-2060633
印　　刷　凌晨企業有限公司
發 記 證　行政院新聞局局版北市業字第405號
初版一刷　2000年12月29日

片權代理：大蘋果版權代理有限公司　
ISBN：957-469-268-X　售價：320元

Printed in Taiwan

◀▼▲ 大戰初期的蜜絲(一九三九～一九四一)

◀蜜絲，一九四三年

▲ 泰蒂安娜、蜜絲與母親

◀蜜絲的父親：伊拉瑞恩・瓦西契可夫王子；攝於大戰剛開始

◀C.C.傅爾與艾琳娜・瓦西契可夫

▲柯尼希斯瓦特城堡

◀喬治・瓦西契可夫

西格馬林根城▶
堡；攝於大戰
剛開始

▲保羅·梅特涅王子

▲巴伐利亞康斯坦丁王子和他的
新娘，瑪麗亞-艾德根德·霍亨
索倫

◀瑪麗亞・馮・葛斯朵夫男爵夫人

▲漢斯・馮・弗洛托男爵

◀位於柏林沃野許街的葛斯朵夫宅邸

◀海瑟・馮・艾茲朵夫博士

▲成爲戰俘的「吉姆」・維耶曾斯基王子

◀雨果・祖・溫迪施-格雷茨王子

▲蜜絲與（「西姬」）西格芮・馮・維爾捷克伯爵夫人及安唐奈特・馮・克勞伊公主

▲普魯士柏恰王子和蜜絲及「艾嘉」・馮・傅森堡男爵夫人

▲「朗尼」・克萊里伯爵

安唐奈特・馮・克勞伊公主 ▶

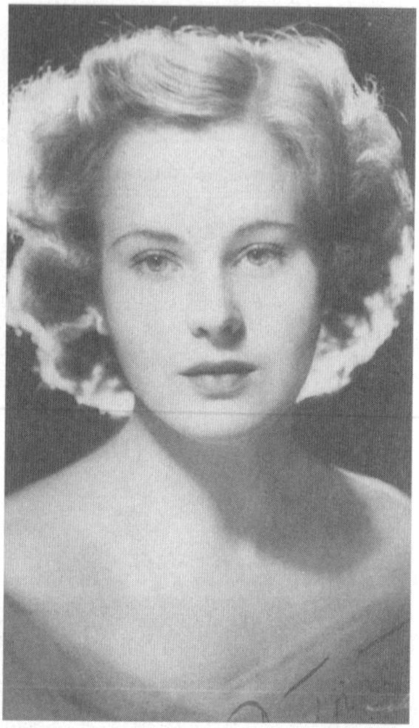

▲（「羅瑪莉」）艾琳諾・馮・
中博格公主

路格暨荷敏・馮・埃森▶
男爵及男爵夫人

◀德國外交部情報司官員（從左到右）：布特納、不知名人士、亞歷山大・維爾博士、「法官」里希特博士、亞當・馮・特洛・祖・宋爾茲及藍卑

◀褐衫軍將軍馮・赫爾多夫伯爵

赫伯・布蘭肯宏▶

▲蜜絲與馮・德・蘇倫堡伯爵

▲亨里希・祖・賽恩–維根斯坦王子

▲蜜絲與漢斯–喬格・馮・史都尼茲及瑪丹娜・布魯姆

◀史拉雅博士（最左邊）與法國維琪政府首相拉瓦勒（右邊第二位）

◀黨衛軍上校賽克斯博士

克勞斯．馮．史陶芬堡公爵上校攝於大戰剛開始▶

▶史陶芬堡上校在放置炸彈之前攝於希特勒司令部

▲弗瑞斯勒博士

▲維納·馮·海夫騰中尉

▲坐在人民法庭被告席上的漢斯–伯恩・馮・海夫騰

▲坐在人民法庭被告席上的亞當・特洛

▲葛弗瑞・馮・俾斯麥伯爵在人民法庭前受審

◀格蒙登「柯尼金別墅」的改建馬廄

「西西」・馮・維爾捷克女伯爵▶

◀蜜絲攝於一九四五年戰爭

▲蜜絲的婚禮：一九四六年一月二十八日在基茨比厄爾舉行。從左到右：保羅·梅特涅、蜜絲、她的丈夫彼得·杭登、泰蒂安娜·梅特涅、不知名家人

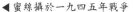

▲身穿護士制服的蜜絲與(「西塔」)卡門・馮・弗雷德公主

▲賈薩・帕賈斯維奇伯爵

維也納空軍醫院，▶
攝於一九八六年

關於《柏林日記》

喬治・瓦西契可夫

這本日記的作者，瑪麗（「蜜絲」）・瓦西契可夫（Marie Vassiltchikov）於一九一七年一月十一日生於俄國聖彼得堡，一九七八年八月十二日因血癌病逝於倫敦。

她在家裏五個小孩中排行老四（第三個女兒），父母為伊拉瑞恩王子（Prince Illarion）及莉蒂雅公主（Princess Lydia）。一九一九年春天，他們夫婦離開俄國，蜜絲以難民身分在德國長大，赴法國讀書。因為俄國大革命之前，父親的家族在立陶宛（一九一八年至一九四〇年間為一獨立共和國）擁有產業，蜜絲於三〇年代末期曾在該地的英國公使館做過一段時間的祕書。

一九三九年九月，二次世界大戰爆發時，蜜絲和二姊泰蒂安娜（Tatiana，現為梅特涅公主[Princess Metternich]）身在德國。她們到母親童年玩伴奧嘉・普克勒（Olga Pückler）伯爵夫人位於西利西亞（Silesia）的鄉間別墅「弗里德蘭城堡」（Schloss Friedland）過暑假，其他的家人則分散世界各地——父母及么弟喬治（George，「喬奇」）住在立陶宛，大姊艾琳娜（Irena）住在羅馬，二十七歲的長兄亞歷山大（Alexander）則因肺結核於該年稍早死於瑞士。

三〇年代早期，全球經濟蕭條，外國人幾乎不可能在西方民主國家申請到工作證，惟獨法西斯義大利和納粹德國因大規模營造公共土木事業及重整軍備，才能讓像瓦氏姊妹這樣具有特殊工作技能、卻無國籍的人謀職活口。一九四〇年一月，兩姊妹遂遷往柏林求職。蜜絲的日記從她倆抵達德國首都後開始。戰後的第一個冬天，除了停電與食物配給吃緊之外，生活出奇地「正常」，只有在四月德國入侵丹麥及挪威之後，隨戰爭而來的恐怖及道德困境才逐漸滲透每個人的日常生活，終至凌駕一切。

德國因為缺乏語言人才，蜜絲雖不是公民，卻很快先在德國廣播電台找到工作，後轉至外交部情報司上班；在那裏和一群後來積極參與著名「七月密謀」的反納粹核心分子共事。蜜絲對於史陶芬堡伯爵（Count von Stauffenberg）暗殺希特勒失敗，以及接下來的恐怖控制（她有好幾位密友及同事因此身亡）的詳細日記，成為至今對該次事件唯一的一份目擊紀錄。待她終於逃出遭轟炸的柏林荒城之後，又在盟軍轟炸下的維也納醫院裏擔任護士，度過大戰的最後幾個月。

蜜絲極愛寫日記，每天都用打字機將一天大事打出來，只有幾篇較長的事件描述，如一九四三年十一月的柏林轟炸，是她隨後補上的。她用自小熟悉的英文寫作，打好後逐頁保存在她辦公室內的檔案櫃內，就藏在公文之間，每當頁數積得太厚，便帶回家找個地方藏起來。偶爾也會藏在她正巧去度假的鄉村別墅裏。剛開始一切都很公開，她的老闆會說：「好了，蜜絲，把妳的日記收起來，幹點正經事！」經過「七月密謀」之後，她才變得比較謹慎：那個時期的日記全用速記寫成，戰後才經她本人抄錄。

儘管因為轟炸連續搬了幾次家，且在戰爭結束時倉促逃離圍城維也納，但她大部分的日記，包括最重要的幾個歷史片段，竟然都保存了下來；殘缺的只有一九四一、一九四二及一九四三年初這幾個部分——有些被刻意摧毀，有些則遺失了。

大戰結束後不久，蜜絲謄好速記的部分，並將其餘日記重打一份。這一份日記保存了二十五年，直到一九七六年，蜜絲在親友鼓勵下，經過再三考慮，終於決定將它公諸於世。原文經刪減更動處極少，修改的部分多因語文或編輯問題，或是替姓名縮寫加上全名，因為她堅信，倘若自己的日記果真具有任何價值，乃因記載的當時原無意出版，所以每個字都發自內心，全無掩飾虛矯。她覺得日記中的目擊紀錄及當下的情緒反應才是最真實的，若為了顧全自己的顏面或其他人的感覺，以後明顯可看出攙假，甚至篩檢，那就失去意義了。

定稿後的第二份日記，是蜜絲在她臨終幾個星期前才完成的。

出版整理我姊姊蜜絲的稿件期間，最讓我感到欣慰的，便是在蒐集與查證背景資料、消息來源及照片時，不論向誰求助，不論對方是否認識蜜絲本人，都立刻得到全力的配合（有時也包括熱忱的款待）。對某些人來說，這意謂著必須勾起某些回憶，無論這些人在那個黑暗時代所堅持的政治立場及所作所為多麼令人景仰，回憶仍令人傷痛，在此我要特別感謝他們的寬宏大度。

對我幫助最大的人，首推伊莉莎白（「西西」）．安德拉西伯爵夫人（Countess Elisabeth Andrassy，原維爾捷克女伯爵）。她告訴我大戰尾聲最後那幾個星期與蜜絲共度生活的細節，替姊姊的回憶錄做了最重要的補遺。接著我要感謝克麗瑞塔．馮．特洛．祖．索茲（Clarita von Trott zu Solz）博士，她是蜜絲的密友，也是在蜜絲臨終幾週前唯一看過整份完稿的人。之後，她不餘遺力地協助我，並允許我摘錄其先夫亞當寫給她的信件。然後我要感謝海瑟．馮．艾茲朵夫（Hasso von Etzdorf）博士給我的鼓勵，及他寫的介紹及個人回憶，都對我幫助極大。

感謝庫登霍夫伯爵（Count Hans Heinrich Coudenhove）鉅細靡遺地審稿，他的出版經驗豐富，對現代史博學多聞，又與許多書中人物有私交，對本書貢獻極大。住在波昂的布拉西斯博士（Dr. Rainer Blasius），則是二次世界大戰期間德國及盟軍政策專家，對德國反納粹運動尤其瞭若指掌，對我所加的歷史註解多所指正。

在此同時要特別感謝布魯克・謝柏（Gordon Brook-Shepherd）及《星期日電報》（*Sunday Telegraph*）的編輯們，是他們率先將蜜絲及她的日記介紹給英國讀者。

感謝蜜絲的女兒，亞莉山卓・杭登（Alexandra Harnden）不憚其煩準備完整的人名索引。

感謝艾里斯太太（Marie Ellis）及肯恩太太（Carol Cain）耐心替我們打字。

感謝以下機構職員給我的協助：倫敦歌德機構、日內瓦聯合國圖書館（我的研究工作大多在該館內完成）、倫敦維納圖書館、波昂德國外交部情報司、科布林茲聯邦參議院資料館，以及柏林美國資料中心。

一九八六年十一月記於倫敦

譯序

唐嘉慧

我個人本來對歷史不甚熱中，若涉及戰爭及軍武，更是興趣缺缺，不過卻覺得《柏林日記》（*Berlin diaries: 1940-1945*）這份對二次世界大戰（歐戰部分）的第一手目擊紀錄可讀性極高。因為這本書把歷史與戰爭還原到最原始、最真實，也是最吸引我的「個人層次」上，將所有歷史人物「人性化」，所有歷史事件「私人化」，因此，讀來「人味兒」十足，同時又像研讀了二次世界大戰史，對那次影響現代文明最重要的全球性事件之一印象深刻。

本書最特別之處，要屬作者「蜜絲」的觀察角度。首先，她的身分是一位落難的白俄公主，因此，她的日記等於在側寫整個歐洲貴族文化／文明的死亡，敘述了這個榮衣錦食的社會階級不僅在戰爭中喪失世襲的產業，其人口也因男性參戰後大量陣亡、被俘而嚴重受到斲喪，同時，年輕一代亦在「質」的方面（諸如素養、風度等）顯著退步。富貴浮雲，曾經顯赫的，不可避免必須式微。讀來難免要為優秀貴族的女主角一同替這批朱門人物的家道中落慨嘆，然而以大時代的角度來看，這個從「特權」到「民工」的過渡，卻是必然的世界潮流走向，或許這也是兩次歐戰對歐洲唯一的好處吧！

其次，大戰期間，蜜絲生活在納粹德國首都柏林的上流社會——外交界及國際大都會知識分子圈內，因此，她看得到許多軸心國內一些可愛，甚至高貴的人物，也看得到同盟國許多不公平，甚至冷酷不仁的作為，更目睹、親身經歷了一般德國人民因為戰爭所面對的恐懼，以及所忍受的痛苦。德國各大城市遭受盟軍轟炸，死傷人數與物質損失，遠甚於盟國。戰爭末期，經俄軍及盟軍反攻占領後，百姓痛失家園，大量難民潮顛沛流離，逃難途中，婦女遭強暴及死亡人數以百萬計。為戰爭付出最慘痛代價的總是人民；德國人也苦，也可憐，卻因為他們是戰爭發起國的國民，便無權訴苦，無權得到同情。透過本書，讓我們這些持有受害者心態的戰勝國國民換個角度來看，同樣是人類同胞曾經受過的苦，彌足珍貴。

此外，作者另有一項特出之處，即她敘事的聲音、語氣，也就是她個人的性格特質。書評人嘉布雷思（John Kenneth Galbraith）說得好：「……我們再也找不到另一份文獻，能以這般無與倫比的平靜及優雅，面對如此殘酷又醜陋的現實。」蜜絲似乎是個典型的魔羯座：長相與個性都討人喜歡，喜歡交遊廣闊的生活，交際手段也十分靈活；生性保守踏實、冷靜沉著，能保持超然，內心卻承載深沉的憐憫，而且很能吃苦。不過，我覺得她最重要的一項生存利器，亦即這本書最引人的特質，卻是她個人低調、含蓄卻極犀利的幽默感。面對種種人性的扭曲、邪惡，以及這麼多巨大的傷慟，我想這份幽默感不僅是她個人，也是閱讀這本書的讀者唯一的救贖。

接著，我想提醒讀者一點，雖然本書可讀性極高，也很容易閱讀，但必須先克服一件事：浩繁的歐洲地名及人名！我想像大部分讀者都跟我一樣，對歐洲（尤其是東歐）的地名，不如對亞洲及北美洲來得熟悉，因此，看到層出不窮的陌生地名時，腦袋裏多半一片空白，若您手邊能準備一份原文（或英文）的歐洲地圖（包括俄國）會更好。

至於書中的人名，更令人眼花撩亂。歐洲貴族經過數世紀的交叉聯姻，似乎形成一個不分國籍的獨立社會階級，一旦生在這個階級之中，整個歐洲的貴族體系立即自動跟你產生了關聯。蜜絲在書中提及數量驚人的親朋好友，幾乎全來自權貴家族，不僅每個人都有頭銜，如王子、公主、伯爵……等等，而且姓名都極複雜冗長，名字、教名有兩、三個不說，就連姓氏都常用破折號附帶家族的封邑（地）名。英國人譏嘲貴族常有「雙槍管的複姓」（double—barreled last name），本書中的貴族扛著「多槍管複姓」的大有人在。幸好蜜絲極少使用全名，多半只直呼小名（暱稱）及單姓，將襲位及類似馮（von）、祖（zu）、德（de）……等後面拖拉的家族封地全省了。若能搞清楚蜜絲的周圍人物和彼此的關係，讀起來肯定較能進入情況，增加許多樂趣。

最後，我要再次坦承自己對戰爭史及軍武少有研究，同時亦不懂歐洲語系，翻譯時，多蒙諳德、法語的朋友協助，不過，相信仍在翻譯專有名詞上犯下不少錯誤，在此先請各方專家包涵，不吝指正。

一九四〇年

一月至十二月

弗里德蘭城堡　一月一日，星期一　奧嘉·普克勒、泰蒂安娜和我待在弗里德蘭城堡度過一個安靜的新年。我們打開裝飾聖誕樹的小燈，往一碗水裏滴融蠟和融鉛算命。我們期望母親和喬奇隨時可能從立陶宛搬來，他們已經講了好幾次，卻沒有行動。午夜時分，全村鐘聲一齊鳴響。我們探出窗外聆聽——這是新世界大戰爆發後的第一個新年。

二次世界大戰於一九三九年九月一日開戰時，立陶宛——當時蜜絲的父母及弟弟喬治仍住在那裏——仍是個獨立的共和國，不過，卻在九月二十九日簽訂的「蘇維埃—德意志國界及友誼條約」（此為莫洛托夫〔Vyacheslav Molotov〕與李賓特洛甫〔Joachim von Ribbentrop〕於八月二十三日簽訂之互不侵犯條約之續約）中被祕密畫入蘇聯勢力範圍。蘇聯紅軍自十月十日開始進駐幾個重要城市及空軍機場。從那時開始，蜜絲的家人就一直準備逃往西歐。

柏林　一月三日，星期三　我們帶著十一件行李，包括一台留聲機，前往柏林。早晨五點出發時，天色仍一片漆黑，別墅管家開車送我們到歐朋（Oppeln）。奧嘉·普克勒借給我們足夠維持三個星期的生活費，在這段期間我們必須找到工作。泰蒂安娜已經寫信給傑克·畢恩（Jake Beam）——

去年春天她在美國大使館認識的男孩。我們在考納斯（Kaunas）英國公使館工作過的資歷或許有用。

直到一九四一年十二月十一日日本偷襲珍珠港，希特勒向美國宣戰，柏林美國大使館才撤出。

火車擁擠不堪，我們站在列車通廊裏。幸好有兩名士兵替我們抬行李，否則絕對擠不上車。抵達柏林時已遲了三小時。泰蒂安娜一踏進普克勒夫婦好心借我們暫住的公寓後，就開始打電話給朋友；讓我們倆都覺得安心一點。位在利岑堡街（Lietzenburgerstrasse），與科福斯坦路（Kurfürstendamm）交叉口的這棟公寓極大，但奧嘉要求我們別請外人來打掃，因為屋內有許多貴重物品，所以我們只用一間臥室、一間浴室和廚房，其他部分都用床單罩起來。

一月四日，星期四　白天大部分時間都花在塗黑窗戶上，因為從去年九月開戰後，這棟房子就沒人住過。

一月六日，星期六　穿好衣服後，我們大膽鑽進屋外的黑夜中，很幸運在科福斯坦路上攔到計程車，願意載我們去蒂爾加騰區（**譯註：**Tiergarten，**原是古代波斯皇族獵場，區內有著名的蒂爾加騰公園、動物園及凱旋柱**）外圍的智利大使館參加舞會。主人莫拉（Morla）在西班牙內戰爆發時，曾駐派馬德里擔任大使，儘管智利政府親共和派，大使館卻收容了三千多名會遭到槍決的人，有些人藏在使館裏長達三年，睡在地板上、樓梯上，擠得到處都是。莫拉不理會來自共和政府的壓力，沒有交出一個人。同一時期，斯圖亞特王族（the Stuarts）的後裔，阿爾巴公爵（Duke of Alba）的兄弟則向英國大使館尋求庇護，卻遭到禮貌的拒絕，隨後被捕處決。相較之下，莫拉的表現更令人欽佩。

舞會成功極了，彷彿戰前一般。剛開始我還擔心認識的人不多，很快卻發現很多人去年冬天就見過面（蜜絲曾在一九三八至一九三九年冬天來柏林探望泰蒂安娜）。初次見面的包括維爾捷克（Welczeck）姊妹，兩人都非常漂亮，而且裝扮入時。她們的父親是德國派駐巴黎的最後一任大使；哥哥漢西和他可愛的新娘西姬・馮・拉弗特（Sigi von Laffert）也在場。還有很多朋友，像是朗尼・克萊里（Ronnie Clary）——非常英俊，剛從魯汶大學（Louvain U.）畢業，一口道地的英語。這對我來說是一大解脫，因為我的德文還不太溜。在場的年輕男士多半來自柏林市郊的克蘭普尼茲（Krampnitz）軍官學校。稍晚，智利紅歌星羅絲塔・塞拉諾（Rosita Serrano）獻唱，對著年僅十九歲的小艾迪・弗雷德（Eddie Wrede）猛叫「俊美的朋友」，讓他好不受用！我們好久沒跳舞了，一直玩到凌晨五點才回家，一票人全擠進一位名叫卡蒂埃（Cartier）的比利時外交官車裏，他是維爾捷克家族的朋友。

一月七日，星期日　我們仍費力在找工作，並決定不求助朋友而直接找在商業界的熟人。

一月八日，星期一　下午去美國大使館和領事面談。他頗友善，而且立刻讓我們考試，因為沒有心理準備，令我們很緊張。他喚人推出兩台打字機，還送來速記本，然後用極重的口音、極快的速度口述了一長串，我們根本聽不懂他在說什麼；最糟糕的是，我們倆最後交出來的信，內容居然不一致！他表示一有空缺就會打電話給我們，但我們不能等太久，這段時間內若找得到別的工作，非接不可。很不幸，大部分國際貿易都已停擺，柏林沒有一家公司需要會說法語或英語的祕書。

一月十一日，星期四　今天是我二十三歲生日。漢西．維爾捷克（Hansi Welczeck）的未婚妻，西姬．拉弗特來家裏喝茶；她真是個窈窕淑女，很多人都說她是「典型的德國美女」。晚上雷因哈特．史畢茲（Reinhard Spitzy）帶我們去看電影，然後去一家名叫「塞羅」（Ciro's）的夜總會喝香檳、聽現場演奏，現在公共場所已禁止跳舞。

一月十三日，星期六　母親和喬奇在天濛濛亮時抵達。已經一年多沒看到喬奇了，他還是老樣子，非常迷人，對母親很體貼。母親看起來疲累不堪，身體很差。立陶宛逐漸蘇維埃化，他們經歷了些很可怕的事，早就該離開了。父親決定暫時留下，因為他在等著做一筆很大的生意。

一月十四日，星期日　我們把母親和喬奇安置在普克勒家的公寓裏，省下住旅館的錢——他倆身上加起來只有四十元！我們又尚未找到工作，財務狀況淒慘。他們想留在這裏，無疑大錯特錯：這裏天氣寒冷，食物不夠，政治狀況又極不穩定。我們試著勸他們去羅馬，母親在那兒有很多朋友，城裏又有大群白俄移民；她若待在這裏一定會很寂寞，因為除了隨戰爭範圍如油漬般擴大，數目不斷銳減的各大使館駐派人員之外，柏林毫無家庭生活情趣可言。現在城內全是年輕單身漢，年齡都和我們差不多，不是軍人，便是上班族，每天晚上泡夜總會。艾琳娜已在羅馬安定下來，就算只考慮氣候這一項因素，生活也會舒服很多，況且一等我們找到工作，便可定期寄錢過去。

一月十五日，星期一　政府新法令：只有星期六及星期日才准洗澡！真糟糕，住在大城市裏這麼髒，而且泡澡是少數幾種保暖的方法。

一月十七日，星期三　我們大部分時間都待在家裏陪家人。母親的精神很脆弱，自從亞歷山大死後，她受了不少苦，現在症狀陸續出現。

一月十八日，星期四　喬奇胃口奇大，食糧（我們從弗里德蘭帶來的一些牛油和香腸）正迅速消失，令我們更覺得他們應該去羅馬。他若留在這裏一定很快就會營養不良。感謝老天，至少義大利尚未參戰，也還沒實施食物配給。

一月十九日，星期五　凱蒂雅・克萊因米邱（Katia Kleinmichel）在德國新聞廣播電台（D・D・）英語部門上班，或許能幫我找份工作。我們現在愈來愈焦急，美國大使館一直沒下文，又不能去煩人家。家人來投奔後，我們已瀕臨破產，僅剩的錢也在迅速消失中。我們去見過一個法本化學工業公司（I.G. Farben）的人，可惜他們需要一個德文速記很強的人，這方面我們倆都不拿手。

德國新聞廣播電台等於是德國的BBC（英國國家廣播公司）。蜜絲進去之後，曾經在西德未來的總理基辛格（Dr K. G. Kiesinger）手下工作過一段時間。

一月二十二日，星期一　今天我去凱蒂雅・克萊因米邱在腓特烈街（Friedrichstrasse）的辦公室，花一個早上聽英文口述打字。這是我第一次接受測驗，非常簡單，只測驗速度。他們說會再通知我。那個地方像個瘋人院，為了配合新聞播報時間，每個人做事都像火燒屁股。我碰到在捷克出生的前世界網球冠軍羅德瑞克・曼采爾（Roderich Menzel），可能成為我未來的同事。

一月二十七日，星期六　泰蒂安娜在弗雷德雙胞胎姊妹家認識一名男士，建議她去他的公司上班——德國外交部的一個部門，他們需要法文流利的人。這裏的朋友大多勸我們別去美國大使館工作，身為外國人，我們或許早已受到蓋世太保的監視。德國現在又和蘇聯友好，我們是白俄人，已經夠糟了，而且以前我們還替英國公使館工作過。現在我們這麼窮，不論找到的第一份工作是什麼，都非接不可。美國大使館仍毫無音訊。

前幾天在朋友家，有人介紹我認識柏林最有名的女主人，馮・德克森（von Dirksen）太太。她用手撩過我的頭髮——令我生厭——然後問我們是白俄還是赤俄，如果是後者，「妳們便是我們的敵人！」令我頗為驚訝，德國和蘇聯現在不是親熱得很嗎?!

一月二十九日，星期一　今天我們倆都開始正式上班：我進德國廣播電台，泰蒂安娜進外交部情報司（A・A・）。我的辦公室群龍無首，每個人都在發號施令，不過聽說帝國宣傳部部長戈培爾博士（Dr Joseph Goebbels）是最後作決策的人。我們倆的薪水都是三百馬克：扣掉一百一十馬克的稅，還剩下一百九十馬克。必須湊合著過。

一月三十日，星期二　我的第一項工作是抄錄有關英國經濟戰部長朗尼・克羅斯（Ronnie Cross）的冗長故事；戰前泰蒂安娜去英國時正好住他家。我的直屬上司E（Herr E.）先生蓄了一撮非常巨大的仁丹鬍，似乎大半輩子都住在英國，他太太也和我們在同一間辦公室內工作，兩人都是中年人，顯然是個大麻煩。他整天口述文件，多半是誹謗文章，錯綜複雜，到最後常變得無法理解。德國人若外國語文學得好，通常就會變成這樣。我從早上七點一直打字打到下午五點，紙一抽出打字機，E先生便對著紙猛敲，糾正錯誤。這份工作還有人上夜班，日以繼夜地進行。

蜜絲為了顧念某些人物的生還家屬，少數情況下人名只用縮寫，不過這些人都不具政治色彩。

今天美國大使館終於打電話通知有工作了，兩份薪水都比我們現在拿得多，可惜太遲了。

二月十三日，星期二　母親和喬奇今早離開，去西利西亞探望奧嘉・普克勒。我們希望他們能在那裏待久一點，恢復元氣後再前往羅馬。

二月十四日，星期三　最近很少看到泰蒂安娜，我每天早上五點半起床，下午六點左右才回家。每天通車進城的時間十分漫長。泰蒂安娜從早上十點工作到晚上八點，還經常加班。

二月二十二日，星期四　經過兩天的煎熬，今天收到一個已付費的包裹，在沒有收入的情況下真是非常幸運。

三月二日，星期六　今晚巴西人舉辦一場盛大的雞尾酒會。大使住在城郊。我不喜歡看到美麗的俄國聖像掛在留聲機上，這些外國人著迷於蒐藏聖像，隨處亂掛，令我們這些正教徒大為震驚。我提早離開，結果在回家的路上迷了路。

艾許文・祖爾・利珀—拜斯特費德（Aschwin zur Lippe-Biesterfeld）從齊格菲防線歸來（原注：Siegfried Line，盟軍替德國在一九三八—一九四〇年間所修築、大致與法國著名之馬奇諾防線平行的碉堡及據點網取的名字。後來因為英國一首通俗歌曲〈我們將在齊格菲防線上晒衣服〉而聲名大噪）。

三月三日，星期日　早上俄國教堂內的聖詩唱得美極了。通常星期天我仍需上班，做完禮拜待在家裏彈鋼琴，四周圍繞奧嘉・普克勒鬼氣森森、覆罩家具的床單。

三月四日，星期一　我感冒嚴重，決定這幾天晚上都待在家裏。泰蒂安娜每天晚上都出去，認識了一大票西線上的男孩。

三月十二日，星期二　正從西利西亞赴羅馬途中的母親從維也納打電話來，說喬奇不見了。火車停進小站時他去檢查行李，沒想到工作人員趁他不注意，把行李車廂卸下來掛到另一截火車上，現在他正隨行李駛往華沙。兩個人的車票都在他身上，他沒有護照，口袋裏只有五馬克。母親只好滿懷希望地在維也納等他。

三月十三日，星期三　去參加弗雷德家的派對。我到的時候，只有雙胞胎姊妹艾達（「迪琪」）和卡門（「西塔」）在，她們陪我在浴室裏整理頭髮、聊天，很驕傲地拿西班牙內戰時期雅各（Yague）將軍及莫斯卡多（Moscardo）將軍的信給我看；那時她們替駐守西班牙的德國禿鷹軍團（German Condor Legion）擔任護士。現今世界名流她倆全認識，包括教宗本人。這是她們的嗜好。

德國禿鷹軍團是德國空軍的一支單位，加上一些地面部隊於一九三六年組成，為幫助西班牙內戰的民族主義者，其中還包括專業的醫護人員。

三月十四日，星期四　下午陪艾拉．普克勒（Ella Pückler）去艾琳娜．柏納索（Elena Bennazzo）家。她雖在俄國出生，卻完全不懂俄文，父母看起來倒像百分之百的俄國人。她的丈夫奧古斯汀諾在這裏的義大利大使館工作。稍後，一大群義大利女士來串門子，顯然每個人都在為戈林（Goering）元帥的新生寶寶織小衣服，有點太肉麻了吧！

三月十六日，星期六　海倫．比隆（Helen Biron）來喝茶，我們在弗里德蘭及這裏的男主人卡爾—腓特烈．普克勒（Carl-Friedrich Pückler）也來了。他一如往常，非常樂觀，認為戰爭將在聖靈降臨節前結束。雖然他對我們一直很好，但我總覺得在他面前就是不太自在。

後來，大家移師到鄰居艾嘉．馮．傅森堡（Aga von Fürstenberg）家裏，她開了香檳。

三月十八日，星期一　今天放假，睡到十一點，然後去泰蒂安娜辦公室找她，一起吃午餐。午後，我們走到仍是一片冬日景致的蒂爾加騰區內散步。傍晚去參加丹麥大使德．維特（de Witt）夫婦開的盛大派對。

三月二十日，星期三　今晚我們倆都很早上床。法國總理達拉第（Daladier）辭職了。

達拉第曾三度出任法國總理，最後一任的任期為一九三八—一九四〇年（他同時兼任陸軍部長），曾在慕尼黑協定（Munich agreement）中扮演關鍵性角色。繼任者為其政敵雷諾（Paul Reynaud，一八七八—一九六六）。

三月二十二日，星期五　今天是復活節前的星期五，我卻仍得上班，忙得頭昏腦脹，連續打字九個小時。我的老闆E先生見我快昏倒了，拿出一瓶荷蘭杜松子酒，雖然能夠提神，卻非常難喝。他和他老婆整天吵架。看他們這樣，我堅決反對夫妻共事。我不喜歡他，與他保持距離。不過有一次他倆剛吵完一架，他探出窗口去透氣，我卻有股想把他推下去的衝動。現在凱蒂雅．克萊因米邱和我上同一個班次，經常打照面，每次覺得快受不了他們夫妻時，我們便輪流躲到打字機後面。辦公室已遷到夏綠蒂街（Charlottenstrasse）上的另一棟建築內，老闆們因此不必整天聽戈培爾嘮叨。以前部長先生每隔一個鐘頭就會召見他們一次，現在只能在電話裏口沫橫飛……

回家時已筋疲力竭。

三月二十五日，星期一　今天放一整天假。泰蒂安娜和我去波茨坦玩。天氣好極了，我從來沒去過那個可愛的駐防小城，柏林完全缺乏那種魅力。回柏林時，正好趕上一場白俄哥薩克「黑海」演奏會，極為成功。德國人很喜歡這類玩意兒。

三月二十六日，星期二　和凱蒂雅．克萊因米邱一起吃午餐。她非常風趣，辦公室裏有她真好。通常在街上或餐廳裏，我們都用英語交談，從來沒有人反對。

三月二十八日，星期四　羅馬來信，報告母親與喬奇平安抵達，只是有些東西在威尼斯被偷了，包括母親一直保存的俄皇時代藝術品，像是法貝熱（Fabergé）的琺瑯相框等。此外，喬奇裝衣服的行李被人用空箱掉了包。他們的冒險經歷似乎永無止境。

三月二十九日，星期五　到克萊道夫（Cladow）的紹姆堡─利珀（Schaumburg-Lippes）府邸吃晚餐，客人只有幾位。餐後，普魯士奧古斯－威廉王子（Prince August-Wilhelm of Prussia）──他已六十多歲，是前普魯士皇帝的第四個兒子──在爐火前講了許多過去有趣的故事。

三月三十一日，星期日　與朋友到「羅馬」吃晚餐，現在義大利餐廳極受歡迎，因為義大利麵有營養，又不需要用糧票。

四月一日，星期一　今天放假，逛街購物。這年頭「購物」基本上就是購買食物。每樣東西都用配給的，而且每家店都大排長龍。晚上和泰蒂安娜去漢斯．馮．弗洛托（Hans von Flotow）家晚餐。漢斯因為經營一間防禦武器工廠，至今未被徵召，仍是平民身分。

四月二日，星期二　和義大利使館空軍武官馬利歐．蓋斯培瑞（Mario Gasperi）去看電影，然後去羅馬餐廳。他有一輛全新的飛雅特跑車，就跟一台無線電報機一樣小，暱名「托波里諾」！太久沒坐小汽車，感覺好怪。

四月三日，星期三　十點才進辦公室。現在工作時數不再那麼長，因為換班次數較頻繁。今天拿到第一份獨力翻譯稿件──或許是因為老闆度假去了──主題為經濟。上早班的人有凱蒂雅．克萊因米邱、我和一位外交部調來的年輕人。他脾氣很好，英文說得不太順，所以我們得帶著他。這點他心裏明白，所以對我們很尊重。大家相處融洽，更讓我意識到跟E先生共事的壓力。聽說他度假回來將升任新聞總編輯，想教我做他的私人祕書。我寧願辭職！

四月四日，星期四 每天我們都會接到一份BBC及其他外國廣播電台新聞報導的逐字監聽紀錄，全蓋有「最高機密」（*streng geheim*）的戳記；每份的顏色又因「機密」程度不同而異，粉紅色最機密。讀起來很有意思。住在德國的人除了報上登的消息（實在有限），對世界其他地方發生的事渾然不覺，我們電台卻是例外。今天下午從外交部調來的那位同事，午餐後進辦公室臉色慘白，原來他把這樣的一份文件忘在餐廳裏了。這個罪名可不小，要砍頭的——用斧頭砍！（咱們領袖的最新發明）把他嚇壞了，忙不迭奔回外交部去「坦白」。

納粹德國的處決方式一般都用迷你斷頭台，但碰上特殊案件（如叛國罪），希特勒命令仿效中世紀用斧頭砍頭。

四月九日，星期二 今天德軍占領丹麥並入侵挪威，害我們忙得要死，因為必須想些正當理由向世界其他國家交代。無數備忘錄因此在辦公室內往返，討論該怎麼處理。回家時我發高燒。馬利歐．蓋斯培瑞打電話來，他和其他武官才剛從齊格菲防線視察回來。

占領丹麥及挪威的這場「西線戰爭」原本不在希特勒計畫之內，但德國必須仰賴瑞典的鐵礦，且須經由挪威北部那維克（Narvik）港輸出。而且也想防止盟軍參戰後，效法第一次世界大戰透過丹麥、挪威兩國控制大西洋，對德國進行經濟封鎖。盟軍為了同樣的理由，自一九三九年秋天便公開喊話，將先發制人，進擊北歐，協助遭受蘇聯攻擊的芬蘭。德軍突襲時，盟軍正前往挪威途中。丹麥在一天之內便被攻占，直到戰爭結束，一直是德國的保護國。挪威則抵抗到六月，期間盟軍

數度企圖守住挪威北部的據點，都沒有成功。德軍對西歐發動攻勢之後，盟軍撤出，挪威被占領，國王哈康七世（Haakon VII）逃到英國，成立流亡政府。

這場戰爭是希特勒經占領波蘭後第二次的重要勝利；他因此保住了瑞典的鐵礦資源（持續到戰爭結束），波羅的海則成為德國的內陸湖。德軍現在站穩腳根，蠢蠢欲動，覬覦從北角（North Cape）到阿爾卑斯山脈的整個歐洲。

四月十日，星期三　今天早上我發燒燒到三九．五度。

四月十一日，星期四　泰蒂安娜也被傳染了！早上她被蓋世太保盤問了很久——他們對我們跟羅馬通信感到好奇——中午便從辦公室回家，立刻上床休息。兩邊辦公室都不斷有人打電話來；他們既擔心，又焦躁、生氣。

四月十二日，星期五　繼續感冒！兩人都覺得很虛弱。

四月十三日，星期六　醫生要我再休息五天，讓我大鬆一口氣！像我們這樣營養不良的人，一旦感冒對心臟很不好。

四月十四日，星期日　英軍登陸挪威。

四月十六日，星期二　在陸茲．哈德根（Lutz Hartdegen）家晚餐；又是男孩比女孩多出許多，這似乎已成了常態。維提．謝夫葛奇（Vetti Schaffgotsch）突然出現，本來他正打算經俄國赴美國，但蓋世太保卻駁回他的外交任務，老遠把他從莫斯科召回來。現在他準備入伍。

四月十七日，星期三 復活節採購。替喬奇買了一條搶眼的領帶，不需配給票。認識一位名叫海瑟·馮·艾茲朵夫（Hasso von Etzdorf）的人，聽說他既聰明又可靠，我倒覺得他有點呆板，不過普魯士人通常都需要一段時間才會放鬆。目前他在外交部擔任德國陸軍總部（O·K·H·）的聯絡官。

艾茲朵夫博士在一次世界大戰期間受重傷，退役後於一九二八年進入外交界服務，連續駐派東京及羅馬。蜜絲認識他時，他正擔任外交部及參謀長哈爾德（Franz Halder，他反對希特勒的侵略計畫）上將的聯絡官及大使館顧問。艾茲朵夫與多位立場和哈爾德一致的高級將領親近，企圖說服他們採取行動。然而西歐各國在大戰爆發前採取姑息政策，加上大戰剛開始希特勒連連奏捷，這兩項因素有效地削弱了所有反希特勒派的勢力。

四月二十日，星期六，聖棕櫚樹節 早上我們半正式地去晉見普魯士路易斯─斐迪南王子——（Prince Louis-Ferdinand）的妻子琪拉。他是皇儲的第二個兒子，她則是羅曼諾夫家族少數生還者的大家長，基瑞·弗萊迪米洛維區大公爵（Grand-Duke Kiril Vladimirovitch）的女兒。她有兩個小寶寶。

四月二十二日，星期一 母親得了腿部血栓症，臥病在床，令人憂心。我們徹底斷食。教會顧及戰時營養不良的情況普遍存在，准許我們不斷食，但我們的食物本來就少，又想多存點糧票過復活節。

四月二十三日，星期二　上教堂。

四月二十四日，星期三　上教堂。

四月二十五日，星期四　今晚在教堂裏，依慣例閱讀十二福音書。

四月二十六日，星期五　刻意斷食到今天，我們倆都處於半餓死狀態。

四月二十七日，星期六　兩邊辦公室都特准我們上教堂告解及領受聖餐。晨間彌撒持續到兩點鐘。午夜彌撒在俄國大教堂內舉行，但人太多，我們被擠到街上。然後我們到迪基．艾爾茲（Dicky Eltz）家和一群朋友聚會，玩到早上五點才散。我們已經好久沒出去玩了。艾氏兄弟是奧國人，產業在南斯拉夫。迪基是唯一沒被動員的人。

四月二十八日，星期日　復活節。我們去波茨坦，巧遇普魯士柏恰王子（Burchard of Prussia）的父親，奧斯卡王子；他也是先皇帝的兒子之一，是位身穿紅金俊挺制服的老紳士。

我們做了一道俄國點心「paskha」（**譯註：俄國人用起司、奶油及杏仁做的復活節甜點**），可口極了，非常得意，因為材料缺得厲害。

戰爭開始後許多必需品幾乎完全消失，我的辦公室內因此出現一個極滑稽的現象；近來老闆們不停抱怨衛生紙消耗量神祕大增，起先他們認為職員一定得了某種新型的傳染性痢疾，但幾星期下來，耗損量不見下降，他們才恍然大悟，原來每個人上廁所時都撕下十倍的衛生紙，偷偷帶回家。於是上面發布了一道新規定：所有職員必須到「中央核發處」領取每天所需的衛生紙！

五月二日，星期四　英國首相張伯倫宣布棄守挪威；情勢急轉直下，令這裏的人大為震驚，因為很多德國人其實私底下還是挺佩服英國人的。

五月四日，星期六　參加了一個盛大的外交官接待會。外交部的職員現在都得穿一套很難看的制服——深藍色，加上一條白色寬皮帶。自助餐宴席極豐盛，但沒人敢露出饞相，率先去拿。

廣播電台現在來了一位非常怪異的同事，姓伊利恩（Illion），每天都穿得破破爛爛，戴副厚眼鏡。他持美國護照，在芬蘭出生，大半輩子待在西藏，和達賴喇嘛的隨從住在一起——他吹噓說他從來不洗澡——雖然他薪水領得不少，但他現在也從不洗澡，對其他人來說是個酷刑！偶爾他會教凱蒂雅．克萊因米邱和我講幾句簡單的藏語。

五月七日，星期二　剛拿到一份機密新聞——莫洛托夫要求德國政府別支持柏林的俄國教會，因為教會領導人對蘇維埃不友善！

胡亂吃完一頓晚餐——小圓麵包、優格、加熱茶和果醬。現在買優格尚不需受限制，於是成為我們在家裏的主食，偶爾配上水煮燕麥粥。每個人每月大約分到一罐果醬，牛油太珍貴，根本維持不了多久。泰蒂安娜提議在廚房餐桌上輪流掛上「早餐」、「午餐」、「晚餐」牌，加以辨識，因為食物內容基本上完全一樣。我有一位荷蘭籍送牛奶的朋友，偶爾他會從「孕婦」存貨中留一瓶牛奶給我。可惜他馬上就要回荷蘭了。有時下班後還得大排長龍，只為買一小塊跟指頭差不多大的乳酪，令我絕望。幸好店裏的人態度都很友善，還有笑容。

五月九日，星期四　晚上加班，然後去艾嘉・傅森堡家，認識一位大家都叫他C・C・的馮・傅爾（von Pfuel）先生。派對是為荷蘭大使美麗的夫人妮妮・德・維特（Nini de Witt）舉行的。

五月十日，星期五　德軍進駐比利時及荷蘭。但昨晚妮妮・德・維特在派對裏卻一副渾然不覺的樣子！我從辦公室打電話給泰蒂安娜，決定一起吃午餐，討論事情。情勢發展令人震驚，這意謂著「假戰」已結束。安特衛普（Antwerp）已遭德軍轟炸，盟軍則炸了布萊斯高地區弗萊堡（Freiburg-im-Breisgau），兩地死傷人數都很多。巴黎棄守，張伯倫辭職，現在首相是邱吉爾，和盟軍達成和平協議可能完全沒指望了。

去阿托利可（Attolico，即將離開的義大利大使）宅邸參加送別晚會。每人都一副苦瓜臉。

戰爭結束後，大家才知道轟炸布萊斯高地區弗萊堡的不是盟軍，而是德國空軍；後者將該城錯認為萊因河另一岸的法國城市。

希特勒一直不相信法國，尤其是英國，會為波蘭參戰。維持「假戰」（盟軍對開戰後西線無戰事、頭一個冬季的稱呼）的那幾個月，盟軍由於缺乏明確的參戰策略（主要因為英法之間的歧見），加上德國大眾天真的想法（大多數人根本不希望開戰），德國境內一直存在一種錯覺——蜜絲亦不能免俗：只要流血不太多，達成和平協議仍有可能。一九三九—四〇年間的冬天，對峙兩邊的確有許多具影響力的集團紛紛進行試探，企圖找出雙方都能接受的停戰方法。

但德軍從五月九日、十日的夜間開始，對中立國荷蘭及比利時進行大規模部隊空降。五月十五日，大批德國武裝部隊已穿越阿登（Ardennes）森林，進入比利時南部，接著突破法國國界，很快向西抵達海邊，將盟軍部隊一切為二，逼迫北方的駐軍（包括英國遠征軍〔British Expeditionary Force〕）撤出比利時，退回英吉利海峽。荷蘭軍隊於五月十五日投降；六月十四日，比利時亦然。六月三日，最後一艘英國戰艦離開敦克爾克（Dunkirk）。六月四日，巴黎淪陷；六月二十五日，法國簽署休戰協議，將三分之二的國土交由德國控制，剩下三分之一由貝當元帥（Marshal Philippe Petain）統治，形成所謂「維琪政府」（Vichy France）。

五月十一日，星期六　安唐奈特及露露・馮・克勞伊（Antoinette & Loulou von Croy）來看我們，兩姊妹都非常漂亮。她們的母親是丹麥及美國混血，父親則是法國、比利時、德國混血的公爵。這年頭有這樣的背景可不好過。

五月十三日，星期一　我已經好幾個星期沒休假了，想把所有的假存起來，去波希米亞特普利茨（Teplitz）探望克萊里家族。自從在威尼斯分手後，一直沒見面。想讓泰蒂安娜也認識他們。普魯士柏恰王子從科隆（Cologne）寫信給她，他正奔赴前線途中。

五月十六日，星期四　昨天德軍發動大規模攻勢，令人失眠。

五月十七日，星期五　我不斷提醒現在的老闆我打算去特普利茨，祈禱在我努力滲透下，他終將接受這個事實。

五月十九日，星期日　晚上在弗雷德雙胞胎姊妹的廚房裏吃義大利麵。瑞士大使館新任武官提諾．索達提（Tino Soldati）不斷來電話，他說德軍隨時可能入侵瑞士。

五月二十日，星期一　我的上司E先生今天回來上班，皮膚晒傷，怒氣沖天，只見他氣極敗壞地轉來轉去，不停吼叫：「豬！一群豬玀（Saubande）！」——想必指的是我們。因為我們趁他不在時，發動了一次「宮廷革命」，越級報告，大老闆，馮．維茲萊本（Von Witzleben）先生甚至把我叫去，問我是否真的「到處下最後通牒」?!幸好E先生人緣極差，我們勝利了！

泰蒂安娜加薪了。我的薪水繼續封凍，令人氣惱。

五月二十二日，星期三　新任義大利大使艾菲耶里（Alfieri）辦了一場接待會。麥克斯．紹姆堡—利珀（Max Schaumburg-Lippe）突然出現；他剛從那慕爾（Namur）回來，帶回前線的第一手消息。腓特烈．馮．斯頓（Friedrich von Stumm）已陣亡，他母親也來參加接待會，卻沒人敢告訴她。

五月二十五日，星期六　泰蒂安娜和我早晨七點出發，前往特普利茨，克萊里家族在波希米亞的城堡。坐在計程車上，我突然不確定自己是否關了廚房的電爐，但立刻就忘了這回事兒。迎接我們的人是艾菲．克萊里（Alfy Clary，他是母親的遠房表兄弟）和他的姊妹伊莉莎萊克絲．德．貝耶—拉圖（Elisalex de Baillet-Latour）；她先生是國際奧林匹克委員會的比利時主席。隨後我們去探望艾菲的母親泰瑞絲——非常美的一位老太太，原為金斯基（Kinsky）女伯爵；薩金特（Sargent）曾經替她畫過肖像，現在那幅畫就掛在她後方。

特普利茨　五月二十六日，星期日　基督聖體節。大家都去上教堂，祈禱遊行隊伍由艾菲・克萊里率領，他走在神父的後面。我們在窗戶後面觀看。他們一直沒有兩個在法國作戰的大兒子，朗尼及馬可斯的消息，現在只有十六歲的么兒查理留在家裏。他看起來像極了美國電影喜劇演員洛埃德（Harold Lloyd）。他把地毯捲起來，並表演踢踏舞給我們看，他的舞跳得極好（後來查理・克萊里相繼徵召入伍，一九四四年在南斯拉夫戰場上陣亡）。

五月二十七日，星期一　莉蒂・克萊里（Lidi Clary）從來不提她兩個兒子，但她昨天在教堂裏哭了。艾菲看起來滿腹憂思。今天我們一起玩橋牌，晚上泰蒂安娜先行離開，我要再待幾天。我們去城裏觀光。彼得大帝曾經來此地治過一次病，因為特普利茨的礦泉溫泉浴非常有名。

普魯士皇儲的長子，威廉王子，今天在布魯塞爾一家醫院去世，死因是他十三日肺部、胃部所受的傷。

五月二十八日，星期二　比利時國王李奧波德（Leopold）今天宣布投降。伊莉莎萊克絲・德・貝耶—拉圖很高興，因為她希望因此能拯救許多比利時人的性命。

莉蒂的兩個大兒子終於來信。朗尼的軍團俘虜了他們的法國表弟。艾菲已決定該如何通知他的家人。艾菲仍固守十九世紀式的理想愛國主義，似乎跟現實脫了節。

今天我們看了一段轟炸鹿特丹的新聞紀錄片，好慘！讓人替巴黎不寒而慄。

德國在與荷蘭進行投降協商期間，納粹空軍竟轟炸鹿特丹，犯下德國在二次大戰最昂貴的錯誤。

轟炸隊沒有看到德國陸軍發射的警告照明彈，幾乎將大半個城市夷為平地，不過死傷人數（盟軍宣傳部宣稱高達兩萬五至三萬）其實只有八百一十四人。即使如此，轟炸鹿特丹仍成為納粹殘酷不仁的典型例證，加上後來對英國各城鎮的轟炸，逐漸改變了英國大眾的想法，開始贊成對德國城市進行無差別轟炸，造成遠勝過盟國陣營的受害人數。

柏林　五月二十九日，星期三　泰蒂安娜回家時我已上床。她對我大發脾氣，因為她從特普利茨回來時，發現爐子插頭沒拔，結果鐵圈燒穿了台架，幸好掉在鐵爐上。可是三天後，泰蒂安娜進門時，一道火焰已竄上牆壁。我慚愧得無地自容。萬一普克勒家的公寓著火，我真的不知道該怎麼辦。

今天威廉王子的葬禮在波茨坦舉行，聽說王室安排了大規模的示威活動。

五月三十日，星期四　在柏納索家吃了一頓安靜豐盛的晚餐。奧古斯汀諾強烈反對法西斯主義，而且不像他的同事，勇於直言。他預言整個歐洲都將面對悲慘的命運。

六月二日，星期日　昨天領薪水，我們去逛街。每到月底，我們似乎都窮得一毛不剩；薪水少得可憐，也難怪！我們倆現在加起來總共賺四百五十馬克，一百馬克寄給羅馬的家人，另外一百馬克還債；兩百馬克買食物、付交通費等，最後剩下五十馬克做我們倆的個人花用、買衣服、付郵資等等。不過這個月我省下足夠的錢，可以買下我幾個月前看上的一件洋裝。同時，我也省下足夠的衣服配給票，但店主人居然忘了跟我要！

今晚洗了個澡。現在盆浴也受限制，所以這是大事一樁。

六月三日，星期一　巴黎今天首次遭到轟炸。德軍正式宣布他們在西線上的損失——一萬人死亡、八千人失蹤（可能已死亡）。目前盟軍俘虜已多達一百二十萬人。

六月六日，星期四　艾嘉・傅森堡的兄弟葛菲拿到一個英勇榮譽假，被送去軍官學校受訓。雖然他從未服過兵役，卻顯然表現得像位英雄，獲頒鐵十字勳章及肩章（Panzersturmabzeichen）。然而他卻痛恨戰爭，戰前大部分時間都住在巴黎。

六月九日，星期日　沃德豪斯（P.G. Wodehouse）在亞布維（abeville）附近打高爾夫球時被俘。德軍指揮部要他為英國戰俘編一份報紙，所以把他帶來柏林。

大戰爆發時，沃德豪斯（英國國民，卻長期住在美國）及其妻住在勒圖克（Le Touquet）的房子裏，正準備逃往西歐，卻被德軍捉住。他以敵方外國居民的身分被拘留，後來在美國官方（當時尚未參戰）要求下被釋放。柏林的美國廣播電台說服他為美國聽眾製作五集錄音，描述自己的經歷，內容機智俏皮，隱隱嘲諷德國人，但完全不具政治色彩。然而，因為他使用了德國的廣播頻道，已犯了技術上的通敵罪，在英國造成極大的騷動，英國方面因此建議他最好永遠不要回國。

下午下班後，幾位匈牙利朋友開車來接我去海爾嘉—莉・紹姆堡（Helga-Lee Schaumburg）家裏，大家躺在太陽下。葛菲・傅森堡（Gofi Fürstenberg）也在場，看起來形容枯槁，彷彿疲累不堪，幾乎無法參與談話。艾許文・利珀已被軍方撤職（*fristlos entlassen*），因為他哥哥，即荷蘭女王威廉明娜之夫伯納德親王，也跟女王一起逃往英國。其實或許這樣倒反而救了艾許文一命，但他仍然很氣憤；他很愛他的部下，和他們一起經歷過波蘭及法國戰役，現在覺得自己遭到驅逐，無家可歸。更糟的是，他們家族的產業都在他哥哥名下，肯定會被沒收。

六月十日，星期一　普魯士柏恰王子非常憤怒，他表兄弟威廉陣亡之後，所有德國男性皇族都被調離前線，「勉強留下」擔任參謀工作。這些人全是出色的軍人，希特勒不希望他們戰功彪炳，獲得「不健康的聲望」。

昨天盟軍棄守那維克，挪威投降。今天下午墨索里尼宣布義大利參戰，此舉不僅愚蠢，而且極不漂亮——趕在法國戰役最後關頭，「凱旋」進駐法國南部！

六月十二日，星期三　謠傳巴黎將抗戰，但願不是真的，因為這樣並不能改變任何事。

六月十三日，星期四　和C．C．傅爾去戲院看古魯恩根斯（Gustaf Gründgens）演的《Fiesco》。這是難得的享受，現在戲票難求，總是全部賣光，不然就保留給休假的軍人。散場後，我們到一家小餐廳吃點心，討論戰事。C．C．很聰明，不認為戰爭很快就會結束，基本上頗悲觀。

六月十四日，星期五　巴黎今天投降，怪得是柏林的反應出奇冷淡，毫無慶祝的氣氛。

六月十五日，星期六　謠傳法國簽定了投降協定。

晚上我們和西姬．拉弗特和朋友去綠森林（Grunewald）公園划船，然後圍坐在花園旁。奧古斯汀諾．柏納索（Agostino Bennazzo）突然出現，把我們拉到一旁耳語道：「蘇俄剛剛吞併了立陶宛！」

但父親仍在那裏！我們立刻回家，花一整個晚上與外交部可能幫得上忙的人聯絡。結果每個人都再三推託，深怕破壞了他們和蘇維埃的「和諧關係」。

六月十六日，星期日　泰蒂安娜再一次嘗試向外交部求援，普魯士柏恰王子則陪我上教堂。他也在設法及時拯救我父親。

六月十七日，星期一　連續幾晚無法入眠。傳聞立陶宛總統斯梅托納（Smetona）及大部分內閣部長都已逃離德國邊界。

一九二六年便以溫和獨裁姿態統治立陶宛的斯梅托納總統，成功逃到美國，死於一九四四年。蘇維埃政府立刻展開肅清活動，處決五千人，並將二至四萬人驅逐出境，其中大多數都死於流亡途中。

雖然德蘇在一九三九年九月二十九日簽定的祕密協約裏，將立陶宛畫入蘇聯的「勢力範圍」，但希特勒並未同意蘇聯直接吞併立陶宛。莫斯科緊跟著拿下羅馬尼亞占領的比薩拉比亞（Bessarabia）及布柯維納北部（North Bukovina，蘇聯空軍因此可以就近攻擊德國的主要油田普洛什特〔Ploesti〕）。希特勒認為此乃背信之舉，因此他只有一個選擇：實現他長久的夢想——征服蘇聯。

艾伯特・艾爾茲（Albert Eltz）剛打電話來說，貝當元帥代表法國簽訂了投降協定；法國內閣似乎已樹倒猢猻散。經過兩個月的抵抗，這個結果令人不敢置信。

六月十八日，星期二　德國神速占領了法國。C・C・傅爾和普魯士柏恰王子已透過「德國軍事情報局」（abwehr）的奧斯特（Hans Oster）上校打聽我父親的消息，但至今仍無下文。

出生於亞爾薩斯的奧斯特上校（一八八八—一九四五，後升少將）是一位出色且勇敢的將領，並堅決反納粹。他在軍事情報局局長卡納里斯（Canaris）海軍上將授權下，使該局成為反納粹分子的庇護地。大戰初期，他曾（可能在卡納里斯默許下）將希特勒的入侵計畫洩露給丹麥、挪威、荷蘭及比利時的情報局。一九四三年，幾名受他保護的人紛紛被捕，他遭撤職；軍中反抗勢力由奧布萊赫特（Olbricht）上將及馮．史陶芬堡（von Stauffenberg）上校重組。「七月密謀」發生後，奧斯特被捕處決，主要因為德國人對留紀錄有狂熱。奧斯特的司機洩露了他們的藏身處，蓋世太保便迅速地處決了他。一九四五年四月九日，他和卡納里斯一起在弗洛森比格（Flossenburg）集中營內被絞死。

六月十九日，星期三　蒂爾曼斯（Tillmans）一家從立陶宛抵達柏林。德俄裔的他們是立陶宛的重量級工業家族。蘇聯入侵前兩小時，德國公使柴克林（Zechlin）和我以前的上司，英國公使普雷斯頓（Thomas Preston）同時警告他們，勸他們立刻離開。但他們持有德國護照的兒子決定留下，希望能保住一些產業。

六月二十日，星期四　今晚回家時，發現父親從東普魯士的提爾西特（Tilsit）寄來一封電報，上面寫著：「安全抵達」，並要求匯給他來柏林的路費。

六月二十一日，星期五　和露易莎．維爾捷克（Luisa Welczeck）和普魯士柏恰王子去C．C．傅爾家吃螯蝦大餐，然後柏恰違法地開他的車送我們回家。正準備上床時，空襲警報響起，我們下樓坐在階梯上和門房聊天，他同時兼任空襲守衛。後來聽說炸彈都投在波茨坦附近，柏林是安全的。

六月二十二日，星期六 晚上在提諾．索達提家度過。廣播宣布西線休戰，然後播放「讓我們一齊禱告……」那首歌。在場每個人都嚴厲批評──義大利在「生米煮成熟飯」後，才對法國發動攻擊。

六月二十四日，星期一 和一群義大利朋友去蓋托夫（Gatow）晚餐。我提早回家，其他人趕赴某義大利外交官美籍妻子開的派對。我覺得大家面對法國目前的情勢卻這樣享樂，似乎不太成體統。

六月二十五日，星期二 回家後發現父親居然到了。經過這番波折，他看起來精神仍然很好。現在他全部的家當只剩下刮鬍用具、兩條髒手帕和一件襯衫。感謝奧斯特上校預先交代，父親在抵達德國國境後受到邊界警察的禮遇，甚至提議給他路費。不過在那之前很驚險，他躲藏在舊產業的樹林內，靠著過去常來偷獵的村人幫助，趁星夜穿越國界。整段路非常辛苦，因為現在是盛夏，林下灌木叢極乾燥，踩上去會發出很大的聲響。

蘇聯軍隊占領立陶宛時，蜜絲的父親人在舊都維爾紐斯（Vilnius）；去年秋天波蘭解體時，該城才由蘇聯歸還立陶宛。他趕搭頭一班火車返回居住的考納斯，當晚寄住朋友家，然後連家都沒回，便搭乘蒸汽船下涅曼河（Nieman），抵達瓦西契可夫家族舊產業所在的弗巴卡斯（Furbarkas）。瓦氏家族一直受到當地居民的愛戴，他很快便找到願偷偷帶他進入德國邊界的嚮導，而且幾名嚮導正好以前經常在他的樹林內「打獵」。抵達德國後，他本想付錢酬謝那些人，他們卻一口回絕說：「以前你還住在這裏的時候，我們就已經領過很多次酬勞了！」

七月一日，星期一　到露易莎・維爾捷克與泰蒂安娜位在勞克街上、曾是捷克公使館的辦公室去找她們。露易莎的上司約賽雅斯・馮・藍卓（Josias von Rantzau）是位外交官，人很好，以前派駐過丹麥及美國。他很有幽默感，這點對他幫助很大，因為露易莎擅長寫打油詩取笑辦公室內的同事，常戲弄他。他請我們喝一杯烈酒，氣氛非常輕鬆自在。

七月二日，星期二　和奧圖・馮・俾斯麥（Otto von Bismarck）、柏納索夫婦、海倫・比隆及一位來自瑞典公使館的年輕外交官馮・海爾格（von Helgow）共進晚餐，然後在他靠近蒂爾加騰區的公寓裏消磨了一整個晚上。他家擺滿了韋奇伍德（Wedgwood）裝飾品，這種時候豈不危險？

奧圖・馮・俾斯麥王子（一八九七—一九七五）是「鐵血宰相」俾斯麥的長孫，初出道時是國會的右派議員（弟弟葛弗瑞則是國社黨代表），後來轉而從事外交，駐派斯德哥爾摩及倫敦，於一九四〇至一九四三達到事業巔峰，擔任羅馬德國大使館的公使顧問。戰後他重返政壇，在波昂聯邦政府（Bonn Bundestag）任職了一段時間。

七月七日，星期日　泰蒂安娜、露易莎・維爾捷克和我，應邀到義大利大使位於柏林近郊萬西（Wannsee）的宅邸內「游泳」；原來是特別為迎接外交部長齊亞諾（Ciano）辦的派對。他來柏林參加甫在利比亞空難身亡的巴爾博（Italo Balbo）空軍元帥的追悼會。

為了這個派對，大使館似乎把柏林最漂亮的女孩全請來了，男士卻沒有一位是我們認識的。齊亞諾的隨從都不起眼，唯獨顧問團長德艾耶塔（Blasco d'Ayeta）例外。整件事非常可疑，滂沱大雨中一群人乘坐汽艇在萬西城裏兜來兜去。回宅邸後，我們三人決定一叫到車就回家，可是等到該向主人致謝及道別時，卻發現他和齊亞諾關在黑暗的房間裏，和柏林城內最輕浮的兩位女士跳貼面舞，而今天竟然是政府規定的哀悼日！離開時我們都覺得很噁心，露易莎甚至向父親抱怨。

七月十一日，星期四　辦公室那位外交部來的年輕同事開派對，邀請凱蒂雅．克萊因米邱和我去。凱蒂雅相信他也邀請了貝利—史都華（Baillie-Stewart）。他是一名英國軍官，幾年前洩露了些情報給德國，被關進倫敦塔一陣子，現在住在柏林。我請凱蒂雅轉告那位同事我不想去，因為我不想認識那個人。結果他非常生氣，表示貝利—史都華是他見過「最正直的英國人」！我忍不住回嘴說，可能他認識的英國人不多，而且如果他說的沒錯，那麼上帝得救救英國國王了！他因為「我的愚蠢」，威脅將取消派對。我最後還是去了，整晚看別人玩撲克牌。其他時候我們的關係倒還好。

我們的老闆E先生被分派到一間屬於他自己的小辦公室裏，從此沒再出現過。

七月十二日，星期五　今晚畢倫柏（Bielenberg）夫婦在達蘭（Dahlem）辦了一個小型的派對。畢倫柏是漢堡來的律師，身高幾乎七呎，極英俊，膚色像一位印度大君。他娶了一位迷人的英國女孩，克莉絲托貝（Christabel）；好像是諾斯克利夫爵士（Lord Northcliffe）的姪女。他們有兩個男孩，大的七歲，因為學校老師罵英國人都是「豬」，憤而抗議，竟然被開除了。他們夫婦想避免類似情況再發生，決定讓她帶小孩去阿爾卑斯山的提羅爾（Tyrol）住，等戰爭結束。這對夫婦人很好。畢倫柏的大學同學亞當．馮．特洛．祖．索茲（Adam von Trott zu Solz）也在場；我只在藍卓的辦公室見過他一面。他的眼睛非常特別。

亞當·馮·特洛·祖·索茲（一九〇九—一九四四）的父親是前普魯士教育部長，祖母為美國人，亦是美國第一任司法部長約翰·費（John Fay）的曾曾孫女。特洛先後在慕尼黑大學、歌廷根（Göttingen）大學及柏林大學就讀，接著獲得牛津大學巴利奧學院（Balliol College）的羅德斯獎學金（Rhodes scholarship）。畢業後在德國當了一段時間的律師，一九三七—三八年間赴美國及到中國各地旅行。一九三九年，他回英國，在阿斯特（Astor）家族及洛錫安爵士（Lord Lothian）推薦下，與張伯倫首相及外交部長哈利法克斯（Halifax）會面。一九三九年九月（歐戰已開始），他接受「太平洋關係機構」的邀請，重返美國。無論他去哪裏，見任何外交家，都會提倡某些人認為立場模稜兩可的主張，即：反對希特勒，鼓勵反納粹運動，但尊重德國的國家利益。當時，任何有關德國愛國主義的表態（特洛也和所有反納粹分子一樣，非常愛國）都會招來懷疑，某些盟國集團因此厭惡特洛。一九四〇年他途經西伯利亞返回德國，加入納粹黨做為掩護，進入外交部工作。該機構有大群積極反納粹分子，以兩位資深官員——科爾特兄弟（Erich & Theodor Kordt）——為首腦。後來特洛的同事海傅登（Hans-Bernd von Haeften）終於將他帶進毛奇伯爵（Count Helmuth von Moltke）所主持的「克雷藻集團」（Kreisau Circle），即反納粹運動及策畫德國未來前途最重要的智囊團。每次出國他都代表該集團傳話（他出國次數相當頻繁），一直與盟國朋友保持聯絡。

戰後，克莉絲托貝·畢倫柏亦出書描述她自己的經歷，見暢銷書《逝去的自我》（*The Past is Myself*, Chatto & Windus, London, 1968）。

七月十三日，星期六　我陪泰蒂安娜去見蓋世太保，見我們的人非常可憎。我們的身分問題愈來愈棘手，德國人認為我們的立陶宛護照已失效，因為蘇聯已兼併波羅的海東岸諸國，現在要求這些國家的國民一律重新申請蘇俄公民，我們當然不可能照辦！

七月十四日，星期日　今晚爸爸的一位前俄國海軍英雄（一九〇四－一九〇五年的日俄戰爭）朋友克拉特（Klodt）男爵和米夏·布特涅夫（Misha Boutenev）來家裏。後者是一位非常聰明的俄國青年，逃出俄國占領的波蘭東部之後，和兄弟姊妹躲在華沙一個地窖裏整整一個冬天。他的父親被遣送回蘇聯，反諷的是，二十年前他才因為俄國大革命逃離俄國！米夏帶著他姊妹七歲的孿生小孩。孩子們倒頗受禮遇，因為他們是在美國出生的。

七月十六日，星期二　保羅·莫茲（Paul Mertz）在飛經比利時上空時陣亡。他是我們去年夏天在西利西亞認識的一位年輕德國空軍軍官，入伍前把他的狗「雪莉」交給我們。來柏林不可能帶狗，所以我們把雪莉送到一個農場裏。

今天在辦公室有人誤送一張印有黃條紋的空白紙張給我，通常這種紙專為發布特別重要的新聞。我正好沒事幹，便在上面打了一則有關倫敦暴動的謠傳，最後說英國國王被吊死在白金漢宮的大門上。然後交給一個笨女孩，她立刻翻譯，還把它併入對南非廣播的新聞內容。因為文稿上有些德文文法錯誤，負責調查所有對外新聞的老闆查出是我搞的鬼，幸好他今天心情不錯，寬容的沒責罰我。

七月十七日，星期三　今晚在提諾·索達提家和海瑟·艾茲朵夫長談，討論法國情勢。大家都稱讚他是個好人，但德國人對於公開批評常採取防衛態度，就算再好的人也會先自我保護，同時每個人和他們自己的國家元首及他所採取的行動畫清界線，讓我覺得有點可怕。他們若不堅持自己的信仰，這一切何時能了？

直到「七月密謀」失敗之後，蜜絲才知道海瑟·馮·艾茲朵夫原來在反納粹運動中扮演關鍵性的角色，初期他故意對政治一片漠然，乃謹慎使然。

七月二十二日，星期一　在家裏聽收音機廣播柏林愛樂交響樂團，一場極優美的演奏會。

黛露西雅·葛契可夫（Daroussia Gortchakov）從瑞士寄來一份參與法國戰役的白俄移民失蹤名單；其中包括我們的表兄弟吉姆·維耶曾斯基（Jim Viazemsky）、米夏·卡塔庫山（Misha Cantacuzene）和阿利歐夏·塔季謝夫（Aliosha Tatishchev）。至今仍下落不明。

七月二十三日，星期二　已找到米夏·卡塔庫山，但仍替吉姆·維耶曾斯基擔憂；他最後一次出現在法蘭德斯（Flanders）。我們住巴黎姓夏巴托夫（Shcherbatov）的表姊妹也仍無音訊。

七月二十五日，星期四　去霍茲曼（Horstmann）家晚餐，慶祝佛瑞迪的生日。這是我們自從那場智利使館舞會之後第一次穿長禮服。話題圍繞在防毒面具上，我們並未準備，令大家有點吃驚，因為傳聞最近在被擊落的一架英軍飛機殘骸裏發現毒氣炸彈。

「佛瑞迪」·霍茲曼是戰時柏林城內最富色彩的人物之一，他熱中蒐藏藝術品，且極富有。希特

勒得勢之後，原為出色外交官的霍茲曼因為妻子萊莉是猶太人，被迫辭職。根據蜜絲的描述，霍茲曼位在施泰因廣場（Steinplatz）上雖小卻極精緻的公寓，好比戰時野蠻汪洋中的文明小島。一群經過精挑細選的朋友（總是包括幾位歐洲美女）定期聚會，由佛瑞迪蒐藏的藝術品圍繞，置身典雅、自在及知性的氛圍。雖然這群人絕口不談政治，但霍茲曼沙龍的存在，及其雅客共同的興趣（和憎惡），都極微妙地在對抗納粹主義。

七月二十六日，星期五　艾伯特・艾爾茲今晚來訪，帶蛋糕和科力諾斯牌（Kolynos）牙膏給我們；牙膏非常珍貴，現在我們只能去西門子城（Siemensstadt）才買得到。他在工廠屋頂上擔任高射砲砲手，最近才被關了一陣子，因為被人發現不偵察英軍轟炸機，反而在偷懶讀英文小說。

七月二十九日，星期一　我現在星期一晚上一定留在家裏，因為收音機每星期一都會播放愛樂交響樂團的演奏會。

泰蒂安娜又加薪了，我仍然原地踏步，好悲慘。

八月一日，星期四　我現在跟泰蒂安娜的上司約賽雅斯・藍卓比較熟了，很喜歡他——像隻懶洋洋的獵犬，極具幽默感。

八月三日，星期六　終於透過第三中立國接到瑪拉・夏巴托夫（Mara Shcherbatov）的消息。所有表親都已回到巴黎，卻都沒工作。她們的老友安德瑞・伊格納鐵夫（André Ignatiev）在與法軍作戰時失去了一條腿。

八月四日，星期日　做完禮拜和一群朋友去伊甸旅館（Hotel Eden）。露易莎・維爾捷克在那裏和保羅・梅特涅（Paul Metternich）的男孩吃午餐，他是梅特涅首相的曾孫，有一半西班牙血統。餐後所有人都應邀到紹姆堡夫婦位於克萊道夫的宅邸玩，大家分乘幾輛車，保羅・梅特涅和泰蒂安娜、納吉（Nagy）與我擠在汽車後座無頂的折疊座位上。保羅真可憐，幾乎像個光頭，髮根好短，因為他只是個士兵。突然加上一個人，可憐的普魯士柏恰王子只好去搭火車。保羅顯然為泰蒂安娜傾倒。

八月八日，星期四　去露易莎・維爾捷克的辦公室，和她及藍卓喝咖啡，後來亞當・特洛也加入我們；我覺得他的長相特別極了，或許因為他有股出奇的能量吧。晚上和泰蒂安娜、普魯士柏恰王子及藍卓到露易莎住的旅館（施泰因廣場）內晚餐。露易莎換了服裝表演佛朗哥舞，跳得極好。

八月十二日，星期二　今晚我和C・C・傅爾及另外兩位客人一起吃掉了一百二十隻螯蝦。十一點時，泰蒂安娜打電話來，說父親走夜路摔了一跤，頭撞到人行道，血流不止，家裏又沒繃帶，我們只好跑出去找藥房。還沒包紮好傷口，空襲警報又響，我們費盡唇舌才說服父親下地窖（公寓在四樓）——他怕鄰居以為他跟人打架！高射砲震天價響，警報直到凌晨三點才解除。現在德軍猛烈轟炸英國，或許這是報復行動。

法國淪陷後，希特勒希望英國求和，於七月十九日休戰，並在帝國大廈裏發表勝利演說，提議講和，邱吉爾卻要求德國立刻撤回到一九三八年的防線。希特勒於是展開「海獅行動」（征服英國的暗號）第一階段；八月十五日德國空軍對英國領空展開全面性攻擊，即歷史上有名的「英倫戰役」。

八月十六日，星期五　藍卓送我們四個女孩各種高級法國香水，名字都相當浪漫誘人：美津子、瑪格麗芙、熱蕊芬……我都從來沒聽過。

八月二十日，星期二　泰蒂安娜與我和瑞士公使館的幾個人談過，想設法和表哥吉姆·維耶曾斯基聯絡。我們已知道他沒受傷，被關在德國某戰俘營中。

八月二十五日，星期日　今晚又有空襲警報。泰蒂安娜出去了，我本來留在床上，後來砲聲實在太響，有時整個房間都被照亮了，最後只好下地窖，也強迫父親跟我一起下去。

雖然德軍在大戰初期曾轟炸過華沙及鹿特丹等城市，但他們和英軍一樣，一直不願以對方的城市住宅區為轟炸目標。就連「英倫戰役」剛開始也只是一連串爭奪制空權的空戰而已。但在八月二十四日的晚上，德國空軍對倫敦誤投了幾枚炸彈，隔夜（見蜜絲上述）英國皇家空軍即派出八十架轟炸機報復柏林。希特勒一怒之下，命令德國空軍停止轟炸英國空軍基地，集中轟炸倫敦。這個決定讓他輸掉了英倫戰役，因為本來英國空中防禦已不堪一擊，德軍勝利在望，英國空軍正好利用這個機會稍事喘息，恢復元氣。此後，轟炸平民區的顧慮及禁忌全面解除。

八月二十六日，星期一　又傳空襲警報。雖然每棟建築的門房都奉命強迫所有人進地窖躲避，我們仍留在床上。後來我們的門房也來了，敲著鍋子要我們起來。還好這次空襲只鬧了半個鐘頭。

八月二十七日，星期二　下班後去泰蒂安娜的辦公室。她辦公室隔壁是間浴室，水聲嘩啦嘩啦響。顯然因為政府機關不限制熱水，她的老闆正在盡量利用。

和幾位朋友吃晚餐，包括凱克布希（Kieckebusch）兩兄弟，兩人都在作戰時受重傷；麥克斯欽（Mäxchen）癱瘓了三個月，克勞斯（Claus）被彈出飛機時身上著火，臉部嚴重灼傷，幸好復原理想，看不太出來，算是不幸中的大幸，因為他對自己的長相非常自豪。不過他的兩名組員死了。

八月二十八日，星期三　今天坐巴士經過威廉一世紀念教堂（Kaiser Wilhelm Gedächtniskirche）時空襲警報響了。巴士停車，每個人都被趕到紀念教堂商店的地下室裏。陽光耀眼，接下來什麼事都沒發生。可是今晚去綠森林晚餐時，卻一陣擾嚷。我們站在花園裏，看著許多紅綠相間的「聖誕樹」投進城裏，但很快便不得不避入屋內，因為高射砲的碎片到處亂飛。這次空襲受難人數顯然不少，我們直到凌晨四點才回家。

九月二日，星期一　儘管預期將有空襲，仍待在家中，企圖補眠。我們的地窖布置得挺周全，小娃娃們躺在小床裏吮大拇指，泰蒂安娜和我通常下棋打發時間。她每次都贏我。

九月三日，星期二　半夜空襲。泰蒂安娜輕微發燒，我們就留在樓上。我倆的床分據房間兩個角落，泰蒂安娜深怕房子被炸中時，我會被震入太空，而她卻停留在半空中，我只好鑽進她床裏，兩人抱得緊緊的捱過兩個鐘頭。爆炸聲嚇死人了！屋外的火光不斷照亮房間。轟炸機低飛掠過，聽得一清二楚，有時就像從頭頂上飛過似的，令人感到非常不安。就連父親也有點害怕，跑進來找我們聊天。

九月六日，星期五　每晚空襲讓人筋疲力竭，因為每天都只能睡三、四個鐘頭。下週我們將前往萊因蘭（Rhineland）拜訪哈茨費爾特（Hatzfeldts）家族。別人都笑我們居然選擇去萊因蘭「避炸彈」，但德國鄉間至今仍算平靜，況且該地距離盟軍轟炸的主要目標——魯爾（Ruhr）——很遠。

九月七日，星期六　今天我們從普克勒家的公寓搬進狄狄．曼德史婁（Ditti Mandelsloh）的柏林「落腳處」。他人在前線，不希望房子空著，怕被某國社黨員徵收。這棟公寓位在哈登堡街（Hardenbergstrasse）上、動物園高架鐵路站旁；就空襲來說，地點很糟。但因為小，很實用。屋裏甚至沒有接待室，只有一個小客廳、一間臥室、一間很好的浴室（可惜很少有熱水）、一個小廚房和一條貫穿整個公寓後側的走廊。我們把走廊盡頭改成爸爸的房間。整棟公寓對著一塊陰暗的花園，屬於一幢辦公大樓的一部分；大樓裏晚上沒住人，只有一位女清潔工會來打掃。

九月八日，星期日　我去看住在街角的萊莉．霍茲曼（Lally Horstmann），聊到英國及法國朋友的前途。德軍又開始轟炸英國，據說倫敦到處大火。

九月九日，星期一　又有空襲。我從頭睡到尾，既沒聽見警報，也沒聽見爆炸聲，可見多累！

九月十日，星期二　今晚很早上床。午夜時，空襲開始。這一次赫德維許醫院（Hedwig hospital）被炸中，其中一枚炸彈落在安唐奈特．克勞伊的病房裏（她才剛動過手術），引起火災，幸好她及時被抬下地窖。國會大廈也著了火，還有幾枚炸彈掉在美國大使館的花園裏。

九月十一日，星期三　空襲。一位美國朋友狄克．麥茲（Dick Metz）送我去看安唐奈特．克勞伊；她洋洋得意地給我看她剛被炸過的房間。狄克和她姊姊露露已非正式訂婚。

明天我們便將離城去哈茨費爾特家住十天。

九月十二日，星期四　我們坐臥舖火車到科隆。車速極快，我一直害怕會出車禍。經過很多地方時，只見天空一片火紅，還有一個城市大火。抵達科隆之後和芭莉・哈茨費爾特（Bally Hatzfeldt）吃早餐；我們坐同一班火車，竟然錯過了。然後去看大教堂，許多著名的彩色玻璃都已移往安全地方。我們很想買點東西，隨便什麼都好，最後買了幾條手絹了事。中午搭上一班慢如牛車的火車到威森（Wissen），哈茨費爾特家派專車來接我們。

克拉托夫城堡（Crottorf），九月十四日，星期六　克拉托夫城堡非常美，和許多西發里亞（Westphalia）地區的城堡一樣，四周環繞兩條盈滿的護城河，外觀看起來門禁森嚴，堡內卻非常舒適，擺滿了精緻的畫、高級家具和數不清的書冊，堡外則由地勢高低起伏的林地圍繞。現在住在堡內的是哈茨費爾特家族的長女拉拉和她父母。她的獨子比優欽現年十九歲，在陸軍服役。

九月十九日，星期四　山中無甲子！我們早上十點起床，和哈家女孩一起早餐，然後寫信直到中餐時間。飯後從三點到五點陪公主聊天，接著各自回房看書或睡午覺。五點喝下午茶。雨下個不停，但到了傍晚天氣通常會短暫放晴，大家出去散步、採蘑菇。我們在柏林認識的那位芭莉——典型的花蝴蝶——突然不見了，她在這裏整天穿一雙厚跟鞋，戴一副摩托車騎士護鏡，不過她的睫毛仍是我見過最長、最鬈的。有時覺得精力特別旺盛，大家會玩鬼捉人遊戲。晚上七點，大家洗好澡，換上長禮服，圍坐爐火旁直到十點，這才「筋疲力竭」地上床休息。王子要到晚餐後才醒來，雖然年事已高，有時卻十分風趣機智。食物永遠那麼可口，讓我們一想到柏林的伙食就喪氣。

九月二十日，星期五　吉姆．維耶曾斯基從德國俘虜營寫信給我們，要食物、菸草及衣服，說他把所有家當都留在車上，車停在博韋（Beauvais）市政府前面，彷彿指望我們去那裏取回他的東西似的。他有好幾個朋友都關在同一個營裏，他們准他散長步。

九月二十三日，星期一　泰蒂安娜覺得不對勁，我們怕她得了盲腸炎。她身體一直很弱。

九月二十四日，星期二　泰蒂安娜去維森看了醫生。診斷結果：盲腸炎加上敗血症，醫生診斷得立刻開刀，並安排她星期四住院，星期五我必須趕回柏林，希望能在離開之前陪她開完刀。

九月二十六日，星期四　手術成功，醫生很滿意，泰蒂安娜卻很自憐。她必須住院十天，然後回克拉托夫休養。我陪了她一整天，再從科隆搭臥舖夜車趕回柏林。

柏林，九月二十七日，星期五　回到家時，父親正在吃早餐。現在顯然每天晚上都有空襲警報。今天德義日宣布結盟成為軸心國。

日本雖然從一九三六年十一月，便和德國及義大利一起支持「反共產國際協定」，卻一直不願與德義兩國走得太近，但希特勒連續在西線奏捷，日本終於停止觀望，與這兩個歐洲侵略國家結盟。日本在「軸心國協定」中承認德義在歐洲「新秩序」的領導地位；相對的，德義兩國則承認日本在「大東亞」地區的地位。三國並同意若任何一國受到第三強權（暗指美國）的攻擊，另兩國將予以援助。

九月二十九日，星期日　空襲。現在我們住一樓，不必下地窖，我乾脆留在床上。一般人也開始懷疑地窖的安全性。前幾個晚上，一枚炸彈炸中附近一棟房子側邊，房子雖然沒倒，地窖裏的水管卻全爆了，躲在裏面的人全部淹死。

九月三十日，星期一　古斯弟・比隆（Gusti Biron）去倫敦碰上空襲，至今沒回來，他姊姊海倫急壞了。

今晚空襲從十一點持續到凌晨四點。我都躺在床上看書，結果警報還沒解除就睡著了。

十月一日，星期二　和朋友去達蘭吃晚餐，結果在動物園車站裏碰上空襲警報。及時逃出來，一口氣跑回家。我極不願意躲進某不知名的陌生地窖，不過遲早會碰到這樣的情況，因為一旦警報響起，任何人都不准留在街上。

十月二日，星期三　待在家裏時都由父親下廚；他手藝挺好，就是每道菜都放太多胡椒。他已開始教俄文。

今晚空襲為時很短。

十月六日，星期日　和巴伐利亞的康斯坦丁王子（Konstantin of Bavaria）及比優欽・哈茨費爾特一起吃晚餐。比優欽因為沒向隔桌一位上校敬禮，被削了一頓，令在座每個人都極為尷尬！

十月八日，星期二　今晚空襲破紀錄，持續了五個小時，高射砲響個不停，落下來的炸彈也不少，然後是火災。我們一直待在床上。

十月十日，星期四　凱蒂雅・蓋勒辛（Katia Galitzine）姨媽在倫敦被炸死了，炸彈擊中她坐的巴士。今天早上我們在柏林替她舉行追思會。

我正在讀索洛維約夫（Vladimir Soloviov）的預言，令人絕望。

索洛維約夫（一八五三—一九〇〇）是杜斯妥也夫斯基的朋友及信徒，亦是俄國著名的詩人、哲學家及神祕主義者。蜜絲指的是他寫的《假基督故事》（*Story of Antichrist*）；他相信假基督即將來臨，帶來大災難。他所預言現代極權主義（無論左派或右派）所帶來的恐怖都十分準確，令人寒慄。

今晚警報響時，我正參加一個派對。高射砲聲非常刺耳，可憐的麥克斯欽・凱克布希，自從在法國脊椎受傷之後，神經便極端脆弱。他倒在地上打滾，不斷呻吟道：「我聽不下去了！」我離開後，其他人繼續玩。一個酩酊大醉的瑞士人開了一槍，只差一點就打中麥克斯欽。

十月十八日，星期五　泰蒂安娜回家了，顯得蒼白又虛弱。

十月二十日，星期日　朗尼・克萊里來柏林停留一天。他絕對是我們這一代最迷人又最有才華的青年，剛剛訂婚。

晚上去瓦利・索丹（Wolly Saldern）在綠森林公園旁的家。他正在休假，和家人住。他們的房子裏塞滿了好書及好音樂。我們剛坐進齊奇（Zichy）的車準備回家，警報就響了。由於只有外交官才能在警報響後留在街上，齊奇只好送我們回瓦利家。

我們聽唱片，一直到凌晨兩點。然後我跟巴伐利亞康斯坦丁王子一起走路回家，距離超過三哩。剛穿過海倫橋（Halensee bridge），警報又開始嗥。因為沒人出來阻止我們，我們繼續走，但很快砲聲愈來愈激烈，到了科爾福斯坦路上碰到一名警察，把我們趕進一個地窖，我們坐在地上三個小時，冷得直打哆嗦。我沒有穿大衣，只好躲在康斯坦丁的雨衣下跟他抱在一起。我們一邊打瞌睡，一邊聽別人講話。柏林人碰到危機時表現特佳，經常很風趣。

警報在早上六點解除，當然既無電車，也叫不到計程車，我們只好沿著科爾福斯坦路狂奔，藉以取暖，後來終於叫到一輛計程車，送我們回家。快到我家時還必須繞道：兩輛救護車在從我們家隔壁房裏掘出幾個人之後撞在一起，現在那棟房子已被炸得粉碎，三名炸彈生還者也在車禍中死亡。

回家後發現泰蒂安娜非常擔心我，因為那枚炸彈差一點就炸到我們這棟建築。我套上毛衣，躺了半小時，立刻得趕去公司上班。但我實在太累了，無法工作，便聽從凱蒂雅・克萊因米邱的建議，拉出（為緊急情況準備的）行軍床躺下，三個小時之後才醒來，發現老闆正極不滿意地盯著我看。一整天都有人打電話來問我們是否還活著，因為我們那一區顯然災情慘重，好幾枚炸彈落在露易莎・維爾捷克住的醫院和我們家之間。

十月二十六日，星期六　下班後和泰蒂安娜搭提諾・索達提的車去C・C・傅爾家。先圍坐爐火旁，然後洗澡、睡覺，試著別去想空襲。

十月二十八日，星期一　今天義軍進攻希臘。希特勒與莫索里尼會面，收音機裏一陣嚷嚷。

墨索里尼在進軍阿比西尼亞（abyssinia）及利比亞之後，仍不願讓希特勒獨自重畫歐洲地圖。他在輕而易舉拿下法國的尼斯與科西嘉島之後，開始覬覦東方的巴爾幹半島。一九三九年四月，義大利已吞併阿爾巴尼亞；十月二十八日，義軍越過邊界，進入希臘。

希特勒不僅毫無準備，而且他老早明確勸阻墨索里尼不要這麼做，因為他深知義軍的能耐；而且此刻他正專注於自己最偉大的計畫——征服俄國！——不願英軍介入，逼近正往東歐大量集結的德國陸軍南側，但如果希臘向英國求援，這個情況一定會發生。再加上希臘當時的獨裁者米塔克斯（Metaxas）將軍親德，因此義軍發動攻勢之前的準備完全瞞著德軍。十月二十八日希特勒和墨索里尼在佛羅倫斯會面（據說是他們最火爆的一次接觸），希特勒只好接受現實。

十月二十九月，星期二　英軍登陸克里特島（Crete）。

十一月一日，星期五　今晚發生兩次空襲，一次從晚上九點半持續到凌晨一點，一次從凌晨兩點半持續到早上六點。感謝上蒼，讓我們住在一樓！

十一月三日，星期日　英軍登陸希臘本島。

十一月四日，星期一　我一直缺乏運動，決定開始上體操課，已經感覺好多了，不過身體仍有點僵硬。只因為我又高又瘦，老師似乎覺得可以把我訓練成運動健將。

十一月六日，星期三　保羅．梅特涅在城裏待了六天，泰蒂安娜幾乎天天跟他出去。

十一月八日，星期五　保羅．梅特涅今天離開，泰蒂安娜待在家裏，好不尋常。

十一月十日，星期日　和露易莎．維爾捷克、泰蒂安娜及藍卓開車到亞當．特洛位於達蘭的家。他最近才和克麗瑞塔．蒂芬巴赫（Clarita Tiefenbach）結婚；拿過羅德斯獎學金，是非常特別的人。希特勒的私人祕書及外交部聯絡官赫弗（Gesandter Walther Hewel）也在那裏。赫弗有一次讓比利時外交官卡蒂埃非常窘，竟然問他露易莎和她的朋友們對現今政府觀感如何。赫弗有點笨拙，不過據說人不壞，而且是「當權集團」裏唯一偶爾會出現在其他社交圈裏的人。很多人似乎想透過他得些好處。

十一月十一日，星期一　我們隔壁的鄰居、以前做過立陶宛警政署長的席德瑞維西斯（Sideravicius）告訴我們，他在肉店外面排隊時，看見一頭死驢被抬進後門，因為他看到驢蹄和驢耳朵從防水布下面伸出來。原來我們每週吃的炸肉排就是這樣來的！

十一月十四日，星期四　保羅．梅特涅回來了，泰蒂安娜每天都跟他見面。

十一月二十七日，星期三　和泰蒂安娜、保羅．梅特涅及迪基．艾爾茲去沙弗林餐廳（Savarin's）晚餐，吃龍蝦和其他不用配給、富豪吃的珍饈。泰蒂安娜每天晚上跟保羅出去，半夜他通常還會打電話來，兩人嘰嘰呱呱講個不停。幸好電話線很長，我可以把她趕到客廳去，否則我根本別想睡覺。

德國占領的歐洲，日常生活常有出其不意之處，食物配給制度亦然。深海漁船因為近海，水雷及大西洋戰役停止作業，魚類因此極難買到，或嚴格配給；但甲殼類，像是過去豪富才吃得起的龍蝦及蠔等，卻一直很多，直到一九四四年盟軍登陸為止。同樣的，很快就連在德國境內都找不到像樣的啤酒，但在法國境內需要配給的法國葡萄酒及香檳，卻在帝國內氾濫。

十二月一日，星期日　巴伐利亞的康斯坦丁陪我上俄國教堂，因為他很感興趣。然後我們去動物園及水族館；有好多噁心的水蛇在那兒游來游去，還有很多爬蟲類。現在空襲情況愈來愈糟，還養這些動物，真奇怪？

十二月二日，星期一　大家開始對保羅・梅特涅和泰蒂安娜閒言閒語。我必須不斷否認他們已訂婚的事，真煩。他們還不想宣布，計畫明年夏末再結婚。

希臘人正把義大利趕出阿爾巴尼亞，不過後者仍占有杜拉索（Durazzo）及瓦洛納（Valona）。柏林人現在流行一句雙關語：法國人在蔚藍海岸（Riviera）掛起告示：「希臘人止步！這裏是法國！」

十二月三日，星期二　前巴黎提督奇亞培（Jean Chiappe）在飛往敘利亞途中，座機被擊落，接著兩名埃及部長也遭到同樣的命運。德國宣傳部門針對「背信的英格蘭」不斷轟炸外國政客的尷尬事件大作文章。

前巴黎提督奇亞培（一八七八—一九四〇）是右翼政客，貝當指派他出任敘利亞行政長官，但敘利亞很快被英法盟軍占領。

十二月五日，星期四　許久沒有羅馬的消息。義軍總司令巴多格里奧（Badoglio）元帥已辭職；海軍司令卡伐納里（Cavagnari）上將亦然。義軍似乎在毫無準備下草率進攻希臘，敗得一塌糊塗。

義大利進攻希臘很快演變成一次大災難。希臘人在帕帕戈斯（Alexander Papagos）將軍睿智的領導下，頑強抵抗，在數週之內不僅驅退敵軍，還進占了阿爾巴尼亞。同時不出希特勒所料，英國部隊及補給大量湧進希臘本島及外圍群島。

十二月七日，星期六　晚禱。泰蒂安娜和保羅·梅特涅先送我去教堂，再去戲院。稍後我去歌劇院看卡拉揚指揮。他非常時髦，有些人認為他勝過富特文格勒（Furtwängler），真是胡說。卡拉揚絕對是個天才，而且熱情澎湃，不過卻很自負。

十二月八日，星期日　和泰蒂安娜，保羅·梅特涅及奧雅瑟堡（Oyarz-als）夫婦（西班牙大使館外交官）到艾德隆旅館（Hotel Adlon）午餐。本想飽餐一頓，不巧碰上「一菜餐日」——政府規定每家餐廳每週必須供應一次的無味燉菜。大家很失望地開車去C·C·傅爾家。

十二月十一日，星期三　現在義大利在非洲也吃了敗仗。英軍開始發動攻勢，已經死了一名義大利將軍。

義軍於九月十二日開始在北非發動攻勢，不到一週便占領索蘭（Sollum）和西迪巴拉尼（Sidi Barrani），但後繼無力。十二月九日，英軍反撲，將義軍趕出西部沙漠，拿下托布魯克（Tobruk），占領大部分的昔蘭尼加（Cyrenaica）並俘虜了大約十二萬義軍。一九四一年二月，魏菲爾（Archibald Wavell）將軍抵達阿格海拉一線（El Agheila line），六週後，隆美爾（Erwin Rommel）開始他著名的反攻，將軸心國軍隊帶到亞歷山大港的城門下。

十二月十二日，星期四　英國宣稱已占領西迪巴拉尼。義軍正逐漸被驅出阿爾巴尼亞半島。即使如此，還是會替很多愛國的義大利好人，感到難過。

十二月十六日，星期一　昨晚炸彈落在柏林的主要購物街陶恩齊延街（Tauentzienstrasse）上，大部分玻璃都被震破，整條街全是碎玻璃。

十二月十七日，星期二　昨天在聖馬蒂諾餐廳（San Martinos'）吃晚餐，大部分的義大利客人都忙著跳舞，瘋得很，似乎完全不在意祖國軍事上的敗績。

十二月十八日，星期三　亞當・特洛向泰蒂安娜建議，要我去外交部當他的私人祕書。他是極優秀的知識分子，我必須非常努力才能達到他的標準；不過外交部的工作氣氛比我們廣播電台好太多了，他的同事大多在國外住過一段時間，眼界較寬廣。而我現在這份工作也變得公式化，非常瑣碎。但我的合約要到三月才到期，必須找個正當理由離職。戰時想換工作很麻煩。

前幾天我們替辦公室餐廳開了一份菜單，非常簡短且缺乏創意：

星期一：紫甘藍菜淋肉汁。

星期二：無肉。鱈魚淋芥茉醬。
星期三：石頭魚排（名副其實）。
星期四：素什錦（紫甘藍菜、白甘藍菜、馬鈴薯、紫甘藍菜、白甘藍菜……）。
星期五：葡萄酒燴淡菜（mussels，這道菜很「特別」，通常一轉眼就會被搶光，只能吃酒汁馬鈴薯餛飩湊合湊合）。
星期六：以上任選一項。
星期日：以上任選另一項。
每日甜點：香草布丁淋覆盆子醬。

十二月二十三日，星期一　下班後和亞當．特洛晤談。新工作似乎很有意思，但內容並不明確。他顯然想把我變成一名信得過的雜役。他自己是多頭馬車，但正式職務只有一項：「解放印度」！

二次世界大戰爆發之後，印度因軍國主義運動造成國家分裂，博斯（Subhas Chandra Bose，一八九七—一九四五）所領導的急進派主張以武力推翻英國殖民政權，甘地和尼赫魯則繼續堅持非暴力政策。博斯認為納粹德國是理想的盟友，便於一九四一年一月逃到柏林，立刻由德國外交部印度司保護。掛名該司主管的雖是納粹文人即副國務卿凱普勒（Wilhelm Keppler），實際負責公務的卻是兩名堅決反納粹分子：亞當．特洛及亞歷山大．維爾（Alexander Werth）博士。

不久，博斯獲准成立「解放印度中心」，並享有外交特權，開始以不同的印度語言廣播反英國的談話，甚至「以解放印度之名」對英國宣戰。但他對於「印度軍團」（徵用北非俘虜到的印度戰俘）

的計畫卻因缺乏志願工作者而成為泡影。反諷的是，最後成為博斯計畫最大阻力的，竟是希特勒本人，因為他生來厭惡有色人種，私底下其實很仰慕英國的帝國主義角色。

一九四三年二月，一艘德國潛水艇在馬達加斯加島外海將博斯運送到一艘日本潛水艇上。之後，一支印度兵團在日本援助下在緬甸對抗英軍，直到一九四五年日本戰敗為止。博斯欲前往偽滿洲國向蘇聯求助，結果座機在八月十八日墜入中國海。

十二月二十五日，星期三　保羅．梅特涅今早離城回部隊。我們很辛苦地穿過積雪，走到教堂，卻聽說因為可能有空襲，禮拜將延期到明天早上舉行。

十二月三十日，星期一　和提諾．索達提及一堆朋友在豪丘餐廳（Horcher's）一間小房間內晚餐。飯後去提諾家，高朋滿座，大家為新年舉杯。他請了一個很棒的樂團，可惜在午夜時分竟演奏德國國歌，令所有人既驚愕又狼狽。幸好提諾早已溜出去，到瑞士公使館跟他上司拜年去了。

一九四一年

一月至六月

一月二日，星期四　今早我向廣播公司遞出辭呈。他們表示只要我找得到接替人手，就同意讓我走。這可能有點困難。

一月五日，星期日　佛瑞迪．霍茲曼帶泰蒂安娜和我去聽卡拉揚的演奏會。天氣好冷。入冬以來，這是我第三次生病。

一月七日，星期二　俄國聖誕節。我們去做晚間禮拜，棒極了。

一月十七日，星期五　早上大部分時間都在和辦公室的同事道別，辭職成功。離開廣播電台令我高興，附近景色一片陰森灰黯。泰蒂安娜得了感冒，臥床休息。

一月十八日，星期六　今晚在霍茲曼家覺得很無聊。有時候，我真不知道我們晚上為什麼那麼愛出來玩，肯定是一種不安的徵兆。

一月二十日，星期一　和芭莉及比優欽．哈茨費爾特姊弟吃晚餐。他倆住在靠近蒂爾加騰區的一間巨大公寓裏。我走進比優欽的房間整理頭髮，看見有個衣櫥間沒扣上，被裏面琳瑯滿目掛著的西裝和數目相同的鞋子嚇了一跳，忍不住想到喬奇和亞歷山大若能擁有兩套就不知多高興了！我們一貧如洗的移民生活跌至谷底時，他們正好滿十八歲；裝扮對這個年齡的男孩來說，經常跟女孩一樣重要。

一月二十二日，星期三　第一天到外交部情報司上班，感覺很沮喪，因為每件事都好陌生。亞當・特洛暫時把我安插在一個附屬在他印度司下，類似研究機構的部門裏，怕他頂頭上司發現我們不僅政治立場相同，還一起工作，會起疑心。我的直屬上司是一位年長的女性新聞從業人員，也是印度事務專家。亞當似乎期望我在熟悉工作內容後，能夠逐漸影響她，讓她替他做事；恐怕他高估了我的能力。德國女人一旦坐上大部門主管的位子，通常都會變得頗難相處，因為她們的女性特質都不見了。

托布魯克被澳洲人占領。義大利敗得很慘。

一月二十四日，星期五　和亞當・特洛午餐，覺得他實在很特別。他有數不清具建設性的點子和計畫。我卻感到十分喪氣，又不敢讓他知道。

一月二十五日，星期六　有人送我們兩隻雉，送父親兩套西裝。

一月二十六日，星期日　上教堂，然後和泰蒂安娜散了一個很長的步，仔細觀賞蒂爾加騰區內的新大使館；全都極為巨大又極盡誇示，典型的新納粹柏林建築風格——大理石、廊柱，大得畸型，和真人不成比例。他們甚至開始興建新的英國大使館，因為據說靠近勃蘭登堡門（Brandenburger Tor）

的舊使館太小了。難道他們真的相信英國遲早會投降？

一月三十一日，星期五　辦公室裏的新同事對我似乎都很滿意。

二月一日，星期六　在洛卡莫拉夫婦（Rocamora）家午餐（他是西班牙使館的武官）。他們就住在新辦公室對面。我現在比較習慣了。可惜辦公室太冷，而且燈光太暗。大部分的研究文件字都很小，眼睛常感覺疲勞。亞當・特洛和他一位朋友亞歷克斯・維爾博士，一起過來。他們開了一個小型會議，並叫我參加，我坐在那兒聽他們的高論。

維爾博士是亞當・特洛在歌廷根大學的好友。一九三四年回來後，在一個納粹集中營內待了一陣子，然後到倫敦開業當出庭高等法院的律師，直到開戰前夕才返回德國。進陸軍極短時間後，奉派到外交部任職。

二月二日，星期日　今天下午馬可斯・克萊里（Marcus Clary）來家裏串門子。他是艾菲的次子，長相酷似父親。他一直在前線打仗，一隻手臂還嚴重受傷，想找樂子快想瘋了。現在他在柏林附近一所軍校受訓。我們帶他去參加一個派對。

露露・克勞伊正打算不顧父親反對，逃到葡萄牙跟她的美國男朋友狄克・麥茲結婚。

二月十一日，星期二　到霍茲曼家喝茶，認識了「露露」・德・維爾莫朗（'Loulou' de Vilmorin），目前嫁給匈牙利要人，「湯米」・埃斯特哈齊（'Tommy' Esterhazy）伯爵。她雖然不年輕，卻非常優雅迷人。

二月十七日，星期一　從上週開始，亞當．特洛把我轉進他的部門內。我很高興，因為那裏的氣氛自在多了。亞當自己有一個房間；我和另外兩位祕書合用一間辦公室；再來是亞歷克斯．維爾和一位姓里希特（Hans Richter）、外號叫「法官」的人合用的大房間；最後牆裏還有個小洞，給沃夫（Wolf）先生（外號為「沃夫欽」）和他的祕書羅拉．沃夫（Lore Wolf）用。沃夫欽經常微醺，不過人很好，又聰明。

泰蒂安娜在樓下一間車庫改建的辦公室裏和藍卓及露易賽．夸特（Louisette Quadt）一起工作。露易莎．維爾捷克最近辭職離城，因為她家人擔心空襲情況，決定搬去維也納，我們都很想念她。目前亞當交給我一大堆翻譯及書評，現在就得趕出一篇，兩天後交稿。有時，我也必須聽德文口述速記。同事都覺得我的德文文法非常恐怖。

二月十八日，星期二　所有外交部新增部門都設在已撤離柏林的外國使館建築內，因此設備齊全，有浴室、廚房等。我很喜歡這裏的工作氣氛，感覺快樂多了。不過上班時間不太規律，照理應從早上九點開始，到下午六點左右，可是每到午餐時間老闆們便銷聲匿跡；我們也一樣，不過這當然不合規定。男士們很少下午四點以前回來，有時更晚；所以我們常得加班趕工，有時會待到十點。大老闆本來是奧騰博（Gesandter Altenburg，亦是全權委員部長），人很好，大家都很尊敬他，但最近換了一個完全不同的角色——一名黨衛軍准將，姓史達萊克（Franz Stahlecker），很年輕、氣勢洶洶，每天穿著高筒靴，揮舞皮鞭，踱來踱去，旁邊還跟著一條德國牧羊犬。這個人事變動令每個人都很憂心。

黨衛軍准將史達萊克和惡名昭彰的艾希曼（Adolf Eichmann）早期都參與納粹「處理」猶太人的計畫，本來只打算將之遣送到東歐，尚未想到處決。他雖是帝國警察局治政主任海德瑞克（Reinhard Heydrich）的政敵，卻仍在對俄戰爭初期奉命率領駐波羅的海東岸諸國的別動隊（Einsatzgruppe 'A'）。這批別動隊乃由黨衛軍、蓋世太保及德國與當地警察組成，每隊約五百到一千人，專門負責消滅猶太人、共產黨及德軍後方疑是游擊隊的可疑分子。史達萊克曾誇口，他的單位在戰役開始四個月內，便已處決了十三萬五千人。一九四二年三月，他在愛沙尼亞遭游擊隊埋伏身亡。

二月二十日，星期四　泰蒂安娜發高燒。我去霍茲曼家晚餐，大家慶祝C．C．傅爾與布蘭綺（Blanche Geyr von Schweppenburg）訂婚；她是一位著名裝甲部隊將軍的女兒，非常漂亮。

洛卡莫拉夫婦剛從羅馬回來，帶回家人寫的一包信。泰蒂安娜最近才向他們透露她已與保羅．梅特涅訂婚，他們很驚訝，但都很興奮。

二月二十二日，星期六　參加C．C．傅爾的婚禮，他請我做伴娘。整個婚禮非常典雅，在皇宮旅館（Hotel Kaiserhof）舉行，但卻苦了我們，因為必須介紹每一位賓客和雙方家長認識；他們都剛從鄉間入城，不認識任何人。C．C．一副煩不勝煩的模樣。最後我累昏頭了，甚至和送我回家的計程車司機握手，結果他吻了我的手。

二月二十五日，星期二　和藍卓晚餐，討論泰蒂安娜的訂婚事宜，他贊成這門婚事。他就像我們的守護天使和良師。

二月二十六日，星期三 泰蒂安娜和我與父親的朋友艾德門（Adelman）伯爵午餐。他剛從立陶宛被調回來，本來是德國公使館的公使顧問，曾經發給許多非德國人德國護照，協助他們逃離蘇維埃的迫害。

德蘇簽訂國界及友好條約之後，緊接著在一九三九年九月二十九日簽下祕密協定（瓜分了波蘭，並將立陶宛畫入蘇聯的勢力範圍），居住在蘇聯境內的德國少數人種都將被送回德國。理論上只有具德國血統的人才夠資格，但整個行動由黨衛軍負責執行，後來便強行徵召許多歸國者。當地的德國外交使節卻寬容許多，幫助七十五萬人，包括上萬的非德國人，逃離被蘇維埃政府處決或囚禁的命運。

謠傳西班牙國王阿方索（Alfonso）已死，他是保羅．梅特涅的教父。如果這個傳聞屬實，將對保羅及他母親造成一大打擊。國王自從一九三一年退位後，經常住在梅特涅家族在捷克鄉間柯尼希斯瓦特（Königswart）的別墅。

共和政府在一九三一年大選中獲得壓倒性勝利後，阿方索十三世離開西班牙，開始流亡。

二月二十七日，星期四 保羅．梅特涅、藍卓、泰蒂安娜和我一起到豪丘餐廳午餐，大家狼吞虎嚥。豪丘是柏林最好的餐廳，非常瞧不起糧票。

三月五日，星期三 家裏的一位老友，以前是立陶宛境內的波蘭籍地主潘．麥德夏（Pan

Medeksha）來吃晚餐。他最近才逃出來，沒帶出任何東西。以前他那幢年代久遠的木造豪宅是典型的「名門世族之窩」——慷慨好客、食物供應不斷、廣大蓬亂的花園、雜草叢生的池塘、肖像藝廊……可憐！六十出頭還得從頭開始，一定很辛苦。

德軍進駐保加利亞。

英軍在義大利入侵希臘後進行軍事干預，英國皇家空軍因而逼近羅馬尼亞的普洛什特油田——德國最主要的油源。希特勒於是下令征服希臘，但他必須先保住軍隊橫越匈牙利、羅馬尼亞及保加利亞的運輸權。於是，他將這三國納入軸心國協定中；匈牙利與羅馬尼亞於一九四〇年十一月二十三日加入，保加利亞沙皇鮑里斯三世（Boris III）卻不太情願。但自從羅馬尼亞在一九四〇年六月被迫將貝薩拉比亞及布柯維納北部割讓給蘇聯後，保加利亞亦想分一杯羹。德國因此志願「調停」。一九四〇年八月，羅馬尼亞將多布羅加（Dobrudja）南部讓給保加利亞；從此，德國的影響力及壓力便正式進入保加利亞。一九四一年三月一日，保加利亞亦加入軸心國。隔天，李斯特（Siegmund List）陸軍元帥所率領、奉命征服希臘的第十二軍團，便進駐該國。

三月六日，星期四　我們終於有了一點積蓄，計畫去義大利度假；能與家人團聚一定很棒。保羅・梅特涅去基茨比厄爾（Kitzbühl）滑雪。現在很多人都離城去滑雪，柏林的生活平靜許多。

看來塞爾維亞危機即將爆發。

三月九日，星期日　今天晚上艾伯特・艾爾茲、艾嘉・傅森堡、克勞斯・阿拉費特（Claus

Ahlefeldt）和普魯士的柏恰一同來訪。爸爸看見克勞斯用手臂圈著艾嘉坐在那兒，好不震驚；「在我那個年代……」

一九四一年三月十一日，美國通過「租借法案」（Lend-Lease Act），意謂著即使不被迫迎戰，美國也已成為「民主世界的兵工廠」。直到大戰結束為止，美國將對各盟國支援價值達五百億美金的軍武和補給品。

三月十五日，星期六　最近常待在家裏，生活平靜。泰蒂安娜尤其感到疲累不堪，我們倆都盼望著羅馬之行。

三月二十四日，星期一　辦公室所有職員都忙著準備一項日本特展，唯獨亞當・特洛置身事外，得意地嘲笑我們每天像釘在打字機前工作到深夜。沃夫欽是我們的救星，因為他和新老闆史達萊克保持尚稱友好的關係，可以保護大家不受侵擾。其他人都盡量躲著史達萊克，他這個人有點邪惡。

今晚，夏可夫斯克神父（Father Shakhovskoy）來家裏和我們一起晚餐。

夏可夫斯克神父（王子）是俄國移民教會中最著名的神職人員，戰後成為舊金山俄國東正教總主教。

三月二十七日，星期四　有一則令人興奮的消息：最近才在維也納和德國簽訂協約的一群南斯拉夫政府部長，在返回柏貝爾格勒時，竟遭一群親盟國軍人逮捕。新地方政府成立，攝政王保羅逃往希臘。可能意味著德國也將出戰南斯拉夫。真是一團糟！

南斯拉夫人一直處在德國的壓力下，然而繼希臘成功擊退義軍，英國部隊抵達巴爾幹半島及英國在北非奏捷，一再鼓勵南斯拉夫起來反抗。該國直到一九四一年三月二十五日才加入軸心國，兩天後軍方發動革命，罷黜攝政王保羅，擁戴十七歲的皇儲彼得王子為王，成立親同盟國政府。

德國入侵蘇聯的計畫已成熟，希特勒面對希臘及南斯拉夫突然在英國支助下在南邊造成威脅，遂下令德軍「毫不寬貸」地摧毀南斯拉夫。

三月二十九日，星期六　和保羅．梅特涅（他剛做了一套新西裝，還不太自在）去西班牙外交官埃斯賓諾沙（Espinosa）家，聽他珍藏的俄國唱片。保羅的衣裝的確亟需更新；他每天都打一條黑色的針織細領帶，穿一件老舊的綠呢外套和一件法蘭絨襯衫。我從來沒看過他穿制服以外的衣服——而他的制服看起來也很舊了。他從十八歲開始，生活裏就只有戰爭；最早是西班牙內戰，他志願加入法西斯派軍隊。

迪基．艾爾絲帶我去波茨坦見奧圖．俾斯麥的弟弟葛弗瑞，他是波茨坦的地方首長。我非常喜歡他。他太太是奧法混血的麥樂妮．赫約斯（Melanie Hoyos）。他的奧國表妹羅瑪莉．申博格（Loremarie Schönburg）也在場。大家很晚才一起回柏林。

葛弗瑞．馮．俾斯麥—申豪森伯爵（一九〇一——一九四九）是「鐵血宰相」的孫子。剛開始他贊成納粹活動，相信能使德國再生，甚至接受黨衛軍榮譽上校的官階，並加入希特勒偽帝國內國社黨多年，同時擔任波茨坦地方首長。但到了一九四一年，他已變得堅決反納粹，後來成為最早參與「七月密謀」，也是最活躍的平民。

四月三日，星期四　和藍卓至達蘭特洛夫婦家早餐。美術史學家、舞台設計師及中國專家普里托瑞斯（Preetorius）教授也在場。亞當・特洛對中國極感興趣，曾在那裏待過一段時間，並成為彼得・弗萊明（Peter Fleming）的好友。大家的話題都圍著遠東轉。

謠傳匈牙利首相泰萊基（Teleki）伯爵已自殺。

泰萊基伯爵自一九三九出任首相，企圖阻止德國主宰匈牙利未果。他之前拒絕服從德國，不肯交出逃到匈牙利的波蘭士兵及百姓；南斯拉夫親盟國革命成功後，德國對匈牙利施加更大的壓力，泰萊基不願屈服，舉槍自盡。

四月四日，星期五　與海克・切爾寧（Hako Czernin）夫婦晚餐，在場只有奧國人，包括迪基・艾爾茲及約瑟夫・史瓦岑伯格（Josef Schwarzenberg）。他們回憶昔日維也納與薩爾斯堡的輝煌年代，講了許多二〇年代「黃金少年」的軼聞，令我咋舌。

四月六日，星期日　今天早上，德軍入侵南斯拉夫及希臘。

四月十一日，星期五　昨天下班後我趕去斯泰丁納車站；迪基・艾爾茲已在那兒等我，帶我一起去波美拉尼亞（Pomerania）葛弗瑞・俾斯麥的別墅萊因費德（Reinfeld）城堡過復活節長週末。本來三個鐘頭的車程，卻坐了七個小時。俾斯麥家族的馬車來車站接我們，在月光下載我們抵達萊因費德。半夜三點進門，發現葛弗瑞還在等我們，準備了簡單的晚餐和大量新鮮牛奶。好幸福！今天早上吃了一頓真正的早餐，再洗個熱水澡。萊因費德是小型農場及鄉間別墅的混合，極迷人——白色粉牆、舒適的家具、藏書極多。我們到樹林裏散步，迪基．艾爾茲射中一隻松鴉。下午出去騎馬。這是我頭一次騎馬，幸好後來肌肉並不痠痛，可能要感謝我的體操課。

萊因費德，四月十二日，星期六　又和葛弗瑞．俾斯麥出去騎馬，之後去獵鹿。貝爾格勒今天淪陷，克羅埃西亞宣布獨立。

四月十三日，西方復活節，星期日　喝完茶後，我們在客廳窗子後面練習打靶；靶釘在一棵樹上。以前我從未打過靶，剛開始連眼睛都閉錯了，結果我的成績居然最好——初學者的運氣！換用手槍之後，我的表現卻一塌糊塗，因槍太重，後座力太強。我們替孩子們藏蛋，可惜他們年紀太小，不懂。他們顯然都吃得很好，老實講，有點太胖了。才一歲多的小男孩安德瑞斯個性鮮活，紅髮碧眼，像極了他的曾祖父「鐵血宰相」。

四月十四日，星期一　天氣轉壞，雖然和暖，卻不見陽光。迪基．艾爾茲返回柏林，他替里特（Ritter）銀行工作，因此至今仍不用入伍。我再停留一天。今天下午又出去騎馬；斷續有陣雨，雨勢很大。回家途中，葛弗瑞看見幾個小孩正在偷一間穀倉屋頂上的乾草，便疾馳跟了上去，我的馬也跟在後面跑，可憐的我只好死命抓著馬鬃。

柏林　四月十七日，星期四　晚上到俄國教堂讀十二福音。這個禮拜才是我們的復活節禮拜。禮拜太長，我雙腳開始發痛。泰蒂安娜計畫五月六日啟程赴羅馬，我卻不能跟她一起去，哎！因為我才剛換工作。

南斯拉夫淪陷。

四月十九日，星期六　工作兩小時，然後上教堂作禮拜及領受聖餐。保羅・梅特涅在城裏，即將回西班牙，再去羅馬。整趟旅程（算是出差）都由沃夫欽一手安排，後者特別喜歡他和泰蒂安娜。午夜彌撒因為怕空襲改在晚上七點舉行，地點也改在立陶宛教堂，因為參加的人數總是太多，而我們的教堂太小。我們帶保羅・梅特涅和羅瑪莉・申柏格一起去。

四月二十日，星期日　俄國復活節。爸爸堅持要我們陪他循慣例拜訪城內整個俄國移民區。剛聽說貝爾格勒革命期間，可憐的南斯拉夫小國王彼得半夜被人從床上拉起來，目睹一位將軍，也是他的導師被處決（後經證實為謠言）。

四月二十二日，星期二　我仍忙著翻譯。亞當・特洛希望我能接管他所有的例行公事，好讓他退隱到奧林匹亞山的更高峰，不必面對任何官僚虛文。我利用他外出午餐時間，先從整理他辦公桌開始，坐在地板上掏出一抽屜接一抽屜亂糟糟的東西，差點沒哭出來。他那位死忠的小祕書進來安慰我說：「馮・特洛先生是天才，妳不可能要求天才同時有條有理的！」

等他回來時，我複述給他聽，他顯然大受感動。他拿羅德斯獎學金在英國待了好幾年，又在中國和美國待過，通常我們倆都用英語交談。他一說德文就變得咬文嚼字，有時我聽不懂，聽他口述時更不可能全懂。每句話他會先起一個頭，停頓一秒鐘，然後劈哩叭啦講出一大串。稍後等我面對自己的象形文字時，通常都會發現忘記了一半。我的德文就是還不夠好。法官里希特和維爾博士也常對我講英文（法官在澳洲住了大半輩子）。同事有時謔稱我們是「英國上議會」。

四月二十三日，星期三　伊奈絲・維爾捷克（Inès Welczeck）現在波茨坦漢娜・布雷道（Hanna von Bredow）家當「鄉間義務女工」（Landjahr-Mädchen）。漢娜是俾斯麥的姊姊，有八個孩子。三個小的現在由伊奈絲照顧，替他們盥洗穿衣，送他們上學。基本上她過得挺輕鬆，要不然可能會被派到農地裏工作或去擠牛奶。我們去「藝術家工作室」（Atelier）替她慶生；保羅・梅特涅和西班牙大使坐在另一個角落裏，直對我們眨眼睛。

四月二十五日，星期五　和泰蒂安娜去赫約斯夫婦家晚餐。主人善—喬其（Jean-Georges）是麥勒妮・俾斯麥（Melanie Bismarck）的哥哥。葛弗瑞・俾斯麥、海倫・比隆和切爾寧夫婦都在場。我們現在逐漸婉拒大型派對，只到十多個熟朋友家聚會，所以總是挺擠的。

今晚又有空襲。我們的公寓就在最近剛用鋼筋水泥建好的動物園掩蔽壕附近。掩蔽壕地上部分很高，布滿高射砲砲口，據說是本區最堅固的空襲掩體。每次一開砲，地面就開始震動，那聲音就連躲在公寓裏都震耳欲聾。

四月二十六日，星期六　昨天只落下兩枚炸彈，但每一枚都重達五百公斤。我們發現了一扇可以通往後院的門，萬一起火，可做為緊急逃生口。後院當然有圍牆，或許體操課可以幫助我翻牆！

去看從羅馬來訪的義大利歌劇團表演尚多奈（Zandonai）所寫的《羅蜜歐與茱麗葉》。以前我從沒聽過這個劇碼，唱得很好。

四月二十七日，星期日　做完禮拜和丹麥代理大使史丁森（Steenson）午餐。他年紀滿老的，有五個年幼小孩，太太很迷人。

希臘戰役等於已經結束。

征服巴爾幹半島是希特勒最後的重大勝利，該戰役以另一項刻意的殘暴行動結束：德國空軍摧毀貝爾格勒，炸死一萬七千多人。南斯拉夫軍隊於四月十七日投降後，該國滅亡。克羅埃西亞宣布獨立；達爾馬提亞（Dalmatia）遭義大利併吞；塞爾維亞剩下來的部分則由德國傀儡政府統治。殘餘的反抗軍在中部山區活動，直到大戰結束——剛開始為米哈伊洛維奇（Draža Mihajlovic）將軍率領、擁護君主政權的「切特尼克」（Chetniks）游擊隊；後來則是狄托（Josip Tito）帶領的共產黨游擊隊。希臘抵抗到四月二十九日，殘餘部隊及大部分英國遠征軍撤退到克里特島。南斯拉夫與希臘英雄式的抵抗雖如曇花一現，卻對希特勒造成致命的影響：這是他發動戰爭十八個月以來，首次遭挫。整個歐洲幾乎已默許他的「新秩序」，然而這兩個小國卻敢向他挑戰。更重要的是，巴爾幹戰役迫使他提早六個月對蘇聯發動裝甲部隊（Panzer）攻勢。

五月一日，星期四　今天是希特勒當權後新增的國定假日——他想搶共產黨的威風！（譯註：五月一日是共產蘇俄傳統的閱兵慶典日）坐在蒂爾加騰區內讀家書。

五月四日，星期日　去位在法森能街（Fasanenstrasse）上的新俄國小教堂。聖詩班因為有一位前蘇俄歌劇院男低音助陣，演唱得美極了。

五月五日，星期一　經過一陣忙亂的準備工作，泰蒂安娜今天啟程去羅馬。海倫・比隆打電話告訴我，她會交給她公寓門僮一封信，請泰蒂安娜親自帶去羅馬。等我去拿信時，門僮說剛有一位男士報上我的名字，把信拿走了。我嚇壞了，因為我知道信中寫了海倫非法透過她服務的紅十字會所取得的波蘭戰俘下落。我們竟然忘了辦公室裏的電話都可能被竊聽！開始為被蓋世太保傳訊做心理準備。

滂沱大雨！

五月八日，星期四　空襲。現在我愈來愈容易緊張，每次警報一響，我的心就開始亂跳。藍卓還嘲笑我。

五月九日，星期五　迪基的小弟，艾伯特・艾爾茲，來辦公室看我。他沒通過軍官學校的考試，很沮喪。

五月十二日，星期一　今天下午去店裏試戴帽子。現在衣服都需要配給票，帽子卻不必，因此大受歡迎。選帽子成瞭解悶的娛樂，我們都開始慢慢累積，至少可以變一下花樣。

今晚在小型晚宴席間，ＢＢＣ竟廣播說赫斯（Rudolf Hess）已在英國落地！大家對他的動機議論紛紛。

赫斯很早便加入納粹黨，曾是希特勒最親信的人之一，亦擔任國社黨代理元首，並繼戈林出任帝國首相。當入侵蘇聯的計畫即將定案之際，赫斯於一九四一年五月十日獨自駕駛一架梅塞希密特（Messerschmitt）一一〇型飛機，緊急降落在蘇格蘭漢彌頓公爵（Duke of Hamilton）的產業內。他們曾在一九三六年的奧林匹克世運中會面，赫斯希望在公爵的協助下，與具影響力、卻反對邱吉爾及反共的英國政客聯絡，說服他們英國最好盡快結束戰爭，放手讓德國征服東歐。否則，他表示，英國將喪失已建立的帝國，而大部分的歐洲將受蘇聯統治至少一個世紀。令他驚訝的是，他竟受到一般戰俘的待遇，遭拘留直到大戰結束，然後送回紐倫堡受審，被判終身監禁，被關在柏林施潘道（Spandau）監獄裏，直到今天。德國及英國處理這次怪異事件的祕密方式——他的口供一直沒有對外公布——立刻引起眾多猜忌，當時羅斯福和史達林都懷疑英德有意妥協，達成和平協議。

五月十三日，星期二　到義大利大使館外交官蘭薩斯（Lanzas）夫婦家。我和海瑟．艾茲朵夫坐在角落裏討論赫斯事件及未來發展，令每個人都覺得很滑稽。

五月十四日，星期三　和保羅．梅特涅到「藝術家工作室」午餐。他剛從羅馬回來，詳細敘述他與家人會面的經過，挺好笑的，不過想必他一直很緊張。

午餐後，我們本想買一張印有赫斯照片的明信片，卻發現它們似乎在一夜之間全部消失了，無論花多少錢都買不到。其中一家店裏的女店員兇巴巴地說：「你們還要他幹什麼？他明明已經瘋掉了！

……」這是官方的說法。為了讓她冷靜下來，我們假裝對每個人都感興趣，買了一張戈培爾，一張戈林。

泰蒂安娜雖然不在，保羅仍陰魂不散。他痛恨柏林，在城內沒有任何親近的朋友。我們辦公室也和廣播電台一樣，每天都會接到一大疊印有「最高機密」的粉紅色文件，全是最新的國際新聞及外國報紙摘錄。除了少數人之外，不准任何人閱讀，可是信差送件時從來不封口，令嗜讀新聞的保羅愛不釋手，因為現在的德國報紙內容貧乏得可憐。若被人撞見，我們就慘了，幸好泰蒂安娜的辦公室（我暫時在那裏工作）是間車庫，通常我們都和其他部門用電話聯絡。唯一例外是，在樓下工作的藍卓和露易賽・兮特，他們才不在乎咧！

午餐後，我和艾德嘉・馮・烏克斯庫爾（Edgar von Üxküll）見面，他一位年長的波羅的海男爵，一九一四年前曾在俄國外交部工作；對父親讚譽有加，說他以前是全俄國最有前途的年輕人之一，本來一定可以當上首相。可憐的父親！

傳聞史達林已同意將烏克蘭割讓給德國九十九年。我非常生氣！（這也是謠言，可能由天真的德國民眾傳出，因為盼望即將爆發的德蘇之戰能因最後一刻的「交易」而避免。）

五月十八日，星期日　夙以機智聞名的柏林人已針對赫斯的逃脫事件發明了好幾個笑話。如：

「奧格斯堡（Augsburg）（他起飛的城市）——德國登高之城！」

BBC廣播：「星期日晚，目前沒有更多的德國部長飛進來！」

OKW（德國陸軍總部）官報：「戈林及戈培爾仍在德軍掌握中。」

「千歲的德意志帝國已變成百歲帝國—因為少了一個零！」

「我們的政府已瘋狂，是長久以來大家都明白的事實；但他們居然願意承認，這倒新鮮。」

「邱吉爾問赫斯：『原來你就是那個瘋子？』『不，我只是他的代理人。』」

嘴巴刻薄又犀利的艾嘉．傅森堡最後還加一句：「這個情況再繼續下去，我們不久就都可以回去過舒服的老日子了。」

五月二十四日，星期六 保羅．梅特涅被調回柏林，將進入陸軍總部工作，讓大家都鬆了一口氣。聽說愈來愈多的部隊陸續集中到俄國邊境，我們認識的男士幾乎全從西邊被調往東邊，這只代表一件事！

征服東歐及蘇聯，建立殖民帝國，其實是希特勒自從出版《我的奮鬥》（*Mein Kampf*）以來最主要的夢想，其他的政治動作全是通往這個目的的踏腳石。西歐戰役甫結束，一九四〇年七月二十一日，史達林吞併波羅的海東岸諸國隔日，希特勒便向手下將領宣布他計畫「盡快」摧毀蘇聯，沒有人反對。那年夏天，德軍的第一個師被調回東歐。一九四〇年十二月十八日，希特勒核准最後的作戰計畫，代號為「巴巴羅沙」（Barbarossa）；原本預訂一九四一年五月發動攻勢，並在四、五週內完成任務，結果卻拖了四年，最後造成納粹德軍的徹底毀滅。

「胡德號」（Hood）與「俾斯麥號」（Bismarck）展開大規模海戰。胡德號僅被一枚炸彈擊中，掉入彈藥艙中，艦上幾乎全員陣亡。真可怕！俾斯麥號現在到處躲藏，但情勢不妙，因為英國所有艦隊都在追它。

五月二十六日，星期一　到赫約斯夫婦家晚餐，認識一對美國的喬治·肯楠（George Kennan）夫婦。他在俄國的美國大使館任職多年，現在暫時派駐這裏。他的雙眼極有智慧，講話卻多有保留。當然因為目前情勢不明朗，德國與蘇聯仍是盟友，於是大家避口不談正經話題，由克勞斯·阿拉賚特及文奇·溫迪施·格雷茨（Vinzi Windisch-Graetz）分別示範匈牙利文及丹麥文。大家一致認為匈牙利文較迷人。不過我卻覺得兩種語文其實都不太悅耳。

五月二十七日，星期二　俾斯麥號今天被擊沉；魯簡斯上將（Admiral Lutjens）隨艦陣亡。

重達四萬二千噸的俾斯麥號於一九四一年建造完成，是大戰期間最大、最快、威力最大的戰鬥艦。五月十八日，它與「尤金親王號」（Prinz Eugen）巡洋戰艦一起突襲大西洋上的英國船隻。很快被英國搜索機發現，派出艦隊攔截。兩軍首度在冰島外海遭遇，才不過幾分鐘，由霍蘭（Lancelot Holland）副帥指揮、英國海軍著名的戰鬥巡洋艦胡德號便被炸沉，全船四百將士只有三人生還。但俾斯麥號也被擊中。隨後兩艘德國戰艦分開，尤金親王號溜回布勒斯特（Brest），被擊中的俾斯麥號失蹤了三十一個小時。倫敦海軍總部下令，從紐芬蘭到直布羅陀海峽所有的戰艦全部集中「追擊」俾斯麥號。英國所有戰艦在鍥而不舍的追蹤下，終於在比斯開灣內發現了它，接著被「皇家方舟號」（Ark Royal）航空母艦派出的飛機發射魚雷擊中，經過一場實力懸殊英雄式的對抗，俾斯麥號終於沉沒，全船僅一人生還。

五月三十日，星期五 待在家裏洗、燙、補衣服。光做這件事就夠忙的了，因為凡事都得親自動手。真正的肥皂已買不到，只能用臭兮兮的合成肥皂代替，那也需要配給！

六月三日，星期二 亞當給我一大堆書，要我先讀。如果覺得不錯，再交給他讀，否則這些書都會上架，從此再也無人問津。最近在英美出版的書，他幾乎都拿得到。有些書內容輕鬆，像是彼得·弗萊明的《短暫的訪問》（*Flying Visit*），傳閱之後，讓每個人都笑不可遏。搶書競爭頗激烈，不過我的戰績通常不錯。

六月五日，星期四 自一九一八年遜位的前德皇威廉二世（Wilhelm II）在他流亡的荷蘭多恩（Doorn）去世了，國內新聞報導很少，令人驚訝。

六月八日，星期日 俄國聖靈降臨節。保羅·梅特涅和我開著向西班牙人借來的車去車站接泰蒂安娜。她穿戴一身新行頭，看起來容光煥發，顯然換個環境後享受了充分的休息。看到她這樣真高興。我們一起吃晚餐。

六月九日，星期一 保羅·梅特涅和泰蒂安娜終於決定正式對外宣布訂婚，不過不會有任何人感到驚訝。父親希望保羅正式拜訪他，請求他的准許。我們嘲笑保羅，教他那天別忘了戴白手套來。泰蒂安娜對這件事比保羅還緊張。

六月十日，星期二 和藍卓、露易賽·夸特和曾駐派羅馬十年的前德國大使烏瑞克·馮·哈索爾

（Ulrich von Hassell）先生一起晚餐。他非常迷人，又博學多聞。

稍晚到艾嘉．傅森堡家，她替正準備前往希臘的艾伯特．艾爾茲開餞行派對。

似乎大部分德國陸軍都往俄國邊境集結。

資深外交官烏瑞克．馮．哈索爾（一八八一—一九九四）曾在一次世界大戰西線上負重傷，一九一九年返回外交部，一九三二至一九三八年任駐義大利大使，為其事業巔峰。他屬於老派的自由保守分子，強烈反對納粹，是參與推翻希特勒密謀最積極的平民之一。蜜絲認識他時，他在學院內任職，因此仍可在戰時到國外出差，以此為藉口，多次與盟軍及中立國集團內具影響力者接觸。

六月十一日，星期三　艾伯特和迪基．艾爾茲來家裏串門子。竟然在回家途中看到路上有個死人。想必是被巴士撞死的，卻因為停電，沒人注意。艾伯特就會碰上這種怪事！

六月十四日，星期六　羅瑪莉來借衣服參加派對。她正在學戲劇表演，本來將在莎士比亞的某劇中初次登台，結果男主角在排演時從梯子上摔下來，整齣戲因此取消。誰知道呢？可能大好的星運就此斷送了！

六月二十日，星期五　亞當．特洛打電話來。他是少數我認識喜歡在電話裏聊天的男人。他想到一件工作，可以讓我「分心別去想別的事」——指的是眼看即將爆發的對俄戰役。

六月二十二日，星期日　德國陸軍沿整條東邊國界發動攻擊！海克．切爾寧一早把我吵醒，通知我這個消息。戰爭的另一個新階段又開始了，這老早就在我們預料中，但仍讓人震驚！

蜜絲註（一九四五年九月）：雖然我幾乎每天都寫日記，但從這一天開始，我的日記缺失了將近兩年。一部分被我自己銷毀，其餘藏在一個朋友位於現今東歐地區的鄉村別墅裏，可能至今仍在原處；或者被人發現，移入當地檔案保管處，更可能被當成垃圾燒掉了。

接下來那幾年如此混亂，我的日記能保存這麼多，已經算是奇蹟了。

一九四一年

七月至一九四三年七月斷章

蜜絲註（寫於一九七八年春天，她去世的那一年）：接下來我仍幾乎每天都寫日記，因此，欲回憶從一九四一年八月二十二日到一九四三年七月二十日，我所經歷的每件瑣事是不可能的，但我會嘗試扼要敘述對我們生活發生重大及深遠影響的事件，以及家人、朋友和我自己在那段時期的變化，好讓讀者能夠順利銜接下一段日記。

可惜蜜絲體力不支，只寫下了兩件事：一是她姊姊泰蒂安娜的婚禮，一是她母親企圖援助蘇俄戰俘的活動。

幸好瓦西契可夫一家都極愛寫信，而且許多家書（包括蜜絲寫的或收到的）都保存了下來。藉著這些信件，以及她過世之後自她文件中陸續發現的零星日記，我們才能拼湊出她從一九四一年六月到一九四三年七月，日記斷章時期的生活內容。

不足之處，則由本註解者簡短補充蜜絲及其家人在這段時期的生活發展，以及當時的歷史背景概要。

蜜絲從柏林寫信給在羅馬的喬奇，一九四一年七月一日　普魯士的柏恰在城裏，因為他是「皇族」，剛從俄國前線調回來。他說戰況慘不忍睹，雙方幾乎都不留俘虜。俄國人打起仗和折磨起人來完全不像軍人，倒像罪犯，會舉雙手佯裝投降，待德國人接近，再從近距離射擊，甚至從背後射擊想幫助俄軍傷患的德國醫護兵。不過他們的確很勇敢，各地戰況都很激烈。現在克萊里家三個兒子全在那裏，他們的父母肯定憂心如焚。

和弗雷德姊妹碰面，她們剛獲悉弟弟艾迪已陣亡，他才二十歲，向來精力充沛。基本上，現在人員的傷亡比起戰爭初期來說，慘重許多。即使如此，德軍仍不出所料，穩定前進……

希特勒入侵蘇聯，可能是有史以來規模最大的一次軍事行動。德軍派出一百五十三個師——約為納粹三軍（Wehrmacht）四分之三的陣容——陸續再由芬蘭十八個師、羅馬尼亞十六個師、義大利三個師、斯洛伐克三個師、西班牙一個師、匈牙利三個旅，一些克羅埃西亞士兵，以及後來由德國占領之歐洲各地徵調來、不計其數的武裝黨衛軍（Waffen-S.S.）支援，總數逾三百萬人。交戰初期，蘇聯共派出一百七十八個師，約四百七十萬人抵達。德軍後援有限，蘇聯卻還能調動一千兩百萬人，因此德軍若想戰勝，必須靠閃電奇襲策略。希特勒卻信心滿滿：「我們只需將門撞開，整棟腐朽的建築便將立刻倒塌。」許多西歐專家也這麼預測。剛開始，史達林的確慌了手腳。

「巴巴羅沙」計畫同時對莫斯科、列寧格勒及基輔展開攻勢。一開始循慣例，運用裝甲部隊先行深入，摧毀蘇聯陸軍防禦，並在冬季來臨前達成最後作戰目標：形成一道從阿爾漢格爾斯克（Arkhangelsk）直到阿斯特拉汗（Astrakhan）的壁壘。德軍在紅場勝利遊行後，便將莫斯科夷成平地，成為「文明人」眼中的歷史陳跡。這場戰爭打著「反布爾什維克」的旗子，其實純粹為了侵占俄國的土地，掠奪其自然資源，並集體消滅俄國人民。生還者將被逐出烏拉山脈，或成為前來殖民的德國人的奴隸。

希特勒在發動攻擊前夕坦然承認，這將是一場非比尋常的戰爭。俄國人基本上是「次人類」，交鋒時根本不必講道義，德軍在俄國境內即使犯下最兇殘的犯罪行為，亦不會遭到起訴，更不必接受懲罰。所有被俘的人民委員及共產黨黨員，全部就地槍決！換句話說，該計畫不但默許，甚至指示德軍肆無忌憚地殺戮。雖然有些德國將領私下大感駭然，當時大家卻連眼皮都沒眨一下。不過一旦上了戰場，仍有許多保有榮譽心的德軍將領漠視以上不人道的軍令，其中許多人都參與了一九四四年七月二十日的密謀。

作戰一開始，一切按照計畫進行。儘管德軍準備期長達數月，史達林又從各消息來源接到各種暗示，但俄軍仍毫無防備，駐派西部前線的俄軍一方面裝備老舊，亟需更新，一方面剛經過史達林肅清，軍官人才大量缺乏，德軍因此在數週內便深入蘇俄疆土，經過幾次大包圍戰役，殲滅並俘虜了俄軍大部分的前線部隊。然而，德軍的挺進仍不斷因遭遇俄國士兵頑強抵抗（雖然剛開始俄軍陣營中有大量逃兵）而速度減緩或阻塞不前。俄國軍人雖不擅運用策略，卻出了名地慓悍，非經激烈戰鬥，絕不可能投降。德軍輕易拿下波蘭、西歐及巴爾幹半島後，不免輕敵，剛開始的反應是驚訝，接著是憤怒，很快不得不油然生出敬畏之心。

蜜絲一九七八年之回憶：泰蒂安娜於一九四一年九月六日與保羅・梅特涅完婚。當天一片喜氣，除了在前線作戰或已陣亡或負重傷的朋友，所有好友都列席參加，就連母親、艾琳娜和喬奇也設法從羅馬趕來。婚禮在洛卡莫拉宅邸內舉行，宴席中的食物則是保羅和他母親在柯尼希斯瓦特節省數月的結果。

當天晚上，柏林遭到直到當時最嚴重的一次轟炸，幸好多數炸彈都落在郊區。

那時，泰蒂安娜與保羅已離城赴維也納，隨後前往西班牙，在那裏待到隔年春天。艾琳娜立刻返回羅馬，母親和喬奇卻決定留下來住兩個月，竟釀成大錯，因為東線情勢惡化，當局下令禁止外國人進出德國，家人由於仍持有立陶宛護照，因此滯留德國。母親一直待到戰爭結束，喬奇待到隔年秋天，才設法溜到巴黎。

我非常思念泰蒂安娜，因為我與她自襁褓時期便非常親密，一起經歷大部分困難階段。幸好有喬奇搬進哈登堡街的公寓與我作伴，直到隔年春天……（蜜絲就此停筆）

一九四一年十一月，蜜絲去義大利度了幾週假。這段時間，她寫給母親的信有三封保留了下來。

蜜絲從羅馬寫信給在柏林的母親，一九四一年十一月十日　我對這裏的食物頗滿意，遠比柏林富於變化。看慣了柏林灰色的街景，這兒綠油油的樹葉真令人神清氣爽。

威尼托街（Via Veneto）擠滿年輕男人，令我震驚，跟德國現下的景況迥然不同。明天打算出去逛街購物，但並不抱太大希望，因為不需珍貴配給票的東西，交易時都必須出具身分證。就連已在義大利待了三年的艾琳娜都還沒拿到身分證，妳可以想像我的希望有多渺茫。所以，我總是充滿渴望地逛街，卻一毛錢都花不掉。

蜜絲從羅馬寫信給在柏林的母親，一九四一年十一月十三日　此地俄國移民群情激動。上個月本地報紙發表了一篇以假名投稿的文章，作者宣稱大多數白俄對於德俄戰役漠不關心，令他既驚訝又憤慨。既然如此，白俄人似乎應該遷居別國。大家立刻傳言這篇文章是為「上面交代下來」而寫的，當然令我們的同胞更為激動。於是有些人聯名寫了一篇文章反唇相稽，其他人則忙著調查那篇文章的作者。

兩天前，洛尼·阿里法班尼（Lony Arrivabene）請艾琳娜和我去凱奇雅圓環（Circolo della Caccia）和他一位表兄弟晚餐，原來那人是名記者。不久，話題便轉到那篇有名的文章上，那人竟承認他便是作者，而且跟「上面的人」完全無關，純粹是他和一位住在本地的俄國人談話後的「肺腑之言」！不由分說，我立刻好好反擊了他一頓，可憐的洛尼，從頭到尾都坐立難安。

蜜絲從卡普里島（Capri）寫信給在柏林的母親，一九四一年十一月二十日　星期一，我在羅馬和雨果·溫迪施—格雷茨（Hugo Windisch-Graetz）及他一位朋友——賽瑞納諾王子（Prince Serignano）——晚餐。後者聽說我來此地的目的後，建議我去他家住，因為他將遠行幾個星期，房子反正空著。我現在就住在這裏。

這是棟小平房，全部漆成白色，有個陽台，可以俯望整座島和遠處的海洋，面對一批大型別墅，獨自站在一座小山丘上。屋內有兩個房間，及一間鋪了綠磁磚、很時髦的浴室，但必須用抽水機抽水，搞好幾個小時，還有間廚房。屋外四周全是葡萄園和柏樹。我一個人住在這裏，還有一位名叫「貝蒂娜」的義大利小女佣，每天早上從村裏過來打掃，替我準備早餐和放洗澡水。我打算看很多書，享受充分的睡眠，只要有陽光便出去散步、游泳，不見任何人。駐派德國大使館擔任公使的奧圖．俾斯麥借我很多書。今天我準備出去購物，儲備食糧，然後正式退隱。

最近幾年，維蘇威火山活動頻繁，大家都說要不是正在打仗，居民一定會很擔心。整夜妳都可以看見紅色溶岩從山口噴出，再順著山側往下流淌。好刺激！妳還可以鳥瞰那不勒斯遭空襲——從這裏看過去，似乎沒什麼可怕的。不過卡普里會全島停電；我第一次碰上時很緊張，因為還沒時間買蠟燭，空襲開始的時間又很早……

此時德國在東線上的攻勢經過初期的大勝，開始遭遇困難。德軍愈深入俄國境內，部隊就愈分散，前線及補給線也愈拉愈長（游擊戰開始後更加危險）。每當他們摧毀或俘虜一個俄軍師，必定有另一個訓練更精良、裝備更齊全的新俄軍師不知從何處冒出來。德軍漸漸發覺他們被吸進俄國無垠的領土中，而達成其主要軍事目標——毀滅蘇聯全部軍力——的希望愈來愈渺茫，人員傷亡亦遠比所有早期的戰役嚴重。蜜絲的社交圈中，除了艾迪．弗雷德（她曾在一九四一年底的日記中提及他的死訊），另外三位好友：朗尼．克萊里、比優欽．哈茲費爾特及葛菲．傅森堡，也都在開戰後頭幾個星期內陣亡。

希特勒卻仍然成竹在胸，並於十月二十五日在一連串戰績輝煌的大包圍遭遇戰後，宣布：「俄國已經被擊敗了！」雖然此時蘇聯的確喪失了三分之一的工業生產量及二分之一的農地，但許多工廠卻撤退到烏拉山脈以東（而且很快恢復生產），而且俄軍在撤退時實施的殘酷焦土政策，也開始對德軍造成影響。同時，「冬將軍」又如過去，前來拯救俄國。十二月四日，德軍坦克車在可以遠眺莫斯科克里姆林宮的地方，突遭暴風雪阻擋，困在爛泥堆中，不能動彈。隔天，來自西伯利亞新組成的俄軍兵團發動第一次大反攻，結果收復不少失地。到了一九四二年春天，德軍已損失一百萬人員。雖然俄軍傷亡人數更多（死傷五百萬，被俘四百五十萬），但許多德軍老將已心裏有數，東方的戰爭大勢已去！

十二月七日，日本偷襲珍珠港，美國參戰。那年冬天，盟軍雖在太平洋上飽嘗敗績，讓大部分的東南亞都落在日本手中，但此後，盟軍將在美國這個「民主的兵工廠」的支援下，在物資裝備上愈來愈占上風。

一九四二年春天，新婚的梅特涅夫婦返回德國。保羅回軍校，後來被調往列寧格勒前線，擔任「西班牙藍軍師」的聯絡官。泰蒂安娜大部分時間都住在梅特涅家族，位於波希米亞北部的柯尼希斯瓦特城堡內，家人偶爾會去探望她。

這段時期有兩封蜜絲寫給母親的信保存下來，同時還有不少零星的日記。

蜜絲從柏林寫信給住在柯尼希斯瓦特城堡的母親，一九四二年七月十七日　昨天喬奇和我應邀到智利大使館，賓客中包括女演員珍妮．優后（Jenny Jugo）及著名的演員及製作人維多．德．科瓦（Victor de Kowa）和他的日本太太。派對持續到深夜，跳很多舞。

此時德國全面禁止跳舞，違規者將接受嚴厲處分，只有外交界例外。

我和維多．德．科瓦長談了一番（我年輕時在立陶宛好迷他，常為他嘆息）。他現在因為近視，戴副大眼鏡，原來他極害羞，卻很機智。他聽到我抱怨現在幾乎買不到戲票，便說只要打個電話給他，便可享受整個包廂，不過就算我覺得戲碼很無聊，也必須撐到劇終，因為他會隨時監視我。他堅持不肯跳舞，說他不會，但我仍把他拖進舞池，他便面帶殉難者表情，拖拉著腳步繞房間走。稍後他和珍妮・優后與弗雷德雙胞姊妹發生激烈口角，因為她們倆又攻擊我「漠不關心」（指對德蘇戰役）。

喬奇現在頭髮留好長，大家都叫我勸他理髮。他已擁有全柏林最會跳舞的男士的美譽，令漢斯・弗洛托很傷心……

這時蜜絲還不知道維多・德・科瓦（一九〇四——一九七三）不僅是全德國最有名的舞台劇演員，同時他自一九四〇年便開始積極參與反納粹運動。戰後，他成為世界知名的導演及老師，將其戲劇生涯與各種道德運動——如「道德重整運動」（Moral Re-armament）——的推展結合在一起。

蜜絲從柏林寫信給住在柯尼希斯瓦特城堡的母親，一九四二年七月三十日　過去三個星期，我每天晚上都出去，已到筋疲力竭的地步。然而這卻是吃到像樣食物的唯一辦法，我們辦公室餐廳的東西實在難以下嚥。

安唐奈特・克勞伊被她在巴黎的公司炒了魷魚，兩天前才通知她，現在被遣送回德國，只因為她的貴族頭銜和她認識很多外國人。法國占領區的德國代表阿貝茲（Abetz）大使特別准許她多待幾週，去看她母親，算是幫了她一個大忙。

星期日她和我去義大利大使艾菲耶里家，享受豐盛的下午茶，然後躺在可俯看湖面的陽台上休息。昨天他又約我，但我拒絕了。今天他再度請我吃晚餐，我接受了，因為艾莫斯（Emos）夫婦也會去。

蜜絲死後發現的零星日記摘錄：

一九四二年八月十一日，星期二　那個可惡的人事室官員不准我申請四週假期，只讓我請十六天。我會要求外交部醫生開證明，讓我這個冬天休息四個星期，然後去山裏住。今天跟喬奇一起搭火車去波茨坦，和葛弗瑞．俾斯麥吃晚餐。

柯尼希斯瓦特，八月十二日，星期三　搭夜車半夜一點抵達埃格爾（Eger）。保羅．梅特涅的祕書丹豪福（Thanhofer）來接我，載我去柯尼希斯瓦特。城堡內所有人都睡了，只有泰蒂安娜坐在那兒打瞌睡等我，身旁擺著替我準備的冷晚餐。我很快洗了個澡，和她長聊，三點才睡著。

八月十三日，星期四　今早母親聽村裏的人謠傳萊因蘭正遭受猛烈轟炸。梅因茲（Mainz）幾乎已被夷平，城裏白分之八十都成了廢墟。稍後保羅．梅特涅發來一封電報，說他去接他母親。什麼意思呢？她住的約翰尼斯堡城堡（Schloss Johannisberg）不是距離梅因茲還有一大段距離嗎？

八月十六日，星期日　做完禮拜後，泰蒂安娜接到柏林打來的電話，講了一個鐘頭，我坐在花園裏補絲襪。等她出來時，一張臉慘白；「約翰尼斯堡已經不存在了！」她說的時候，差點噎住。

星期四晚上，保羅．梅特涅的母親伊莎貝爾被一聲極響的撞擊聲吵醒，原來一枚炸彈掉進城堡裏。她和她表姊妹瑪莉西亞・柏可夫斯卡（Marisia Borkowska）穿上睡袍和拖鞋，和女僕一起奔下樓梯，穿過中庭，躲進地窖裏。這時炸彈已如雨點般落下，掉進房子、教堂和各庫房內。投下的炸彈總共約三百枚，各式各樣都有，包括「空雷」、高爆彈、燃燒彈……

其中一枚空雷擊中教堂，教堂立刻化成一片火海，一位年輕人衝進去，抱住聖餅跑出來，結果雙手嚴重灼傷！前來投彈的飛機總共五十架，持續轟炸兩小時。一名飛行員在梅因茲上空被射下來，身上帶了一份清楚標示三個轟炸目標的地圖：梅因茲、約翰尼斯堡城堡及阿斯曼斯豪森城堡（Schloss Assmanshausen）。結果，三個地點都被成功夷平。等消防隊抵達時，只能束手旁觀。城堡內的人員，包括經理拉邦特（Labonte）先生，表現都可圈可點，大家不停衝進房內搶救各種畫、磁器、銀器、亞麻布品等。住在隔壁的芒恩（Mumms）一家人看見火光後趕過來，奧莉莉・芒恩（Olli Mumm）頭上歪歪戴一頂呈四十五度角的鋼盔，跳到椅子上用剪刀將幾幅畫從畫框中剪了下來。一樓的東西搶救出來不少，可是樓上的東西全毀，包括伊莎貝爾的衣服、毛皮大衣和私人動產。之前，她體諒泰蒂安娜，極有技巧地堅持將所有私人物品從柯尼希斯瓦特搬去以後的家——約翰尼斯堡。最後兩箱東西兩週前才運走，他們都希望現在仍在途中。幸好，她拿了一雙鞋進村裏修，現在就穿在腳上。

隔天，保羅從呂德斯漢姆（Rüdesheim）徒步上山，看見毛皮碎片散得滿葡萄園都是，全是被爆炸所造成的空氣壓力老遠吹過鄉間。除了城堡入口旁的樓閣外，各建築現在都只剩下外牆，所有屋頂及二樓以上全部倒塌。大部分牛馬都被趕到田野中，但仍有十二頭動物死亡。雖然五年前所有房間都換裝了防火門，不過碰上轟炸當然無濟於事。

八月十八日，星期二　今早和丹豪福開車到馬林巴德（Marienbad）去找一種我在別的地方都買不到的化妝品。

母親有時充滿活力，有時卻極度消沉。

柏林　八月十九日，星期三　今早和泰蒂安娜一起回柏林。丹豪福及司機送我們到埃格爾，列隊送行。能偶爾當一下富豪地主，感覺真棒，有人替你收拾行李，甚至還替你提行李！到了柏林車站，等好幾個鐘頭都叫不到計程車，喬奇來接我們，卻沒叫車。和他去施利希特餐廳（Schlichter's）吃晚餐，聽他描述他的現任女友；他抱怨對方整天對他說肉麻話。回家後，我發現一封電報，不小心拆開：「還在生氣嗎？吻你……」

明天我要去西發里亞都爾曼城堡（Schloss Dülmen）城堡和安唐奈特．克勞伊住幾天，然後可能直接去參加巴伐利亞康斯坦丁王子的婚禮，新娘是來自西格馬林根（Sigmaringen）霍亨索倫（Hohenzollern）家族的女孩。

都爾曼　八月二十日，星期四　在動物園車站和安唐奈特．克勞伊見面。火車通常都很擠，我們一直站在通廊列車裏，站到奧斯納布呂克（Osnabrück）。實在太熱，我們連絲襪都脫了。因鐵軌最近被炸壞多處，火車以蝸步經過奧斯納布呂克。整座城慘不忍睹，許多建築被夷平，還有些只剩下空殼子。到了都爾曼，來接我們的馬車是由最近才馴化的野馬（這是公爵的嗜好之一）拉的，我們因此以駭人的速度飛馳到達城堡。公爵準備了冷晚點等我們，吃完後體力不支，倒床就睡。

八月二十一日，星期五　睡到早上十一點，穿著晨衣在安唐奈特房裏吃早餐，下樓時正好趕上吃午餐。公爵態度冷淡，幾乎到無話可說的地步，他的小孩顯然都很怕他。雖然他管教嚴厲，但你看得出來，他非常愛他的小孩，典型的法國舊式「大公爵」！

吃完可口的午餐，大家圍坐在圖書館裏閒聊，然後出去騎單車，回來時正好趕上在陽台上享受豐盛的下午茶。接著公爵駕車帶我們到野生動物場裏兜風。他除了豢養著名的野馬之外，還養了各種鹿及一種極稀罕的漆黑色野綿羊。回家後洗個澡，再吃一頓可口的晚餐。然後再進圖書館裏聊天，早早上床睡覺。

八月二十二日，星期六　繼續充分休息。今天我們去果園裏逛，大快朵頤地吃葡萄、杏、桃、李和各種莓果。

八月二十三日，星期日　早上十一點上教堂。公爵、公爵夫人、安唐奈特和我一臉嚴肅地坐在家族座位上。喝完茶後，大家去看建在一片泥田裏的河狸鼠農場。

八月二十四日，星期一　去逛車庫，看到大約二十五輛各種車型的汽車，其中超過一半都屬於克勞伊家族。

諾爾奇爾森（Nordkirchen）**八月二十六日，星期三**　吃完中餐，公爵開車帶我們到艾倫柏（Arenberg）家族的「諾爾奇爾森城堡」。他們和克勞伊家族是表親，我們將在這裏住幾天。

諾爾奇爾森其實不像鄉間城堡，倒像座皇宮，周圍圍繞美麗的法國裝飾花園。現在艾倫柏家族只住一邊邊廂，安排得極迷人，有鳥舍、室內游泳池、專為日光浴設計的封閉花園，和其他各種豪華設備。餐點比都爾曼城堡更豐盛。喝茶時，我不停喝牛奶，然後與女主人維樂芮圍坐聊天，公爵和王子則出去打獵。我的房間極迷人，浴室和安唐奈特·克勞伊共用。

八月二十七日，星期四　早上九點起床。吃過豐盛可口的早餐後，安卡和維樂芮帶我們繞宅邸散了一個長步。午餐後，換上短褲坐在花園裏曬太陽，偶爾跳進游泳池裏涼快一下。

晚餐後，我躺在床上看書，突然聽見許多飛機從頭頂上飛過，附近城市開始發射高射砲，頓時一陣混亂。一輪滿月照亮護城河，探照燈在天空中逡巡，我探出窗外，有一剎那，竟覺得一切恐怖得美極了。然後我記起約翰尼斯堡最近的遭遇，立刻衝出走道，和艾倫柏一家撞個滿懷，他們正打算來叫我。大家魚貫下樓，走到大中庭裏，坐在地窖樓梯上吃桃子、喝牛奶。安卡繞宅邸一周，將所有窗戶打開（免得被爆炸形成的空氣壓縮震碎）。過了一個小時左右，慢慢安靜下來，大家各自回房。安唐奈特·克勞伊和我站在窗邊聊天，突然傳來一聲巨響，我倆彷彿被門迎面打中，被震回房間內。後來才知道原來有一枚炸彈落在二十公里外的地方，爆炸形成的氣流之猛，竟將我們震得雙腳離地。好奇異的感覺！附近有一座城堡在這次空襲被毀。

八月二十八日，星期五　我仍然拿不定主意要不要參加婚禮，巴伐利亞的康斯坦丁從西格馬林根打電話來，說我「務必」要參加，如果我不去，情勢會大亂。婚禮非常隆重，所有座位都已依照家族及賓客往返於教堂間的秩序指定妥當，而且已經找好護送我參與各種儀典的男伴……云云。於是晚上我和安卡·艾倫柏（Enkar Arenberg）及管家一起研究火車時刻表。最近空襲頻繁，許多鐵路線遭切斷或損壞，就算火車發車，也常需減速慢行如蝸步，但是我最遲必須星期日趕到。

西格馬林根　八月二十九日，星期六　我把大件行李留在都爾曼，必須先打電話請公爵差人送到車站。艾倫柏夫婦塞給我一大堆書、食物、葡萄酒、安卡的打火機兼鬧錶（我忘了帶自己的鬧鐘）和一朵玫瑰（我後來才在小行李箱裏發現）。裝備齊全後，抵達都爾曼車站，跳下車，取回我的大行李及郵件，搭乘火車南行。

有一封信是羅瑪莉・申博格寫來的，輕描淡寫地說雨果・溫迪施・格雷茨死於空難（他在義大利空軍服役）。我們從小就認識，戰前在威尼斯常玩在一起。接下來的旅途，我都很難過，想到他母親「歐娣」，以及和他形影不離的雙胞胎兄弟「穆奇」。羅瑪莉還報告了別的死訊：維提・謝夫葛奇和費茲・多恩伯格（Fritz Dörnberg）。不久前，肯特公爵（Duke of Kent）在蘇格蘭墜機身亡；他太太瑪芮娜才剛生下一個寶寶。匈牙利攝政王的兒子霍斯海軍上將（Admiral Horthy）也遭到同樣的命運。你不禁要懷疑這一連串的空難，是否肇因於戰時飛機製造業的疏失，還是一種詛咒，懲罰人類發明這些可惡的玩意兒？

水上之行剛開始很順暢，船艙裏居然沒什麼乘客。我們經過德國的工業心臟魯爾格拜特（Ruhrgebiet），只見好多城市綿延數哩全是廢墟。科隆城裏惟獨大教堂還沒倒下。船繼續上行萊因河谷地，經過許多著名的中世紀城堡，那些廢墟和今天人類造成的殘破景象比起來，竟然滿美的。經過約翰尼斯堡時，有人指給我看（到現在我還沒去過）；遠看似乎完好無缺，只不過屋頂全不見了。其實它只剩下一個空殼子。接著經過梅因茲，據說百分之八十的建築被毀。到法蘭克福後再轉火車，這段旅程不太舒服，和三個女孩擠進頭等艙的洗手間裏，兩名義大利學生塞給我們一大堆李子、花生和英國香菸。再換兩趟火車後，終於在今天早晨八點半抵達西格馬林根。

八月三十日，星期日　我打電話給巴伐利亞的康斯坦丁，他們派人到車站來替我提行李，然後一起步行走進城堡。城堡位在小城中央一塊巨岩上，外觀就和德國童話裏的薑餅城堡一模一樣，全是屋頂、尖塔和角樓。我們走進巨岩底下一台電梯內，上到十樓，一位管家領我去我的房間，送來幾顆白煮蛋和一粒桃子。我很快洗了個澡，鑽進床裏，希望趁著家族去城堡內的小教堂作彌撒時睡一會兒，可是管風琴的聲音實在太響，令我無法闔眼，只好坐起來讀賓客名單，看起來似乎有數不清姓霍亨索倫和維特爾斯巴赫（Wittelsbachs）的人，大部分都很老。

中午起床，穿好衣服，一打開門便看見康斯坦丁在打領帶，他的房間就在我房間對面。我們先敘了一會兒舊，然後，他帶我穿過無止境的走道、上樓、下樓、再上樓，終於走進所謂的「子女邊廂」去見他的新娘（我一直沒見過）。許多看起來像圖畫書裏小皇太子的青年——非常纖細、皮膚白皙，極有禮貌——不斷從各個角落跳出來和我見面，全是新娘的兄弟及表兄弟。就這樣，我們抵達新娘的起居室，大家從那裏魚貫穿越一間會客室（之前兩家人在此集合），途中碰見新娘的母親，我的女主人；她對我能夠及時趕到似乎很驚訝，亦如釋重負。

住進城堡的客人包括普魯士路易斯．斐迪南王子和他的俄國太太，琪拉；前薩克森（Saxony）統治家族全家；我們家遠房表親帝帝．托爾斯泰（Didi Tolstoy）和他同母異父的弟弟和妹妹，喬奇及萊拉．梅克倫堡（Georgie & Lella Mecklenburg）；哈索爾夫婦、施尼茨勒（Schnitzler）夫婦；羅馬尼亞部長博西（Bossy）和麥克斯．傅森堡（Max Fürstenberg）夫婦。

大家進「先祖廳」內圍一張小桌坐下吃午餐。我坐在鮑比．霍亨索倫旁，他是女主人雙胞胎兄弟的長子，二十一歲左右，正在當兵，金髮藍眼，滔滔不絕，很習慣觸摸別人，一直待在我身邊沒離開。與我們同桌的還有康斯坦丁的弟弟沙夏，極端害羞且拘謹，長相和奧國皇帝法蘭茲—約瑟夫年輕時一模一樣（也難怪，他是他的曾曾孫）。

霍亨索倫家族內，一位正在替羅馬尼亞軍隊當聯絡官的艾伯希特王子（Prince Albrecht Hohenzollern），跟我聊了很久，詳細描述他剛去過的克里米亞（Crimea）。他去過阿魯帕卡（Aloupka）、加斯普拉（Gaspra）和舊昔許多別的家族產業區，發現它們都維護得非常好。他很崇拜俄國人，尤其是俄國女性，說她們「勇氣可佳，堅毅又有尊嚴」。能聽到這種話真好！

午餐後，大家到屋頂陽台上散步，接著，鮑比帶我參觀城堡，感覺上地窖和閣樓的數量和房間一樣多。每扇門都有人進出，整座城堡就像一座大旅館，由一大群穿著神氣制服、掛滿勳章的男性僕役管理，極有效率。賓客如雲，我開始慢慢認識大家；這樣的氣氛出現在這樣的時代，實在不尋常！我們的男主人，霍亨索倫—西格馬林根王子和他的孿生弟弟法蘭茲—約瑟夫，各有三個兒子；其中四位差不多已成年，另外兩位穿著伊頓制服，非常可愛；他倆將替新娘拉衣裙。這群男孩整天引導我進出房間。「妳只要打電話到子女樓層叫我們，我們馬上就會下來接妳！」我的確常找他們，因為太容易迷路了。

然後大家去看禮物。喝完茶後，年輕一代帶著泳裝衝過城中心，穿越幾片田野，來到多瑙河畔；那段河很窄，水深尚不及肩。上了年紀的運動健將，巴伐利亞之盧伊波德公爵（Duke Luitpold，非巴伐利亞皇族）——他是他們家族最後一人——早已在那裏。我們躺在草地上和他聊天，直聊得快吃晚餐時，才趕回去換衣服。

回去後，大家爭先恐後搶浴室（我們那一層樓只有一間）。更衣時，男士們不斷跑進來要我們替他們打領帶，和替他們剛刮好鬍子的下巴撲粉——完全是一家人的親密氣氛。我們終於把康斯坦丁送出去，然後各自打扮妥當；老一代的人已經在其中一間會客廳聚集，女士們一身珠光寶氣，男士們大多穿制服，掛滿勳章——有些制服可追溯到一次世界大戰前。男主人的弟弟穿海軍上將制服；普魯士的路易斯．斐迪南王子則穿空軍軍官制服，配黑鷹黃緞帶。每個人看起來都極搶眼。

聽到信號後，大家神情嚴肅地與指定護送者並肩走進不同的宴客廳：新郎與新娘、直系家屬及各「要人」坐在「先祖廳」內的一張長桌周圍，其他人坐隔壁「國王廳」內的幾張小桌。我坐在鮑比的兄弟麥因拉德和哈索爾大使之間。晚餐吃到一半，路易斯．斐迪南站起來代表他父親——巴伐利亞皇儲，講了一段話，表示分別代表南部及北部的兩個霍亨索倫家族世代關係親密，然後轉向我們房間的諸位年輕人說「在座年輕的一代」，便是南方家族將和北方家族一樣繼續繁榮昌盛的保證。

晚餐後，大家到另一個房間裏聽本地教堂唱詩班為新人唱夜曲，大部分客人陸續溜走，我留下來，因為覺得他們唱得極好，很動人。之後，康斯坦丁簡短講了一段謝詞。接下來年輕一代，又到更遠的一個廳裏去跳舞（因為在戰時，主人其實並不同意開舞會）。不過舞會散得很早，因為明天是大日子，會既漫長又累人。

八月三十一日，星期一　康斯坦丁七點鐘叫我起床，然後獨自去告解及領受聖餐。匆忙吃過早餐後，大家跑上樓去戴帽子。所有人都穿短禮服；我穿上綠色的小禮服，配一頂極漂亮的帽子。男士們打白領帶或穿制服，戴上所有勳章及緞帶。早上十點正，大家仍舊成雙成對出發，我挽著帝帝．托爾斯泰的手臂。整個行列由賓客前導，新人及直系家屬殿後，緩慢且莊嚴地走出城堡，穿越許多中庭，走下寬闊的斜坡，穿過小城，進入教堂。城裏所有的人似乎都出來沿街觀看，來採訪的攝影師及新聞記者大概有十多位。典禮幾乎長達兩小時，因為主持儀式的主教講了一段極冗長的話，主要在讚揚兩個家族世代以來的諸多基督徒美德。接著司儀朗讀教宗庇護十二世（Pope Pius XII）發來的電報，然後舉行一場極美的大彌撒，演奏巴哈的托卡他樂曲。做完彌撒，大家返回城堡；這一次前後秩序對調，由新人及家屬前行，賓客殿後；這時照相機及攝影機才真正開始忙碌，我也離開隊伍照了幾張獨照。

回到城堡內，主要幾間接待室已擠滿前來向新人道賀的人，每個房間賓客的身分都不同，像是本地官員在一間，職員在一間，外賓在第三間，我們這些住在城堡裏的客人則在第四間。正式午餐是一場大筵席，在「葡萄牙廳」（因室內華美的壁氈而命名）內舉行。菜都可口極了；前菜是蟹肉開胃菜和魚子醬肉餅，佐餐的葡萄酒全是極品。我坐在康斯坦丁的表兄弟法蘭西．西費瑞（Franzi Seefried）和博西中間；博西配戴一身外交官金辮徽章，羽毛帽擱在座椅下。新娘的父親先講話，接著由康斯坦丁的父親，艾德柏特王子（他聲音迷人，態度可親）應答，然後男主人年僅十八歲的長子站起來說：「雖然妳已經嫁出去了，但我們這些兄弟永遠都會支持妳（指他姊姊）！」他接著朗讀幾十封電報。接下來，每個人請所有賓客在自己的菜單上簽名，我的菜單傳送到一半就走不動了（後來被我找回來，繼續完成）。上面寫滿了「鮑比」、「弗瑞茲」、「沙夏」、「威利」、「艾伯特叔叔」等等；還有一個稚氣十足的筆跡，大剌剌寫著「霍亨索倫」四個大字，原來是新娘么弟的傑作，他才九歲！

中餐後，大家奔去游泳。晚餐仍圍坐幾個小桌吃，但穿短禮服，而且新人不在；他們已前往弗爾瑟湖（Wörthersee）去度短暫蜜月了。我很早回房，累壞了。

結果才剛上床便聽到敲門聲，原來是所謂「薩克森世襲王子」與主人家的次子，他倆溜進來，一人拉把椅子，問我可不可以留下來聊一會兒天。「真舒服！」那位世襲王子才十六歲，名叫瑪麗亞・伊曼紐爾（Maria Emmauel）；他求我替他找位新娘，因為覺得自己背負傳遞王朝香火的重責大任，必須及早成婚，（但他們家族在一九一八年就被廢除帝位了！）我說他的理想對象現在可能都還在玩泥巴咧。他們很悲哀地同意，不久便離開了。

柏林　九月一日，星期二　今天大部分留宿賓客都已離去，所以大家圍坐長桌吃中餐。我坐在普魯士路易斯・斐迪南旁邊。他對我國印象很好，說了很多中聽的話，是個聰明伶俐的人。昨天我和他太太琪拉聊了很久；她是羅馬尼亞人，父親是基瑞大公爵，從小和父親一家一起長大。

喝完茶後，再照最後一次相，然後由主人全家步行送我們到車站。帝帝・托爾斯泰、喬奇・梅克倫堡、法蘭西・西費瑞和我一起搭夜車回柏林。

因為這樣大規模的婚禮在戰爭結束前可能是最後一次，（誰知道戰後的歐洲又會變成什麼模樣？）我把節目表保存了下來：

霍亨索倫家族瑪莉—艾德根德公主與巴伐利亞康斯坦丁王子

成婚大典

一九四二年八月三十一日，西格馬林根城堡

一九四二年八月三十日，星期日

康斯坦丁王子及霍亨索倫家族之法蘭茲—約瑟夫王子生日

八點十五分：城堡教堂領受聖餐。

八點三十分：國王廳祝賀，先祖廳早餐。

九點三十分：城內教堂大彌賽，宮廷及地方首長至新郎起居室祝賀；政府職員至水彩廳祝賀。

下午一點：先祖廳及國王廳正式午餐。

下午四點：民法婚禮在紅接待室。

下午四點三十分：舊德意志廳下午茶。

下午八點：先祖廳及國王廳晚餐。賓客請至綠接待室及黑接待室集合。

衣著：男士：白領帶或全套制服配戴勳章及綬帶；女士：配戴飾物，但不需綬帶，不需小王冠。

下午九點：婚禮晚間舞會。

九點三十分：教堂聖詩班至法國廳獻唱夜曲。

八月三十一日，星期一　成婚大典

八點十五分：城堡教堂領受聖餐。

八點三十分：先祖廳及國王廳早餐。

十點：賓客請至綠接待室及黑接待室集合。

十點十五分：列隊至城內教堂。
十點三十分：婚禮儀式及大彌撒。
婚禮後：祝賀：
一、政府職員——國王廳
二、地方官員——先祖廳
三、受邀外賓——法國接待室
四、親屬及留宿賓客——綠接待室及黑接待室
下午一點三十分：葡萄牙藝廊婚禮筵席；賓客請至綠接待室及黑接待室集合。
衣著：男士：白領帶或全套制服配戴勳章及綬帶；女士：短禮服、戴帽、配戴飾物，但不需綬帶。
下午四點三十分：舊德意志廳下午茶。
下午五點三十分：新人乘車離開。

西格馬林根在大戰最後階段成為「法國政府鄉間所在地」，出了一陣惡名。法國解放後，貝當元帥及一群通敵的烏合之眾在此地集合，度過大戰最後幾個月。

九月二日，星期三　匆忙與泰蒂安娜吃過早餐後趕去辦公室；有點緊張，因為自己逾假不歸長達三天。幸好現在鐵路常遭轟炸，很容易交代過去。

九月四日，星期五　在辦公室餐廳午餐後，和泰蒂安娜去看電影《G．P．U》。拍得很好。但

戲院同時放了很長一段有關英軍企圖在第厄普（Dieppe）登陸的新聞影片，害我們倆差點都吐了！全是肢解屍體的近鏡頭！下次碰到那些負責發行新聞片的人，我一定要好好罵一頓。現在世界上這麼多國家參戰，幾乎每個人都有失去兄弟、兒子、父親或愛人的傷慟，他們竟然還這樣公然炫耀恐怖畫面，想藉此提高德國人的士氣，不僅令人震驚，而且奇蠢無比，因為肯定只會收到反效果。若把這段影片拿到外國去放，可能會更丟臉。那也是活該！

盟軍為測試德軍太西洋壁壘的防禦能力，以及自己的登陸戰略，於一九四二年八月十九日對第厄普城發動兩棲作戰攻勢。參與士兵六千人次，多為加拿大人，結果該次行動徹底失敗。幾乎沒有一個德軍目標被攻破，派出部隊中有四分之三陣亡、受傷或被俘。德軍雖利用這次勝利大作宣傳，但盟軍亦謹記第厄普的可怕教訓，對籌畫一九四四年六月的諾曼第登陸計畫幫助極大。

看完電影感到非常飢餓，慢慢走到伊甸旅館，發現普魯士的柏恰、漢諾威的喬治—威廉（Georg-Wilhelm of Hannover）和維爾捷克夫婦也在那裏，便和他們一起吃晚餐。然後去弗雷德雙胞胎姊妹那兒喝咖啡。

德國在俄國南部推進的速度很快，看來他們想切斷高加索山脈。

德軍花了六個月時間才從前年冬季的挫敗中恢復過來。一九四二年六月，以嶄新的威力重新發動攻勢，目標為北高加索的油田，以及伏爾加（Volga）河。九月中旬，德軍抵達高加索山脈（但尚未到達俄軍抵死保衛的油田），由包拉斯（Paulus）將軍率領的第六軍包圍史達林格勒，納粹威權臻至巔峰。

但俄軍防禦能力逐漸增強，此時不僅戰鬥力提高，同時也學會了如何撤退。往後，德軍再沒有獲得重大突破，也再沒有俘虜上百萬人的大規模包圍戰役，只打了些地區性及策略性的勝仗。但俄軍防禦愈來愈強，所面對的敵人在軍陣及士氣方面亦愈來愈具威脅性。同時游擊隊開始騷擾德軍後方，戰俘數目減少。由於德軍戰俘營內，（到一九四二年三月已高達二百五十萬人！）因受虐及挨餓致死的人數極多，加上德軍入侵後在占領區內濫殺平民，行為殘暴，史達林所提出的保衛祖國政策大受歡迎；以及紅軍對逃兵及不戰者嚴格懲處，都使得蘇俄人民不論是否反共，皆願服從領導階級，全民團結。這時許多白俄移民的態度也開始轉變，蜜絲的母親便是其中之一。

九月五日，星期六　母親把艾琳娜剛從羅馬寫給她的信唸給我聽，信中描述雨果．溫迪施．格雷茨的死亡過程，好可怕！顯然當時他想試飛一種新型飛機，結果飛機立刻解體，將他震到半空中。屍體被發現時徹底肢解，少了一條腿。他的母親歐娣剛好趕上葬禮。幸好卡羅．洛畢蘭（Carlo Robilant）在那裏幫他孿生兄弟穆奇不少忙；後者當然悲慟欲絕。他們倆從小一直很親密，就怕雨果一走，穆奇會做傻事。艾琳娜寫道：整個葬禮過程中，穆奇都一直跪在棺材旁邊撫摸棺木，和雨果講話；令人心痛。我哭了一整天，回家時，感覺筋疲力竭。

晚上，我們去紹姆堡夫婦家晚餐，和一群最好的朋友們度過舒適的一晚，然而我的心已不在那裏。如今我實在快樂不起來，幾乎每天都會聽到朋友的死訊，名單愈來愈長……

九月底，蜜絲的弟弟喬奇去了巴黎。一九四二年十月，蜜絲自己亦安排以前往巴黎的「德國照片檔案保管處」做研究為名，去探望喬奇及與表親聯絡。在下面兩封寫給母親的信中，她歸納了這次旅行以及返回柏林後的印象。

蜜絲從柏林寫信給住在柯尼希斯瓦特的母親，一九四二年十月三十日 巴黎可愛極了，天氣比柏林暖和許多，可惜沒有暖氣，結果我咳嗽得厲害，到現在還沒全好。喬奇在我安排他搬進我住的旅館後（只有這樣我們才能見面），隔天便發四十度的高燒。

城內一如往昔，美不勝收，樹葉已轉紅，秋天剛開始。辦事時我盡量步行，好盡情欣賞美景。只要錢不緊，生活還是挺愜意的。這並不表示巴黎的東西特別貴；然而吃一頓像樣的飯（如蠔、葡萄酒、起司、水果，再加上小費），一個人仍得花一百法郎——不過也只合五馬克……有很多精采的舞台劇在上演，喬奇和我常去看戲。一般來說，整個巴黎就是比柏林「活潑」許多，也快樂、時髦許多。

喬奇在大學街（rue de l'Université）一棟公寓裏租了一個很好的房間，冬天有暖氣，（很稀奇！）他似乎適應得很好……

前幾天，我和他去St Germain-en-Laye查看戰前妳寄放在博伊德（Boyd）夫婦家的大箱子（就是內裝從立陶宛帶出來的十八世紀家族藏書的那幾個箱子）。那棟房子現在已變成隔壁德國軍醫院的一部分，一位松塔（Sonntag）博士出來接待我們——非常迷人的巴伐利亞人，負責管理法國占領區所有的醫療服務設施。碰巧他自己也是業餘蒐藏家，表現得極友善又熱心，借我們手套和圍裙，免得重新打包時弄髒衣服，還派一位勤務兵來幫忙。等我們整理完後，他在爐火邊請我們喝極可口的下午茶，接著帶我們參觀整棟房子（整理得一塵不染）。喬奇因此可以向博伊德老先生報告，讓他安心；聽說他就住在附近的安養院裏。

然後，喬奇用繩子將提箱一一捆好，並蓋上家族封印。松塔博士答應將以「德國軍方」的名義保護儲放這些箱子的閣樓。一旦在巴黎找到適合的儲藏處，便會派一輛德軍卡車請喬奇送過去。

順便提一下，喬奇要我們盡快向柏林有關單位申請一份證明，說明在他離開前並沒有領到任何新糧票；沒有這份證明，他在巴黎也領不到。這段時間，他必須去黑市買所有的東西，當然價錢要貴上十倍！

巴黎別後，蜜絲與喬奇一直等到大戰結束後才再見面。

蜜絲從柏林寫信給住在柯尼希斯瓦特的母親，一九四二年十一月三日　有個極不好的消息：最近我突然被降薪，再減去各種扣除額，現在只能領到三百一十馬克。因為大家都一樣，所以我也不能抗議。但新公寓月租要付一百，另外一百得付家具分期付款，再加上暖氣、電話費、電費、洗衣費、食物等，看來我非找人分租不可……

一九四二年十一月十九日，即蜜絲對該年最後一次記錄的兩週後，俄軍反攻史達林格勒，鏖戰五天，便成功切斷了包拉斯將軍第六軍團二十個師的後援。一九四三年二月二日，經過現代戰史上最慘烈的戰役之一，包拉斯率領僅剩的官兵（九萬一千人）投降，其中只有六千人活著返鄉。史達林格勒之役的勝利是歐戰的轉捩點，從此，俄軍在眾多年輕善戰的後起之秀將領率領下，隨時採取主動，所向披靡，德軍終於在一九四五年五月投降。

遠東及西歐的戰場形勢亦開始扭轉。一九四二年六月四日，日本海軍在中途島外海首度遭遇大挫敗，因此喪失了對太平洋的控制權。北非艾爾阿拉敏一戰（the Battle of El Alamein），造成隆美爾元帥著名的「非洲軍」大潰逃；哀兵於隔年五月在突尼西亞投降。十一月八日，盟軍登陸法屬北非海岸，德軍以占領維琪政府統治的法國做為報復。一九四三年七月，盟軍在西西里島上岸，開始解放西歐，一九四四年六月完成。

大戰開始那兩年，英國皇家空軍因人手裝備及技術不足，無法大規模深入敵境。而且，白天在沒有戰鬥機護航的情況下（長程轟炸機要到大戰後期才出現）轟炸軍事目標，耗損嚴重，因此，這項行動在一九四一年十一月全面取消，改為不定期夜間襲擊，讓德國平民付出代價。到了一九四二年二月，哈里斯（Arthur Harris）空軍元帥升任英國皇軍空軍戰時轟炸隊司令，下令對德國各城市展開有系統的攻擊，「以打擊德國平民百姓，特別是德國工業勞工之士氣為主要目標」。哈里斯相信（後來證明他是錯的）只要對單一城市進行為期數週、持續每夜的轟炸，不斷投擲重達四千到八千磅的新型炸彈，必定能逼迫敵人伏地投降。在接下來兩年內，所有德國及奧國的主要大城，以及歐洲其他占領區內的不少城市，都被夷成平地；平民死亡人數高達六十萬人。（英國只死了六萬二千人！）隨之而來的恐怖生活將逐漸占據蜜絲的日記，終致成為唯一的主題。

戰況疾轉直下後，德國境內亦發生一連串變化，僅存的道德觀蕩然無存，取而代之的是徹底的殘酷暴力。一九四一年九月一日，納粹政府下令所有猶太人必須配戴黃星。一九四二年一月二十日，政府高官在萬西舉行祕密會議，研擬出所謂「猶太問題的最後解決方案」，接著便開始濫殺猶太人，然後是吉普賽人，及其他所謂的「次人類」。這項殺戮行動後來發展成系統化、科學化的大規模屠殺，德軍許多資源及人才不再專注於打贏戰爭，反而被調來謀殺無辜。一九四二年八月二十六日，納粹傀儡國會投票通過一道法令，授與希特勒最高司法權；該條法令序文言：「目前德國無所謂權利，只有義務……」幾天後，戈培爾在他主編的《帝國週刊》（*Das Reich*）上宣布：「對人道主義抱持錯誤觀念的布爾喬亞時代已成為過去……」野蠻的大門於焉大開！

這時，柏林的日常生活也起了極大的變化。美國參戰後，拉丁美洲外交界人員大量撤退，首都僅存的社交圈亦隨之消失。同時，東線上的嚴重損失開始影響德國每一個家庭，人們自然無心尋歡作樂。從現在開始，作者和她的朋友，或任何不在前線作戰的人，都必須將精力集中在最基本的生存（肉體及道德）問題上——專心對抗飢餓、盟軍轟炸，以及愈演愈烈的暴君統治及政治迫害。

在這樣的背景下，蜜絲從奧地利西部阿爾卑斯山區內的基茨比厄爾，寫信給住在柯尼希斯瓦特城堡內的母親，敘述她和泰蒂安娜在一九四三年初度過的短暫假期：

二月八日　泰蒂安娜和我來此地已一個星期，感覺體力恢復不少。我們的生活非常健康：晚上九點上床，早上八點半起床。房間很棒，冷熱水都有，但沒有澡盆，必須自備早餐。中、晚餐通常都到城裏一家名叫「奇索」（Chizzo）的小餐廳吃。他們供應的食物很健康（炸肉餅、可口的起司、各種水果），分量也夠。這個城其實是個大村莊：五顏六色的房舍、尖塔的屋頂、一條主要大街、人行道旁羅列可愛的咖啡廳和商店。

此地海拔僅八百公尺，天氣好時，我們搭纜車再上九百公尺，然後躺在一個大陽台上曬太陽，其他人則滑雪下山谷（我們不滑雪）。但這裏意外頻繁，通常都是被滑雪杖戳到臉。我才開始上滑雪課，學得不錯，雖然整天摔跤，卻都傷得不重。

我們對政治情勢渾然不知，因為此地罕見報紙，而且一送來就被搶光了。要不是弗雷德雙胞胎姊妹不斷寄剪報來，我們一定什麼都不知道……

兩個月後，德軍宣布在卡廷森林（Katyn，在蘇聯西部）內，發現埋有四千四百名波蘭軍官腐爛屍體的萬人塚，全是一九三九年十月短暫波俄戰役中的俘虜，清一色後腦中彈。

蜜絲接下來的日記將針對這個事件做不同的說明。

德國境內亦有新發展——反納粹活動的推展——將使她及許多好友的生活發生重大變化。

自從希特勒表明意欲發動戰爭，許多軍中及平民階級間具影響力的集團，便不斷企圖阻止這項罪行及愚行，甚至不惜推翻或謀刺希特勒。但隨著德軍持續奏捷，反叛者勢力亦不斷減弱——或變節、或降級、或遭逮捕，甚至遭處決。希特勒本人彷彿受到魔法保護般，逃過所有行刺他的行動。同時西歐盟軍於一九四三年一月，在卡薩布蘭加會議上決定德國必須無條件投降，也令反抗運動難以自處。

直到德軍在東線潰敗，盟軍成功登陸西歐，加上黨衛軍勢力坐大，納粹的政策及作戰方法愈形殘酷（令德軍部隊中優秀官兵由衷反對），謀反者數量才再度增加，並意識到展開行動的迫切性——其中一批謀反者，便是蜜絲每日接觸的同事。

她的日記從這時重新開始——

一九四三年

七月到十二月

柏林　七月二十日，星期二　剛和弗雷德雙胞胎姊妹見面，她們決定搬去拜羅伊特（Bayreuth），想離開首都的人不只她們。況且，她們唯一的弟弟艾迪在對俄作戰初期就已陣亡，她們待不住。她倆都是紅十字會的護士，調職很容易。

「自由德國委員會」（Free Germany Committee）開始從莫斯科對此地廣播。朋友的反應是：「我們一進入俄國就應該這麼做了！」

一九四三年七月十二日，「自由德國委員會」在俄國的克羅斯諾戈斯特（Krasnogorsk）戰俘營中成立，一週後公布成立宣言，呼籲德國民眾及三軍起來反抗希特勒。委員中除了幾名共產黨老將（如派克〔Wilhelm Pieck〕及烏布利希〔Walther Ulbricht〕）外，還包括幾名在史達林格勒被俘的資深將領，如包拉斯陸軍元帥和馮・賽德利茨—庫茲巴赫（Seydlitz-Kurzbach）將軍。但因德國士兵恐懼遭俄軍俘虜，該委員會的成就極有限。委員們雖成為未來德意志民主共和國的建國元老，但在戰後德國境內的俄國占領區政府組織內卻不占任何席位。

七月二十二日，星期四　和普魯士的柏恰午餐。他因為身為皇族王子，被踢出軍中，現在無所事事，很想在工業界找份工作，不過並不容易。他是舊式正派德國軍官的典型代表，只受過軍事訓練，也只適合戎馬生活。

繼普魯士皇儲的長子，威廉王子於一九四〇年在西歐戰場上受到致命重傷後，所有過去統治德意志王朝的皇族後代都被調離前線，接著撤除軍職。納粹這項決定是為了避免這類「光榮戰死」事件促成君主復辟運動，結果，反而救了不少納粹最痛恨的這個階級的人的性命。

七月二十五日，星期日　今天在往波茨坦途中，碰見現在德國境內工作的法國男孩之一亨利（「嘟嘟」）．德．方德夫（Henri [Doudou] de Vendeuvre）。他哥哥菲立普因維琪政府的強迫勞工法被送來此地，嘟嘟為了保持聯繫，也跟來了。他倆將時間均勻分配在打掃「德意志出版公司」（Deutscher Verlag）的走廊，及「偵察德國一般情況」上。兄弟倆都極聰明，認為整件事非常荒謬。

一九四二年九月四日，維琪政府開始執行所謂「強迫勞動法」（S.T.O.; service du travail obligatoire），所有達服役年齡、被納入「援軍」制的法國男性，都必須志願到德國工作，做為交換，讓年齡較老的戰俘返國。這項政策當然遭到上萬人的反抗，不過也使得反納粹游擊隊人數大量增加，擴散至全德較偏遠地區。

我去伊甸旅館和泰蒂安娜過夜，她將在這裏停留數天。母親打電話告訴我們，墨索里尼遭免職及逮捕的消息，現在由巴多格里奧掌權。

七月十日，盟軍登陸西西里島。兩週後，即七月二十四—二十五日，法西斯大議會邀請國王維克多·伊曼紐爾三世（Victor Emmanuel III）復位，墨索里尼辭職，國王立刻下令予以逮捕，囚禁在阿布魯齊（abruzzi）山中。前參謀總司令及衣索比亞總督巴多格里奧元帥則奉命重組政府。

七月二十七日，星期二　泰蒂安娜在瑪麗亞·琵拉·奧雅瑟保（Maria Pilar Oyarzabal）的陪同下，前往德勒斯登接受治療。一名男子在去吃午餐的路上跟蹤我們，從電車上跟到巴士上，搞得我們神經緊張。為了甩脫他，躲進一棟房子裏，結果他在屋外一直等到我們出來。終於攔住我，說他反對我們講法文。這種事情以前從來沒發生過，但不斷的轟炸令一般人民心生怨恨。

七月二十八日，星期三　漢堡現在每天都遭到轟炸，受害人數極多，滿目瘡痍，整座城幾乎已經撤空了。聽說有許多小孩子在街上亂走，哭喊著尋找父母。母親們大概死了，父親們在前線，所以無法識別他們的身分。人民福利會（N·S·V·）似乎已控制大局，不過情況想必仍極艱困。

經過七月二十四、二十五、二十六、二十七及二十九日與八月二日的轟炸，盟軍在漢堡投下將近九千噸的炸彈，令一百萬人無家可歸，死亡人數估計在兩萬五到五萬人之間（德軍奇襲英國考文垂〔Coventry〕市僅炸死五百五十四人）。轟炸漢堡開了幾項先例：首度由美軍在白天出擊，英軍在晚間接替，進行日以繼夜的「地毯式轟炸」；首度大量使用硫磺彈，造成「火風暴」，即在空襲發生後數小時才開始的颶風，殺傷力比炸彈更可怕；同時也是盟軍首次使用「窗」（windows）式系統，投擲成細的金屬條，混淆敵人的雷達及高射砲系統。

七月二十九日，星期四　我努力想說服母親去柯尼希斯瓦特和泰蒂安娜住，她不肯，說我可能需要她。若不必替父母的安全耽憂，我會更快樂——尤其是母親，她留在這裏真的很危險。

蜜絲一九七八年回憶：一九四二年　秋天，母親去西利西亞和奧嘉・普勒克住了一段時間；奧嘉的丈夫卡爾・腓特烈正好休假經過。盟軍剛在北非登陸，母親秉持她直言無諱的個性，到處預言德軍若不改變對俄政策，下場將十分淒慘。

兩週後，藍卓走進我辦公室，關上門，一言不發地遞給我一封由普勒克伯爵簽名、致蓋世太保的信，大意為：「吾妻幼時玩伴，瓦西契可夫公主，強烈反對我國之對俄政策，並抨擊我方對待戰俘的方式。她與盟國許多具影響力的人士維持友好關係，所透露的消息很可能對德國不利，因此，絕對不可准許她出境。」蓋世太保將這封信轉寄給外交部，下令不准發給母親離境簽證。

在戰時的德國，任何人遭到這樣的指控，通常都會被關進集中營。藍卓告訴我母親無論如何不可企圖離開德國；最明智的作法，是讓她暫時消失一段時間，譬如去柯尼希斯瓦特和泰蒂安娜住，同時，她又著手組織對蘇俄戰俘進行支援，吸引更多人的注意。

母親一向堅決反共——她的兩個兄弟都在大革命早期喪命。這個立場她堅持了二十年，甚至本著「敵人的敵人便是朋友」的原則，贊同希特勒。一九四一年，她為了參加泰蒂安娜的婚禮來到柏林時，仍然相信德軍入侵俄國將造成俄國民眾群起反抗共產體制；待重新建立俄國國民政府之後，再來對付德國人不遲。因為她從未在納粹統治下住過德國，想說服她希特勒跟史達林一樣是惡魔，並不容易。泰蒂安娜和我已在德國住了一段時間，目睹希特勒和史達林為了毀滅波蘭如何狼狽為奸，又握有德國人在波蘭種種暴行的第一手資料，因此，我倆並不抱存任何幻想。

隨著德軍在俄國占領區內，種種殘忍又愚蠢的政策被公諸於世，以及俄國境內及各地戰俘營內受害人數不斷增加，母親對祖國的愛，加上她在一次世界大戰期間擔任護士所產生、現在又再度復發的「恐德症」，終於取代了她早期的反蘇維埃情結，她覺得自己有責任減輕同胞的痛苦，而且首先應從俄國戰俘開始。

她不僅開始與許多在德軍司令部裏的老友聯絡，亦透過紅十字會駐柏林代表，馬提（Marti）博士，與日內瓦國際總部接上線。但蘇維埃政府與革命之前的俄國政府作法不同，竟拒絕國際紅十字會的協助，意謂著俄國戰俘在祖國政府的眼中，和叛國者並無不同，只能自生自滅，大部分人的下場是餓死——除非得到其他方面的援助。

母親於是聯絡她的阿姨，也就是我的教母，在紐約托爾斯泰基金工作的蘇菲・帕寧(Sophie Panin)伯爵夫人。在她牽線之下，兩位世界聞名的俄裔飛機製造業者，塞考斯基（Sikorsky）與瑟弗斯基（Seversky），以及北美暨南美洲俄國正教教會相繼介入。他們很快成立一個特殊的救援機構，湊足幾艘貨輪的食物、毛毯、衣服及醫療用品等。此時美國已參戰，因此這批物資都必須向中立國阿根廷購買。當這批貨輪正打算啟程，長途穿越到處都有德國潛水艇埋伏的大西洋時，整個計畫卻幾乎流產：捐贈人提出一個條件，要求救援物資必須在國際紅十字會的監督下在俘虜營內配發。德國軍方已經同意，但最後需經希特勒親自批准。

母親去見陸軍總部的一位上校，他帶她走到隔壁的蒂爾加騰公園，避開監視的耳目，開口說：「我感到很羞愧，但元首說：『不！絕不！』」母親答道：「好，那我就寫信給曼納林（Mannerheim）

陸軍元帥，他絕不會說『不！』」母親說到做到。當時統帥芬蘭陸軍的曼納林男爵，曾在一九一八年自紅軍手中解放芬蘭，他亦是前俄國儀仗騎兵隊軍官，和我們家是世交。由於他的影響力，芬蘭軍隊（不像他們的德國戰友）對俄作戰期間表現一直中規中矩，對待戰俘亦完全遵守日內瓦協議的規定，因此他們的戰俘大多生還。母親很快接到曼納林的回覆，救援船隻如期抵達瑞典，物資亦在國際紅十字會的監督下，在芬蘭的各戰俘營內迅速發配。

八月一日，星期日　漢堡的命運令柏林居民焦慮。昨晚盟軍飛機投下大批傳單，呼籲柏林城內的老弱婦孺立刻離城；他們在轟炸漢堡之前也這麼做過。看來情況不妙，柏林很可能是下一個目標。

昨天我上夜班。搭車在波茨坦塞了一下午，終於在晚上十一點抵達辦公室，正打算離開的同事神情嚴肅地過來跟我道別，因為他們聽說今晚會有空襲。結果，我在沙發上一覺睡到早上九點，回家後先洗個澡，再吃早餐。明天我將搬去波茨坦俾斯麥夫婦的住處，晚上不再住在城裏。

八月二日，星期一　政府在每家外面貼了告示，命令所有未參與防禦工作的婦孺立即撤離。車站裏因此擠得水泄不通，一片混亂，因為很多漢堡人也必須經過柏林往別的地方去。還聽說政府辦公室都將遷出柏林，我們也接到打包的命令，不過我並不很在意。母親現在晚上都去汪達．普留歇（Wanda Blücher）的家住，而且也終於同意盡早搬去和泰蒂安娜住。

與馮．哈索爾大使午餐，他跟我講了很多有關墨索里尼的趣事（他們倆很熟）。他現在已退休，常寫些討論經濟學的文章，不斷寄給我看。但我必須承認我看不太懂。

稍晚我拖了一個大皮箱到波茨坦，很早便上床，因為實在太累。可惜葛弗瑞．俾斯麥帶著羅瑪莉・申博格和赫爾多夫（Helldorf）伯爵——他是柏林的警察局局長——回家，我的睡眠只好往後延。赫爾多夫伯爵經常來波茨坦，他們長談到深夜，一副非常神祕的樣子，不過也已搬來波茨坦住的羅瑪莉一定會向我報告，我稱之為「密謀」的進展。羅瑪莉非常狂熱，總想把各形各色的異議分子撮合在一起，經常表現得任性又魯莽；葛弗瑞卻永遠守口如瓶。

這是蜜絲第一次暗示所謂的七月密謀。

赫爾多夫並不認為盟軍會立刻開始對柏林進行密集轟炸。

馮・赫爾多夫伯爵（一八九六—一九四四）和許多共同參與密謀的人不同，早期是忠誠的納粹黨員，非常活躍。一次世界大戰（他擔任中尉，英勇作戰）之後，他加入聲名狼藉的「洛斯巴赫兵團」（Rossbach Freikorps）——即威瑪共和國時代初期由退伍軍人組成、打擊左派分子的橫行霸道組織。一九二三年卜普兵變（Kapp putsch）之後，他遭到放逐。後來返回德國加入納粹黨，在「褐衫軍」（S・A・）中扶搖直上，成為國會中的議員之一。並自一九三五年開始擔任柏林警察局局長。赫爾多夫雖然有這樣的背景，卻似乎對許多納粹政策持保守態度，如反猶太主義——特別是一九三八年的反猶太人方案（Kristallnacht）。他因為該專案與過去的同志逐漸疏離，終致成為反希特勒密謀的中心人物。

八月三日，星期二　今天漢諾瓦的小威爾夫和喬治—威廉來波茨坦吃晚餐，他們的母親是前皇帝唯一的女兒。葛弗瑞・俾斯麥堅持要我們邀請朋友——我猜想一來是想「評估他們」，二來也因為不希望我們晚上待在城裏。天氣極熱，大家都把腳丫子泡在噴水池裏。

柯尼希斯瓦特　八月九日，星期一　今天趕得很辛苦。我想到柯尼希斯瓦特和泰蒂安娜住幾天（感謝老天，母親終於搬來了！），但因為除非持有特別許可證，任何人都不准離開首都，所以我必須先搭火車離城，在紐斯塔特（Neustadt）一個小站下車，買去馬林巴德的票。羅瑪莉・申博格幫我抬一個非常巨大的皮箱，裏面裝有我想帶出城的東西——主要是照相簿。車上擠滿衣服被燒破、想回家的漢堡人；他們寧願回自己的廢墟受苦，也不願被其他城市的人欺負。他們的行為舉止似乎都很狂野，口無遮攔，頗粗線條。而且火車的乘客通常都會毫無忌憚地說出對政府的感想。到了紐斯塔特，我急急跳下車買票，又趕忙跳回返回柏林的列車上，再換車換站。回程車上的乘客仍多來自漢堡，其中一個小女孩手臂灼傷嚴重，全程歇斯底里笑個不停。半夜兩點才到柯尼希斯瓦特！

八月十日，星期二　大部分時間我們都駕車在美麗的樹林裏兜風，討論未來各種可能的計畫。

八月十四日，星期六　天氣爛透了，雨下個不停。泰蒂安娜已前往德勒斯登繼續療養；母親常出門散長步，我留在家裏休息。一旦住在鄉下就變得不問世事了。

德勒斯登　八月十五日，星期日　吃過午餐，我也前往德勒斯登探望泰蒂安娜及被關在附近戰俘營裏的表哥吉姆・維耶曾斯基。我帶了一點葡萄酒，免得長達十小時的車程太無聊。泰蒂安娜本來答應派車來車站接我，但等過了午夜抵達車站時，卻連個鬼影都沒有，只好步行穿過整個城市，走到療養院。城裏發布可能會有空襲，天上一輪滿月，整個氣氛非常詭譎。我從來沒來過德勒斯登，很怕被困在某個小地窖裏，幸好平安走到了療養院。泰蒂安娜看起來很憔悴，有位夜班護士在一旁照顧。她們安排我在一張快要散了的沙發上睡覺，再加兩張不斷分開的椅子，但我實在太累，很快就睡著了。

八月十六日，星期一　天一亮就去吉姆．維耶曾斯基的戰俘營。本來不能上巴士，因為必須出示特別旅行證，後來總算擺平。每次我都亮出朋友馮．哈斯（von Hase）將軍（柏林警備司令）給我的通行證。其實他跟戰俘營毫無關係，但這張證件直到目前為止都無往不利，後來全家人都靠它輪流見到了吉姆。

我在一個小村莊下車，走了半個鐘頭，穿越田野，才看見四周圍了鐵絲網的戰俘營。到了大門口，我再度亮出通行證，沒問題！可惜營區司令跟我扯了將近一個鐘頭才派人帶吉姆過來，為了討好他，我只好陪他聊。不過他看起來人不錯，吉姆後來也說他對待戰俘非常公平。他其實是位軍醫，整個營區就像一座野戰醫院，來自各國的戰俘來此等待調度，轉往永久性的營區。

趁著他的勤務兵準備野餐時，吉姆和我坐在司令辦公室裏聊天；司令很好心地把他辦公室讓給我們用。然後我們離開營區，步行出去野餐。不斷有德國軍車經過，卻似乎沒有人介意一個女人和一位身穿制服的法國軍官在樹林裏散步，令我覺得非常怪異。

吉姆工作量很重，忙著翻譯英文、俄文、德文、法文、波蘭文及塞爾維亞文。因為這裏非常需要他，所以他無暇去想逃跑的事。他從小便長了一對招風耳，現在正好閒著，決定動手術矯正。他看起來很健康，精神也很好。戰俘們偷藏了一架收音機，消息很靈通。每天晚上，都有人在宿舍裏大聲報告盟軍的戰地新聞！

午餐我們吃醃碎牛肉、沙丁魚、豌豆、牛油和咖啡，全是平民好久沒看到的東西。我帶來泰蒂安娜準備的烤雞和香檳，吉姆送我茶葉和一張柴可夫斯基的曼弗雷迪交響曲唱片。他在巴士站跟我吻別，一位乘客立刻問我是不是法國軍官的未婚妻。

我在泰蒂安娜的療養院裏又住了一晚。她進步得很快，不過每次我說了讓她開心的笑話，她都會笑得直流眼淚。夜裏我莫名地經常尖叫，護士只好給我吃鎮靜劑，她說是柏林空襲的後遺症。

柏林　八月十七日，星期二　返回柏林和波茨坦的火車擠得不得了，我一直站著。

八月十八日，星期三　今晚在俾斯麥家和亨里希・賽恩—維根斯坦（Sayn-Wittgenstein）長談；他從俄國調回來防禦柏林，已經擊落了六十三架敵方轟炸機，現在是全國坐第二把交椅的夜間戰鬥機飛行員。但因為他是個王子（拿破崙戰爭期間一位著名俄國陸軍元帥的後代），信念不同，不受政府寵信，戰果也不被重視。我很少碰到像他這樣敏感又善良的男孩。他在瑞士長大，對德國不熟，所以我總是帶他到處逛，每個朋友都喜歡他。

八月二十日，星期五　天氣熱得可怕。下班後，我們開車去高爾夫俱樂部。羅瑪莉、亨里希・維根斯坦和我坐在綠茵上計畫未來，討論等政治徹底垮台，開始除去異議分子，我們該怎麼做？跳上亨里希的飛機飛去哥倫比亞或某個國家是一個可能！但沒有足夠的油料飛越大西洋，這個問題一直無法解決。羅瑪莉有個表哥住在波哥大，她可以嫁給他，如此一來，等於一石二鳥！

八月二十三日，星期一　我們沒去上班。羅瑪莉假裝中暑，我正好也覺得很不舒服，便乘機騎腳踏車去韋爾德（Werder）看看能不能買些水果。我們揹了背包，騎了很遠，到那裏碰見一個帶籃子的男人，他說他也想買水果。後來終於纏上一名農夫，願意賣我們十五磅蘋果。我還在喃喃抱怨五角一磅太貴，我們那位男伴已替我把背包捆在單車上了。等我們離開果園，經過一片蕃茄田，他竟然亮出一張證件，說他其實在替物價控制委員會工作，宣稱我們被坑了，他打算寫份報告，我們必須上法庭作證，控告那位農夫，令我們大吃一驚。他接著問我們的名字，我們不肯說，還表示不應該迫害那位可憐的農夫。他仍一再追問；我堅持拒答，羅瑪莉卻面無表情地報上漢斯・弗洛托的名字和地址。我忍不住偷笑，讓那男人起了疑心。但因為我們沒帶身分證，他也不能證明什麼。然後他又嘮叨了一陣，建議我們將來替警方做餌，他們可以開車送我們去各地的農場……我們老實不客氣地拒絕了。

羅瑪莉老是碰上警察找她麻煩。上次她在波茨坦辱罵一名警察，現在警局要找她去做口供。

八月二十四日，星期二　昨天嚴重空襲。葛弗瑞・俾斯麥不在家，他的妹夫善—喬其・赫約斯（Jean-Georges Hoyos）從頭睡到尾。只有我覺得不對勁，不顧大家的抗議，把他和羅瑪莉・申博格挖起來。整個柏林上空一片紅霧。今早善・喬其打電話回來說他花了三個鐘頭（平常只要二十分鐘）才進城，因為所有街道都坍了。

晚上六點，我們也跟著進城，一方面去接葛弗瑞，一方面去察看各人的公寓。結果葛斯朵夫（Gersdorff）夫婦的廚子瑪莎倒在我懷裏啜泣；她被嚇呆了，還好房子沒事。羅瑪莉的運氣卻沒這麼好，她那張床正上方的天花板被炸了一個大洞，令她覺得非比尋常，到處宣布她大難不死，必有後福，將來一定有大成就！我們去探望艾嘉・傅森堡，她受到極大的驚嚇。她家附近科爾福斯坦路上及周圍所有房子的頂樓，包括普克勒家在利岑堡街上的公寓，也就是三年前我們剛搬來柏林住的那棟公寓，全部被燒毀。空襲結束後，戈培爾到災情最嚴重的區域巡視，聽說他想徵召三十名義務消防隊員，市民的反應卻非常冷淡。

蜜絲和她父親因為空襲不斷搬家，這時付錢住在朋友葛斯朵夫男爵及男爵夫人的別墅裏。瑪麗亞・馮・葛斯朵夫（Maria von Gersdorff）男爵夫人聰慧正直，親切又迷人，雖然住在戰時遭猛烈轟炸的城市裏，卻能夠將自己位在沃野許街（Woyrschstrasse）的宅邸變成一個知識分子圈內的沙龍，讓志同道合的人在毫無禁忌的氣氛下相聚。因為她丈夫是權貴西門子家族的親戚，又在柏林軍事總司令部內任職，因此他們家的賓客來自德國各個階層——從貴族地主（瑪麗亞自己的背景）到工業界、商業界、學術界、外交界及軍界人士都有。

八月二十五日，星期三 今晚又有空襲，幸好損害不嚴重，而且開往波茨坦的火車不受影響。

八月二十六日，星期四 泰蒂安娜從柯尼希斯瓦特打電話來，說柏林到來比錫的鐵路線被炸中，交通中斷。

和羅瑪莉・申博格及她來自漢堡的朋友，漢尼・嚴尼希（Hanni Jenisch）一起吃晚餐。漢尼不用入伍作戰，因為他兩個哥哥都已陣亡。他開一輛極拉風的賓士車到處逛，卻沒有牌照，警察因為不相信自己的眼睛，都放他一馬。

八月二十七日，星期五 亞歷克斯・維爾和辦公室另一位官員，X教授，昨天房子被炸中，現在都無家可歸。而且後者還失明了，因為他衝進一間著火的房子裏救出一個女人。幸好那只是暫時的，感謝上帝！他來自巴登（Baden），對現在的政府深惡痛絕，一直說這全是德國女人的錯，因為是她們投票讓希特勒當選。他說從現在開始，所有與軍事沾邊的玩具，像是喇叭、錫製士兵和劍，都應該被禁止。

八月二十八日，星期六　與維多．德．科瓦的日本太太美智子見面。他不僅是德國最有才華、最吸引人的演員，還當導演。我們去看他排演正在演出的戲。

八月二十九日，星期日　和葛弗瑞．俾斯麥及羅瑪莉．申博格開車去鄉間探望他母親；非常迷人的老太太，有一半英國血統。她對她公公，即鐵血宰相俾斯麥，印象仍然很深刻。回家時，羅瑪莉堅持要在滂沱大雨中開車，但因為她完全沒有經驗，我們都很緊張。

九月一日，星期三　戰爭於四年前的今天開始，彷彿是不可能的事。昨晚盟軍大肆「慶祝」，炸得柏林商店區災情嚴重。

今晚我去參加維多．德．科瓦新戲《Philine》的首演，然後大夥兒去他家。我和作曲家席歐．麥克本（Theo Mackeben）談了很久，他非常崇拜俄國。

九月三日，星期五　盟軍已登陸義大利本島。

八月十七日，西西里島完成解放，盟軍伺機進攻義大利本島。同時，在墨索里尼於七月二十三日

免職及被捕後，義大利積極準備參加盟軍陣容。八月十九日，巴多格里奧元帥開始與盟軍祕密協商。盟軍於九月二日開始登陸義大利南岸，更加速促成義大利叛離軸心國。

九月四日，星期六 今晚我和匈牙利大使館的納吉和維多·德·科瓦一起晚餐。後者出奇激動，含著眼淚說他再也忍受不了了，他家附近整個鄰里（他家離騰珀爾霍夫〔Tempelhof〕機場不遠）在昨晚被夷平。昨天的空襲真的很嚴重，就連遠在波茨坦的我們都到樓下集合。自從漢堡遭轟炸之後，麥勒妮對燒夷彈特別恐懼，因為聽說漢堡城內所有人行道變成一片火海。現在只要空襲一開始，她必然會在頭上蓋一條濕毛巾。

九月六日，星期一 據說霍茲曼夫婦出事了。前一陣子他們為了安全問題搬去鄉間，現在和他們住在一起的提諾·索達提昨晚本來應該參加一場正式晚宴，結果一直沒出現，也沒通知任何人。他是個很規矩的青年外交官，主人因此覺得事有蹊蹺。

九月七日，星期二 今早羅瑪莉·申博格和我第一次騎腳踏車進城。其實腳踏車是俾斯麥家的。剛開始差點撞上來往的電車和巴士。有一次羅瑪莉還從籠頭前面跳出去，精采透了。

我們和柏林警察局局長赫爾多夫約了見面——羅瑪莉為了某神祕理由，我則去談我的本行。外交部要我開始建立一個照片檔案，但現在所有轟炸災區照片都必須經過監檢，我希望赫爾多夫能給我幾張發行，他答應了。

不出所料，霍茲曼夫婦的鄉間別墅克爾岑朵夫（Kerzendorf）城堡，在前天晚上嚴重受創。我坐在葛斯朵夫家裏和葛菲德・馮・克蘭（Gottfried von Cramm）一起聆聽菲雅・亨樹爾（Fia Henschel）敘述整個災難的細節；當時她住在那裏。幸好沒有人死亡。可是才剛把柏林城內公寓裏無價的古董搬過去安置好的佛瑞迪卻失去了一切。我實在無法想像提諾・索達提——一位瑞士外交官——半夜兩點穿著睡衣在密集的炸彈雨中飛奔穿過草坪的樣子！

葛菲德・馮・克蘭男爵是網球史上最優秀的球員之一，運氣卻一直很差：雖然每次都進入溫布頓決賽，卻一直與冠軍盃無緣。一開始他便與納粹反目，甚至被關進集中營一段時間，直到大戰爆發。他大部分時間都住在國外。

下午大部分時間都待在亞當・特洛的辦公室裏。我們的人事室主任海夫騰進來閒聊了一陣。他是亞當的好友，一張死白的臉，莫測高深，讓我想起中世紀的墓碑。

海夫騰博士（一九〇五——一九四四）和亞當・馮・特洛一樣，曾赴英國留學，早期是反納粹的軍人，一九三三年便批評希特勒具有「強盜頭子心態」。該年他亦進入外交界。蜜絲認識他的時候，他是一名公使館顧問。但他和許多同謀者有一點不同之處，即他基於基督教道德觀，從未參加過納粹黨。他很早便成為毛奇伯爵「克雷藻集團」的一員，並為該集團招募了許多出色的團員，包括亞當・馮・特洛本人。

我們討論日前的大勢，以及最近開始的動員手段。當局似乎刻意挑選出仍在外交部任職的異議分子，想全部換上自己人，絕大多數都是黨衛軍，像我們那位史達萊克先生。但除非你志願到前線作戰，否則不准任何人辭職。這個做法當然使得目前正在進行中的祕密活動更形複雜。據說外交部長李賓特洛甫從來不離開他靠近薩爾斯堡、在傅修（Fuschl）的巢穴。最近他和副國務卿路德（Luther）——另一名走狗——起內鬨。當然，他們從來不會當我的面討論這些事，但我猜得出一個大概。總而言之，現在外交部沒有一個真正在做事的領導人。如果外人知道外交部其實只是一部上了很多潤滑油的官僚機器，實際上毫無效率可言，一定會大感震驚。我們這一小群密謀者便是明證。

晚上我去漢斯．弗洛托家吃晚餐，然後四個人騎兩輛沒開車燈的腳踏車到波茨坦車站——好像在表演特技！

> 漢斯—喬格．馮．史都尼茲（Hans-Georg von Studnitz）出版的日記對這一天的回憶如下：「漢斯．弗洛托舉行一個小型晚宴，參加的人包括蜜絲．瓦西契可夫、羅瑪莉．申博格、艾嘉．傅森堡及伯恩．芒恩（Bernd Mumm）等。大家從頭到尾都在談論空襲；讓我想起受迫害的基督徒在羅馬地下墓窖裏的集會！」（摘錄自《柏林燃燒時，一九四三—五年日記》〔*While Berlin Burns. Diaries 1943-5,London, Weidenfeld & Nicolson,1963*〕）。

九月八日，星期三　再次騎單車進柏林，我回家拿那頂蘿絲．瓦盧斯（Rose Valois）設計的帽子——很大的綠色寬邊帽、黑絲帶——是別人從巴黎寄給泰蒂安娜的。下班後，葛弗瑞．俾斯麥送我和羅瑪莉．申博格到史卡皮尼（Scapini）家。晚餐吃到一半，一位祕書衝進來報告義大利已投降，我們立刻告辭，衝回去警告葛弗瑞的哥哥奧圖。他剛從羅馬回來（他一直在那兒的德國大使館擔任大使顧問），正和赫爾多夫及葛弗瑞在豪丘餐廳用餐，對這條大新聞渾然不知。他們在一個小房間裏用餐，羅瑪莉和我衝了進去，他們聽到這個消息後都驚愕地說不出話來。史卡皮尼也嚇呆了；他來柏林擔任代理法國大使，與當局協商用「志願」勞工交換法國戰俘的問題。他看起來很可憐，一次世界大戰期間瞎了眼睛，現在身邊總帶一位阿拉伯僕人當他的眼睛，向他描述周圍發生的一切。

九月九日，星期四　進城時我帶著報紙，坐在我對面的男士第一次看到義大利投降的新聞，臉上的表情非常有意思。經過這麼多人的犧牲，義大利竟然這麼虎頭蛇尾！

九月十日，星期五　艾伯特．艾爾茲和艾嘉．傅森堡趕在下班前來辦公室，我們再趕去義大利大使館，希望能趁著戰爭尚未結束、通訊尚未完全被切斷前，找到一個即將返回羅馬的人，替我帶一封信給艾琳娜。她一定擔心死了。

結果發現使館周圍人潮洶湧，所有的義大利外僑全坐在自己的皮箱上，好多車子和救護車也等在那裏。艾伯特說使館可能會先替他們找個藏身處，再送他們去車站。我終於逮住奧蘭多．科勞爾多（Orlando Collalto），他答應傳口信給艾琳娜，卻拒絕替我帶任何文件。

然後我趕回波茨坦，帶著一塊昂貴的小地毯和艾伯特；他雖然在德國空軍服役，卻對盟軍飛機充滿敬意，不願在城裏過夜。晚上希特勒發表了好一段惡罵，說中了義大利人的「暗算」！

九月十一日，星期六　德軍占領了羅馬，且讓我們祈禱盟軍別因此開始轟炸該城。

今天晚上羅瑪莉．申博格邀請赫爾多夫來晚餐及討論政治。艾伯特．艾爾茲對後者的想法也很感興趣。因為赫爾多夫的名聲並不好（他一直是納粹黨員，又是褐衫軍中將，如今參與密謀活動，令許多不妥協立場較堅定的同謀者心存懷疑。羅瑪莉和艾伯特分別都在洗澡的時候，艾嘉・傅森堡突然不請自來。她是出了名的大嘴巴，所以我們全躲了起來，假裝不在家。等她走後，我去找人，發現他們倆瑟縮在地窖裏，身上只圍著大毛巾！可惜費這麼大工夫準備全是徒勞，因為赫爾多夫來了以後，從頭到尾只以單音節答話。艾伯特努力試探，他卻嚴密防守；我睡著了。

九月十二日，星期日 今晚收音機突然播放改編自法西斯義大利國歌的樂曲，接著宣布德國傘兵已將墨索里尼從阿布魯齊山中的大薩索（Grand Sasso d'Italia）牢獄搭救出來，正在前往柏林途中。我們都驚呆了。

黨衛軍傘兵在斯可塞尼（Otto Skorzeny）中校的領導下，發動一次大膽的突襲行動中，駕滑翔機降落在大薩索牢獄的屋頂上，救出墨索里尼，然後帶著他飛回德國。墨索里尼召集殘餘分子在義大利北部設立新法西斯政府，定國號為「義大利社會共和國」，首都設在薩洛（Salò）。

九月十五日，星期三 單獨和奧圖及葛弗瑞・俾斯麥晚餐；前者告訴我們許多羅馬生活故事。安福索（Anfuso）顯然已表態支持墨索里尼（他是齊亞諾的前內閣總理），但大部分的法西斯權貴一見墨索里尼失勢，紛紛背叛了他。

九月十六日，星期四 喬奇從巴黎寫信來，附上一束白穗——那是一枚炸彈落在他公寓附近後，他房內一扇窗僅剩下的殘骸。

盟軍於九月三日空襲巴黎，造成一百一十人死亡。

稍晚我騎單車去萬西見瑞士紅十字會代表馬提博士，他和母親合作安排援助蘇俄戰俘。我去的時間剛好，他正準備明天啟程回瑞士。

墨索里尼在收音機裏說了一大段話，我幾乎全聽得懂。

九月十九日，星期日　「德國軍官同盟會」從莫斯科廣播向德國公眾求援的呼籲，連署人包括好幾位在史達林格勒被俘的將軍。

柯尼希斯瓦特　九月二十八日，星期二　我決定度個小假，來探望父母和泰蒂安娜。後者看起來好多了。和母親一起散長步，她堅持要我辭職，搬到鄉間和他們一起住。她不懂為什麼這個辦法行不通，因為我馬上就會被分派去軍需品工廠工作。連續兩晚和泰蒂安娜睡，聊個過癮。

柏林　十月四日，星期一　和藍卓、馮・哈索爾大使及他的兒子午餐。回辦公室時，藍卓接到「上級」警告——我們在辦公時間外的聚會引起許多人不滿！

十月五日，星期二　和菲立普・德・方德夫（Philippe de Vendeuvre）及另外一位法國男孩，修伯・諾爾（Hubert Noël）一起去聽一場匈牙利的演奏會。修伯雖被派來德國勞動，卻設法弄到一張醫生證明，說他半聾。現在正準備回法國。

十月七日，星期四　去高爾夫俱樂部和朋友吃午餐，再趕回來，因為我和菲立普・德・方德夫約好，要陪他去安全局（S·D·）總部（蓋世太保只是該局的一部分）。他剛聽說他最好的朋友之一，一位法國銀行家的兒子善·蓋拉德（Jean Gaillard），在企圖越過邊境進入西班牙時，在倍平納（Perpignan）附近被捕，結果被送到康白尼（Compiègne）的集中營裏，身上還穿著被捕時的網球衫及短褲。他設法通知了未婚妻，但後來再也沒有下文，只知道他被塞進一節密閉的貨車車箱裏，開往歐蘭尼恩堡（Oranienburg），那是柏林城外一個非常可怕的集中營。我們計畫裝傻，問些天真的問題，把安全局的官員當成普通機關的官員。我打算用外交部——真是諷刺——的關係關說。我們甚至想好要求他們准許我們寄些食物和衣物給蓋拉德。為了怕自己一去不返，我通知了羅瑪莉·申博格我們的去處。

進入城外那棟四周圍滿鐵絲網的巨大建築後，他們先取走我不知發了什麼瘋隨身帶著的照相機，然後把我們交給一連串官員，像踢皮球似地把我們踢來踢去，每次都得重新仔細交代一遍身分。他們問我為什麼對這個人感興趣，我說菲立普是我表弟。我們在那裏待了整整三小時，卻毫無斬獲。他們甚至故意施恩似地去查最近抵達歐蘭尼恩堡的名單，找不到蓋拉德！最後建議菲立普親自去歐蘭尼恩堡詢問。離開後我求他別去，因為他一定也會被關起來。安全局裏的人不斷記錄我們的特徵，這時突然有人打電話找我，原來是羅瑪莉；「妳還活著嗎？」我很快說是，便掛了電話。離開時，我們倆都垂頭喪氣，連眼皮都不敢抬；到處只見槍桿、黑色制服和表情陰沉的臉孔。能再度走到外面被炸得一塌糊塗的街道上，感覺真好！

後來菲立普·德·方德夫獲悉他朋友拘禁處並非歐蘭尼恩堡，而是布亨瓦爾德（Buchenwald）。

他不聽從蜜絲的警告，親自去查問，未果。一九四五年，進攻德國的美軍解放了年輕的蓋拉德，但因軍隊沒有多餘的運輸工具，生還者必須步行跟在部隊後方，許多人，包括蓋拉德，因此死在途中。他的屍體一直沒有被發現。

十月十日，星期日　今天大部分時間都在等來自巴黎一位年長親戚，維勒瑞恩・貝貝可夫（Valerian Bibikcff）叔叔的電話；對俄戰爭初期他曾志願替德國海軍做口譯，大概沒想到是在自找麻煩！現在正準備返回巴黎，我打算交給他兩封信，一封給喬奇，另一封是替菲立普・德・方德夫帶的。菲立普一直要我讀他寫的信，剛開始我拒絕，等他離開後我才打開來看。看得我大驚失色！原來是一位在德國集中營內工作、從事反抗活動的神父，寫給穆蘭（Moulins）總主教的詳細報告。我經過好一番良心掙扎，既不願讓菲立普失望，又擔心害了維勒瑞恩叔叔。最後我把所有東西全塞進一個密封的信封內，收信人寫喬奇，請他從巴黎將那封信轉寄穆蘭，然後把這份臨別禮物交給叔叔。他離開前，和我喝伏特加酒澆愁。我祈禱一切平安順利。

那封信安全送到喬奇手中，並順利轉給收件人，但寫信的人，吉拉代神父（Abbè Girardet）卻死了。

十月十一日，星期一　晚上去陪西格芮・葛爾茨（Sigrid Görtz）。蓋世太保逮捕了她猶太裔的母親，冷酷地宣布將把她送往捷克的特萊西恩施塔（Theresienstadt）猶太人區。西格芮的父親（非猶太人）在一次世界大戰中陣亡，她是個美麗高挑的金髮女孩。目前她已設法弄到一張緩刑令，同時向各方緊急求援，但機會渺茫。安全局總部的人對她說：「可惜妳父親已不在世，否則這應該是可以避免的。算妳們運氣不好！」

十月十二日，星期二　羅瑪莉和我決定在她城裏的公寓開雞尾酒派對，正努力把各雜物拖回去布置，好搬回去住。我們只有兩瓶葡萄酒，半瓶苦艾酒，卻樂觀地希望客人都會有所貢獻。

十月十三日，星期三　雖然羅瑪莉的阿姨，葛蕾特・羅昂（Gretl Rohan）趁我出去買夾三明治的東西時喝掉了一整瓶葡萄酒，嚇壞了我們，但派對仍十分成功！客人帶冰塊和香檳來，我們把所有的酒都倒在一起，雖然怪異，卻沒有人抱怨，喝得精光。正設法把方德夫兄弟送到泰蒂安娜那兒過一個週末，但當局禁止法國人離開工作地點。等大部分客人都離開後，我一邊煎馬鈴薯，一邊跟大家討論這件事。

巴多格里奧成立的新政府已向德國宣戰。

巴多格里奧在其停戰宣言中，命令義大利軍隊停止任何對「敵軍」的戰爭行為，但若受到攻擊（指德軍）則仍需反抗。雖然義大利從未熱中於與德國結成盟友，更不願打仗，但這項突然背叛戰友的舉動仍令義大利軍隊頗感困惑，很多人因此拒絕服從命令。

十月十四日，星期四　順道去拜訪馮・德・蘇倫堡（von der Schulenburg）伯爵。他是最後一任駐莫斯科德國大使，非常迷人的老先生，對俄國一般印象很好，講話也很直爽。我想替凱蒂雅・克萊因米邱找份差事，她目前沒工作。

馮・德・蘇倫堡伯爵（一八七五—一九四四）是老派的外交官，堅決支持卑斯麥親俄的傳統外交政策，自一九三四年任莫斯科大使，一直在兩位獨裁者之間努力調停。希特勒於一九四一年六月攻擊蘇俄，對他而言，不啻為國家將遭遇大劫數的先兆（他從未懷疑德國終將一敗塗地），之後他更加疏離他本來就厭惡的納粹體制。

十月十八日，星期一　今天輪我值夜班。晚上七點抵達辦公室，另外兩位跟我一起值班的女孩還在聽音樂會。我先寫了幾封信，正準備去隔壁建築找迪琪・弗雷德（Dickie Wrede），門房卻警告我可能會有空襲。我說我馬上回來。

才剛走到迪琪的前門口，就聽見三聲巨響。我猛按門鈴，卻沒人出來應門，只好再衝回辦公室，這才知道有三枚炸彈就落在我們附近。已經聽到飛機從頭上飛過去的嗡嗡聲，又過了幾分鐘後警報才響。解除警報之後我再去找迪琪，她已回家；我們一起喝咖啡。在辦公室裏過夜極不舒服，我裹著一條毛毯，床卻硬得像塊木板。

十月二十四日，星期日　瑪麗亞・葛斯朵夫的生日。現在買禮物很困難。我替她買了點香水。她的客人很多，包括亞當・特洛。亞當後來跟父親一起來羅瑪莉・申博格的公寓，我們請他們吃麵包、煎馬鈴薯，喝葡萄酒和咖啡。

我有一份緊急的新工作：翻譯一大批照片的標題，內容是在斯摩稜斯克（Smolensk）附近的卡廷森林內發現的四千多名波蘭軍官遺骸。簡直令人不敢置信！

整件事保密得厲害。我已讀過德國駐土耳其首都安卡拉大使馮・巴本（von Papen）寄來的機密報告。他授權讓一位下屬成為某駐土耳其波蘭外交官的密友，這位波蘭外交官正好是羅斯福總統特派土耳其的代表，厄爾利（Steve Early）。羅斯福表示他想知道整個事件的真相。在美國顯然查不清楚，因為他的幕僚摩根索（Morgenthau）會攔截所有不利於蘇聯的報告。

馮．巴本（一八七九—一九六九）於一九三二年短暫任職德國首相後，於一九三三年被任命為希特勒的副總理，希望藉此爭取保守派的支持。一九三四—三八年他擔任德國駐奧國大使，促成「德奧合併」（Anschluss）；一九三九—四四年，他擔任駐安卡拉大使，又成功阻止土耳其加入盟國。一九四六年紐倫堡大審時，他被判無罪開釋，可是德國法庭卻在一九四七年判他八年勞改，全部財產充公。他於兩年後假釋，從此沒沒無聞度過晚年。

我必須在兩天內全部譯完。想到我的文字將在一週內抵達羅斯福總統的桌上，感覺非常怪異；好重大的責任！而且也很難譯，因為那些被披露的詳細證據讀起來實在教人痛心！

一九四三年四月十三日，德國廣播電台宣佈上千具波蘭人——大部分為軍官——的屍體在德國占領區斯摩稜斯克附近的卡廷森林中一處萬人塚中被發現，每一具都是後頸中彈——這是蘇聯的傳統處決方式。德國立刻指控蘇聯，並指派來自十二個中立國或德國占領國家的醫生所組成的委員會進行調查。隨後又由來自德國占領波蘭的專家，包括波蘭地下情報人員，組成第二個委員會。四月十七日，設在倫敦的波蘭流亡政府（他們對實情老早便開始臆測）在未經照會英國政府的情況下，宣布已要求國際紅十字會著手調查，後者表示未經蘇聯政府同意，不可能採取行動。蘇聯方面當然不同意，莫斯科並與倫敦的波蘭政府斷絕關係，指控後者通敵；兩個政府的關係一直沒有恢復。

後來兩個委員會都做出同樣的結論，認為那四千四百多名受害者，（全是軍官）乃蘇聯於一九三九年入侵波蘭後，所俘虜二十三萬名波蘭軍事人員中的一部分。這二十三萬人當中，後來有十四萬八千人（有一萬兩千至一萬五千名軍官）神祕失蹤。在發現萬人塚之前，波蘭流亡政府不斷詢問這批戰俘的下落，史達林的答覆則千篇一律：他們已全部被「釋放」或「逃走」。據說只有史達林的警政署長貝利亞（Beria）曾經囁嚅：「我們在那裏犯下一個大錯……」所有證據皆顯示受害人乃在一九四〇年、即德軍占領該區的前一年春天遭到處決。而且他們都來自同一個波蘭軍官俘虜營——靠近科澤利斯克（Kozelśk）的一座古老俄國正教修道院。這批俘虜與親屬的通訊全在一九四〇年四月中斷。至於被關在另外兩座軍官俘虜營——舊別利斯克（Starobielśk）及奥什塔什科夫（Ostashkov）——中的人，至今下落不明；他們的屍體可能都躺在某處「只有上帝才知道」的萬人塚中。

待俄軍收復該區後，莫斯科指派本國的調查委員會，結果將罪過推在德國身上。這項指控並在紐倫堡大審中被盟軍列入主要納粹戰犯的罪行中。但法庭的最後裁決對此不予置評，等於宣判了真正的兇手。

卡廷萬人塚的發現，當然令盟軍大失顏面；當時蘇聯仍在歐洲苦戰，其友誼與戰力對盟軍陣營不可或缺。同時有大批具影響力的人士極同情「英勇的蘇俄盟友」，不肯相信莫斯科竟做得出這樣的事，於是所有盟軍領袖一致保持緘默，刻意不再追究，直到戰爭結束。

一九五六年，赫魯雪夫在第十二屆人民大會中，公開抨擊史達林的各項罪行，並立刻根據戰後東歐消息來源，促請波蘭總理戈穆卡（Wladyslaw Gomulka）公布該事件真相。戈穆卡拒絕，深怕此舉將對兩國關係造成永久性的傷害。日後新證據陸續出土，不僅證實莫斯科為主事者，甚至披露許多劊子手的身分。

因為卡廷大屠殺的受害者包括二十一名大學教授、三百多名醫生、兩百多位律師、三百多位工程師、數百名教師，以及多位記者、作家和工業家，波蘭方面認為蘇聯此舉乃企圖消滅可能在解放之後領導波蘭建國的非共黨精英人士。

羅瑪莉突然變得非常懼怕空襲。昨晚她睡在我家，在睡夢中捶了我眼睛一下。

十月二十八日，星期四　現在每晚都有空襲，不過災情並不嚴重，通常發生時我都坐在浴缸裏。大部分的南美洲外交官都在準備離城。

柯尼希斯瓦特　十月三十日，星期六　艾嘉．傅森堡和我一起來柯尼希斯瓦特度週末。方德夫兄弟申請旅行證被拒。旅途很辛苦，因為車廂裏擠滿撤離人潮，多為婦孺，有一半車程都必須站著；乘客中還有許多傷患。剩下來的車程我們擠到通廊列車裏，坐在自己的行李上。我在這裏常和母親出去散長步，試著休息，忘記城市生活。

十月三十一日，星期日　昨天我們還在床上時，突然聽見一聲悶擊巨響，原來一架飛機墜落在我們的樹林裏。駕駛在飛往紐倫堡途中想跟住在附近村裏的家人揮手打招呼，結果不知出了什麼問題，飛機就像塊石頭似地掉了下來。駕駛當場死亡，組員則多活了幾小時。附近所有居民都出來救火，但火勢蔓延很快，因為整片土地極乾燥。

柏林　十一月一日，星期一　回程更糟。我跟艾嘉·傅森堡被擠散了，她摔了一跤，我可以聽見她在車廂後面尖叫呻吟，大家在她身上踩來踩去。雖然泰蒂安娜怕我們擠車辛苦，替我們準備了很多三明治和葡萄酒，回到柏林時仍已筋疲力竭。

十一月六日，星期六　蘇俄已收復基輔。

十一月十日，星期三　俾斯麥家在波茨坦的房子現已擠滿人，羅瑪莉·申博格和我決定搬回城裏，何況我們已打擾葛弗瑞和麥勒妮太久了。秋季來臨，看來空襲情況不會太嚴重。我只帶些生活必需品回家，這年頭還是輕裝簡行比較明智。

十一月十一日，星期四　和葛斯朵夫夫婦一起吃晚餐，接著發生小型空襲。我睡了十三個鐘頭。

十一月十三日，星期六　和西姬·維爾捷克、賽車手曼弗烈·馮·布勞齊區（Manfred von Brauchitsch）及女演員珍妮·優后一起在弗雷德雙胞胎姊妹家喝咖啡。

一位著名的年輕男演員最近因「發表顛覆言論」遭到處決，令每個人都大為震驚——只因為他預測德國會戰敗！曼弗烈·馮·布勞齊區（前陸軍總司令的姪子）也為同樣的理由惹了麻煩。

去聽富特文格勒指揮的演奏會，然後回家練鋼琴。頗有音樂細胞的廚子瑪莎，堅持要把她最喜歡的一八九〇年代頑皮小調全部唱一遍。瑪麗亞·葛斯朵夫和父親都出門了，又有空襲。我收拾了一個小包，但情況很快安靜下來，我們留在屋裏。

十一月十六日，星期二 值夜班。隔天總是全身難過——像是肌肉的宿醉。在辦公室洗了個澡（那似乎是唯一有熱水的地方），過半個鐘頭回家。可悲，我和我的照片檔案都被調去勞克街（Rauchstrasse）的前捷克公使館。

每個人一聽說那邊的老闆被革職後都目瞪口呆。蓋世太保收到一封他寫給住在魯爾的前妻的一封信，警告她空襲即將開始。結果他前妻的現任丈夫竟去告密。一群賊！

今晚與亞當・特洛、哈索爾夫婦和富特文格勒一起去波茨坦葛弗瑞・俾斯麥家晚餐。富特文格勒非常畏懼俄軍入侵，令我失望。我總覺得這樣一位音樂天才應該更有「格調」些。

亞當・特洛在寫給妻子的一封信中提到這次晚餐：「開車送蜜絲回家，她再度令我感到驚異……她彷彿具有傳奇動物的特質，永遠讓人猜不透……自由地高高遨翔在所有人事物之上。當然，其實這有點悲哀，也近乎神祕……」

十一月十七日，星期三 辦公室全體職員奉命集合，與暫時調來勞克街的新上司見面。他是一位姓布特納（Büttner）的年輕人，剛剛從戰場上回來，額頭上還有道刀傷，走路一跛一跛的；發表了一段關於前線士兵英勇事蹟，及對我們大後方民眾期望的演說。

晚上我帶亞當・特洛去霍茲曼夫婦家。他們已搬回城內的小公寓，那棟公寓其實只有三個房間，不過仍然布置得十分雅緻，而且他們仍和以前一樣好客。

然後去羅瑪莉・申博格家過夜，因為發生空襲，而我在沃野許街的家太遠了。羅瑪莉麻煩大了；她和一位朋友去伊甸旅館吃午餐，結果把一本「最高機密」的美國書《希特勒的女人、槍與土匪幫》

（*Hitlers' Girls, Guns and Gangsters*）忘在洗手間裏。更糟的是，書上還蓋有外交部的官印。她不敢承認，正拚命設法找回那本書，同時通知各要人朋友，以防自己突然失蹤。甚至還打電話給一個她才見過兩次面的人，那人在傳修外交部長李賓特洛甫的藏匿處工作。結果那人回電時她又不在，我只好假裝一問三不知。

十一月十八日，星期四　我現在已漸漸習慣不吃午餐。我們的餐廳簡直可怕透了，以他們所謂的「午餐」，拐騙我們一大堆糧票。

葛弗瑞．俾斯麥載我到城裏辦事。他覺得很不好意思，因為我和羅瑪莉．申博格的家人都一直寫信感謝他收容我們。現在除了跟我一起住在葛斯朵夫家的父親之外，沒人知道我們已經搬回柏林了。

下午大部分時間都花在看外國報紙和雜誌上，它們擺在夏綠蒂街舊辦公室的檔案間裏，我經常找各種藉口回去。

晚上在家裏和瑪麗亞及漢因斯．葛斯朵夫一起用餐，吃到一半突然聽見一陣猛烈砲擊。因為家裏沒有地窖，只好躲進半地下室、窗口面對小花園的廚房，坐在裏面長達兩個小時。附近發生幾起火災，變得相當吵鬧。後來聽說幾百架飛機飛抵柏林市郊，但只有大約五十架通過高射砲網。

哈里斯空軍元帥欲「炸得德國人跪倒在地」的行動，包括不少次以主要轟炸目標為名的大規模空戰。第一次是「魯爾空戰」，發生在一九四三年春天，結果摧毀了德國的工業心臟地帶，包括科隆、梅因茲及法蘭克福等城市。接著是七月及八月的「漢堡空戰」。到了一九四三年秋天，哈里斯的轟炸機群已準備好對付最主要的目標：第三帝國的首都柏林。不知情的蜜絲在此描述了後來著名之「柏林空戰」的序幕。

十一月十九日，星期五　和瑞典公使館的路格．馮．埃森（Rudger von Essen）和他太太荷敏（Hermine）一起晚餐。他們剛把我們家附近的一間公寓裝潢好，擺滿了丹麥玻璃器皿和磁器，其實這麼做有欠考慮。我遲到，因為電車現在時有時無。晚餐吃蠔──難得的享受！

十一月二十一日，星期日　和父親一起去靠近騰珀爾霍夫機場的俄國大教堂望彌撒。聖詩唱得美極了！羅瑪莉．申博格與她一位負重傷的年輕軍官朋友，東尼．紹爾馬（Tony Saurma）也去了，兩人都覺得很棒；不過東尼有點分心，因為他忙著看俄國女人，有些甚至在教堂裏哺乳。她們都來自俄國的德國占領區，現在數目不斷增加。有些人在農場上做工，有些人在軍需品工廠裏做事。星期日的教堂是她們最喜歡的聚會場所，我猜想思鄉情緒遠大於宗教熱忱。羅瑪莉看到一位她在維也納認識的俄國鋼琴家，歐古茲（Ogouze），便邀請他去波茨坦。我們分別開兩輛車；東尼因為是負傷軍官，也配了汽車。幾杯白蘭地下肚後，歐古茲彈琴給我們聽──大部分都是俄國樂曲。他鋼琴彈得很好，人卻不怎麼好。

快到午夜時，我終於說服東尼和羅瑪莉該回家了。天氣很壞，東尼迷路，錯過了萬西上不限速高速公路（Avus）的入口。往錯的方向開了一陣子之後才發覺不對，才一調頭就爆了一個輪胎，而且他的汽油也用完了。他開始換輪胎，羅瑪莉和我則下車求救。等了好久，一輛大車從相反方向開過來，我們招手要它停車，結果一位穿便服的男士和一位黨衛軍司機跳了出來，同意給我們一點汽油。分油時我們鑽進他們車裏去聽收音機。那位平民問我們是不是女演員？來自哪一個國家？我們很狡猾地反問汽油應該還給誰。他說不必還了，還說他們剛從希特勒最高司令部回來，卻不肯洩露身分。

這時德國為了補充在東線上的重大人力損失，以及將更多少數人種派上前線，開始從各歐洲占領地區吸收上百萬的男性及女性，送往德國在農業界、礦業界及工業界工作，重建被炸毀的工廠、鐵路及營造海岸防禦工事等。這批人潮到一九四四年將高達七百六十萬人，形成四分之一的總勞工人口。其中至少有三分之一來自蘇聯，有些是戰俘（否則便得面對在集中營裏餓死的命運），有些是來自占領區的平民，稱為「奧斯特」（Osts）。

十一月二十二日，星期一　經過昨晚的歷險記，我累壞了，決定今晚七點就上床。沒吃午餐，加班到很晚，因為開了一個無聊的會議。外面傾盆大雨。

今天是希奇的生日。

十一月二十三日，星期二　昨晚柏林城中心大部分都被炸壞。

下午下大雨，我奉命離開辦公室去取一份開會需要的文件。新老闆布特納對這類會議有狂熱，幾乎每天都開：可能只是想「檢閱麾下兵團」。我覺得完全是浪費時間。我在路上被淋得渾身濕透，開會也遲到了。會一直開到晚上七點多。我正奔下樓梯想回家，門房攔住我，說出那幾個可怕的字：「十五級空襲！」意謂著大批敵機正朝這邊飛過來。我三步作兩步奔回樓上，警告那些住得比較遠的同事最好留在辦公室，否則可能會被困在路上。等我打算離開時，警報已響，外面雨勢還很大。因為知道巴士一定馬上就得停駛，我決定走路回家，然後在路上把我剛寫給泰蒂安娜的一封信投進轉角的郵筒裏。

街上擠滿了人。很多人只是站在外面，因為雨勢的關係，能見度很差，大家都認為空襲的時間不會很長，也不會造成太大的損害。回家後，瑪麗亞．葛斯朵夫告訴我，她丈夫漢因斯剛從柏林警備司令部的辦公室打電話回家，警告她敵機數目比平常多出很多，這次空襲可能會很嚴重，然後說他會在辦公室過夜。我因為沒時間吃午餐，餓壞了。瑪麗亞叫廚子老瑪莎熱點湯，我則上樓換上毛衣及長褲。同時一如往常，收拾了一個小提箱。父親在他房間裏替兩位男性年輕人上語文課，吩咐我別去打擾他們。

我才剛收完行李，高射砲就開火了，而且立刻變得非常劇烈。父親帶著他兩個學生和我全奔到廚房後面、平常躲空襲的那間半地下室裏。才剛擠進去，便聽到第一批飛來的敵機。他們飛得很低；這時高射砲的砲聲突然被另外一種聲音淹沒——高爆彈！起先很遠，後來愈傳愈近，到最後彷彿就落在我們頭頂上似的。每爆炸一聲，整棟房子就搖晃一陣。空氣壓縮力可怕極了，噪音震耳欲聾。這是我第一次體會到什麼叫做「地毯式轟炸」——盟軍稱之為「飽和轟炸」。有一剎那，一陣碎玻璃如雨點般落下，地下室三片門的鉸鏈同時斷裂，一齊朝室內飛來。我們把門壓回去，靠在上面，希望能把門固定住。我把外套忘在外面，卻不敢出去拿。這時一串火星嘶嘶作響落在地下室入口處，幾位男士爬出去把它撲滅了。大家這才意識到我們沒有存滅火的水，趕緊把廚房裏所有的水龍頭都打開，外面的噪音因此被壓下去幾分鐘，但馬上又開始了……。這次飛機不像往常一波一波來襲，而是不斷密集從頭頂上飛過，持續了一個多小時。

正在一團亂的當兒，廚子把我的湯端來了。我覺得如果我開始吃的話，一定會吐；我甚至無法安靜坐著，每傳來一陣爆炸聲，都嚇得我跳起來。向來泰山崩於前面不改色的父親，從頭到尾坐在一把藤安樂椅上。後來有一聲爆炸聲特別響，我又跳起來，他很平靜地對我說：「坐好！萬一天花板坍了，距離妳也會遠些……」可是爆炸聲接連不斷，彷彿要把人的耳膜都震碎，碰到轟炸最密集的時候，我乾脆站在他後面，緊抓著他兩個肩膀，算是自保。好一幅「全家福」圖畫！——他兩個學生瑟縮在牆角裏；瑪麗亞緊貼著牆壁，面色淒惶地為丈夫祈禱。她不斷叫我離家具遠一點，怕我會被家具的碎片擊中。炸彈如雨點般不停掉下來，隔壁一棟房子突然倒塌，父親用俄文呢喃道：「就讓上帝的旨意實現吧！」當時的感覺是我們的末日真的到了。過了一個多小時之後，外面慢慢安靜下來，父親拿出一瓶杜松子酒，每個人都灌了幾大口。然後，轟炸又開始……直到晚上九點半，頭頂上飛機飛過的嗡嗡聲才消失。這次來襲的飛機少說也有幾百架吧。

就在那個時候，奇蹟中的奇蹟發生了，廚房裏的電話鈴響！原來是葛弗瑞．俾斯麥從波茨坦打電話來，問我們是否無恙。他們聽到幾百架飛機飛過頭頂，但因為能見度低，看不清楚到底災情有多嚴重。我答道：「非常可怕！」他立刻表示要來接我，我跟他講不用了，因為最糟的時刻似乎已經過去了。他答應找到羅瑪莉．申博格之後再打過來。

等最後一架飛機飛走後，又過了半個鐘頭警報才解除。不過早在那之前，一位不知名的海軍軍官已經把我們大家都叫出屋外。他說本來一點風都沒有，後來突然颳起來，火勢因而開始蔓延。所有人都站在屋外的小廣場上，果然看見三方的天空一片血紅。那位軍官解釋說，這才只是剛開始而已；最危險的情況要等到幾小時後才會來臨，那時會燃起真正的火風暴。在我們走出屋子前，瑪麗亞已發給每個人一條濕毛巾覆蓋住臉孔——非常明智的預防措施，因為小廣場早已煙塵瀰漫，幾乎無法呼吸。

大家回到屋內後，父親的兩個學生爬上屋頂監視附近的火勢。這時住在隔壁的丹麥代理大使史丁森抱著一瓶白蘭地出現，眾人站在客廳裏談話，不時吞一口酒。後來電話鈴又響了，仍是葛弗瑞，聽起來似乎憂心如焚。他打電話去伯恩·芒恩家，羅瑪莉本來和艾嘉·傅森堡在那兒吃晚餐，但他們說警報一解除，羅瑪莉就不見了，沒人知道她的去向。葛弗瑞認為她可能想來找我，可是我們這裏周圍一片火海，我很懷疑她過得來。

怪的是，他一掛斷，電話就壞了——別人還是可以打進來，我們卻打不出去。而且水電瓦斯通通停了，大家得用手電筒和蠟燭照明。幸好之前我們已將所有澡盆、盥洗池、廚水槽和水桶全部裝滿水。這時外面風勢迅速變大，彷彿海上風暴般不斷呼嘯，窗外只見一陣陣火星像下雨似地落在我們家和附近房舍上，而且空氣愈變愈污濁、也愈熱，一股股濃煙不斷從被震開的窗戶湧進來。我們巡視屋內，發現除了窗子被震破、幾扇門鉸鏈脫裂外，幸好沒有別的重大損害。

正在大家抽空吞嚥三明治充飢時，警報又響。我們一聲不吭地站在窗旁半個鐘頭，屏息等待空襲再度開始，結果卻聽到警報解除聲；顯然只是敵方偵察機前來察看轟炸後的破壞情況。本來一直保持鎮靜的瑪麗亞，這時突然涕泗縱橫，因為她先生仍無音訊。我雖然已睏得要死，仍決定在電話機旁守夜，遂裹了一條毯子躺在沙發上，將電話機擺在身旁的地上。半夜一點鐘左右，葛弗瑞和羅瑪莉一起從波茨坦打電話來，但才剛接通電話就斷了；不過至少大家不必再替她擔心了。

將近兩點，我決定去睡一會兒。父親走進來替我拿手電筒，讓我把鞋子脫掉清洗一下。三點鐘，瑪麗亞也不支睡著了。然後我聽見電話鈴響，她高興地大叫，顯然漢因斯沒事。接著她很快入睡。後來不時便有建築物突然倒塌，或是定時炸彈延後爆炸，將人吵醒，讓我心跳劇烈地突然從床上坐起來。這時火風暴的火勢已達高峰，屋外的狂吼彷彿火車通過隧道一般可怕。

十一月二十四日，星期三　今早聽到瑪麗亞・葛斯朵夫氣急敗壞地在和父親講話，附近一棟房子著火了。但我實在太累，立刻又睡著了，直到早上八點才爬起來。

那時父親兩位在屋頂上待了一整夜的學生已經回家，瑪麗亞出門去買麵包，結果很快牽了一位頭裹白圍巾的老太太回來。她在街角撞見她，仔細一看，才發覺那正是自己八十歲的母親，老太太想來找她，已經在燃燒中的城裏走了整個晚上。她母親的公寓已全部燒毀，救火隊來得很遲，決定集中人力拯救附近一家醫院，（感謝上帝，後來救成了！）可是同一條街上所有房舍全毀。不久漢因斯・葛斯朵夫也回家了。他說因為他直接回家，所以對整個轟炸災情只驚鴻一瞥，看來菩提樹下大街（Unter den Linden）區域受災情況跟我們家附近一樣嚴重；法國及英國大使館、布里斯托飯店（Hotel Bristol）、威廉街（Wilhelmstrasse）及腓特烈街（Friedrichstrasse）災情都十分慘重。

到了早上十一點，我決定出門，試著走去辦公室，滿心希望（當然樂觀得可笑）一到那裏就可以跳進澡缸裏洗個熱水澡。我穿著便褲，頭上裹一條絲巾，再戴一副漢因斯的毛邊軍用護目鏡上路。一走出大門，立刻被煙霧包圍，灰燼如雪片般落在我頭上，要用手帕按住口鼻才能呼吸——幸好漢因斯借我那副護目鏡。

猛一看，沃野許街的災情似乎還好，可是一走到下一條和魯扎夫街（Lützowstrasse）交叉的街角，卻看見所有房子全燒毀了。我繼續沿著魯扎夫街走，看見災況愈來愈嚴重；很多房子仍在燃燒，我被迫走在馬路中間，但這也不容易，因為路上堆滿了被炸壞了的電車，街上還擠滿了人，大部分都包著圍巾，拚命咳嗽，小心翼翼穿過瓦礫堆。到了魯扎夫街尾，距離辦公室四條街左右，街道兩旁的房子全部倒塌，想走到另一邊，得爬過仍在冒煙的廢墟，躲開正在漏水的水管和其他破碎物。之前我幾乎沒看見救火員，但在這一帶卻看到幾位正在設法將困在地窖內的人救出來。魯扎夫街上的房子全部燒毀，過施普雷河（R. Spree）的那道橋雖然未遭破壞，但橋另一頭的建築已毀，只剩下一些空殼子。很多車子小心繞過廢墟，不斷猛按喇叭。一個女人突然揪住我臂膀，大叫有面牆快倒了，我們倆一起拔腳狂奔。這時，我看見昨晚才將寫給泰蒂安娜那封長信投進去的那個郵筒，它雖然沒倒，卻已被炸得粉碎。然後，我又看見平常買食物的店舖「克勞斯」（Krause）——應該說是它的廢墟。之前瑪麗亞請我回家時買些食物，因為她登記糧票的那家店已經毀了，看來可憐的克勞斯也幫不上什麼忙（**德國的食物配給制度要求每個人都到一家特定的店舖去登記糧票，以後只能從那家店裏買東西**）。

我一直不能想像辦公室也會被炸毀，可是當我走到轉角時，卻看見門房室和漂亮的大理石入口處正燒得不亦樂乎。史特蘭普（Strempel，外交部的高官）和羅馬尼亞參事維勒努（Valeanu）就站在外面，旁邊圍了一群維勒努膚色黝黑的同胞。他一看見我便伸出雙手抱住我頸子，用法文大叫道：「一切都毀了！雙胞胎姊妹的公寓也毀了！我要帶我那一小群屬下去鄉下，去布科夫（Buckow）！」——現在所有外國使館在城外都設有緊急疏散處。果不其然，街尾的羅馬尼亞使館，還有芬蘭使館，也都已成一片正在冒煙的瓦礫堆。我問史特蘭普該怎麼辦，他咆哮道：「難道你們沒有緊急命令嗎？」「當然有，」我甜甜答道，「上級要我們不可驚惶，並到東西橫貫線（Ost-West Axe）上的凱旋柱（Siegessäule）旁集合，然後就會有卡車來接我們出城！」他很氣憤地聳聳肩，轉過身背對著我。我決定回家。

這時極目所見盡是連綿不斷已燒毀或仍在燃燒的建築，我開始感到驚慌。這整個我如此熟悉的城市，竟然在一夜之間就被摧毀了！我開始奔跑，一直跑回魯扎夫街，結果有一棟建築就在我經過的那一剎那倒塌。一位救火員口齒不清地對我和旁邊一群人大叫；我們全往地上一撲，我用雙臂抱住頭。等另一面牆坍倒的轟隆聲靜下來後，大家身上已覆滿了灰泥和塵土。我抬起頭來，竟然看見C．K．伯爵髒兮兮的臉擱在對面一灘污水上方。雖然過去四年來，泰蒂安娜和我一直小心避開這位仁兄（他特別喜歡漂亮女孩，有時行為不太檢點），但我心想這是民胞物與的非常時刻，便努力擠出一個友善的微笑，用英文打招呼說：「哈囉！」他極冷淡地瞄我一眼，用德文問道：「我認識妳嗎？」我決定這不是正式自我介紹的時候，便爬起來快步離開。

回家後發現廚房裏還有熱湯，父親把我的護目鏡拿去，換他出去勘察情勢。接著葛弗瑞．俾斯麥打電話來，說他下午三點會過來接我。我告訴他該走哪一條街，免得受困。瑪麗亞的妹妹，蘇倫堡伯爵夫人（她嫁給蘇倫堡大使的一位堂弟）騎腳踏車過來；她住在柏林城另一頭，那區顯然只受到輕微損害。今天早上三位工人才到她家去替她把八月裏一次空襲震碎的窗戶修好——儘管全柏林市中心的窗子在昨夜全毀，他們卻把她的窗子修好了！

到目前我唯一的物質損失，是每月配給的Harz起司；是我昨天才買的，因為它聞起來和看起來都很恐怖，我便把它放在屋外窗檽上，結果今早不翼而飛，可能因為爆炸後空氣壓縮，飛到某鄰居屋頂上了。

等父親回家後，我接過護目鏡，走到科福爾斯坦街上的另一個辦公室。街角上的前波蘭領事館，也就是泰蒂安娜、露易莎．維爾捷克和我曾在裏面一起工作很長一段時間的那棟建築，正燃燒得像把大火炬，但隔壁的大使館卻彷彿毫髮未傷。我很快衝過前者，奔入後者的大門，撞上一小群愁眉苦臉的人。亞當·特洛和萊波爾特（Leipoldt）坐在樓梯上，兩人的臉都被煙薰黑了。他倆在那兒待了一整夜，因為空襲開始時他們還在工作。我們部門似乎毫無動靜，大家決定約好明天早上十一點在同樣地點見面。

下午三點，葛弗瑞準時開車抵達，幫我將行李，加上幾條毛毯和一個枕頭，全堆到後座。葛弗瑞解釋說，他在波茨坦的房子已擠滿了其他住家被炸壞的朋友，所以我們必須打地舖。搬去住的人除了羅瑪莉·申博格之外，還有埃森夫婦；他們也是昨天半夜才奔去投靠，抵達時全身濕透、筋疲力竭，十分狼狽。

空襲開始時，路格·埃森正在我們辦公室附近他的辦公室裏工作；荷敏在家裏（她有身孕，即將臨盆）。他打電話叫她趕快趕去公使館，因為樓下幾位瑞典工人剛建好一個極牢固的鋼筋水泥掩蔽壕，牆壁厚達二點五呎。直到昨夜，各大使館及外交官的家都未遭到任何損害，他們大概覺得自己的外交豁免權也適用在轟炸上！荷敏安全抵達掩蔽壕；警報解除後，他們走出來，卻發現整座公使館燒得像把大火炬，便在接下來幾個小時內，忙著救出最寶貴的資料，然後跳進車裏開回家。後來發現家也沒救了，只好跳回車內，駛過燃燒中的城市，直奔俾斯麥夫婦在波茨坦的家。

接到路格之後，我們將車開往仍在冒煙的瑞典公使館，去取出他殘存的財產。路格進去後，葛弗瑞和我下車重新安排行李，這時突然看見裹著一件昂貴毛皮大衣的著名柏林美女，厄蘇拉·何亨羅（Ursula Hohenlohe），趑趑趄趄朝我們走來，頭髮亂糟糟，臉上化妝品也一塌糊塗。她走到我們面前，啜泣地說：「我失去了一切！一無所有！」她想去找一位答應載她去鄉間的西班牙朋友，我們告訴她西班牙大使館也被炸毀了，她聽了一言不發便掉頭朝蒂爾加騰區踉蹌走去，大衣背後一大塊毛皮已經被扯破了。

路格很快出來，我們迂迴繞到布達佩斯街（Budapesterstrasse）上，夾道零零落落走著推嬰兒車、拖拉床墊和小件家具的人。泰蒂安娜最喜歡的古董店「布蘭道」（Brandl's）仍在燃燒，火舌舔舐窗簾，擁抱著掛在店裏的水晶吊燈。因為店內大部分貨品皆為絲料及錦緞，粉紅色的火焰看起來像極了在舉行慶典，既奢侈又豪華。整條布達佩斯街都被炸空了，唯獨伊甸旅館例外，我們因此約定隔天就在那兒會面。車子接著轉上東西橫貫線，幾乎讓我們看傻了眼，因為公路兩旁沒有一棟房子倖存。

到了波茨坦，剛開始接觸到清涼新鮮的空氣，我竟覺得頭暈。踏進俾斯麥夫婦的官邸，看見葛弗瑞的太太麥勒妮正忙進忙出，忙著鋪床。荷敏．埃森正直挺挺坐在她床上，頭髮剛洗乾淨，像個小女孩。我也洗了個澡，羅瑪莉幫我刷污垢，水竟然變成黑色！每個客人都帶一大堆煤煙和塵土進來，搞得麥勒妮很難受，他們家本來纖塵不染的。

剛吃完晚餐，我們撥去柯尼希斯瓦特找泰蒂安娜的電話就接通了，趕忙向她和母親道了平安。她們試了一整天，想跟我們聯絡，都徒勞無功。才剛掛電話，葛弗瑞便接獲通知，說又有大批敵機朝柏林飛去。我打電話去警告葛斯朵夫夫婦及父親，心裏覺得很愧疚，自己安全，卻得告訴他們這個壞消息；不過至少可以讓他們有時間穿好衣服。不久空襲警告果然響起，其他人都待在客廳裏，但經過昨夜仍心有餘悸的羅瑪莉和我，跑到樓上善─喬其的房間去守望。飛機一波接一波經過波茨坦，但這一次往較遠西邊的施潘道飛去，我們因此稍微放心一點。這次空襲延續了將近一小時，警報一解除後，我們便累倒在床上。

十一月二十五日，星期四 早上羅瑪莉・申博格和我很早便起床，荷敏將搭機返回斯德哥爾摩，埃森夫婦用他們那輛破車順便送我們進城；車門卡死了，我們得從車窗鑽進去，而且車窗玻璃全部震碎，許多碎玻璃仍嵌在窗框上，車子行進時不斷朝臉上飛來，我們只好盡量蒙住臉。本來預定早上十一點來到辦公室，但因為路格想到海倫湖（Halensee）附近一家車行去換一輛狀況較好的車子，決定繞路先去那個方向。

我們很快便聽說昨夜的空襲仍在城內造成很更大的災情。海倫橋雖然還在，但四周的房子已全毀。路格說的那間車行被炸得一蹋糊塗，空無一人。我們繼續駛上巴黎街（Pariserstrasse）；那一帶狀況稍微好些，不過也一副殘破相。等我們抵達伊甸旅館時，大吃一驚，時隔僅二十四小時，變化竟如此大！旅館外牆雖然還在，但所有窗戶全不知去向，洞口塞滿床墊、破爛家具和其他殘物。後來我們聽說有三枚空雷砸破屋頂，掉進去爆炸，除了外牆，建築物內全毀。幸好平時兼做掩蔽體的酒吧沒事，因為當時裏面擠滿了人。對街的動物園災情慘重；一枚空雷落在水族館裏，炸死了所有的魚和蛇。其他野生動物都在今天早上被槍殺，因為獸籠全遭破壞，園方怕牠們脫逃。結果鱷魚們紛紛跳進施普雷河內，幸好及時一一拖出來射殺，否則後果不堪設想！離開伊甸時，大家約好下午五點去瑞典公使館碰面，再一起回波茨坦。

我們在魯扎夫街下車，用濕毛巾將臉裹緊（許多建築仍在燃燒，空氣中的煙塵令人窒息），往辦公室走過去。抵達後發現那兒仍一片混亂，每個人都不知道該做什麼，有些人說外交部會立即撤出柏林，搬去鄉間的「緊急撤退營」。據說外交部長李賓特洛甫現在城內，甚至巡視了一些正在燃燒的外國使館，並且親自參加了決定威廉街殘存外交部該「何去何從」的會議。我先跟好幾位同事聊天（每個人的穿著都稀奇古怪，因為大部分的人都失去了全部家當），然後攔截到第一次空襲那天，也參加了最後那次會議的技術部門主管。他告訴我他發現我的腳踏車停在院子裏，替我保住了，不過目前還不能還我，因為他沒有別的交通工具。聽起來很公平，我反正以為單車已經遺失了；只不過不知葛弗瑞會怎麼說。畢竟他才是真正的車主！最後上級交代明天早上十一點再來，希望到時候會塵埃落定些。

正打算離開時，父親突然出現；他看起來糟透了，頭髮倒豎，臉色發灰，似乎很氣我沒有先去葛斯朵夫家探視。我根本沒想到家裏附近還會再遭到轟炸，本來只打算順道去看看，可是昨晚一枚空雷落在屋子後方，所有門窗、屋頂及幾片牆壁全塌了，他們一直救火救到現在。這一次運氣沒這麼好，小廣場對面那棟房子已被夷成平地。

父親、羅瑪莉和我遂一同返回沃野許街；眼前景象實在駭人。柏林城內的麵包店不是被毀，便已休業，我在波茨坦買了幾條白麵包，大家很快喝了點湯。羅瑪莉接著去找幾位失蹤的朋友，我則花一整個下午的時間，將硬紙板和地毯釘在窗洞上禦寒及擋煙。瑪麗亞八十高齡的老母親保持她不屈不撓的一貫作風，堅持在一旁幫忙，替我遞釘子，我一直站在梯子頂端。對面那棟被夷平的房屋的屋主，一位英國女士，也過來幫忙。她沒時間搶救任何細軟，決定盡快下鄉。

從昨天開始，很多人陸續從城裏其他區過來（大多必須步行）問我們是否無恙。幾乎所有的人都同意，雖然全柏林都遭到轟炸，但就屬我們這一區和蒂爾加騰附近的外交使館區，及菩提樹下大街區災情最慘重。就連葛斯朵夫中校（漢因斯的親戚）都駕軍用卡車帶來一批勤務兵幫忙加蓋臨時屋頂，用木板把破洞補好。

馮·葛斯朵夫中校很早便參與推翻納粹政權的祕密活動（當然那個時候蜜絲並不知情）。一九四三年三月，在一次柏林軍械庫內舉行的典禮上，他差一點就決定親自暗殺希特勒。他是少數幾名倖存的主要密謀者之一。

稍後我出門去找迪琪·弗雷德。昨天開車經過勞克街時，看見她的房子已燒毀，今天等我再去時，已經一個人影都沒有了。不過我還是爬進她位在一樓的公寓裏，希望能搶救一點東西。我站在穿堂裏抬頭看被燒毀的樓梯，突然一聲巨響，一根燒焦的木椽嘩啦一聲垮下來，我飛身一跳，又跳回街上。之後我過街去亞伯特（Alberts）夫婦家，他們的房子還沒倒。

亞伯特太太是美國人，嫁給一位德國工業家，在萊因蘭地有好幾間化學工廠。大戰爆發後，他們的兒子從美國回來加入德國陸軍，把他的美籍太太和小孩留在加州。亞伯特夫婦還有一個女兒艾琳，是極有才華的吉他手及歌手，和我們認識很久了。

我發現她們母女倆站在大門口，一看見我就抱著我的脖子說，她們希望能趕快前往蘇台德（Sudetenland）著名的溫泉區馬林巴德（距離梅特涅家族的柯尼希斯瓦特城堡很近），提議讓父親跟他們一起去。她們有一輛車，還有些汽油，就是沒駕駛。不過她們家現在已由無家可歸的瑞典外交人員接管，盼望瑞典人能派一位駕駛給她們，做為交換。她們力勸我也一起去，不過我覺得辦公室不會放人。諷刺的是，她們昨天才從萊因蘭回來，空襲過程中一直躲在樓下地窖裏。

我走回沃野許街跟父親講這個新計畫，但他拒絕一個人走，把我留在城內；他實在沒有理由留在柏林，我因此決定向辦公室請幾天假。稍後我帶父親去瑞典公使館，大家一起搭路格·埃森的車回波茨坦。父親已兩天沒闔眼，非常疲倦。俾斯麥夫婦熱忱歡迎他；我們替他鋪好一張床，而且先讓他洗個熱騰騰的澡。

才剛吃完晚餐，警報又響。幸好只是敵方偵察機再度來勘察轟炸災情。

十一月二十六日，星期五　早上八點，父親、羅瑪莉．申博格和我返回柏林，本以為將和亞伯特母女一起前往馬林巴德，便收拾了一點隨身用品。我希望盡量輕裝簡行，把其他東西收在兩個大皮箱裏，放在俾斯麥府內的地下室裏。路格．埃森的車子已擠滿瑞典人，我們決定搭高架鐵路到萬西轉車，再在波茨坦廣場下車。火車塞得滿滿的，每一站都有人潮拚命往上擠，因為這似乎是唯一仍暢通的一條線。波茨坦廣場車站蓋在地下，還保持得一塵不染，雪白的磁磚……等一走上地面，對比實在太強烈，整個區像一片不斷冒煙的廢墟，廣場周圍所有大型建築，除了艾斯布勒拿旅館（Hotel Esplanade）之外，全部倒塌。旅館雖然殘破，卻還算完整，不過所有窗戶當然都已經震破了。

我們朝亞伯特家走過去，拖著行李穿過蒂爾加騰區的泥巴和灰燼，四周房舍全被燒黑，仍在冒煙，公園內彷彿一九一四—一八年的法國戰場，樹木又禿又瘦，折斷的枝枒散得滿地，有時還得用爬的，才能通過。我突然想到著名的杜鵑花叢，不知它們下場如何？明年春天又會是什麼樣的景象？公共交通工具完全停擺，我們從頭到尾都得步行。

其實這兩大私家汽車如雨後春筍般冒出來，無疑都藏了很久，就等碰上這類緊急狀況派上用場。雖然大多數都沒有牌照，但也沒人管束。相反的，政府反而下令所有車輛必須盡量讓陌生人搭便車。因為儘管轟炸災情慘重，柏林的交通卻漸漸恢復到戰前的景觀。可惜我們運氣不佳，所有經過的車輛都已擠滿。有一次，我們被一位長相非常特別的士兵攔住——他大概剛入伍，之前可能是位頹廢派的唯美主義者兼酒館諧星——他極優雅地作手勢建議我們別再往前走，因為炸彈已落在瑞典公使館正前方五次。我們轉進班德勒街（Bendlerstrasse），本來陸軍總部的辦公室就在那條街上，但也被炸毀了，幾十名穿著灰綠色陸軍制服的軍官及士兵在瓦礫堆裏爬來爬去，設法搶救檔案。等我們往下走到海軍總部時，發現兩處景觀幾乎一模一樣，只不過在瓦礫堆裏表演特技的官兵穿的是藍色的制服。好笑的是，唯一沒受到轟炸嚴重破壞的外國使館竟是盟軍的敵人：日本及義大利使館！這兩棟建築最近才蓋好，非常巨大，似乎是最佳目標才對！

希特勒在計畫將柏林變成他「千年帝國」的首都時，選擇曾是普魯士歷代國王狩獵場的蒂爾加騰區做為新的外交特區，並於一九三八年開始建築一群新使館，外觀全是希特勒自己和他的御前建築師斯皮爾（Albert Speer）最喜歡的壯偉紀念碑式風格。日本和義大利因為是德國主要盟國，使館又最大，皆於一九四二年竣工，但在大戰最後幾週歷經盟軍轟炸及挨戶戰鬥之後，損害極嚴重。

走了將近一個鐘頭才到亞伯特家，卻得知計畫在最後一分鐘受挫：瑞典人的確找到一名駕駛，可是他已四天沒進食，為了讓他提神，他們不僅餵他食物，還給他喝了些白蘭地，結果他醉得不省人事，現在毫無用處。我決定先去向辦公室申請准假，下午再回去看情形。

羅瑪莉和我慢慢沿著蘭德葛拉芬街（Landgrafenstrasse）走下去，因為我們聽說基克．斯頓（Kicke Stumm）的房子也被炸了。雖然他唯一的兄弟已在法國陣亡，但他卻仍被派往俄國。那條街上沒有一棟房子倖存；等我們走近他家時，果然只見外牆還站在原地。我們問救火員住在房子裏的人是否安全，他們說應該沒事，不過隔壁的人仍困在地窖裏。「至於那一棟，」他們指著對街一幢六層樓的大型建築說，「裏面的人全死了，總共三百個人！」因為地窖被炸個正著。我們再走到科爾福斯坦街上，住在那裏的每一家人幾乎都是我們的朋友；大部分房子也都被炸中。奧雅瑟保夫婦那棟巨大的花崗岩公寓大樓已成一堆瓦礫。和奈特貝克街（Nettelbeckstrasse）相交的轉角等於片瓦不存（包括我們最喜歡的小餐廳「小酒館」（Taverna」），只剩下一小堆碎石堆。放眼望去，到處可見救火員及戰俘——大部分都是所謂的「巴多格里奧的義大利人」——忙著朝廢墟內灌空氣，意謂著還有人被困在那些坍塌的地窖裏。

義大利在一九四三年九月投降之後，所有在德國占領區境內的義大利軍人都被迫選擇到薩洛為墨索里尼殘餘分子組成的共和國效忠，或被監禁，參與勞動；後者被稱為「巴多格里奧的義大利人」。

另一棟被毀的建築前聚集了一群人，正在圍觀一位年紀大約十六歲的年輕女孩，她站在一堆碎磚上，逐一撿起磚頭，仔細擦拭，然後再逐一扔掉。她全家都死了，被埋在底下，所以她發瘋了。這一區看起來真的很恐怖，有些地方甚至連街道都不見了，讓我們不知身在何處。我們好不容易才走到勞克街的辦公室。

辦公室居然沒毀，真是奇蹟！我在樓下碰到一位人事室的長官，便對他說我有一位年長的父親，現在有機會帶他下鄉。起先他並不樂意，後來聽說我們是「轟炸災民」（Bombengeschädigte）——現在這個身分是救命的護身符！——他才准假。我向他保證司裏一有需要，我便會盡快趕回來，然後給了他泰蒂安娜的地址和電話號碼，趕快趁著他改變主意之前開溜。

羅瑪莉和我在葛斯朵夫家喝了一點熱湯後，繼續在城裏沿戶搜尋失去聯絡的朋友。

過去這幾天，數不清的白堊留言不斷出現在被炸毀房舍的焦黑牆上：「最親愛的B先生，你在哪裏？我到處尋你不得，請來和我同住，我有空房。」或「躲在這間地窖裏的人全部得救了！」或「我的小天使，妳在哪裏？我擔心極了。妳的菲立茲。」……等等。許多人返家後看見這些留言，也用白堊在每段話底下答覆。我們就靠著這些留言找到好幾位朋友。等走到被炸毀的那棟辦公室前面，我們也在瓦礫堆裏撿了幾塊白堊，在大門旁邊的石柱上寫下一行大字：「蜜絲和羅瑪莉沒事，住在波茨坦俾府」。大老闆看到了想必會很不高興，但我們眾多的男性朋友向來喜歡整天打電話，而且可能還會親自來這裏找我們。

這時西班牙大使館的莫亞諾（Moyano）突然駕車出現，告訴我，他們的大使和許多西班牙人第一天晚上都在伊甸旅館裏吃晚餐，幸好瑪麗亞・琵拉・奧雅瑟保和她丈夫來不及趕回家，因為他們家塌了，所有躲在地窖裏的人，包括他們的傭人，全死了。另外一位西班牙外交官費德瑞哥・迪斯（Federico Diez）待在家裏，結果他家跟附近所有房子一樣，開始著火，街上擠滿了人。他便找出家藏的陳年白蘭地，傳遞著請大家喝。

下午四點左右，我回到亞伯特家等待後續發展。那棟房子簡直像座冰庫，因為玻璃屋頂及玻璃窗全被震碎，所有的門鉸鏈也都斷了，我們穿著外套坐在廚房裏直發抖。亞伯特家另外一位來自喬治亞、也準備跟我們一起去馬林巴德的朋友，安卓尼可夫王子（Prince Andronikov），則裹著數條圍巾，頭戴一頂壓得低低的帽子，坐在客廳裏彈鋼琴彈了一下午，彈得極美。第一次空襲後，那可憐的傢伙帶著所有家當逃離正在燃燒中的旅館，投奔伊甸旅館，弄到一個房間。可是第二天晚上伊甸旅館也被炸毀了，現在他的全部財產只剩下身上穿的那套衣服；失去的東西中包括四雙全新的皮鞋，令他特別心痛！

等待之際，艾嘉・傅森堡突然衝進來摟住我的脖子尖叫道：「蜜絲，我以為妳已經死了！」她在第一次空襲過後回家，發現她和迪琪・弗雷德合住的那棟房子只剩下一堆瓦礫。直到第二天，她一直以為自己一無所有，失去一切；後來她碰到善─喬其・赫約斯，後者說替她搶救了一些東西，所以現在她非常開心。

艾嘉才剛離開，女演員珍妮・優后便駕車出現。先擁抱我，然後宣布迪琪・弗雷德已搬去她在克萊道夫的房子裏，她只是來幫她拿一點東西。就這樣，我們逐漸得知朋友們的下落，但消息還是傳得很慢，而且有時候很嚇人。

第一次空襲後，父親曾經出門企圖尋找一家俄國朋友德費登（Derfelden）夫婦。他們的房子倒塌，先生在地窖裏被救了出來，還活著；可是幾個小時之後才把他太太挖出來，頭已經不見了。那可憐的女人一直極畏懼空襲，每次都堅持抱一大本聖經下地窖。雖然我的膽子也愈變愈小，不過我一直覺得我不會遭到那樣的下場。

經過數小時的等待，瑞典人終於通知我們必須再延後二十四小時才能啟程。

父親先回波茨坦過夜，我轉到葛斯朵夫家去喝茶，卻發現網球冠軍葛菲德・馮・克蘭也在那裏。他剛從瑞典回來，看見柏林城內的慘狀，幾度落淚。接著年長的烏克斯庫爾男爵穿著他們房的大衣。駕著一輛軍車來到。他在他們家屋頂上救火直到黎明，終於不得不放棄。他的公寓在頂樓，本來有許多極好的藏書，卻一樣東西都來不及搶救。那棟建築裏還有一個女人被燒死了。結果我錯過了路格・

埃森的車，得自己搭火車回波茨坦，幸好烏克斯庫爾男爵送我一程，讓我在夏綠蒂堡車站下車，路上竟面不改色地問我，要不要下星期日卡拉揚演奏會的入場券。俾斯麥夫婦看到我回家似乎並不驚訝。

晚上又傳空襲警告，但並不嚴重。

十一月二十七日，星期六　一早，羅瑪莉．申博格、父親、葛菲德．克蘭（他也來波茨坦住）和我再一次擠進路格．埃森的車裏。埃森即將返回瑞典。

城內各區房舍的後院仍在燃燒大火，顯然無法撲滅，燒的全是最近才送來柏林的冬季存煤！我們經常停在火旁暖手，因為現在屋內總是比屋外冷。

接近中午時，我帶著每天從波茨坦買來、不可或缺的白麵包去葛斯朵夫家，卻發現葛弗瑞．俾斯麥在那裏。我們照例喝了熱湯。雖然冷，又有過堂風，但葛斯朵夫家仍是城內唯一能讓人稍微輕鬆一點的地方。

「午餐」吃到一半，羅瑪莉及東尼．紹爾馬走進來。那可憐的傢伙嚇壞了；前一天，他載辦公室的屬下去緊急撤退的小村莊，結果他的駕駛在當天晚上的空襲中死了（我竟然在日記裏說「不太嚴重」），他自己則被活埋在他家（房子倒塌）的地窖裏，直到隔天早晨才爬出來。不過他立刻宣布——這年頭非常典型的插曲——他剛買了一百粒生蠔，羅瑪莉和我馬上跳進他車裏，去他公寓拿。

我們經過自從密集轟炸開始後我一直沒去過的維騰貝格廣場（Wittenbergplatz），偌大的廣場裏堆滿了燒焦的電車及巴士殘骸——這裏原是極重要的交通樞紐。炸彈到處掉，甚至落在地下車站上方；那家大百貨公司K．D．W．，如今只剩下一副空殼子。路上我們還獲見騎單車的西格芮．格爾茨，我向她道賀，因為她家是少數仍屹立不搖的房子之一，但她表示一枚燒夷彈擊中她在頂樓的臥室，燒毀了她所有的衣服。她已搬到朋友在綠森林的家中——我還記得她有幾件好漂亮的毛皮大衣！稍後我們被一位救火員攔下，要求我們載一位帶著許多包袱的女士去夏綠蒂堡車站。我們照做，因此花了很長一段時間才抵達東尼的公寓。當場就吃了不少生蠔，用白蘭地沖下肚去。以前我從不知道生蠔這麼難打開，手被劃破好幾道傷口。剩下的我們帶回去給瑪麗亞，還帶了些葡萄酒，開了一場流水席。很多人陸續來到，盛宴一直持續到深夜，許多人的拇指都劃破了，原來沒人是開蠔專家。

第一次空襲後，隔天早晨我抽空到附近一家小店去試戴一頂帽子，雖然附近房屋全在燃燒，我卻十分渴望擁有那頂帽子。今天我決定去那家店按鈴——奇蹟中的奇蹟！——居然有位面容微笑的女售貨員出來開門：「殿下可以試戴看看！」我試了，可惜身上穿著髒兮兮的便褲，很難判定效果。東尼和羅瑪莉接著載我去亞伯特家，等到下午四點，一輛卡車終於在門口出現。車上載了很多城外瑞典僑民的家具和大皮箱，但公使特准我們搭這輛車。出了柏林城界後，司機會讓我們在最近的火車站下車，然後我們得自己想辦法搭上南向火車。亞伯特太太爬上前座，坐在兩位戴鋼盔的瑞典駕駛旁邊，其他人——父親、安卓尼可夫王子、艾琳·亞伯特和我——則鑽進後車廂坐在行李上，周圍堆滿格子花呢的皮箱和籃子，我的新帽子則裝在一個大紙袋裏——只缺少一隻民俗故事裏的金絲雀！另一位瑞典人擠進後車廂後，外面的人把油布扣緊，我們立刻置身一片漆黑中，開始上路。

因為啥也看不見，所以我們並不知道車子往哪個方向開。在路況頗糟的路上顛簸一個小時後，抵達距離柏林六十三公里、一個名叫托匹茲（Teupitz）的小村莊；司機請我們下車。

因為我們身上都戴著「轟炸災民」的牌子，再加上司機介紹，當地整潔的小客棧以為我們是瑞典人，同意讓我們留宿過夜。大家先在酒吧裏集合等待房間準備好，行李堆放四周。主人請我們喝真正的茶，然後大夥兒吃離開之前就準備好的鮪魚三明治，配上用大酒瓶裝的香檳。這頓「晚餐」吃到一半，空襲警報突然響起——是由客棧主人的兒子在後院裏吹一種喇叭！老實說，我們很想跳上床去睡覺，可是當地人顯然把空襲看得很嚴重，很不以為然地斜睨我們，我們只好待在原地。其實他們可能是對的，此地畢竟離柏林不遠，而且根據東尼·紹爾馬的經驗，就連偏僻的鄉村也不見得安全。高射砲很快開始發射，接著是機群飛過頭頂、再熟悉不過的轟隆聲響。亞伯特太太選在砲聲特別密集的時刻，突然用濃重的美國腔說：「至少我們可以為一件事感到自豪……我們都親眼目擊了現代史上最大的災難！」這句話似乎沒有引起任何人的反感。

我承認這幾個晚上令我神經緊張；即使隔這麼遠，也知道這又是一次嚴重的空襲。後來我們得知一枚空雷擊中矗立在我們那片小廣場入口處前方的房子，瑪麗亞和漢因斯·葛斯朵夫正好躲在那棟建築的地窖裏，因為他們覺得那裏比自己家裏的地下室安全。結果那棟房子塌了，把他們埋在瓦礫堆底下，幸好隔天早晨就被挖了出來，並未受傷。

我們這裏的警報解除後，主人帶我們去看房間。一間給我們三個女生住，另一間給父親和安卓尼可夫。床雖然有點潮，卻很舒服，鋪有厚厚的鳧絨被。亞伯特太太打了一整夜的鼾，聲音奇大。但我們已覺得身在天堂，因為本來以為在抵達柯尼希斯瓦特之前都得睡地板的。

十一月二十八日，星期日 一大早起床搭巴士去最近的火車站。火車擠得水泄不通，差一點上不了車。兩個小時後，到達柏林南方的重要轉車站科特布斯（Cottbus）。結果因為拖著行李來不及穿越鐵軌，只好眼睜睜看著往來比錫的火車開走。幸好有一群希特勒青年團熱心幫忙，替我們扛所有的東西，還帶我們去一間特別為「轟炸災民」準備的候車室。我們在那裏等了幾個小時，他們請我們吃塗了厚厚一層牛油、夾香腸的可口三明治和濃湯，全部免費。這都是「人民福利會」的德政，遇到緊急狀況，他們的確非常有效率。第一天空襲後，人民福利會便在柏林所有災情慘重的街上組織了戶外廚房，整天隨時供應往來路人可口的湯、濃咖啡和香菸，全是店裏買不到的東西。

下午一點，我們終於擠上一輛開往來比錫的慢車；大部分時間都得站著，六點抵達。我們已在路上折騰了二十四個小時。（平常只需要兩個小時的車程！）一路上亞伯特母女替我們找了不少麻煩，因為她們習慣不停大聲講英語，一個在車廂頭、一個在車廂尾對吼：「甜心！」——「達令！妳沒事吧？」父親直冒冷汗，其他的乘客卻似乎並不介意，因此未生事端。

一到來比錫，大家立刻衝進車站餐廳，先梳洗一番，再吃一頓豐富的晚餐，用葡萄酒配維也納炸肉排。餐廳裏甚至還請了一個樂團演奏舒伯特。半個鐘頭後，柏林特快車駛進站，不消說，又是擠得人山人海，拳打腳踢一陣才擠上車。一個女人就在我面前被推到鐵軌上，幸好在千鈞一髮之際被拖救起來。我們得知有幾位乘客兩個小時前才從柏林順利上車，有點氣惱。不過戈培爾最近下令所有年輕人都必須留在柏林，艾琳和我深怕到了車站會被擋下來。

本來希望梅特涅家族的車會到埃格爾來接我們，但卻不見車子的蹤影，只好又等了兩小時，搭上一輛慢車，清晨五點才抵達柯尼希斯瓦特。城堡內有冷晚餐等著我們，吃完後，我躺在泰蒂安娜床上和她聊到天亮。

柯尼希斯瓦特　十一月二十九日，星期一　花一整天時間描述我們的歷險過程；現在很難讓沒經歷過的人瞭解柏林城內的景況。晚餐後每個人都立刻上床睡覺。

我很不習慣這裏全然的寂靜。

蜜絲註（寫於當時）：我利用這段清閒時間將過去幾天的經歷寫下來，卻傻得在吃晚餐時將唯一的一份拷貝放在寫字桌旁一堆木柴上的籃子裏。回來後發覺日記已被過度認真的女傭餵給暖爐了。我立刻重打整個漫長過程，因為我知道以後絕對不會想做這件事。

從一九四三年十一月十八日柏林首次遭到密集攻擊，直到一九四四年三月的大突擊（期間該城不斷遭遇間歇性轟炸，直到一九四五年四月被蘇俄軍隊占領為止），柏林總共被轟炸了二十四次。到這個階段，每次前來攻擊的機群都高達一千架，投下一千到兩千噸左右的炸彈。儘管大部分建築物都被夷為平地，造成上萬居民死亡或殘廢，一百萬十五人無家可歸（這個統計數目不包括上萬名未經登記的戰俘及外國勞工），德國的對空防禦系統——嚴密之高射砲網及雷達導航的夜間偵察戰鬥機——效率卻奇高，柏林大部分工業區因此得以繼續生產作戰物資，產量幾乎未減。英國史學家赫斯（Max Hastings）寫道：「就作戰的觀點而論，柏林空戰徹底失敗……柏林勝利了，它牢不可摧！（*Bomber Command*, London, Michael Joseph, 一九七九）。

一般說來，哈里斯空軍元帥的「區域性轟炸」（盟軍的正式用語）或「恐怖轟炸」（納粹宣傳部立刻為之冠上頗名符其實的稱謂），從未達成目標。除了物質上的破壞，包括數不盡的世界文明瑰寶

（納粹因此又稱之為Baedecker Bombing！），以及大量平民死傷人數（多為未參與生產的老弱婦孺），許多主要目標，諸如兵工廠（這時多已分散或遷入地下）及鐵路線（都在數小時內修復）直到戰爭結束仍運作不歇。至於德國大眾，雖然因哀傷、體力耗竭及營養不良變得士氣低落，卻從未真正服輸。必須等到盟軍及蘇俄軍隊聯合以傳統戰法攻占柏林之後，德國才終於投降。」

十一月三十日，星期二　辦公室發來一份電報：「我們期待妳立刻回來上班。」討厭！同時父親和我都開始嚴重咳嗽。醫生認為是支氣管炎；在柏林受寒受凍，加上吸入一大堆煙塵的結果。亞伯特母女一到馬林巴德也病倒了。

十二月一日，星期三　臥病在床，以防去年夏年感染的胸膜炎再犯。醫生已開了一張證明。

十二月二、三、四、五、六、七日　都臥病在床，過著備受呵護的愜意生活。

十二月八日，星期三　安卓尼可夫王子已前往慕尼黑。他是個非常典型的喬治亞人，想法很東方。我們談到某人娶了陣亡兄弟的寡婦，他批評說：「這種事只有在歐洲才會發生；全是野蠻人！」

上個星期柏林又遭猛烈轟炸，連續四天了！星期五（十二月三日）我半夜醒來，聽見外面斷斷續續傳來嗚咽的號角聲。泰蒂安娜說那就是這裏的空襲警報。你可以聽到遠處的密集砲響，後來才知道是來比錫遭到轟炸，幾乎全城被毀。

今天下午保羅．梅特涅從波茨坦打電話回來，他住在俾斯麥家，說明天將和他的上校一起回家。聽說他將遠離前線一段時間，泰蒂安娜好比上了七重天！

十二月十日，星期五　保羅・梅特涅看到柏林之後，大為震驚。

收到艾琳娜寄自羅馬的信，和我們失去聯絡後她非常沮喪。家人仍在討論她下一步該怎麼辦。父親母親對此事意見相左；母親希望她留在義大利，父親提議她來跟我們在一起，「全家一起」面對最後的大敗局！

十二月十三日，星期一　我們一起在雪中散步。保羅・梅特涅的上校人似乎很好，對俄國及俄國人讚口不絕，令父母大人很高興。

十二月十四日，星期二　保羅・梅特涅與上校離開；雖然這次回來不算休假，保羅卻覺得聖誕節他不可能再回來，只可能在返回前線途中回家停留兩天。

十二月十六日，星期四　羅瑪莉・申博格發來一份電報（她現在維也納），建議我去做赫爾多夫伯爵的祕書（當然沒有明講，都用暗號）。一定是她從中牽線，因為他根本不認識我；但我知道他參與密謀活動，因此他可能需要一名親信。這件事必須先和亞當・特洛商量後再作答覆。

和泰蒂安娜到馬林巴德度過一個下午，拜訪了亞伯特母女，她們居然想回柏林！

十二月二十日，星期一　又去馬林巴德。泰蒂安娜燙了頭髮，我剪了一個較簡單的髮型，比較適合空襲。

十二月二十一日，星期二　上個星期五柏林再遭猛烈轟炸。我們試著打電話給瑪麗亞・葛斯朵夫，卻無法接通，所以改發電報。今天收到回音：「大家平安。夜晚極恐怖。會寫信。」

我已申請留在此地過完聖誕假期。

十二月二十二日，星期三　沒事就打乒乓球，讀很多垃圾書，令父母厭惡。我實在無法專心看別的東西，母親卻一直逼迫我讀有關維也納國會及拿破崙戰役的現代回憶錄。應付眼前這場戰爭已經夠了，不想再去想別的事情。

因斯布魯克（Innsbruck）不斷遭到轟炸，奧國人期望維也納能夠豁免，似乎非常天真。盟軍占領義大利的速度並不快，這一連串駭人的轟炸，目的似乎是為了打擊德國的士氣，協助盟軍的攻勢。但我認為效果不彰，反而適得其反。因為面對這麼多苦難，政治觀點反而變得不重要，大家忙著修補屋頂、撐牆、在熨斗上煎馬鈴薯，（我自己就這樣煎過一個蛋！）或融雪清洗東西。而且愈是碰到這樣的非常時期，愈能激發出人性無私的一面，大家都變得出奇友善、樂於助人——真的是「患難見真情」！

盟軍的確等了很久才開始攻擊奧地利——希特勒企圖統治歐洲的第一個受害國家；它因此被封為「帝國空襲掩體」，許多作戰不可或缺的工業都遷往該地，因而決定了它的悲慘命運。一九四三年八月十三日，盟軍對維也納新城（Wiener-Neustadt）發動第一次空襲，結束了奧地利的轟炸豁免權；其他大城亦將陸續被夷為平地。

十二月二十四日，星期五　聖誕夜。又下雪了，天氣極冷。泰蒂安娜和我花一整天時間替聖誕樹做紙鏈，因為沒別的東西可用。羅瑪莉·申博格的阿姨葛蕾特·羅昂從波希米亞寄給我們兩盒裝飾品，可惜收到時全壓得粉碎。我們做了很多星星，還有一些彩帶，所以聖誕樹看起來還是很漂亮。管家莉賽特（Lisette）並設法在村內買到十二根蠟燭。現在晚上都和家人打橋牌。稍晚去小教堂望午夜彌撒，很冷，卻也很美。回家後喝香檳、吃餅乾。

十二月二十六日，星期日　接到幾封從辦公室寄來的信，其中一封未署名，通知我外交部已撤退到山中（一點都不奇怪，我們分部的辦公室已全被炸毀），然後補充說這對我的健康情況肯定有幫助，所以期望我早日回去報到。我決定不告訴家人，因為我想先回柏林，再做決定。也許我會決定留在活動最頻繁的地方，那當然就是柏林！

收到瑪麗亞·葛斯朵夫的來信。聖誕夜又發生空襲，她們家附近連續被炸中，災情慘重。我覺得實在可恥；就連在一次世界大戰期間（已經夠野蠻的了）作戰兩方也在那個晚上休戰。葛斯朵夫夫婦現在住在地下室裏，希望能在廚房旁安排一間臥室，將那張大家都輪流睡過、著名的雙人床移進去。

十二月三十一日，星期五　保羅·梅特涅打電話來，說他會在今天夜裏兩點抵達。我很高興能在明天返回柏林之前見到他。

一九四四年

一月至七月十八日

柯尼希斯瓦特 一九四四年一月一日，星期六 直到黎明，保羅．梅特涅才到家。聖誕樹在泰蒂安娜的房內點亮，我們以香檳及果醬餡餅慶祝新年及她的生日，燒掉寫有新年願望的小紙片，餵蘇格蘭犬「雪莉」吃很多點心——後果慘不忍睹！

現在我正在收拾行李，準備搭午夜列車回柏林。

柏林 一月二日，星期日 母親陪我坐車到馬林巴德車站，雪下得很大。火車照例遲到。我們在冰庫似的車站裏坐了一小時。正當火車駛進站時，空襲警報聲響。本來搭夜車就是希望能夠避開每晚幾乎都會發生的空襲，還是逃不過；一大早抵達柏林。我在一片漆黑中走錯了車廂，裏面擠滿從巴爾幹半島返國、東倒西歪的士兵，個個儀容不整，大多臉上蓄著幾個星期沒刮的大鬍子。他們立刻開始整理頭髮，穿衣服。後來一位女性稽查員叫我換車廂，但因為飛機還在頭頂上飛來飛去，我決定留在原處，接受母親每次在信中譏稱為「穿藍衣的勇敢男孩」（可能是她在某廉價小說裏讀來的）的保護。她必須冒著空襲坐車趕回柯尼希斯瓦特，令我擔心；我也替車上的乘客擔心，因為火車在雪地上會非常顯眼。不過盟軍飛機顯然有更重要的目標待炸，我們平安抵達來比錫，正好趕上另一班火車。

到柏林城郊時，火車又受阻四個半小時。多處鐵軌被炸壞，火車必須輪流等待通過。有些乘客變得歇斯底里，從窗口爬出去，決定用走的。我留在車上，終於在下午三點抵達安哈爾特車站（Anhalter Bahnhof），接著發現一輛開往沃野許街、仍在行駛的巴士。

據我觀察，柏林和我在五週前離開時比較起來，變化不大，倒是整潔了些，街道上的殘物多已清掃乾淨。我們家那一區比我經過的其他區域都糟，因為有兩枚空雷分別落在魯扎夫街兩邊，第三枚正中屋前那片小廣場，周圍別墅全被炸毀。廚子老瑪莎帶我巡視整棟房子，眼前景象令人驚駭：窗子都成了大洞，雨飄進來打在鋼琴上……。我把從柯尼希斯瓦特帶來的火雞和葡萄酒放好，喝了點湯稍事休息，再搭火車去波茨坦。

波茨坦倒是很平靜。廚子給我喝咖啡（路格・埃森留下來給職員的聖誕禮物）。雖然管家曾經對羅瑪莉・申博格抱怨說，我們倆住在這裏時，家裏「簡直跟美國西部一樣鬧哄哄的」，但看見我她似乎還是很高興。

吃過晚餐，我只從行李中拿出一點東西就上床了，因為我覺得這次並不會住太久。凌晨兩點，警報開始響。波茨坦城裏及附近射擊聲不斷，因為家裏只有我和女僕們，大家便乖乖到地窖裏去躲避。我的神經衰弱顯然沒有改善，聽見幾枚炸彈咻咻飛進官邸附近，仍嚇得直打哆嗦。每天晚上都得起床熬個幾小時，也令人筋疲力竭。

一月三日，星期一 準時九點到辦公室。以前情報司有好幾個辦公地點，現在只剩下前波蘭大使館一棟建築，司內工作等於停擺，每個人都想趕在下午四點離開，好在天黑空襲開始前趕回家。有些人每天得花好幾個小時進城，其中一位祕書來回車程需七小時，所以等於只工作一小時。換作是我，根本不來了。

我們八個人在同一個房間內上班，那是前波蘭大使利普斯基（Lipski）的更衣室，除了豪華的衣櫥、鏡子和美麗的地毯之外，實在不太適合當辦公室。每個人的神經似乎都拉得很緊，前幾天樓下兩位祕書才打了一架。我發覺人們不堪其擾的臉孔比殘破的街景更令人沮喪。肯定是大家夜夜失眠，沒機會從極度疲勞裏恢復過來的結果。

法官里希特急壞了；前兩次空襲中有幾枚炸彈落在弗爾德村裏，而他的家人（太太和兩個小孩，一個一歲，一個兩歲）住的房子沒有地窖。他即將前往義大利六週，與朗恩（Rahn）大使會合，我提議他帶家人去跟泰蒂安娜住。她現在收容了很多來自遭轟炸城市的難民，一定很樂意接納她們。

我的直屬上司布特納顯得既挑剔又焦躁，或許是因為頭部受傷的關係。不過他已將羅瑪莉．申博格和厄徐．馮．德．葛羅本（Usch von der Groeben）調來我們部門，讓我很開心。我很高興看到除了他之外，司裏所有的好人幾乎都還留在柏林，不過聽說我們即將撤退到西利西亞與捷克邊界上賴森畢爾格（Riesengebirge）山脈內的一個名叫「克魯曼修柏」（Krummhübel）的村莊；整個外交部都會遷過去，上級希望我能夠重新建立一個新的照片檔案（舊檔案已在十一月的空襲中被毀）。這份新工作不容易做，因為可用資料太少。

整個早上都和同事聊天，然後和羅瑪莉、亞當．特洛去瑪麗亞．葛斯朵夫家吃便餐。一如往常，那裏客人還是一大堆。

一月四日，星期二　前幾天布特納要求羅瑪莉・申博格把所有星期一尚未回來上班的人的清單列出來，結果她把司裏所有職員全列了上去，無一例外。可想而知，他當然暴跳如雷！

幸好來了一位新同事，很年輕，擔任我們人事處主管漢斯—伯恩・馮・海夫騰（Hans-Bernd von Haeften，他也是外交部裏最好的人才之一）的高級副官，人很和善，又懂得體諒別人，總是替大家打圓場。正是我們迫切需要的人。

有一次海夫騰要求羅瑪莉趕緊去買些兩角錢的郵票，她買不到，便拖拉一長串一分錢的郵票回來。他亦不計較的一笑置之。

一月五日，星期三　碰見新調來的情報司大主管賽克斯博士（Dr. Six），他說明天下午一點想見我。大家都盡量躲他，因為他是黨衛軍高官，人又討厭，而且那個時間對我來說很不方便，明天是俄國正教的聖誕節，我想去上教堂。

賽克斯博士暨教授（生於一九〇六年）是一名「納粹知識分子」，曾擔任柏林大學外國經濟系的系主任，同時兼任國家安全局（R・S・H・A・）「科學研究」反「意識型態研究及分析」部門主管。一九四〇年他被任命為黨衛軍內「安全局」（S・D・）英國組組長，計畫在德軍占領英國後，「肅清」英國。後來該計畫作廢，希特勒將目標轉向蘇聯，賽克斯又奉命擔任俄國組組長，計畫在占領莫斯科之後，接管全蘇聯的安全檔案。但莫斯科也到不了手，等待之際，賽克斯及其手下被調往斯摩稜斯克，追捕猶太人、蘇俄人民委員及游擊隊。生性謹慎的他很快申請調回柏林，進駐黨衛軍忙著滲透的外交部——先從文化司著手，接著是蜜絲服務的情報司。

凱蒂・克萊因米邱來向我借鞋子，因為她所有衣物都在空襲中被毀。幸好我的鞋她能穿。

一月六日，星期四 和羅瑪莉・申博格趕去教堂。彌撒極美，但參加的人很少。我們及時趕回辦公室，我去見賽克斯博士。他先對我噓寒問暖一番，要我「服用救邱吉爾一命的藥」（邱吉爾去年冬天在卡薩布蘭加感染肺炎），接著進入正題，堅持現階段全民投入戰力，並威脅將「所有的懶骨頭」都調去軍需品工廠，或派去做電車車掌……云云。最後命令我立刻前往克魯曼修柏。啊！好可怕的一個人！

我搞不清楚自己是高興還是難過？近來感覺自己所做的每一個選擇都將決定我一生的命運，最好還是別刻意抗拒時勢；但我又很想留下來，和朋友們在一起。

一月七日，星期五 以前大部分朋友居住的城區現都已慘不忍睹。到了晚上，街上一盞燈都沒有，只見一片被燒毀的房子，一條街接一條街，沒有盡頭。泰蒂安娜說馬德里在經過內戰後，常有不良少年藏在廢墟裏，夜晚出來攻擊路人。柏林似乎不會出現同樣的情形，但那種空曠死寂，實在詭異。

下午，克勞斯・凱克布希（Claus Kieckebusch）和克里門斯・凱根奈克（Clemens Kageneck）突然來我們辦公室，後者毛皮領上掛著他受頒的騎士鐵十字勳章。他正在返回俄國的途中，看見他們這麼英俊，笑得這麼開心，我有點擔心大老闆賽克斯會突然出現，但他們不肯走，我只好安排他們坐在樓梯旁的木頭板凳上。克里門斯拿出一瓶白蘭地，我們輪流喝。法官里希特正好經過，他也認識克勞斯，便加入我們的慶祝會。

稍後我去漢斯·弗洛托家，他邀請朋友去家裏喝酒。他的公寓奇蹟似地沒受到損害。接著克勞斯用借來的賓士車載我去車站，並且送我一瓶苦艾酒，因為我的生日馬上就到了。再過兩天他將前往巴黎，緊接著再去滑一個月的雪，表面上是去教新兵滑雪。他這麼會混，每個人都覺得不可思議。自從他的坦克車在法國被炸，令他嚴重灼傷，還有他么弟麥克斯欽在俄國陣亡後，他便覺得自己理當過舒服日子。

我和亞伯特母女共進晚餐，她們已返回柏林，幾乎每天都待在家裏。艾琳的兄弟也從根西（Guernsey）休假回家；他告訴我在英國陸軍服役的查理·普留歇駐突尼西亞期間陣亡。泰蒂安娜知道了一定會很難過，戰前她住過他們家。

普留歇氏兄弟的父系祖先為拿破崙戰爭時代著名的普魯士陸軍元帥，母系（母親是蜜絲母親的遠房表親）祖先則是波蘭的拉濟維烏（Radziwill）家族。他倆都在英國受教育，後來入英國籍，大戰爆發後投效英國軍隊。

一月八日，星期六　今晚在波茨坦只有我和葛弗瑞·俾斯麥在家，亨里希·維根斯坦來吃晚餐，看起來蒼白又疲倦。報紙現在對他的戰果突然大肆宣揚，前幾天晚上，他在半個小時內擊落了六架轟炸機。可是他看起來卻好羸弱。他留下來過夜，幸好警報沒響。

一月十一日，星期二　今天是我生日。早上和辦公室另外一個女孩躲在腓特烈街車站的地下部，空襲開始時，我們正打算去位於泰格爾（Tegel）謝爾（Scherl）出版公司的照片檔案室。隧道裏非常擁擠，因為正巧碰上午餐時間。有人說擠一點沒關係，只要別碰上女人突然臨盆生寶寶就成了。我們選了一個覺得最安全的角落，待在幾根粗鐵條下面，希望那些鐵條能撐得住重壓。警報在一陣激烈射擊（現在變得司空見慣）之後解除。我們繼續上路，卻很快發現必須花四個小時才到得了目的地，便空手返回辦公室去面對滿臉不悅的老闆。賽克斯博士只希望看到結果，並不在乎你用什麼手段。

晚上七點回到波茨坦，發現麥勒妮・俾斯麥竟然替我準備了豐盛的生日晚餐，有路格・埃森送的契斯特菲爾德牌香菸，很多香檳，和一個真正的、插了蠟燭的蛋糕，令我十分感動。

一月十二日，星期三　今天我再度前往警察局總部（Polizeipräsidium）去取一些轟炸災情的照片。肢解屍體向來被公認最能打擊士氣，所以這類照片都沒有公開。

我差點和赫爾多夫伯爵的高級副官起了口角，他是個英俊的年輕人，卻很自以為是，不准我調閱照片，說必須經過長官授權。我也裝腔作勢地對他說，明天早上我就會跟他的長官見面，會親自跟他討論這件事，他聽了眼睛鼓得像銅鈴；我掉頭就走。

一月十三日，星期四　赫爾多夫伯爵一直更改我們的約談時間，最後終於在門口出現，領我走進他的私人密室。我們先天南地北閒扯了很久，然後提到不久前他希望我做他祕書的事。我想他大概不信任自己的隨從，希望能找一名親信；老天爺，他的確很需要！我說我需要時間考慮。我必須先找亞當・特洛商量，這件工作的遠景令我害怕。因為他過去曾是納粹高階層人士的背景，很多人都不信任他，但葛弗瑞・俾斯麥卻喜歡他，也尊敬他；而且他們倆似乎很親近。對於他所謂我的「菜單」，我有很多問題。他給我許多忠告，尤其針對普勒克伯爵向蓋世太保揭發母親一事。他一點都不驚訝。這些人全像是鐵打的，好像對任何事都見怪不怪！我感覺不論碰到任何緊急狀況，他都一定會幫助我，但我認為在目前這樣動亂的情況下，最好還是不要改弦易轍。他送我出門時，正好撞見那位自以為是的副官，後者愣得說不出話來。

一月十四日，星期五　一整個早上都待在泰格爾的謝爾出版社裏找照片——這次同事和我終於去成了！我找到兩張俄國大革命的舊照片，列入我的私人蒐藏中；還發現幾張俄國最後一位皇帝及家人很不錯的照片，也允許自己「徵收」——或許羅曼諾夫家族僅剩的幾位生還者也會想保留幾張副本。那棟建築沒有暖氣，等我們看完時，已凍得全身發僵。我們搭便車回城，換了幾輛私家轎車，甚至還搭上一輛鮮紅色的郵車走了一段路。

保羅．梅特涅今天到柏林。我們一起到葛斯朵夫家午餐，然後他去波茨坦。他看起來精神很好，似乎得到充分的休息。想到他馬上得回俄國待幾個月就覺得可怕。

從波茨坦車站出來走路回家途中，突然有幾枚炸彈落在不遠處。我拔腳狂奔了至少一哩路，跑到官邸時警報才響。羅瑪莉．申博格和我一樣非常緊張，男士們卻拒絕下地窖，我們只好坐下來吃晚餐。這次空襲時間較短，我必須承認，有葛弗瑞和保羅在家，讓我們倆覺得有依靠多了。

一月十五日，星期六　早上六點起床替保羅．梅特涅做了些三明治。等我去葛斯朵夫家吃午餐時，卻很驚訝地發現他也在那裏，原來他的飛機引擎故障，又掉頭飛回來了。亞當．特洛也在那裏。

我在辦公室裏鬧革命，想爭取在柏林多待幾天。老實說，投入一個完全陌生的環境令我害怕。目前我的頂頭上司布特納態度堅決，甚至跟其他上司鬧翻。

回家途中，我去城裏極少數還在營業的美容院之一洗頭，同時盡量蒐購化妝品，因為克魯曼修柏絕對沒有。

稍後，羅瑪莉．申博格、保羅和我，擠進東尼．紹爾馬的車裏，逛遍城裏所有倖存的餐廳，想點生蠔吃——生蠔是少數不用糧票的可口食物之一。這樣在夜裏到處遊蕩，便是一九四四年柏林的夜生活！我們試了豪丘，希望能買些葡萄酒，結果豪丘已經關門了。最後男士們把羅瑪莉和我放在伊甸旅館殘破的酒吧內，繼續上路搜尋。我們摸黑穿過大廳，走到前廳，到處一片凌亂：水晶吊燈砸在地上，家具破破爛爛，碎物滿地。過去幾年，我們太常在那兒流連，此刻感覺彷彿像是自己的鬼魂重遊舊地一般。旅館方面已在討論重建計畫！

一月十六日，星期日　早上五點起床，第二次送保羅．梅特涅離開，然後回床上睡到九點。本來想跟路格．埃森（他已返回柏林）一起去騎馬——現在我們沒辦法做別的運動——抵達馬廄之後，才發現那裏已荒廢。我們垂頭喪氣回官邸吃早餐，發現保羅又回來了！這一次飛機居然在他眼前起飛，所以他得再待一天。路格表示可以讓他坐上一架飛往里加（Riga）的瑞典飛機，但羅瑪莉．申博格很明智地說現在列寧格勒前線的戰況愈來愈糟，保羅在路上耽擱的時間愈久愈好！

我和布特納打仗打輸了，明天就得啟程去克魯曼修柏。

早上大部分時間都在收拾行李，和保羅及羅瑪莉聊天。接著安福索來接我們去他城外的住宅吃午餐。他現在擔任墨索里尼派駐德國大使。飯後羅瑪莉睡了個午覺——她覺得不太舒服——安福索和我則沿著湖散步。戰前我在威尼斯就認識他；最近齊亞諾及其他十一名法西斯當權分子被處決，令他膽戰心驚。齊亞諾和他一直很親近，他自己亦是極少數仍然對墨索里尼效忠的義大利高級外交官。墨索里尼垮台後，眾叛親離，安福索的決定雖然未必明智，但我敬佩他這一點。他是個聰明人，但他的工作卻很難做，特別是他根本不同意德國人的作為。他借了幾本介紹克魯曼修柏的書給我。

安福索（生於一九〇一年）終身從事外交工作，自一九三七年至一九四一年擔任齊亞諾內閣的外交部長，駐派匈牙利。一九四三年義大利倒戈之後，奉派擔任墨索里尼設在德國薩洛之共和國的駐德大使。大戰結束後，成為法國戰犯，因法國指控他為一九三四年刺殺南斯拉夫國王亞歷山大一世及法國外交部長巴托（Louis Barthou）的共犯。獲得無罪開釋之後，他返回義大利，並重返政界，成為義大利國會中的新法西斯黨代表。

齊亞諾伯爵（一九〇三—一九四四）娶了墨索里尼的女兒「艾妲」為妻，從頭到尾都反對義大利參戰。雖於一九四三年初辭去外交部長一職，卻仍留在法西斯大委員團中，因此也在一九四三年七月二十五日投票反對墨索里尼。但巴多格里奧政府指控他貪污，他逃往北方，被德國人交給設在薩洛的新法西斯政府。一九四四年一月十一日，他和同樣在一九四三年七月反叛墨索里尼的另外十一名法西斯黨資深領導人，在墨索里尼勉強同意之下，一同受審，然後槍決。

稍後去亞當家與保羅碰面。由於我到時已經六點，我們一起喝了下午茶、雞尾酒，接著喝湯。彼得．畢倫柏也來了。晚上亞當打電話給住在克魯曼修柏的馮．德．蘇倫堡伯爵，討論我抵達後該住哪裏。以前是德國駐莫斯科最後一任大使的伯爵，好比外交部在那兒的「大家長」。他住的房子很大，願意收容我，不過我和同事分開住或許不太好，至少一開始不應該，所以我打算先跟同事住一陣子。

亞當還打電話給他另一位朋友，赫伯．布蘭肯宏（Herbert Blankenhorn）；此人我並不認識，他負責禮賓司及安排外國使節住處，因此手中有許多房子可供調度。

克魯曼修柏　一月十七日，星期一　辦公室所有職員都在今天撤往克魯曼修柏。開車進城的人只有路格．埃森和我，保羅．梅特涅決定搭火車返回前線。天色很暗。路格幫我把兩個很重的皮箱拖到等待的卡車上。之前我拒絕先寄行李過去，怕因此失去唯一的財產。後來得知貝茲（Betz）先生是我們的小組長，大鬆一口氣。他將擔任克魯曼修柏的人事室主管，人非常好，很願意幫忙。卡車把我們及行李統統放在格爾利茨車站（Görlitzer Sta.），和另外三十位由老闆布特納親自帶領的職員會合；布特納臉色慘白，態度不善，他的祕書悄悄告訴我，他本來以為我不會出現。顯然我們倆都非常討厭對方。我看到一個名叫伊兒絲．布魯姆（Ilse Blum，因為表情甜美，外號叫「瑪丹娜」）的漂亮女孩，帶的行李比我還多，不禁鬆了一口氣。大家都對我們倆大皺眉頭；我們在巴士駕駛的協助下，幫著彼此把所有行李抬上車。接著主管拿出名單點名，整件事突然變得像是學校出外旅行似的。貝茲緊抓一把雨傘，臂膀上吊著一根象牙柄枴杖，扶我們登上火車。我因為很氣布特納對我惡臉相向，遂和瑪丹娜跑到另一個車廂去坐；那是個三等車廂，座位很硬。（這年頭大家身上都沒什麼肉，屁股坐得很痛！）

我們在下午二點抵達希爾施堡（Hirschberg），克魯曼修柏支線即從該站岔出。當地的經理軍官來迎接我們，身穿滑雪服——好一個反高潮！大家換搭當地的小電火車，半小時後便抵達克魯曼修柏。當地外交部一半的職員都來迎接我們，我在人群中瞧見蘇倫堡伯爵，頭戴一頂神氣的阿斯特拉汗羔羊皮帽——可能是來自莫斯科的紀念品。他特地來接我，讓我覺得眾目睽睽，完全違反我想默默登場的初衷。起先我們找不到分配給我的宿舍「克莉絲塔小屋」；找到後把行李放好，先回伯爵的住處喝下午茶。喝極香醇的咖啡，吃烤麵包塗沙丁魚。然後蘇倫堡的助理S先生再送我回宿舍。

克魯曼修柏村頗迷人，坐落在一片陡峭的山坡上，木屋分散，每家周圍都環繞種滿杉樹的花園。我對空襲的恐懼感開始慢慢消褪。辦公室在山腳下，所以大部分的人都乘小雪橇上班，下班後再拖回山坡上的家。據我觀察的結果，地位愈重要的人，住宅地勢愈高。我們情報司的人似乎來晚了一步，大部分人分到的小屋都比較醜。

一位當時去探訪克魯曼修柏的人士描述說：「外交部共計五百人撤退到克魯曼修柏……所有宿舍及旅館設施都極簡陋……蘇倫堡（伯爵）……住宅設備亦極簡陋，每週必須到蜜絲・瓦西契可夫的住處去洗一次澡。由於該地所有僕役皆為捷克人，鋸木廠內的工人則全是塞爾維亞人及巴多格里奧的義大利人，克魯曼修柏因此成為間諜的天堂。以該地做為緊急總部其實並不適合，不僅因為該區自空中鳥瞰可一覽無遺，因此容易遭受空襲，而且俄軍進占亦極方便，就地形來說，相當危險。（漢斯・喬格・馮・史都尼茲〔H.G. von Studnitz〕）

由於我並未指名想跟誰合住一間房，所以被分派與一位K博士同住。她人很好，但我跟她一點都不契合。我發現她總是神情落寞地瞪著一大間沒有暖氣、外面有個陽台的房間。室內光線極差，沒有床頭燈可供夜間閱讀，更糟的是，上級居然通知我們說因為這間房面積大，可能還得再容納一個人。果真如此，那我一定鬧革命，接受伯爵的提議，搬去他的木屋住。此外，克莉絲塔小屋其實挺好。我們部門總共有十一個人，七位女性，四位男性，組長是W先生，在柏林的時候，大家都很討厭他，不過一來這裏，他搖身一變，表現得像大家的好父親，語氣和善，鼓勵大家發揮「團隊精神」。甚至連晚餐都挺豐盛的，吃完後大家回房休息。我決定做一個難相處的室友，這麼一來，就算我必須離開，她也不會想念我。第一步先堅持打開所有的窗戶；K博士也不甘示弱，整晚打鼾。醒來時，我們倆都凍得全身發紫。

一月十八日，星期二　早餐後，我們下山去察看臨時辦公室——設在離車站不遠、一間名叫「坦能霍夫」（Tannerhof）的客棧裏。雪地很滑，因為新降的雪立刻被大家的雪橇壓平。

我突然有個機會可以選擇搬家。曾經跟父親學俄文的一位學生珍娜特．S太太不僅在此地工作，同時還擁有一棟房子，她願意收容我。貝茲先生認為這比搬去跟蘇倫堡伯爵住好些；雖然他沒有明講，但「輿論」顯然不苟同「貴族沆瀣一氣」。無論如何，我反正決定明天搬家。

一月十九日，星期三　外交部已接管附近所有小客棧，坦能霍夫將做為辦公室之一。大家集合之後，布特納本來想發表演說，但半途作罷，因為客棧裏擠滿東倒西歪、猛灌啤酒的士兵，他們無意離開，都充滿興味地聽我們講話。

當地居民似乎並不歡迎我們的來到，因為害怕克魯曼修柏從此變成轟炸目標，而且旅遊業也將大受打擊。

下午我把行李捆在雪橇上，拖去珍娜特．S位在一片樹林中的小木屋裏。然後和蘇倫堡一起去提波施克許（Tippelskirch）夫婦家——他們是伯爵以前在莫斯科的老部下，之後大家一起搭火車去最近的小城看一齣戲。演得很好，演員全來自萊因蘭一家著名的戲院，遭轟炸後撤退來這裏。

一月二十一日，星期五 瑪丹娜．布魯姆和我決定利用閒暇時間認真學滑雪及演奏手風琴。我們倆都有一把手風琴。

大部分從柏林來的同事到此地都變得頗滑稽。以前總看見他們伏案埋頭工作，像典型的蠹蟲；一來這裏卻鎮日穿著寬鬆長褲，戴著色彩鮮豔的厚手套、毛線帽，身後拖著小雪橇走來走去，一副很不自在的樣子。

俄國北方前線的戰況激烈，我替保羅．梅特涅耽憂。泰蒂安娜的來信都有點歇斯底里。

一月二十五日，星期二 工作步調極紊亂，我們八個人共用一個小房間。為了建立新的照片檔案，上級派給我一位祕書。照片大批大批從柏林寄來，每張都需要加標題，祕書負責大部分加標題的工作，我則負責選照片及建檔。因為我准她回家打字，她很喜歡我。其實這樣大家都多一點空間。

今晚和蘇倫堡伯爵（這裏的人都稱呼他「大使」，雖然這兒的大使有好幾位）一起晚餐，吃到一半，他漫不經心地宣布說亨里希．維根斯坦已經陣亡了。我整個人僵住，他很驚訝地看我一眼，因為他並不知道我們是很熟的朋友。幾天前我還在柏林的時候，亨里希才打電話到辦公室來；他剛去希特勒的司令部，「全能之神」親手為他的騎士十字勳章加配橡葉。他在電話裏說：「我剛去看我們的達令。」然後補充說他很驚訝，因為在晉見之前，居然沒人來取走他的手槍（現在這項預防措施已變成常規），所以他本來有機會當場「把他幹掉」！他愈說愈起勁，我不得不提醒他，這樣的話題最好揀別處說。稍後我們約了見面，他開始計畫下一次再碰上和希特勒握手的機會，將引爆炸彈和元首同歸於盡的可能性。可憐的男孩，那時他一定沒想到自己只有幾天日子可活！他看起來如此羸弱，總是讓我替他擔心。自從他變成德國戰績最輝煌的夜間戰鬥機駕駛後，便不斷出任務，顯然體力透支。他常提到被迫殺人令他感到痛苦不堪，因此只要情況許可，總是設法射中敵機某個部位，讓對方組員有機會彈出機艙逃命。

德國空軍少校亨里希・馮・賽恩—維根斯坦在被一架英國長程蚊式戰鬥機擊中陣亡前，總共擊落八十三架盟軍飛機，其中六架是他在一次著名的單機出擊中一舉殲滅的。他陣亡的那天晚上又擊落五架飛機。

一月二十七日，星期四　一位女同事從柏林來此地出差幾天，帶給我幾張亨里希・維根斯坦的照片。以前她經常看見他來辦公室找我，因此連帶打聽他死時的情況，但軍方至今尚未發布任何細節。他的父母都住在瑞士，必須先通知他們。

一月二十八日，星期五　昨天柏林又遭到猛烈轟炸，我們至今尚未得到任何消息，因為所有通訊都中斷了。

終於在附近一家小客棧的燈籠下和布蘭肯宏見了面，當時正下著傾盆大雨。我們爬上山坡去他家，然後坐下來一邊分享一瓶葡萄酒、吃巧克力，一邊長談。我覺得他是個頭腦非常靈活的萊因蘭人。說他預言德國將一敗塗地，那是太輕描淡寫了；應該說他很「期待」德國失敗，同時對德國在戰敗後、未來國土的分割、創造不同獨立的自治區等，都有極明確的想法！

布蘭肯宏博士的這些想法，果然成為戰後德意志聯邦共和國的憲法基本架構；他本人則成為阿登納（Adenauer）總理最親信的顧問。

俄軍已攻進列寧格勒城，該城遭圍攻的時間長達三年。

列寧格勒從一九四一年九月八日開始，被圍長達八百七十二天。該城南方的補給線被德軍及西班牙「藍軍師」切斷，北方則被芬蘭軍隊切斷，唯一能夠通往俄國其他地方的路徑，便是渡過拉多加湖（Lake Ladoga）。儘管有五十萬人走這條水路撤出該城，但仍有約一百萬居民在城內喪生，大部分餓死或凍死。「列寧格勒之役」因此與「史達林格勒之役」一起成為蘇聯「偉大的愛國戰爭」中的傳奇。

一月三十日，星期日 我接收了一對白色雪屐；本來預定送到俄國給那兒的部隊，顯然沒趕上。下午蘇倫堡伯爵帶我去拜訪馮・李希霍芬男爵（Baron von Richthofen），他是前駐保加利亞首都索菲亞（Sofia）的公使，娶了一位迷人的匈牙利女士。他們住在鄉間，離村子滿遠。他們家氛氛很輕鬆，談話也很自由。

但我的情緒異常低落：泰蒂安娜仍沒有保羅・梅特涅的消息，亨里希・維根斯坦又死了……

一月三十一日，星期一 昨天柏林又遭猛烈轟炸，據說是自從十一月那幾次密集轟炸後最慘的一次。每次同樣的情形一發生，我們這裏的通訊就完全中斷，不禁令人懷疑外交部怎麼可能繼續運作？

雪已融化，天氣好似春天一般。我走路到另一個村子去看一位我在柏林認識的美國混血女孩；她也在負責建立一個檔案。我去的時候她還在床上睡覺。大家在這裏似乎都很會打混。她借給我很多英國和美國雜誌。

二月二日，星期三　布特納去柏林兩天又回來了。他家房子被炸中，全毀，現在脾氣比以前更惡劣。

二月三日，星期四　蘇倫堡伯爵今天在滂沱大雨中揹了一個背包來找我，背包裏裝滿喝的東西。他和「小明星型」、愛咯咯笑的珍娜特．S非常投緣；她很喜歡老紳士，也很迷父親，經常寫信給他。我們烤了些蛋糕，慶祝了一頓。

二月四日，星期五　今天在另一間辦公室打文件時，突然有人從柏林打電話找我，原來是亞當．特洛的祕書。我們在沃野許的別墅已被炸得粉碎，我最好趕快回去善後。柏林方面甚至已經派了一個女孩來代理我的工作。我懷疑那並非緊急召我回去的唯一理由。布特納又不在，但人事室副主任准我離開。

柏林　二月五日，星期六　早上五點起床，走到車站後發現布蘭肯宏也準備搭同一班火車去柏林；他也是個半逃兵。上面有一項白癡規定，若沒有特別許可令，不准任何人離開這個村莊，可是大家都不斷犯規，因為沒有人能夠忍受長期困在這裏，而所有的朋友都身陷危城。開往柏林的火車爆滿，我們從頭站到尾，但有車在柏林車站接布蘭肯宏，他送我去辦公室。亞當．特洛和亞歷克斯．維爾仍在工作。

亞歷克斯是個極端正直又聰明的人；算我們運氣好，他在房子被炸毀後，被分派去和頂頭上司賽克斯博士同住，雖然大家都厭惡鄙視賽克斯，但只要亞歷克斯還跟他住在同一個屋簷底下，就能運用他的影響力替我們關說，所以現在司裏氣氛比以前好很多。亞歷克斯很不滿意布特納的表現，讓我心上的石頭放下一塊。

晃眼看去，柏林令人消沉。自從一月三十日的空襲後，似乎一切都停擺了。

然後亞當陪我去沃野許街看瑪麗亞・葛斯朵夫。雖然那條街以前就遭到嚴重破壞，但現在更像整個坍了似的，我們站在人群中看一群工作人員把一面殘存的牆拖倒。屋前小廣場已徹底燒毀，只剩下一棟房子還站在那裏——葛斯朵夫家的房子！

和亞當一起午餐，然後整個下午都和他在一起。他的狀況一點都不好，我真希望他能跟我們一起去克魯曼修柏，但我知道他絕對不會在這時離開柏林。他給我幾本書，然後開車送我去車站，讓我搭車去波茨坦。只有葛弗瑞和麥勒妮在，感覺就像回家一樣。

二月六日，星期日 回柏林，上了教堂，徒步穿越半個城市。現在大部分的科福爾斯坦街已毀。我去找西格芮・格爾茨，她家就在這條街後面；結果她那棟房子也是唯一倖存的一棟。我走上樓梯，但樓梯到一半就不見了，而她在頂樓的公寓也消失了。沒人知道她的下落。和漢斯・弗洛托一起午餐，他家也遭到嚴重破壞。他把公寓裏剩下來的家具全搬往別處，設法撐起歪倒的牆，然後像個遊牧民族搭帳篷住在裏面。之後，我回瑪麗亞・葛斯朵夫家，她跟我講了一個恐怖的故事：

十二月二十六號那天，我們區裏的那位老郵差（她讓他住進我以前在屋簷下的那間破爛房間）得了肺炎，他的家人早已撤出城外，所以瑪麗亞和漢因斯就把老先生弄下樓，在廚房裏臨時幫他搭了張床。結果找不到醫生，他在二十八號死了。整整三天，沒有人來領屍體。他就挺屍在廚房桌子上，周圍點滿蠟燭。後來蓋爾布蘭（Gehrbrandt）教授來看瑪麗亞，被眼前的景象嚇了一跳，立刻通知有關當局；但是仍沒有人來領屍體。三十號，炸彈再度如雨點落在我們的小廣場上，四周房子全著了火，我們這一棟之所以沒著火，得感謝基克．斯頓和他幾位朋友的幫忙，他們抬水將屋頂澆濕。忙進忙出的救援小組不斷撞到屍體，瑪麗亞則在死人腳邊替飢餓的救援小組做三明治。幾位鄰居志願把屍體丟進一棟正在燃燒的廢墟裏，瑪麗亞卻希望能在所謂的「花園」（其實只是一小條垃圾場）裏挖個洞。就這樣，可憐的郵差又在屋裏挺了兩天，然後才終於被抬走。

葛弗瑞和麥勒妮．俾斯麥從他母親的鄉間別墅，申豪森（Schönhausen）府邸回來。亨里希．維根斯坦的飛機就在那裏被擊落。麥勒妮帶回來一把泥土和一些飛機殘骸，像是擋風玻璃和引擎零件。她認為他住在瑞士的父母親可能會想留下一些遺物；我不同意，徒然觸景傷情罷了。當初大戰爆發時，他們根本不應該送三個兒子回德國！他們家祖先多為法國人和俄國人，德國血統並不多。據說亨里希墜地時人已昏迷，因為他的降落傘根本沒有打開，而且他距離飛機遺骸頗遠，腳上沒穿鞋。通常他都只穿一雙沒鞋帶的輕便鞋子，在便服外披一件外套。我記得有一次，他在晚宴服外面罩一件雨衣就上飛機了。因為他大牌，所以愛怎麼樣就怎麼樣。他的組員都活了下來，因為飛機一被擊中他就命令他們跳機。或許他最後跳機時撞傷了頭，否則就是受傷了，無法扯開降落傘。麥勒妮也給了我幾片金屬碎片，留做紀念，或許它們會讓我接受終於真正失去他的事實。

二月七日，星期一　泰蒂安娜接到一封電報，說保羅・梅特涅在列寧格勒城外的前線染上重病。我在這裏打聽不到任何消息，自從西班牙使館武官洛卡莫拉離開之後，似乎沒有人知道保羅所屬西班牙「藍軍師」的最新狀況。

費德・基堡（Ferdl Kyburg）從維也納回來，說那兒的生活似乎還無憂無慮，和柏林相較竟有天壤之別，令他震驚。自從他被海軍踢出來之後——因為他是哈布斯堡（Hapsburg）家族的一員——他的生活彷彿就失去了目標。胡德號與俾斯麥號雙雙沉沒的那次著名海戰發生時，他正在尤金親王號上服役。現在他在維也納大學就讀。

稍後在波茨坦俾斯麥家享受美好的晚餐。

路格・埃森從瑞典回柏林，帶回來龍蝦、美國《Vogue》雜誌等等。簡直是另外一個世界！

晚上接到羅瑪莉・申博格從維也納打來的電話。她逾假不歸，現在又惹了麻煩。接著電話又響，是蘇倫堡伯爵從克魯曼修柏打來的。他先叫我不要害怕，但他替我拆開了一封辦公室寄來的信：布特納準備炒我魷魚，因為我沒有得到他的允許，擅自前來柏林！幸虧我請他們替我拆信，因為怕有保羅的消息。也許我可以乘機跟亞當・特洛和亞歷克斯・維爾討論我現在的處境。老伯爵本來好擔心，後來聽我的口氣一副毫不在乎的樣子，也跟著放心不少。

二月八日，星期二　羅瑪莉・申博格從維也納回來了。

亞歷克斯・維爾聽到我被開除，非常生氣罵：「濫用職權！……」云云。我開玩笑說，現在塵埃未定，乘機休個小假也不錯；可是據說頂頭上司賽克斯博士不想管這檔子事。

我抓住機會去美容院做頭髮；或許該乘機辭職！不過現在若不在政府機關做事，立刻就會被分發到軍需品工廠——或者去更可怕的地方。走著瞧吧！

二月九日，星期三　早上羅瑪莉．申博格和我一起心虛地去辦公室。我被開除的人事令仍未駁回；她則不假失蹤整整三週。可笑的是，以前我總是警告羅瑪莉對於「全面戰爭」不可掉以輕心，現在她沒事，被炒魷魚的卻是我。

亞歷克斯．維爾立刻叫我進賽克斯博士的小房間去捋虎鬚。面談結果：我假裝什麼事都沒發生，回克魯曼修柏上班，二十一號再回柏林來拿更多的資料，布特納那邊由這裏處理。

回波茨坦途中，買了些鬱金香，結果一路上好多人問我是在哪裏買的。大家仍這麼努力地想維持文明生活的假像，可憐！

晚上家裏只有葛弗瑞．俾斯麥和我，我們打電話去卡納里斯海軍上將的辦公室，因為海瑟．艾茲朵夫告訴我軍事情報局裏有一位上校剛從保羅．梅特涅駐紮的那段前線回來，或許他知道保羅的情況。多虧海瑟幫忙，我終於和那位上校講到話。剛開始他以為我是泰蒂安娜，語氣有點保留，令我耽憂。後來他聽說我即將離開柏林，堅持要見我一面，令我更憂心。我們約好明天在艾德隆旅館見面。葛弗瑞為了逗我開心，說他可能只想看看漂亮女孩，但我可嚇壞了。

二月十日，星期四　路格．埃森載我們進城。軍事情報局的那位上校人很和善，把他所知道的情況全講給我聽：保羅．梅特涅得了兩側肺炎，現在住在里加基地的醫院裏，一旦可以移動，軍方立刻會把他送回德國，但他現在病情嚴重，只能等。那位上校努力用樂觀的口吻說，或許這是福不是禍，因為他那一團在最近俄軍發動攻擊期間，損失慘重，而且保羅說這還只是戰役的開始而已。

稍後我和柏林人事室主任漢斯—伯恩·馮·海夫騰長談。他已接到開除我的所有公文，但他的態度非常公正，表示雖然事情已經擺平，但他仍希望我向布特納道歉：「……畢竟他自己也不好過……妳沒有得到他的允許就擅自離開……他負重傷……遭到槍擊，神經受傷……」離開時，我竟在樓梯間撞上布特納本人，因為想趕快作個了斷，便開口向他道歉，結果，空襲警報就在那個時候響起，他喃喃說：「現在不談這個，現在不談這個。」這件事就此結束。

亞當·特洛開車送我到車站，結果在途中迷路了，因為走在廢墟中很容易迷失方向。他陪我待在火車上，直到火車開動才下車。火車照例爆滿，我站在通廊列車裏，就連那裏也擠。結果在希爾施堡沒搭上轉乘火車，直到午夜才回到克魯曼修柏，已筋疲力竭。

克魯曼修柏　二月十一日，星期五　積雪幾乎深達一公尺。到坦能霍夫總部露面後，上山去看蘇倫堡伯爵，並在他幫忙下試著打電話給泰蒂安娜。得知她又住進德勒斯登的醫院，決定這個週末去找她。老先生人真好，有他在這裏簡直是個神蹟！跟他一起吃午餐，然後回辦公室。發現了一封海瑟·艾茲朵夫發給泰蒂安娜的電報，證實了保羅·梅特涅病情嚴重，但他附加了一句：「已脫離險境」；令人稍微心安些。

泰蒂安娜寄給我一些新鮮的蛋，令珍娜特·S高興的如上雲端。

二月十二日，星期六　工作了一整個上午，下午兩點前往車站。幸好我隨身帶了些三明治，因為去德勒斯登那一路恐怖極了，每班轉乘火車都沒搭上。接著又搭錯了電車，直到午夜才抵達醫院。可憐的泰蒂安娜已睡著，被我叫醒後，立刻淚如雨下。她這次來做例行檢查，但人感覺很虛弱。聽到保羅．梅特涅的消息後感覺更糟。

二月十二日，星期日　整天陪伴泰蒂安娜。我從辦公室帶來幾本《閒談者》（*Tatler*）期刊，她認出好幾位戰前認識的老朋友。雙親現在隨時在她身邊盯哨，她變得有點不耐煩，我並不怪她。我建議她到克魯曼修柏來看我，暫時離開一陣子，對她一定有好處。

二月十四日，星期一　今早從德勒斯登回來，旅途又是沒完沒了。我們的辦公室已從坦能霍夫遷到幾排預鑄軍營裏，我便直接過去。之前雖然辦公室還沒完全準備好，但大家已把所有檔案都搬了過去，甚至還擺了些頗具水準的家具。快走近時，我發現軍營的排列有點怪異，後來才發現原來有一整排房屋全部不見了——燒光了！我們那棟建築也消失無蹤。原來這批營房在星期六晚上著火，一個小時內便燒得精光。附近勞工營派來的男孩搶救出不少家具，可是我寶貴的照片檔案卻再度被毀。布特納所有的檔案也完了，（活該！）還有一張屬於賽克斯博士的珍貴照片，以及許多辦公室設備和一台價值十萬馬克的影印機。這場火可能是某位滿懷敵意的戰俘的傑作，意謂著我們又得重新開始。有人告訴我當柏林的賽克斯博士聽到這個消息時，禁不住捧腹大笑，誰叫他們老遠把我們送來這裏躲避「戰爭的不可預期性」呢！

我反正沒事做，便回家早早上床。一到這裏就變得很愛睏，想必是山中空氣的關係。

二月十五日，星期二　我們又搬回坦能霍夫。一位同事幫我將僅存的東西拖進樓上一個房間裏，把那個房間安頓成我的辦公室。那裏景觀極好，還有窗戶直通屋頂，很適合作日光浴。兩名俄國戰俘幫我們把家具抬上來，我給他們買麵包的糧票和香菸。

我的照片檔案景況堪憐，大部分照片被水浸濕，不能再用，其餘則黏成一團。我花了很多時間將它們一張張分開，鋪在床上晾乾，然後成疊擺在同事座椅下，希望把它們壓平。

母親發來電報：「求救！泰蒂安娜想去里加陪保羅。快阻止她……。」泰蒂安娜星期四就會來這裏看我，我決定等到那個時候再好好跟她談。蘇倫堡伯爵為了想見她，特別將返家時間延後。

二月十六日，星期三　吃過中餐，瑪丹娜和我跟一位名叫赫林可（Holinko）的捷克樂手上第一堂手風琴課，他演奏得好極了。

二月十七日，星期四　泰蒂安娜今天抵達。

著名的卡西諾（Monte Cassino）修道院已遭盟軍炸毀。

二月十八日，星期五　瑪丹娜·布魯姆的老闆（一位非常好的老紳士，以前是駐伊斯坦堡的總領事）很氣憤，因為他家被炸毀，卻找不到臨時住處安頓家人。我提議請泰蒂安娜安排他們去住柯尼希斯瓦特。這年頭沒有哪個私人住宅不是擠得滿滿的，就連陌生人也會受到歡迎。

二月十九日，星期六　和泰蒂安娜一起午餐，然後跟瑪丹娜·布魯姆去一座陡坡上滑雪。雪道在一幢極豪華的大房子後面，謠傳外交部長馮·李賓特洛甫將搬進去住。回家時，發現泰蒂安娜和珍娜特·S正忙著做三明治，因為蘇倫堡伯爵要帶他助理過來吃晚餐；今天是他助理的生日。珍娜特甚至烤了一個蛋糕，同時把剛從柯尼希斯瓦特帶來的葡萄酒拿出來，所以場面頗熱鬧。後來瑪丹娜表演了手風琴，但不久便昏倒了，可能是享受盛宴加上下午滑雪摔跤撞到頭的結果。

二月二十日，星期日　午餐過後，天氣變得極好，我們五個人一起出去玩。瑪丹娜・布魯姆和我滑雪，其他人坐雪橇。我們得自己爬坡，因為這裏沒有小纜車。上山後，聽見遠處山谷響起空襲警報；感覺好不真實。住在這裏有時很難想像外面仍在打仗。

泰蒂安娜接到保羅・梅特涅寄來一封情緒低落的信，抱怨說他無法入睡，胸口疼，等等。蘇倫堡伯爵答應泰蒂安娜，若保羅無法很快撤回德國，他會設法把她送去里加。我反對，因為現在搭火車旅行的情況太混亂，尤其是往東歐走。

從俄國前線傳回來的消息互相矛盾，敵我兩方照例都宣稱打了勝仗。

此時俄軍已重新占領波羅的海各國，並且抵達大戰前的波蘭邊界。南方有十個德國的師在切爾卡瑟（Cherkassy）附近遭到包圍，剛剛被殲滅。經過史達林格勒之役，德軍的確發動了幾次成功的地區性攻勢，但在庫斯克（Kursk）之役（一九四三年七月—八月）——此乃有史以來規模最大的一次裝甲部隊戰役，德軍損失了將近三千輛坦克——之後，德軍的勝利完全局限於小規模策略戰，而先發制權都掌握在俄軍手中。到了十月，俄軍已抵達聶伯河（Dnieper），解放了基輔。接著又在一九四四年三月底進入羅馬尼亞。

二月二十一日，星期一　本來今天應該回柏林向賽克斯博士報告，建立新照片檔案的計畫，但他出城了，所以行程延後。

今晚我們去看一部中世紀的戰爭片：《公牛之戰》（*Ochsenkrieg*）。看到人們用木棒彼此對敲，真令人心安，打了五、六個小時，戰場上只躺了七具屍體！

二月二十三日，星期三　今天中午去「金色和平」（Goldener Frieden）午餐，雖然繳了糧票，卻只領到小得看不見又難以下嚥的肉。泰蒂安娜開始抱怨，結果我們換到了一點點香腸。

晚上布蘭肯宏過來吃晚餐。他答應打電話給保羅・梅特涅在里加的醫生，教人放心不少。因為蘇倫堡伯爵已回家，要待一個星期，我們跟他的助理並不是那麼熟，而且答應發給泰蒂安娜前往里加通行證的那位黨衛軍又剛出車禍撞死了。

十五號柏林再遭猛烈轟炸。一枚巨型炸彈炸中城裏少數幾家倖存的布里斯托旅館，當時館內正在舉行一場官方晚宴，結果有六十個人被活埋，包括好幾位著名的將軍。工作人員花了五十個小時才把他們全部挖出來，那時大部分的人已經死了。

二月二十四日，星期四　布蘭肯宏無法聯絡上里加。

二月二十五日，星期五　早上布蘭肯宏打去里加的電話終於接通。保羅・梅特涅似乎已脫離險境，但醫生仍然認為他太虛弱，不宜旅行。

下午我發高燒，不得不回家上床休息，令布特納大樂。據說他瘸著腿在坦能霍夫客棧裏跳來跳去，猛搓手咯咯笑道：「終於給我逮到她了，終於給我逮到她了！」怪異！

二月二十六日，星期六　現在換泰蒂安娜臥床了。

二月二十七日，星期日　終於收到一封保羅．梅特涅比較開心的信。

二月二十八日，星期一　今天早上仍無法上班，實在不舒服。布蘭肯宏聽說我們的情況後大為震驚，答應要替我們找位醫生。醫生下午出現，年輕力壯，令珍娜特．S一見傾心，他顯然也有同感，答應很快再來——看「她」！布蘭肯宏說保羅．梅特涅的肺裏長了一個膿瘡，他說這種情況非常危險，也極罕見。

二月二十九日，星期二　回辦公室上班。

藍卓夫婦從布加勒斯特寄給我一條極棒的火腿，藍卓被派到該地大使館工作已有一段時間。這份禮物好比天降的恩賜，因為我們的糧票已用得差不多，正在發愁不知拿什麼餵仍臥病在床的泰蒂安娜。

蘇倫堡伯爵昨天回來，真好！

三月四日，星期六　羅瑪莉．申博格似乎又惹了麻煩。我剛接到柏林人事室主任漢斯—伯恩．馮．海夫騰的一封信，希望我運用影響力說服她辭職。目前的政治情勢愈來愈危險，她的魯莽作風令每個人都憂心忡忡。她剛從維也納寫信給我，說她即將返回柏林。她回去後一定會大吃一驚。

三月五日，星期日　泰蒂安娜今晨離開。

邱吉爾最近發表的一場演說，和盟軍一般的態度都令布蘭肯宏沮喪。他本來希望德國能與盟軍「在特定情況下」達成協議，如今眼看是不可能了。他們堅持「無條件投降」。瘋了！

二月二十二日　邱吉爾在下議院發表演說，宣布盟軍戰勝後，波蘭必須將德國占領區割讓給蘇聯，做為賠償。

三月六日，星期一　柏林再遭猛烈轟炸，這一次發生在大白天裏，因為美軍也加入轟炸陣營，他們的飛機可以飛得比英國飛機高很多。白天的空襲比晚上更糟，因為大家都在城裏，不然就在路上。聽說烏發電影公司（U．F．A．）在巴別斯堡（Babelsberg）的攝影棚被毀，我很擔心距離那裏不遠的波茨坦也遭到池魚之殃。

盟軍早在一九四三年初，便已開始對德國進行全天性轟炸——美國空軍負責白天，英國皇家空軍負責夜間出任務。兩天之前，美軍首度啟用二十九架B—17「飛行堡壘」轟炸柏林，結果蜜絲所記錄的這一次空襲是，美國空軍在整個歐戰中損失最慘重的一次轟炸任務，出擊的六百五十八架飛機中，總共被擊落六十九架。

我收到愈來愈多的卡西諾之役照片。那座美麗的修道院被毀後的景象恐怖極了；佛羅倫斯、威尼斯和羅馬未來的命運又將如何？它們還會存在嗎？好奇怪的感覺：以前沒有人能夠想像這場戰爭會演變到今天這種地步，如此血腥、毀滅性如此之大……

三月七日，星期二　打電話去維也納，本想企圖阻止羅瑪莉・申博格回柏林，但她已經離開了。

三月八日，星期三　柏林又發生嚴重的白晝空襲。我們跟那邊的電話通訊中斷。珍娜特・S和我都在等包裹。我在等葡萄酒，她在等牛油，但至今什麼都沒接到。

泰蒂安娜寄給我一大包信，有許多封是保羅・梅特涅寄來的，描述他在里加的生活；他們餵他吃很好的東西：蛋酒、炒蛋、真正的咖啡等等，令人垂涎三尺。他現在情況好轉許多，但仍非常虛弱。醫療委員會調查了他的病例，大感興趣，因為他左肺長了個膿瘡，還蔓延到心臟，無法開刀，之所以能活命，是因為膿瘡自動破了。

安唐奈特・克勞伊從巴黎寫信給泰蒂安娜，說喬奇前一陣子才被蓋世太保召去，討論父親寄給他滿是「忠告」的信。有時候真希望做父母的能夠少干預我們的生活，謹言慎行些，因為我們不會把所有的事都告訴他們。

蓋世太保將拆開過的信拿給蜜絲的弟弟看，他的父親在信中表示對於傳聞他所參與的「活動」十分憂心。依照邏輯推論，「活動」當然指政治活動，也就是反抗活動。喬奇努力避重就輕，表示他父親所謂的「非法活動」可能指的是黑市買賣，當時在法國很多人都做黑市買賣。

三月十一日，星期六　和瑪丹娜・布魯姆一起滑雪去尋找蔬菜，她將在家裏燒野兔給我們大家吃。

三月十二日，星期日　克魯曼修柏這裏對於生活細節的安排一片混亂，幾乎沒有煤炭（而我們卻身在西利西亞，產煤的心臟地帶）；有煤炭的時候，辦公室又熱得像火爐。所以我們要不是凍死，否則就被烤死。

瑪丹娜・布魯姆燒的野兔美味極了，客人們都待得很晚。我明早五點就得起床，因為必須去布勒斯勞（Breslau）拿一些替代照片重新建檔。

三月十三日，星期一 在黑暗中起床更衣，好久沒穿裙子，感覺很怪。幸好開往布勒斯勞的鐵路交通照常運作，我十點抵達。那個小城雖然到現在都沒遭到轟炸，卻十分荒涼。我很快辦完正事，迅速遊覽市集及大教堂。本想在當地一家餐廳裏吃午餐，但食物實在難以下嚥，我胡亂吞下一點不知什麼玩意兒做成的湯，趕緊回車站。

幾位女士跟我合用一個車廂，其中一位老太太因為在一次空襲後大受刺激，不停搖頭晃腦；另外一位失去半條手臂，卻還挺樂天的，她將去鄉間的一家醫院。我覺得到處都髒兮兮的，有人似乎看穿了我的心思，拿出古龍水在車廂裏噴了一圈。抵達希爾施堡後，一位在外交部工作的女孩加入我們，她剛從柏林來。見到了羅瑪莉・申博格，聽說她現在想來克魯曼修柏跟我一起住。

三月十四日，星期二 母親來信。她很久沒有艾琳娜的消息，義大利現在的情況似乎很紊亂。我突然陷入低潮，到教堂裏坐了好一陣子，把所有的事情想清楚。艾琳娜一個人待在羅馬似乎變得既焦慮又絕望，渴望在戰爭結束前來和我們相聚——那可就大錯特錯了！

三月十五日，星期三 羅瑪莉・申博格來信證實她的確想搬來這裏。我們會寄給她一封正式信函，邀請她永久加入我們的工作小組。她在柏林的表現太急躁，危及許多重要人士。

去普埃塞西爾客棧（Preussischer Hof.）吃晚餐。他們剛宰了一條豬，每個人都狼吞虎嚥豬的內臟，我仍堅持只吃起司。

全德國的電報服務都已中斷，如果你希望傳出去的信息遺失的話（現在常有這個需要），發電報倒是個好辦法。

三月十六日，星期四　仍未收到食物包裹，所以晚餐吃吐司麵包沾火雞的雞油。

昨晚軍方廣播發言人迪特馬（Dittmar）將軍坦承東線上的戰況並不樂觀，因為「泥季」（Schlammperiode）來臨，對俄國人有利——我們必須對戰果嚴重逆轉有所準備，他說。

盟軍那方面則轟炸了羅馬及斯圖加特（Stuttgart）。最近他們放柏林一馬。

三月十七日，星期五　蘇倫堡伯爵送來一隻火雞，其他沒什麼特別的事情發生，我們牛一般的存在因此波紋不生。

三月十八日，星期六　和瑪丹娜・布魯姆出去滑了一整天的雪，積雪很厚。回家時看見珍娜特・S正掙扎著想把大使助理及司機剛用雪橇送來的一箱梅特涅葡萄酒拖進家裏。我們立刻開了一瓶，度過一個安靜的夜晚。我送了半箱給珍娜特，感謝她慇懃款待。

三月十九日，星期日　仍舊出去滑雪。

回家時發現蘇倫堡伯爵已到。他剛接到從土耳其寄來的一個裝滿堅果、葡萄乾和乾無花果的包裏，還帶來一些咖啡和白蘭地，我們慶祝了一番。

珍娜特·S打算回柏林一個星期，因為最近那兒沒發生空襲，她甚至想帶跟她一起住在這裏的小女兒回去，我認為這麼做有欠考慮。

三月二十一日，星期二　今天下午是自從布特納開除我之後，大家第一次跟他開會。他努力示好，大概決定盡棄前嫌吧。

蘇倫堡伯爵的助理告訴珍娜特·S，德軍已侵略匈牙利，俄軍則占領了羅馬尼亞。這個消息尚未正式發表。大好遠景！

三月二十二日，星期三　大清早起來，早餐時喝真正的咖啡，然後珍娜特·S在蘇倫堡伯爵助理殷懃陪同下，帶著小孩、冒著小雪出發。能夠獨處一段時日，我很高興。現在打算去整理衣服，順便整理一下房子。

從某些方面來說，克魯曼修柏的確有一種樸拙的魅力；今早出去買食品，在附近一條小巷裏被郵差先生攔住，他在麵包店裏看見我，然後找遍村裏所有的客棧，卻尋我不得，只因為有一封寄給我的掛號信。真令人感動！

加班到很晚。成堆的照片和辦公室用品從布勒斯勞運來，我們現在想找一輛馬車把這些東西拖上山。外交部特別準備了一批香菸，用來賄賂當地人替我們扛東西，因為附近太缺乏交通工具。

我打算趁著還剩下幾瓶葡萄酒邀請朋友來家裏聚聚。我們仍然缺煤，房子裏愈來愈冷；招待客人時，我會把兩台氣喘咻咻的電熱扇全打開。

三月二十三日，星期四　消息正式公布：匈牙利已被「我軍」占領。新任首相是前駐柏林公使斯托捷（Sztojay），我曾在維樂芮．艾倫柏家的晚宴席上見過他幾次，因為維樂芮也是匈牙利人。印象中的他似乎並不擅權謀。

匈牙利雖然和納粹德國保持友好關係，收回了一次世界大戰後所失去大部分的國土，但兩國之間的關係並不熱絡，匈牙利派兵前往東線支持希特勒作戰的人數亦有限。史達林格勒之役使匈牙利部隊全軍覆沒，善用計謀的攝政王霍斯海軍上將開始與盟軍接觸，為希特勒獲悉，於三月十七日將霍斯召至貝希特斯加登（Berchtesgaden）。趁他不在國內，指示德軍占領匈牙利，並指派斯托捷陸軍元帥擔任首相。

三月二十四日，星期五　我的食物存量愈來愈少了。

晚上順道去看蘇倫堡伯爵，他給我看一封發自馬德里的電報：十七號晚間從巴黎開往恆代（Hendaye）的特快車遭法國反抗軍轟炸破壞脫了軌，奧雅瑟保夫婦遇害。電報上沒有說明細節，只說葬禮將在馬德里舉行。他們倆度完假正在返家途中，瑪麗亞．琵拉剛去瑞士勒羅西（Le Rosey）的學校探望他們小兒子；他就是泰蒂安娜婚禮上的紗童。聞此噩耗，對我們全家都將是一大打擊，因為他們曾是我們最親密的朋友。晚上待在家裏，感到極度消沉。

三月二十五日，星期六　中午辦完公，更衣後，和蘇倫堡伯爵及他的助理一起坐上由外交部馬匹拖的雪橇，前往我們山谷中央的一個森林小丘，普法芬堡（Pfaffenberg）。外交部現在養了一匹十分神氣的種馬；相貌像是亞洲人的馬伕則是來自亞塞拜然（Azerbaijan）的俄國戰俘。這裏的俄國戰俘人數不少，因為德軍不願派他們去東線。他們都穿著不合身的德軍制服，看起來很彆扭，不過一般來說人都很好。

自從德軍對俄國發動攻勢後，便不斷有大批俄國戰俘志願替德國服勞役，令德軍大為驚異。這些人來自蘇聯各地，尤以非俄國人的少數民族居多（如蜜絲提起的這位亞塞拜然人），他們的土地最近才被劃入俄帝國，不僅在民族情緒上，同時在宗教上（如回教徒）都對莫斯科的無神論統治者非常反感。有些人投效德國純為機會主義，只是為了不想在戰俘營中餓死；但有許多人的動機卻是意識型態上的認同，認為史達林（他主持的肅清運動才剛剛迫害過這些人的國家）比希特勒更可惡。到大戰結束時，這群人的數目竟高達一百五十到兩百五十萬之間！

好幾位德國陸軍將領早在對俄戰爭初期，便瞭解到贏得東方戰爭唯一的方法，必須爭取反對共產統治者之俄國人民的支持，很快地，穿著德軍制服的前紅軍部隊開始出現，起先擔任後方輔助部隊，後來成為正規作戰單位，置於部隊前列，以吸引更多的變節俄軍。一九四二年，曾因保衛莫斯科戰功彪炳的蘇聯將領。弗拉索夫（Andrei Vlassov）被俘，之後他和其他幾位蘇聯將領——皆致力於掀起解放俄國的運動，雖然獲得多位德軍將領，甚至包括某些黨衛軍高官（最後亦包括希姆萊本人）的支持，卻因希特勒堅持反對而始終沒有結果。希特勒的計畫自始至終不能容納俄國人，除非用他們作奴隸，反共的俄國人亦然。一直等到一九四四年十一月（蘇聯軍隊已包圍德軍，準備開始大肆屠殺），他才准許弗拉索夫設立「俄國人民解放委員會」，以及一團由兩個裝備簡陋的師所組成的「俄羅斯國解放軍」。該軍團唯一的成就，便是在蘇聯軍隊長驅直入之前解放布拉格。他們接著往西走，向盟軍投降，但後者引用「雅爾達協定」，把他們交給史達林處置。這批「雅爾達協定的受害者」之中，有許多人寧願自殺，也不願回國。剩餘者或就地槍決，或被送往古拉格（Gulag）勞改，生還者寥寥可數。弗拉索夫本人和他的幾位高級將領則於一九四六年八月在莫斯科被吊死。

山頂上矗立一座小城堡，主人是X男爵。他招待付費的客人，只要預先訂位，便可去那兒吃晚餐。我們到達時，男女主人出來迎接，態度迷人，可是當晚餐準備好時，他們卻先告退了。我們被帶進一間極可愛的小餐廳，鋪滿褪色的藍色與白色印花棉布，加上柔和的燈光，全是住在山腳下簡陋村莊裏的我們許久沒接觸的東西。晚餐可口極了，最後以水蜜桃和起泡奶油做結束。大家都高興得像參加派對的小孩子。餐後男女主人再度出現，帶我們參觀城堡。他們甚至有一間暖房，很驕傲地給我們看培養出來的第一朵玫瑰。喝完白蘭地後，雪橇來接我們回克魯曼修柏。

三月二十七日，星期一　藍卓又寄給我一條火腿。上帝保佑他！

三月二十八日，星期二　上星期五柏林又發生嚴重空襲，令我耽憂，因為珍娜特．S自從離開後便音訊全無。

去瑪丹娜．布魯姆家晚餐。稍後漫畫家布倫斯（Bruns）來串門子，我們三人合奏三把手風琴。他來此地停留兩週；通常都在夜間工作，白天滑雪，或在我們工作時演奏手風琴給我們聽。他才華洋溢，能彈奏的曲目極多，給我們不少指點。他個子很小，很會畫畫，我猜其實他是位地下共產黨員，對於當今的德國有極「獨到」的見解。

三月二十九日，星期三　雪下個不停。

漢斯—伯恩‧馮‧海夫騰從柏林打電話給我，問我泰蒂安娜是否能夠收留里希特一家到柯尼希斯瓦特住；他們家也被炸毀了。空襲發生時是白天，法官坐在辦公室的掩蔽壕裏，一枚空雷擊中他家，他的家人四散奔逃。幸好沒有人受傷，感謝上帝！可是現在卻無家可歸了。我設法聯絡泰蒂安娜，但長途電話一直打不通。

三月三十日，星期四　柏林來信要我復活節過後去一趟。我很高興，因為離開「活動心臟地帶」這麼久，令我難受。我們在此地靜態的存在方式，只對療養身體有好處。

今晚瑪丹娜‧布魯姆和我正在煮馬鈴薯作晚餐時，珍娜特‧S和她的小女孩拖著一個大皮箱回來了。就在她抵達柏林的那個晚上，一枚最重型的炸彈擊中她在城裏的房子，地窖坍塌，活埋了十一個人。但他們奇蹟似地都被救出來了，可是現在她母親已無處可去，所以我必須搬出去，讓出房間。柏林一定可怕極了：停水（每家每天可分配到兩桶水，由士兵運送），停電，停瓦斯……。珍娜特好幾次在街上引人側目，因為她化了「挑逗性」的妝，現在大家認為化妝便是不愛國的表現，也沒人戴帽子了，最多只能在臉上圍絲巾，遮擋煙塵。

三月三十一日，星期五　整個司忙得焦頭爛額。明天賽克斯博士、法官里希特和其他幾位資深長官將來此地，巡視每一間木屋及小客棧。為了迎接這麼重要的活動，煤炭不知從何處大量出現，入冬以來，辦公室首次有了暖氣，而且坦能豪夫還上了一層新漆，鋪了新地毯。布特納興奮得發抖，特別下令星期日從九點到十二點，每個人都必須坐在自己的辦公桌前。讓人以為教宗聖駕咧！

天氣好不容易開始轉晴，因此，大家都非常生氣。

四月一日，星期六　因為明天被迫加班，所以今天故意遲到，結果看見布特納已經在那兒來回逡巡了。他強調說他八點就來了。自從他放棄和我作對之後，現在已將目標轉向米歇爾（Michel）教授；後者每次遭到攻擊時，總喜歡回嘴說：「你只能從我這裏得到一個疲倦的微笑！」

四月二日，星期日　九點剛過，抵達辦公室。天氣又晴又亮。布倫斯的手風琴破天荒被藏了起來，每張桌子上都端端正正擺了識別牌，諸如「照片檔案」、「手稿」等等，以顯示我們各有所司。每個人都緊張兮兮站在那兒，等待蒙古皇帝聖駕。我、布倫斯和一位柏林來的女同事跑到外面陽台坐下曬太陽，結果被拖回辦公室——布特納想討論某照片標題及內文！

討論到一半，由賽克斯博士領頭的大隊人馬走了進來，後面跟著彷彿肚子疼的法官里希特、伯姆（Böhm）、布蘭特（Blahnt）、和賽克斯的祕書，索伊斯特（Seuster）太太，再加上克魯曼修柏的當權人士，如貝茲等。柏林來的眾男士都有點衣衫不整，因為不習慣滑溜溜的冰雪地面，顯然都在來辦公室途中摔了緞跤。接著大家到陽台上集合，布特納開始發表關於我們各項「極端重要」活動的冗長演說，令每個人都十分難為情。簡直像齣大鬧劇！結果賽克斯一聲不吭開始惡瞪他，他變得不知所措，講話開始結巴。我站在最後面，靠在門上。等布特納終於講完了，賽克斯簡短說了幾句，指示要多騰出一點空間建立照片檔案。（也就是給我！）說完後又領著大隊人馬踉蹌走下山坡，我們則衝出去滑雪。

接下來三天，賽克斯都會在別處忙，所以不會有人來煩我們，但他宣布星期三還要再來巡視一次。

昨天他的祕書索伊斯特太太出其不意來找我，懇求我今天早上務必要到，顯然他們都怕我跑出去滑雪！他們瘋了嗎？有這樣一隻老虎在我們中間，我怎敢在這麼危險的人面前掉以輕心？而且我若在這個緊要關頭冒犯他，豈不大錯特錯，誤了即將發生的大事?!

法官和另外兩位從柏林來的男士，一路上幫索伊斯特太太提最重的包裹，所以她答應請他們喝咖啡。我提議她邀請他們來我們家，因為她沒有場地可用。瑪丹娜和我及時趕回家，才剛脫掉靴子，並且警告珍娜特之後，法官、伯姆和布蘭特就來了。由索伊斯特太太提供咖啡，我提供葡萄酒，大家聊得很愉快，因為這三位男士是我們司裏僅剩的正派人士。他們不知道該帶賽克斯去哪裏，竟問我們吃過晚餐後能不能再帶他過來？或許這正是打好關係的良機。

晚上他們果然帶他來了，聚會拖到很晚才結束，唯一感到輕鬆自在的人是珍娜特。

四月三日，星期一　藍卓夫婦把他們較有價值的財產全從布加勒斯特寄來給住在這裏的嫂子。他們那裏似乎已隨時保持警戒，因為前線愈來愈逼近了。

四月四日，星期二　天氣迅速轉壞，我趁著法官里希特在這裏，計畫和他一起去柯尼希斯瓦特過週末。他終於把家人送去泰蒂安娜那兒安頓好了，我則巧妙地爭取到陪他一起去探望家人。不過坐火車會很辛苦，以前只需要五小時的車程，現在得坐十八個鐘頭。

四月五日，星期三　法官里希特不僅說服賽克斯博士，批准我陪他去柯尼希斯瓦特，而且藉著要和我討論公事的理由，安排我們星期五就出發。

今天陽光很暖和，索伊斯特太太和我爬上辦公室陽台的屋頂，在那兒閒聊，不久法官和米歇爾教授也加入我們，布倫斯則打著赤膊躺在角落裏曬太陽。法官突然意識到布倫斯從未參加過任何會議，因為每樣東西一送來這裏，都會立刻貼上「最高機密」的標籤，所以大家一致決議，等一下我們爬下屋頂，布倫斯必須立刻發重誓，成為「特殊機密」。

四月六日，星期四　早上聽說賽克斯博士喝完咖啡想單獨見我。我不太確定「喝完咖啡」是什麼意思？幸好出去吃午餐時撞見他本人。他故意很誇張地看看錶，難道是我離開太早了？你永遠猜不透這個人！也不知道該如何跟他相處，又很難戴上「我才不在乎咧！」的面具，隱藏你對他的厭惡和恐懼。稍晚法官里希特來我的辦公室，告訴我，五點他想見我們兩個人。還好，不用單獨面對他！賽克斯在坦能霍夫接見我們倆，請我們吃圓麵包、喝咖啡和白蘭地，先討論一般事務——如果那也可以稱作「討論」的話——不論提到任何事，他都以他是部裏薪水拿最高的人做結束，也就是告訴你，他有權決定一切！

四月七日，耶穌受難節　早上五點起床，到了車站，看見賽克斯博士和法官里希特正準備上火車，克魯曼修伯的掌權人士（貝茲等）集合站在月台上替「我們」送行。幸好坐到格爾利茨便和他分道揚鑣。法官和我想搭的那班火車進站時已爆滿，就連從窗戶爬進去也不可能，我們只好等下一班。多等了三個鐘頭。經過將近十二個小時的車程，終於在晚上十一點抵達馬林巴德；幸好一路上法官興致高昂，時間過得很快。

到城堡後，我迅速更衣，吃了晚點。這時母親出現了，見到她，我非常高興，因為自從聖誕節後我一直沒回來過。但我們立刻為了某政治觀點開始爭執；被迫過這種無所事事的生活，對像她這樣活力充沛的人來說很難挨。保羅．梅特涅昨天才從里加回來，看起來很疲倦，不過沒有我想像得那麼瘦，而且心情很好。

柯尼希斯瓦特　四月八日，星期六　天氣美極了。這裏下的雪比克魯曼修柏少很多。我跟母親一起散步健身，進村去看里希特一家。吃過豐盛的午餐——這年頭能擁有一處鄉間別墅真好！——之後，大家開車出去兜了很久的風。真是可惜，克魯曼修柏離這裏這麼遠，我不能常來！梅特涅夫婦希望今年夏天能去西班牙——保羅拿了病假。他甚至想開他母親的車去；那輛車自從大戰爆發之後，便一直藏在這裏的一座穀倉裏。能在私家轎車禁止上路的時候自己開車，令他非常得意。

四月九日，復活節，星期日　里希特一家來吃午餐。法官講話很有道理，知道外交部現在還有值得信任的同事，令人心安。

克魯曼修柏　四月十一日，星期二　早上四點半起床。火車爆滿，一路上被空襲警報追著跑。晚上七點抵達克魯曼修柏，直接回家，看到很多信件及包裹。

四月十二日，星期三　包裹是漢尼．嚴尼希寄來的，裏面是牛油、培根和香腸，令我非常感動。我們立刻請朋友來分享，餐後喝咖啡。

下午大家在營房裏集合，聽賽克斯博士這次來視察後的錯誤檢討，其中一條：他發現大家不遵守上班時間。不過，如果在這裏碰到空襲，大家可以自由驅散，隨便去哪裏。很好的建議，他反正別無選擇！

和蘇倫堡伯爵一起吃晚餐，然後去看電影。

蜜絲當時並不知道賽克斯在四月三、四日視察克魯曼修柏期間，曾經針對德國對歐洲外交任務發表一次討論「猶太問題」的專題演講，主題為：「猶太民族之政治結構」，表示「消滅歐洲猶太人將褫革其生物性儲備池。」

四月十三日，星期四　今天早上漢斯—喬格．馮．史都尼茲打電話來。他陪同外交部國外新聞司司長施密特（Schmidt）全權大使（Gesandter）來此地會見斯洛伐克的全權大使兼宣傳部部長，蓋斯帕（Tido Gaspar）博士。稍晚，漢斯—喬格來辦公室找我，我們坐在長凳上曬太陽。他講了一大堆柏林的軼聞，我猜大部分都是他自己編的。不過他很會講故事。

午餐時間，他陪我走上山，去看蘇倫堡伯爵替我找到的一間小木屋；我得讓出房間給珍娜特的母親住。那間木屋設備簡陋，卻有自來水，是一大優點。羅瑪莉．申博格馬上就要搬來了，我們倆一起住，或許可以把這裏布置得挺舒服。結果我們在俯看瀑布的橋上巧遇施密特全權大使；他出乎我意料，竟然很年輕。他將在泰克曼鮑德（Teichmannbaude）客棧替國外新聞司開一個正式的宴會，邀請我去參加。

我和瑪丹娜．布魯姆及另外幾位同事，一起乘坐馬車去那裏。

宴會中除了我們之外，所有女孩都在國外新聞司工作。大家圍坐幾張長桌，我坐在史都尼茲旁，他繼續講他的柏林故事。當大家玩到一半時，施密特全權大使竟然灑了一杯酒在瑪丹娜的膝蓋上。接著他的斯洛伐克外賓，葛斯帕，邀請我們去他的國家玩，並承諾要送我他最近出版的一本書《一千零一個女人》（*Mille et une femme's*）——他同時也是位詩人兼劇作家。晏會中的酒種類繁多：有白蘭地、各式各樣的葡萄酒和香檳；三明治也極可口。克魯曼修柏市長也在場，悄悄附耳對我說，他覺得我非常神祕。我真不知道自己在這灘渾水裏混什麼?!宴會預計開到很晚，到了半夜兩點，我提議我們這一小群人先離開。

四月十四日，星期五　春天來了，到處可見番紅花從土裏冒出來。

瑪丹娜．布魯姆和我決定搭漢斯—喬格．史都尼茲他們的巴士回柏林。巴士明天出發。瑪丹娜有假，我則是逃兵。

四月十五日，星期六　早上五點起床，到約定地點與瑪丹娜．布魯姆會合。一輛白色的煤炭引擎大怪物出現，駕駛是位樂天派的奧地利人；另外三名乘客也是奧地利人。那輛巴士本來可以載三十名乘客。其中一段路程必須走高速公路，但我們卻一路走走停停，等待駕駛替鍋爐加滿煤炭。開到柯尼希斯沃斯特豪森（Königswusterhausen），停車讓一位乘客下車，結果碰上空襲，很多架戰鬥機在頭上盤旋，路旁已出現許多炸彈坑。幸好警報很快解除，巴士繼續開往柏林。駕駛讓我們在因斯布魯克廣場（Innsbrücker Platz）下車。

我回葛斯朵夫家，看見瑪麗亞和科爾夫男爵（Baron Korff）。瑪麗亞幫我煮了幾個蛋，這時，父親突然走進來：他來柏林參加俄國復活節慶典。我打電話給葛弗瑞・俾斯麥，他告訴我羅瑪莉・申博格現在住在腓特烈街火車站附近的中央旅館（Hotel Central）。現在很難找到旅館房間，顯然是靠赫爾多夫伯爵的關係，我打電話請她也替我訂一間房。幾乎整個下午都在陪瑪麗亞。然後走路穿過蒂爾加騰區去旅館，蒂爾加騰現在一片荒涼，整體來說，柏林的破敗景象令人沮喪，怵目驚心。

我經過了菩提樹下大街上的布里斯托旅館，乍看之下，它損壞的情況並不嚴重，旅館正面、包括陽台，都沒倒，可是後面便一塌糊塗：電話機、浴室磁磚、水晶吊燈、地毯碎片、碎鏡子、破雕像，散得滿地都是。

到了中央旅館，接待員對我畢恭畢敬，而且立刻就給我一個房間。我點了晚餐，然後跳上床睡了個午覺。兩個小時後，羅瑪莉、東尼・紹爾馬，以及葛弗瑞的外甥女亞莉山卓・馮・布雷道（Alexandra von Bredow）與基克・斯頓和另外一位朋友出現，我們一起喝白蘭地，聊到午夜。

西格芮・格爾茨雖然想盡辦法藏匿她的猶太母親，她的律師蘭本（Langbehn）博士（他亦受到懷疑，現在已正式下獄）也非常能幹，但她母親還是遭到了逮捕，而且這次不可能再放出來。大家都束手無策，我為她感到非常難過。我想起兩年前和她及羅瑪莉待在蘭朵夫（Lehndorff）家廚房裏的那次難忘的聚會，當時我們就在討論這些可怕的反猶太迫害活動。那時不知誰送我一瓶飯後甜酒「班納迪丁」（Benedictine），我們用啤酒杯喝，一邊吃所謂的晚餐——乾香腸。那是我唯一喝醉的一次，醒來時發現自己仍在蘭朵夫家，羅瑪莉則在客廳裏替自己鋪了張床。

卡爾・蘭本博士一直和前大使馮・哈索爾及前普魯士財政部長帕比茲（F. Popitz）博士為中心的

反納粹團體走得很近。同時他藉偶爾必須赴瑞士出差的機會，充當與盟軍集團接觸的聯絡人。不過他同時也和希姆萊接觸，因為帕比茲希望能說服後者反叛希特勒。蘭本於一九四三年九月被捕，遭到殘忍的酷刑，最後被處決。

柏林　四月十六日，星期日　我空著肚子趕去教堂領受聖餐，卻敗興而歸。那兒擠了一大堆人，多為來自蘇聯的難民和被遞解出境的人，我連教堂大門都摸不著。然後又有個粗魯的傢伙擠進我正在使用的電話亭，想把我推出去，我跟他打了一架，終於打成電話給羅瑪莉．申博格，然後返回旅館。不久，東尼．紹爾馬便開車來載我們去伊甸旅館吃午餐。現在大家都走職員入口，因為前門還沒裝回去，不過旅館裏卻已有五十個房間可以住人了！我們很快便找到一張桌子，吃了一頓難得的大餐，包括牛油燒蘿蔔和極美味的炸鹿肉排（不用配給）。先喝雞尾酒，接著試了幾種葡萄酒，再喝香檳，最後以東尼自備的一瓶白蘭地結束，已經好幾個月沒有這樣飽餐一頓了。

我們用紙巾把一部分餐點包起來，帶到瑪麗亞．葛斯朵夫家，葛菲德．克蘭和父親也在。葛菲德情緒低落，因為瑞士方面不准他再去。以前他經常去那裏，因為他和老國王是好朋友，兩個人都熱愛網球。是不是英國人在從中作梗呢？

我們在瑪麗亞家待了一整個下午，然後東尼先離開，我獨自返回旅館。因為星期一早晨就得趕回克魯曼修柏，絕不能錯過火車。

克魯曼修柏　四月十八日，星期二　搬出珍娜特的小木屋，遷入我的新房間。距離辦公室步行需半小時，因此好處很多。這個房間陽台很大，景觀極美。

我在村子裏撞見貝茲夫婦，坦白招認自己回柏林過週末，其實似乎沒有人意識到我不見了。然後，羅瑪莉拖著一個巨大的皮箱出現。我們倆合力把皮箱拖上山。這裏優美的環境令她驚喜，不過她仍堅持只打算暫時停留。

四月二十二日，星期六　我開始瞭解和羅瑪莉・申博格共事是多麼辛苦的一件事，尤其我們倆又是這麼好的朋友。

四月二十四日，星期一　和羅瑪莉・申博格長談，因為她竟然怪我害她被調來克魯曼修柏，一個人在生悶氣。我很難跟她坦白，其實是因為她行事魯莽，待在柏林可能危及許多比她涉及即將發生的大事程度更深的人（她當然不自知）。吃晚餐時，我們又長談了一陣，氣氛總算好轉了些。

明天將回柏林兩週。

柏林　四月二十五日，星期二　羅瑪莉・申博格送我去車站，幫我抬行李。火車開抵格爾利茨之前的那段路都挺舒服，我甚至還有座位。但一到格爾利茨，我們這截車廂不知為何緣故，必須被解開，乘客因此得離開車廂另找座位。從那裏開始我便一直站到柏林。

再度見到亞歷克斯・維爾和亞當・特洛非常開心，彷彿舊日時光又回來了似的。和他們聊了很久，才去法官里希特的辦公室。每個人都正在氣頭上，因為上面把他們調到隔壁一棟房屋裏工作，那兒設備極端簡陋，甚至連電話都沒有，所以他們決定搬去仍有空房的卡爾斯貝德旅館（Karlsbader Hotel）。亞當帶我回他家喝下午茶，然後載我去搭高架火車。

回波茨坦時，時間已晚，葛弗瑞・俾斯麥、路格・埃森和善─喬其・赫約斯卻在等我吃晚餐。麥勒妮去鄉下住了。希特勒的口譯官，保羅・施密特（Paul Schmidt）大使剛出了車禍，頭部兩處骨頭斷裂。我希望他能夠平安復原，因為他是個正派的好人。同時修柏（Hube）上將因為搭乘的座機發生空難已身亡，他才剛獲頒鑽石橡葉十字勳章。

四月二十六日，星期三 賽克斯博士想發行一本新雜誌，我仍在為版面設計掙扎。晚上和瑪麗亞・葛斯朵夫在一起。現在我和他們夫婦見面的時間極少，但他們總是對我這麼好！他們把樓下整理得挺像樣，客人可以坐在那裏，只不過還是很冷。房子前面的小廣場景觀亦改善不少，廢墟裏的桃樹和風信子現在都開花了，像個小綠洲。

四月二十七日，星期四 今早去見赫爾多夫伯爵。有一位粗魯的軍官想阻止我，但還是被我擠進去了。他一如往常，對我彬彬有禮，我實在很難判斷他到底是個什麼樣的人？有太多朋友都不信任他。不過我一直相信葛弗瑞・俾斯麥的判斷力，決定喜歡這個人。後來，他開車送我去艾德隆旅館，我坐在駕駛座旁邊，後座還坐了兩名警察局的高官，令我感到非常「安全」，因為全柏林的警界就屬這三個人官階最高。

和圖圖・斯頓（Tütü Stumm）一起午餐。艾德隆旅館就像〈創世紀〉裏的巴別塔，最後一批莫希干人便來此聚集。現在雞尾酒會已成違法活動，以前我在宴會派對裏認識、至今仍倖存的人，大家每天至少都會來這裏晃一下。像是今天，我就碰見法蘭茲─伊岡・傅森堡（Franz-Egon Fürstenberg）、海兒嘉・奈林（Helga Nehring）、萊莉・霍茲曼、費茲・蘇倫堡（他曾經在赫爾多夫手下擔任過柏林警察局副局長）、羅倫茲（Lorenz）姊妹、卡爾・薩姆（Karl Salm）……等等。那種「最後據點」的氣氛有點怪異。

午餐後去瑞士公使館找普爾西・弗雷（Percy Frey），偶爾能站在中立國的土地上感覺真好。然後再去看住在尼可拉斯湖（Nikolassee）的藝術家里歐・麥里諾夫斯基（Leo Malinowski）。尼可拉斯湖在柏林郊區，這個季節很美，番紅花和杏花到處綻放。

坐在里歐的小公寓裏和他一起喝咖啡，他和年長卻迷人的母親一起住；典型的俄國知識分子家庭氣氛。里歐的情緒極端低落，他最好的朋友之一本來替戈培爾的《帝國週刊》做事，戈培爾也常去我們辦公室，最近在獄中自殺。里歐懷疑他是被迫的。碰到這種時候，藝術家最難熬。年輕的若沒有死，也全部被徵召入伍，年紀大的全躲了起來。不消說，他們的觀點是最與眾不同的，所以不論如何，都很難生存下去。

我喝了太多咖啡，接下來一整天視線都有點模糊。現在，咖啡是唯一我一有機會便盡量喝的東西，它似乎能夠取代其他所有缺乏的物資。我幾乎已經戒菸了。

然後我直接回波茨坦。只有葛弗瑞・俾斯麥一個人在家。他真是一個可以無話不談的對象，永遠這麼善體人意。可是一旦他被他不喜歡的人包圍，他卻會變得像匹緊張兮兮的馬，動不動就受驚似的。

四月二十八日，星期五 每天早晨路格・埃森都開車載我進柏林，很不幸，他很快就要調回斯德哥爾摩，再也不回來了。我們一定會非常想念他，他就像狂風巨浪裏的一塊磐石，菸斗永遠不離嘴。

他的同事現在開始輪流替他開餞行派對，他每天凌晨直到酩酊才回家。

到辦公室後，發現每個人都顯得很焦躁——「空襲警報十五級！」意謂極嚴重的空襲即將開始。怪的是，直到下午兩點都毫無動靜。賽克斯博士和亞歷克斯．維爾提議我陪他們去外國新聞司的俱樂部午餐，談公事。俱樂部位於郊區，本來位於城中心的那棟神氣建築已經被炸毀了。我們開車經過柏林一片片瓦不存的區域。到了以後，巧遇亞當．特洛和兩位朋友也要進去午餐。我們的桌子在房間正中央，周圍坐滿德國報界人士和外交部職員。漢斯—喬格．史都尼茲的上司，施密特全權大使也在那兒；他跟賽克斯處得不好。（誰又跟他處得來呢？）為了故意氣賽克斯，施密特走過來跟我握手，還刻意大聲地對我耳語說：「別告訴他，我們在克魯曼修柏怎麼講他！」

多虧有亞歷克斯．維爾在場，午餐吃得還算融洽。我們討論了克魯曼修柏的人事問題，有些女職員調去那裏之後變得焦躁不安。賽克斯現在似乎很習慣在柏林碰到我，即使出乎他意料之外，他也只問我來幹什麼，打算什麼時候離開，並不過問其他。

到史都尼茲住處和伯恩．芒恩及沃拉德．瓦茲朵夫（Vollrat Watzdorf）吃晚餐。漢斯．弗洛托特別把他的公寓借給史都尼茲，我是席間唯一的女孩。有史都尼茲的派對，氣氛總是很熱鬧，他腦筋極快，舌鋒如劍，最喜歡加油添醋，隨時可以犧牲任何人。聊天時，我們笑得前俯後仰，我幾乎都快抽筋了。這樣的機會還真難得，對我有好處。

四月二十九日，星期六　一大早天氣就很好。路格．埃森送我去烏發電影公司在城中心來比錫街（Leipzigerstrasse）上的攝影棚，我打算去拿一些德國女演員的照片。我才剛開始翻資料，警報便開始嚎叫，很快地，大家全被趕進一間又深又寬敞的地窖裏；裏面擠了五百個人，全是烏發的職員。我坐在靠近入口的地方，旁邊兩個女孩忙著背詩，我則專心閱讀達布依（Tabouis）夫人的自傳《人們叫她卡珊德拉》（*Ils l'ont appellée Cassandre*）。這時突然傳來一聲巨響，燈光熄滅，但輔助發電機立刻開始運轉。雖然這個公司顯得極有效率，但想到我可能會被活埋在這裏，而沒人知道，仍令我極度沮喪。高射砲不斷射擊，炸彈不斷在附近爆炸，幾名護士拿著急救包到處穿梭，而且每隔十分鐘就需要兩位男士志願去壓幫浦，送新鮮空氣進地窖。

一小時後，空襲結束。我趕緊選了一批有漂亮臉蛋的照片，繼續前往「德意志出版公司」，就是方德夫兄弟以前打掃的地方；但該公司現在已變得一團糟，因為幾個月前才被幾枚炸彈炸中。

這時空氣裏早已煙塵瀰漫，令我的眼睛刺痛難忍。本想趕搭電車回辦公室，但看見來比錫街和毛爾街（Mauerstrasse）交叉口上的一個大炸彈坑，立刻作罷；一枚空雷剛在那兒爆炸，炸毀了電車軌道。坑洞大約有四公尺深，四公尺寬，四周的建築都正燒得起勁。幸好當時是大白天，所以看起來還不算太恐怖。

我走了一個多小時才走回辦公室。這次輪到城裏的行政中心遭到轟炸。經過我們辦公室本來打算遷過去的卡爾斯貝德旅館時，看見那裏一片騷動。旅館被三枚炸彈炸個正著，建築本身已不復存在。我撞見神色驚惶的卡納普（Carnap）太太，空襲時她和漢妮拉．烏恩吉爾特（Hannele Ungelter）躲在走廊右邊那間地窖裏，結果左邊那間被擊中，死了兩個女孩，受傷的人也很多；後來聽說工作人員花了四十八小時才把他們全部挖出來。漢妮拉說一切發生得太快，她們甚至沒時間感到害怕。隔壁那棟陸軍人員辦公的房子突然倒塌，壓住幾位站在街上抬水管的人，其中一個男人被困在裏面好幾個鐘頭，不斷尖叫：「讓我昏迷吧！」但沒有人能搆得著他。

我進辦公室露了個面，立刻趕去瑪麗亞・葛斯朵夫家吃午餐。在那兒碰見葛菲德・克蘭、巴格（Bagg）夫婦和其他人。後來漢斯—喬格・史都尼茲也來了；他說現在有一輛車停在威廉街上，等著載我們去傅爾夫婦家。我們將在那裏過週末。

大夥兒先走地下道，朝威廉街出發，但後來仍需走上地面，因為前方的路被炸毀了。安哈爾特車站的後方看起來一副淒慘樣；今天早晨空襲期間，一輛燃燒得像把火炬的特快火車衝了進去，站裏早已停了三輛火車等著離站，後來有兩輛趕在被炸中之前開出去，但另一輛卻被堵死了。

等大家終於走到威廉街，卻得知並沒有車子在那兒等。我們滿懷希望地等了一陣子，最後決定搭火車。

結果在車站碰見布蘭肯宏，揹了個背包。他的心情極佳，因為剛從義大利回來，現在準備繞道去瑞士。我突然想起自己在忙亂之際，竟把達布依夫人的自傳留在售票亭櫃台上，立刻引起大恐慌，因為那本書在德國是禁書！後來終於在售票亭那兒領回它，某位乘客撿到後還了回去，但同時我們卻錯過了兩班火車。漢斯—喬格開始打電話向他所有的朋友求救，最後一位好心的撒馬利亞人出現，送我們去C・C・傅爾家。我們吃了一頓豐盛晚餐，又喝了咖啡，全都是用一盞酒精燈燒的，燃料是古龍水，因為沒有其他的燃料可用。

C・C・傅爾家附近的別墅全都租給城內住處被炸毀的國外使節。我們住在閣樓裏，因為其他房間全被西班牙人和羅馬尼亞人占滿了。

四月三十日，星期日　和C．C．傅爾僱用的兩位俄國女傭長談。其中一位二十四歲，在一次空襲中失去了丈夫和獨子，如今孤伶伶一人留在世間。她人很好，很和善，有機會講俄語讓她很高興；她對自己目前的處境和未來看得很清楚，頭腦十分冷靜。另外那個女孩才十八歲，穿著一身黑衣，圍白圍裙，每次別人跟她講話，必定彎膝行禮；人長得極漂亮，就像是戲劇裏的法國小女僕。她剛從基輔來，交談時我們必須混雜俄語、波蘭語、烏克蘭語，不過卻溝通無礙。楊斯費爾德（Jahnsfelde）宅邸內的僕役有如民族大會串：俄國女傭、德國廚子和護士、外交官多僱用西班牙人，加上一位法國僕役長；他支配所有的人，大家都尊稱他為「先生」。

午餐後，大家收聽官方發言：稱昨天的空襲為「恐怖轟炸」。我怕父母又會擔心，因為我無法打電話向他們報平安。稍晚，東尼．紹爾馬開車載我們去布科夫和霍茲曼夫婦喝下午茶。西班牙大使韋達（Vidal）和費德瑞哥．迪斯也在那裏。後者描述瑪麗亞．琵拉及伊格奈西歐．奧雅瑟保夫婦遇害時的悲慘細節；他是奉命去辨認屍體的人。奧雅瑟保夫婦和另外一對西班牙夫婦玩撲克牌，贏了他們的睡鋪，結果賭輸的人倒逃過一劫。唯一令人安慰的是他們當場斃命。韋達問我許多關於克魯曼修柏的問題，因為所有外國使館遲早都會遷去那裏。我卻懷疑他們是否等得到那一天。萊莉．霍茲曼說伊莉莎白．查查夫茲（Elizabeth Chavchavadze）現在摩洛哥管理一個盟軍的救護車單位；戰前我們倆是非常親密的朋友。

晚上大家在楊斯費爾德，圍坐爐火旁議論沙皇寵臣拉斯普廷（Rasputin）。

五月一日，星期一　返回柏林，天氣仍然很壞。謠傳英國皇家空軍丟了一個花環在亨里希．維根斯坦的墳上，令這一切的殺戮更顯得荒謬而毫無意義。

下班後到瑪麗亞・葛斯朵夫家和葛菲德・克蘭談了很久；我們現在成了好朋友。剛認識時他諸多保留，現在我卻發覺他原來感情豐沛。他給我看一個紅皮的照片框，裏面夾了三張同一個女孩的照片，我認出那是芭芭拉・赫頓（Barbara Hutton）。

晚上和普爾西・弗雷（Percy Frey）一起去聽莫札特的歌劇《後宮拐逃》（*Entführung aus dem Serail*），然後去艾德隆旅館吃消夜。跟普爾西相處很自在；他總保持超然的態度，卻又具有極含蓄的洞見，基本上比較像英國人，不像瑞士人。他陪我步行穿過蒂爾加騰回家，後來被我們房子周圍的瓦礫絆了幾跤，不時還得爬過碎磚堆成的小丘，令他感到驚異；我卻沒有同感。我們活得像養兔場裏的兔子已經太久了。

漢斯（「普爾西」）・弗雷博士，當時負責瑞士駐柏林公使館內，保障幾個與德國交戰國家利益的部門。

五月二日，星期二　早上我設法用普爾西・弗雷的過期肉票換到一條大香腸，然後到辦公室舉行小型拍賣，一個女同事用比市價稍低的價錢買走，不過卻付給我有效的糧票；可以把它再還給普爾西。我為自己感到驕傲。

工作到很晚，然後搭亞當・特洛的車回他家，跟他吃晚餐。我們倆的友誼有時讓我不知如何招架，所以我一直努力避免這種情況。他是個完全超脫世俗的人，一切思想和作為的焦點都集中在高層次的道德及價值觀上，顯然和目前德國，甚至盟軍那方面的時勢潮流格格不入。他屬於一個更文明的世界，可惜如今交戰的兩方皆非文明國家。很晚他才送我回家。

五月三日，星期三 到葛弗瑞・俾斯麥住波茨坦的姊妹漢娜・布雷道家晚餐。星期六空襲時，漢娜的女兒費莉芭人在空軍最高指揮部，空襲開始後她飛奔而出，門房本想攔住她，但她寄了一個皮箱在艾斯布勒拿旅館內，急著去搶救。結果總部大樓被十八枚炸彈炸中，有些炸彈從七樓頂樓一直穿透到地下，地窖裏（本來她應該躲進去的）死了五十個人，傷者無數。當時我自己也在那棟建築附近，也很可能躲進去。所以說，凡事都看運氣。

布雷道家十五歲的男孩，赫伯，即將被徵召進入高射砲單位。他的眼睛美極了，倘若能活過這場戰爭，將來一定不知迷死多少女人。他的早熟程度和對目前政府的強烈厭惡令人驚異。去年他母親替我看手相，預言我將離開德國，永遠不再回來。這次我再度要求她替我看手相，她仍重複上次的預測。

五月四日，星期四 下午返回波茨坦前，和亞當・特洛到綠森林散了一個長步。雖然陣雨不停，但畢竟春天已經到來，儘管春寒料峭，然而到處可見鮮花綠芽綻放。亞當對我敘述他的初戀故事，以及在英國、中國的生活種種，他總是有令人發掘不完的另一面。

五月七日，星期日 清早起床去動物園附近的俄國正教教堂。教堂裏沒有地窖。我排隊等待告解時，警報響了。當時教堂裏人不多，大多數都是「俄國勞工」，有些人乾脆大聲禱告，表情相當堅決。沒有人移動，唱詩班繼續歌唱。站在那裏比瑟縮在不知名的掩體裏好太多了！聖像周圍的蠟燭全部點燃，聖樂令人深深感動。我向一位不知名的神父告解，他勸我「當妳回家時」、「愛妳的鄰居」等等——這期間空襲警告仍然嗥個不停。起先外面一片寂然，我以為敵機已經掉頭了，可是突然之間機群就從我們頭上飛過，一波接著一波，數不清。因為天氣陰霾，無法射擊高射砲，敵機都飛得很低，引擎聲響就和炸彈落地的聲音一樣喧噪，令人無從分辨；讓人感覺彷彿站在一道鐵路橋樑底下，聽一輛特快火車轟隆駛過一般。突然間，聖詩班噤口，信徒們勇敢地繼續唱，但歌聲斷斷續續。有一剎那我雙腿發軟，蹭到聖壇前跌坐在階梯上。我旁邊站了一位修女，臉蛋很美，靠近她帶給我極大的安慰。她彎下腰對我耳語道：「妳不要害怕，因為上帝和所有的聖徒都與我們同在！」看我面露疑色，她又說：「神聖彌撒進行時，任何事情都不會發生的。」她是如此地有把握，我立刻感到十分安心。麥可神父（Father Michael）對外面的噪音充耳不聞，繼續吟唱。等到領受聖餐時，喧囂逐漸平靜。禮拜做完，我覺得自己彷彿已老了五十歲，筋疲力竭。

後來聽說那天早上有五十架敵機飛到柏林上空。作戰初期，來三十架就讓我們覺得夠危險了。奇怪的是，雖然在理論上我已經完全認命，坦然接受可能會死在炸彈底下的命運，可是一聽到飛機引擎聲和炸彈爆炸聲，仍會怕得全身癱軟，不能動彈，而且這種恐懼感似乎隨著每一次空襲愈演愈烈。

到葛斯朵夫家午餐，只有瑪麗亞和葛菲德．克蘭在家。葛菲德被困在一個地窖裏，本想閱讀叔本華，卻忍俊不止，因為周圍坐的老太太全用毛巾捆緊下巴，裏面塞的濕海棉突出來，彷彿長了鬍鬚似的；想必是預防被燒夷彈灼傷的措施。

稍後我們到城中心走了一圈，菩提樹下大街、威廉街、腓特烈街全部災情慘重，到處都在冒煙，且出現了許多新的炸彈坑，不過美國炸彈——美國人白天來，英國人晚上來——所造成的損害似乎比英國的少些。美國炸彈以水平方向爆炸，英國的炸得卻比較深，因此遭到美軍轟炸建築物較不容易倒塌。

五月八日，星期一　很早便到辦公室，一片冷清。外面再度發布「空襲警告十五號」——最危險的指數。我本想調出一批「重要」文件，祕書卻不肯給我，因為所有文件都必須留在安全的樓下，等待危機解除。結果在《生活》（*Life*）雜誌裏看到一篇報導，大大恭維我們司裏的工作成績，貶了美國類似的情報機構一頓。

亞歷克斯．維爾剛出差回來，帶來一大罐雀巢咖啡。大家坐下來吃第二頓早餐，再抽根菸。後來聽說機群已飛往別處，大家才剛坐定準備開始工作，警報就開始嗚咽，眾人魚貫走下樓，進入廣場內的掩蔽壕，諾蘭朵夫廣場（Nollendorfplatz）的地下車站——一個小得可笑的四方水泥盒子，由幾階樓梯通往地心。車站裏有數不清的走道，頭頂上鋪一層薄薄的泥土。沿著走道全是用小塊磁磚參差不齊砌成的石牆；倉促建成，都只達普通牆高度的一半，顯然是準備在被炸中時分散空氣壓縮力……

我們試著避開上方有建築的地點，選擇站在街道下方；這麼一來，除非被炸彈擊中，否則不會被別的東西壓住。進來躲避的人潮絡繹不絕，我和法官里希特待在一起。待爆炸聲愈傳愈近，法官開始全身發僵；他現在狀況不好，總是替家人擔心。我試著跟他閒扯淡，想分散他的注意力，卻被他打斷：「如果屋頂被炸開，妳一定要立刻趴在地上，用雙臂抱住頭……」另外一位同事選在這個時候告訴我們，昨晚他家被炸彈直接命中，全毀的血腥細節。這次空襲似乎很嚴重，但警報很快就解除了。

回到辦公室後，發現水管爆了。我下樓到街角的抽水機接了一罐水，因為大家想用亞歷克斯的咖啡提振一下士氣。

普爾西．弗雷和我約好一起午餐。我們穿過街道，走去伊甸旅館。有三枚炸彈炸中旅館內的中庭，將內部炸個粉碎，但外牆還站著。經理和侍應生腋下夾著餐巾在街上跑來跑去，毫無效率地試圖清理碎磚和灰泥。街道正中央多了一個巨大的炸彈坑，就在地窖出口附近。由於所有水管都爆了，困在地窖裏的人此刻正游出炸彈坑。柏林又承受了不知多少枚炸彈，街道似乎都被炸沉了，同時整個城瀰漫一股濃重的瓦斯味。

我們繼續走到施泰因廣場旅館（Hotel am Steinplatz），在那兒午餐，然後在雨中走回辦公室。普爾西會去柯尼希斯瓦特過聖靈降臨節。

晚上克勞斯．B來瑪麗亞．葛斯朵夫家接我，晚餐後開車送我回波茨坦。這是個民胞物與的時代，我終於在逃避他多年之後，開始跟他講話。最早的時候他先在街上跟蹤我，有一天乾脆踱進我們辦公室；他的厚顏令我咋舌。我一直不清楚他的背景和他的工作，他長得很英俊，可是像他這樣年齡的男人居然可以自由在歐洲到處旅行，而不被徵召入伍，實在可疑。他一再嘗試想跟我做朋友，甚至自願擔任我們的「家庭郵差」，替我們和住在巴黎的喬奇和表親們傳信（他似乎常去巴黎），但全被我禮貌卻堅決地拒絕了。不過他仍然設法和我在巴黎的表親們見了面，並且帶了一封信給我。他也認識安唐奈特．克勞伊。不過他的職業至今仍是個大問號。

五月九日，星期二　明天回克魯曼修柏。亞當．特洛載我回他家吃晚餐。他幫我提我得帶回克魯曼修柏的一人堆書。稍後，他一位年輕朋友，維納・馮・海夫騰（我們人事室主任的弟弟，現在陸軍補充部擔任參謀）來訪，兩人到另外一個房間去談了很久。然後亞當送我回波茨坦。回家後警報開始響，不過又是一次「騷擾空襲」；許多架飛機在空中盤旋，漫無目標亂投炸彈。我乘機收拾行李，等到飛機離開之後才上床睡覺。

克魯曼修柏　五月十日，星期三　六點起床，吃了一頓極豐盛的早餐，然後拖著一個極重的皮箱離開。我因為沒有特別旅行證，本來很怕得從頭站到尾，幸好一位好心的車掌讓我使用為「鐵路管理人員」預留的私人車廂，把我反鎖在裏面，我就這樣一路獨自躺在椅墊厚實的座椅上。陽光照進來，很舒服。

三點到達克魯曼修柏，發現羅瑪莉・申博格還賴在床上自怨自嘆。她決定無論如何都要回柏林，不計一切後果，甚至不惜撕破臉。我瞭解如果一個人待在這個地太久，一切都會變得十分遙遠而不真實。算我運氣好，從現在開始，每個月我都必須在柏林待上至少十天。

俄軍已收復塞巴斯托普（Sebastopol）。德軍的反抗似乎並不激烈。

五月十二日，星期五　蘇倫堡伯爵從巴黎回來，帶給我們許多小禮物。羅瑪莉・申博格的阿姨葛蕾特・羅昂邀我們去她們在波希米亞的別墅西希羅（Sichrow）城堡度週末。伯爵已同意同行，但我們都很想擺脫他的助理。後者是不是上面派來監視他的內線？

西希羅　五月十三日，星期六　到餐館吃了一頓極美味的烤鵝午餐後，啟程赴西希羅。自從一九三九年三月德國兼併捷克後，現在想進入所謂的「保護地」，必須持有特別的通行證。蘇倫堡伯爵替我弄到一張，有效期七個月。穿越山區那一路上景色極美：廣袤無人煙的森林綿亙，山頂覆雪。駐守捷克邊境的警衛仔細檢查我們的駕駛；他是一名士兵，而現在有很多逃兵都躲在保護地境內。當局時常突襲檢查各村莊，希望藉此捉住他們。

到達西希羅時，她們家六個女兒裏只有一個在家，原來全家都去隔壁小村莊「圖瑙」（Turnau）去探望剛割了盲腸的么女。她們似乎並沒有預期我們會來，令人有點尷尬。幸好羅昂王子和蘇倫堡伯爵一見如故。我剛剛享受了一個難得的、真正的熱水澡。

五月十四日，星期日　上教堂，唱詩班用捷克語唱聖詩，極美。接著參觀城堡產業。天氣不冷，但著名的映山紅與杜鵑花尚未盛開，不過這裏的春天來得仍比克魯曼修柏早，草地上到處可見冒出來的鬱金香和黃水仙。葛蕾特・羅昂和我們共進午餐。午餐前我先去看他們替母牛擠奶，其中一位女兒，瑪莉珍，發了一些給佃農，我也偷偷地喝個過癮。

飽餐一頓野味佐蔓越橘醬之後，大家全躺在草坪上曬太陽，居然把皮膚都晒紅了。可惜明天一大早就得離開。

克魯曼修柏　五月十五日，星期一　羅昂家的小孩在上課前先來道別。她們從八點上到下午一點，然後再上整個下午，非常認真。有好幾位家教都住在別墅裏。另外還收容了許多從各個遭到轟炸城市來的難民。

我們吃了一頓很悠閒的早餐，直到十一點才回到克魯曼修柏。雖然已預先通知辦公室我們將遲到，但有人看見我們從蘇倫堡伯爵的座車裏鑽出來，立刻引來許多嫉妒的白眼。顯然有很多人都看不慣我們和伯爵走得這麼近。

五月十六日，星期二 盟軍隨時可能入侵歐洲，報上充斥「我們有備無患」的報導，令人無心工作，只能過一天算一天。同事們陸續因為「家庭事故」消失，通常都意謂著房子被炸毀。

五月十七日，星期三 我的手風琴大有進步。

五月十八日，星期四 剛發現有人趁我去柏林期間，撬開我的櫃子，偷走了我的洗禮項鍊和十字架，還有我存的咖啡。失去十字架令我絕望。我告訴管家，她報了警。晚上我們在家等布蘭肯宏，突然有一位留鬍鬚的中士大剌剌踱進來，但他對我的手風琴琴藝似乎遠比竊案感興趣。他寫了一份報告，搜查了我們的兩個房間，什麼都沒發現。這時布蘭肯宏出現，還以為警方要來逮捕我。

五月十九日，星期五 布蘭肯宏建議羅瑪莉．申博格和我搬去所謂的「訪客宿舍」；那是一棟位在一小片樹林中央、十分漂亮的大木屋，專門為某批重要訪客準備，但這批訪客卻一直沒有出現。

柯尼希斯瓦特　五月二十六日，星期五 和羅瑪莉．申博格一起溜到柯尼希斯瓦特住幾天。蘇倫堡伯爵載我們去，因為他也打算回他自己的鄉間別墅，那地方距離梅特涅城堡不遠，省了我們坐一趟恐怖的火車。雖然我已向辦公室請假，但我們仍然像密謀者似的偷偷在車站後碰面，羅瑪莉和我分頭走，免得引起太多人注意。我們甚至只提了裝衣服的包包，免得被人看見我們提皮箱。

天氣雖然不太好，但鄉間美極了，丁香和蘋果樹都開滿了花。我們在路旁吃午餐。路程因為羅瑪莉耽擱不少時間，她不斷看見親戚的城堡，不時提議轉進城堡裏去「喝下午茶」，令司機十分氣結。後來我們終於在特普利茨停了一下，和艾菲・克萊里和他姊姊伊莉莎萊克絲・貝耶—拉圖喝茶。能再見到他們，我非常高興，自從一九四〇年對法戰役後，我就沒來過這裏。那個時候，他們好替兒子擔心，如今本來前程似錦的長子朗尼已在俄國陣亡，馬克斯與查理又都在前線，我發覺可憐的艾菲變了好多。伯爵讓我們在馬林巴德下車，星期天他會來柯尼希斯瓦特玩。

抵達城堡時我們已經餓癟了，父母親和漢斯—喬格・史都尼茲（他從柏林來這裏度週末）陪我們吃點心。接著保羅・梅特涅和泰蒂安娜也從維也納回來。泰蒂安娜帶回來好多新衣服。我們一直熬到凌晨五點才睡。保羅仍然很瘦、很緊張，不過心情很愉快。

五月二十七日，星期六 很晚才起床，無所事事混到午餐時間。家裏愈來愈熱鬧：梅莉・克芬許勒（Meli Khevenhüller）和漢斯—喬格的太太，瑪莉雅提・史都尼茲（Marietti Studnitz）將在今晚抵達。天氣變得極棒。

和父母長談溝通，好辛苦。他們似乎對過往的歷史比對當今正在發生、而且將影響我們每個人未來的事件更感興趣；同時他們很替喬奇憂心，喬奇在巴黎情況的確極不穩定：在科技學院（Sciences Po）讀書，手邊卻沒有存款；而且聽說參與了危險的活動。

蜜絲的弟弟於一九四二年秋天搬往法國後，很快便加入反抗組織，直到一九四四年八月巴黎被解

放為止。

普爾西・弗雷在晚餐後抵達，由保羅・梅特涅和泰蒂安娜接待。每次我介紹新的男性朋友給母親，他們都看不順眼。

五月二十八日，星期日　做完清晨彌撒後，每個人都帶著小地毯到花園裏躺下，盡情享受陽光。漢斯・貝爾赫姆（Hans Berchem）和蘇倫堡伯爵來和我們吃午餐，他們陪父母聊得很開心。我們乘機用提籃裝了下午茶，坐馬車溜出去野餐。

來度週末的訪客人數不斷增加，房子裏的空房愈來愈少。今晚我將睡在泰蒂安娜的起居室裏。法官里希特也來了，陪他小孩在花園裏散步。

五月二十九日，星期一　白天仍在室外度過，父母親因為我陪他們的時間不夠在生氣。他們無法瞭解我們每天面對恐怖的生活，任何短暫倏忽的悠閒快樂時光，都彷彿是上帝的恩賜，必須好好把握，盡情享受。

瑪莉雅提告訴我們，她所收留的轟炸災民的種種惡行，聽了令人心寒。這場戰爭已經把很多人都變成怨毒的動物了。

克魯曼修柏　六月三日，星期六　羅瑪莉・申博格今天早晨返回柏林，不再回來。她非常高興，因為她痛恨這裏。我卻情緒低落。雖然她帶給我們很多麻煩，但我知道自己一定會想念她。

本來一直擔任德國駐巴黎大使阿貝茲左右手的史拉雅（Schleier）全權大使，剛剛調任我們的人事室主任，接替漢斯—伯恩・馮・海夫騰（他最近經常生病）。比起海夫騰和更早以前的藍卓，恐怕在史拉雅管理下我們有苦頭吃了。據說他為人可憎，而且他在巴黎的行徑惡名昭彰。至少他看起來便非善類：像頭肥海獅，留一道希特勒式的小鬍子，戴一副玳瑁邊眼鏡。他已抵達克魯曼修柏檢閱我們。今天大家奉命到坦能霍夫集合與他見面，聽他發表情緒激動的愛國演說。

R・史拉雅博士本來經商，法國淪陷後，成為該地的納粹黨組織領導，接著奉派擔任阿貝茲大使之代理人及監視者（因後者偶爾會不服從柏林政策）。大戰末期，李賓特洛甫指派他籌備國外的反猶太驅逐活動，結果他在一九四四年夏天執行了消滅匈牙利猶太人的行動。

今天晚上在金色和平餐廳舉行「聯歡晚會」，每個人都必須參加。幸好在場還有幾位具幽默感的同事，大家可以偶爾互擠一下眼睛，尤其是在齊唱愛國歌曲之後。瑪丹娜應聽眾要求，表演了手風琴。我拒絕表演，令大家非常失望。

六月四日，星期日 盟軍今天占領羅馬。不知艾琳娜情況如何，是留在那裏，還是去了威尼斯？至少對她而言，戰爭已經結束了。

六月六日，星期二 企盼已久的「攻擊發動日」終於來了！盟軍已在諾曼第登陸。大家對著名的「大西洋長城」早已耳熟能詳，照理說那道防線堅不可摧；現在走著瞧囉！不過一想到必須為戰爭最末期犧牲的人，又覺得很可怕。

的確，歐戰還得再拖八個月，再奪去幾百萬人的性命，方才結束。

今天大家都過得很安靜，只到彼此家中喝茶聊天。我似乎是待在這裏，唯一並非全然不快樂的人。想到能夠一覺睡到天亮，不被驚醒，便覺得是一大解脫。當然，我的情況特殊，只要我開始感覺有閉塞的壓迫感，亞當．特洛隨時可以從柏林發電報過來，或者我自己編個名目，不用得到任何人的允許，便可跳上火車離開。理論上這是違規的，不過大家早已習慣我不時便會失蹤個一、兩天，就連布特納也懶得抱怨了。

柏林　六月十四日，星期三　今天早晨抵達辦公室後，聽說賽克斯博士明天要我去見他。我搭下午的火車，在夜裏抵達柏林，卻發現羅瑪莉．申博格剛被踢回克魯曼修柏，我們錯過了。

六月十五日，星期四　住在葛斯朵夫家。現在我每次來柏林只停留幾天，寧願住在城裏，免得必須來回通車趕回波茨坦俾斯麥家。

兩餐都和瑪麗亞一起吃。今晚只有我倆在家，因為漢因斯必須在司令部值班。又是一次全面空襲，敵機投下比炸彈更令我害怕的空雷，不過他們每次只投大約八十枚。

六月十六日，星期五　賽克斯博士人在斯德哥爾摩，我必須等他回來。現在類似情況經常發生：他突然大發雷霆，把我從克魯曼修柏召來；等我來了以後，他通常氣已經消了，忘了為什麼想見我，我因此可以乘機休息個幾天。

法官里希特因為賽克斯老是這樣煩我們，甚感焦慮，但亞當．特洛卻認為我們的問題跟他現在正忙著的事比起來，簡直微不足道，他說得很對。我經常感到既慚愧又喪氣，因為自己沒有更積極地參與真正有意義的事，但是我這一個外國人又能做什麼呢？

到了這個階段，就連希姆萊對德國戰勝也失去了信心，開始企圖與盟軍祕密接觸。賽克斯博士於一九四四年六月在亞歷克斯・維爾的陪同下，赴斯德哥爾摩之行，便肩負這項任務，卻無功而返。因為英國方面拒絕與他接觸。

六月十七日，星期六 賽克斯博士今天回城，立刻將法官里希特和我拖進他辦公室，討論他想發行的附插畫出版物。他似乎不瞭解我們現在根本缺乏技術支援，不可能出版任何東西，不論有插畫還是沒插畫！我們所需要的人才全部被徵召入伍了，只能紙上談兵罷了。

六月十八日，星期日 一位朋友來自巴黎，帶來喬奇和安唐奈特・克勞伊寫的信。她剛嫁給一位胸前佩滿勳章、非常神氣的軍官，名叫約根・馮・葛納（Jürgen von Göme）。

六月十九日，星期一 早上去辦公室。我現在已不固定待在那裏，因為那棟建築不斷遭到轟炸，大家擠得要死，我不多占一張桌子，並沒有人反對。通常我都去法官里希特的祕書處擠，但那四個女孩非常呱噪，有時甚至放留聲機或互相算命，我根本無法工作。所以我只去那裏打聽最新情報，看看朋友，盡量多拿幾本外國雜誌，然後返回克魯曼修柏。

和西格芮・格爾茨一起吃午餐。她母親被捕後，至今沒有消息，據說已被送往東德的猶太區。

這裏指的是特萊西恩施塔特的「模範猶太區」；那是一個「波坦金（Potemkin）式莊園」的集中營，偶爾允許國外人士參觀。除了有警衛把守之外，表面上看起來就像普通的殖民村。馮・格爾茨伯爵夫人為極少數倖存者之一。

和朋友一起吃晚餐，我是席間唯一的女性。現在類似情況經常發生，因為空襲頻繁，大部分女人不是離開，便已被迫撤出柏林。

克魯曼修柏　六月二十日，星期二　搭早班火車回克魯曼修柏。回家後發現羅瑪莉・申博格和她一位匈牙利表親已搬進我們的房子裏。

羅瑪莉和我們的管家處得不太好，管家不斷打電話向布蘭肯宏抱怨，後者說他覺得自己像個奶媽。羅瑪莉有時候實在教人受不了，洗了毛衣濕淋淋便丟在床上，又忘了拿開。隔天早晨就連床墊都濕透了。我們實在很幸運，是布蘭肯宏好心特准我們住在這裏，真希望她能夠多體諒別人些。

六月二十一日，星期三　布蘭肯宏宣布今晚要來為我們朗讀。上次他讀龍薩（Ronsard）的作品；他很有品味，讀得也好——德文比法文好！又是個有趣的談話對象，思想完全獨立，不過你會覺得他不等到徹底坍台，是不會冒險出面掌舵的。這一點他和亞當・特洛很不一樣，或許這正是他倆投契的原因。

六月二十二日，星期四　羅瑪莉・申博格正在設法弄一張可以讓她回柏林的醫師證明，否則賽克斯不會准她離開克魯曼修柏。我們準備了最濃的咖啡，裝滿一個保溫瓶，又煮了一些白水蛋，體檢之前讓她全吞下肚去，她希望這樣做能讓她脈搏加速，改變她的新陳代謝機制。現在的醫生通常都很嚴格。不過我無權埋怨，因為醫生曾經兩次規定我進山中休養，還有一次甚至送我去義大利。星期一我又得回柏林，去參加一次「非常重要的」會議。

柯尼希斯瓦特　六月二十三日，星期五　今天早上準時進辦公室，和不同的人長談，讓大家都感覺我到了，然後安心赴柯尼希斯瓦特去度週末。我跟人事室說，我只打算在赴柏林途中順道去那裏停留一下。

車程很恐怖。在格爾利茨等了好幾個鐘頭才等到開往德勒斯登的火車，卻幾乎擠不上車。然後某人將一個扭來扭去的嬰孩塞在我懷裏，自己卻跳去另一截車廂，我不得不一路抱著嬰兒直到德勒斯登。那個嬰兒不斷尖叫扭動，令我痛苦萬分。再加上我失策帶了手風琴，令我的行李更加笨重。這一次我計畫把很多東西留在泰蒂安娜那裏，因為我打算很快正式搬回柏林，和朋友們一起度過這個特別的時刻。既然想回柏林，一定得輕裝簡行。

到了德勒斯登，嬰兒被母親領回去，我又等了三個鐘頭才等到開往埃格爾的火車。抵達柯尼希斯瓦特後，難得地發現城堡裏只有家人在。

六月二十五日，星期日　這個週末大部分時間都在為未來計畫。每次來這裏，大家都感覺這很可能會是最後一次見到我。

六月二十六日，星期一　昨天泰蒂安娜、保羅．梅特涅和我，在午夜坐馬車去馬林巴德，趕搭自維也納開往柏林的火車，結果我們把馬車停在車站前，坐在車裏直到早晨五點——沒有火車！後來才聽說稍早的一班火車在皮爾森（Pilsen）附近脫軌，整條鐵路線被切斷。現在我們決定放棄，因為反正我絕對趕不上柏林預定在下午三點開始的那場會議。

這一次我真的覺得很不好意思，而且很擔心，因為這個會議好像真的特別重要。發了一封電報給法官里希特：「火車脫軌。」聽起來彷彿像在惡作劇。母親起床後，看見我們全倒回床上，非常驚訝。

柏林　六月二十七日，星期二　今天火車準時抵達，卻在距離柏林只有半個鐘頭車程的地方，突然在一片玉米田中央停下來，因為剛剛聽說有嚴重的空襲。幾百架飛機可能會從我們頭頂上飛過，這個感覺十分不好，因為他們大可以投幾枚炸彈在火車上。所有乘客都變得非常安靜，各個面無血色。坐在火車上碰到空襲是最糟的情況之一，你覺得自己完全暴露無遺，困在車中，無能為力。保羅·梅特涅似乎是唯一滿不在乎的人。起先每個人都探出車窗，後來一位憤怒的老先生開口大罵道：「他們正好可以瞄準你們這些反映陽光的臉！」一位年輕女孩立刻回嘴：「尤其是你的禿頭更明顯！」車掌很快命令大家進入田野散開。泰蒂安娜、保羅和我坐在玉米田中央的一道小溝裏。從我們坐的地方，可以聽見炸彈落在城裏的聲音，也可以看見煙塵和爆炸的火花。等了六小時後，火車才開動，而且到了柏林還在城外繞圈子，最後被迫在波茨坦下車。再一次錯過會議——如果會議果真順利舉行的話。

我們走路去帕拉斯旅館（Palast Hotel）；葛弗瑞·俾斯麥家裏已住滿了人，所以在那兒替我們訂了房間。波茨坦本身並沒有遭到轟炸，但整個城卻因為柏林的大火而瀰漫濃濁的黃煙。

梳洗更衣後，一起搭乘高架火車進柏林，我直接趕去辦公室，他們倆去葛斯朵夫家。不知是我運氣奇佳還是奇背，賽克斯博士竟然還在那裏。法官里希特說，他為了我不知生了多少白頭髮，叫我立刻去見賽克斯。

我向他保證火車的確出軌了。他似乎因為今天的災難軟化不少，態度謙恭。基本上我知道他總在我背後數落我的不是，但當著我的面卻總是保持禮貌。亞當．特洛對他的仇恨根深蒂固，警告我不論他裝得多麼和善可親，我們永遠不可忘記他所代表的一切。賽克斯似乎很不情願、卻又不得不承認亞當是位極傑出的人才，對他極感興趣，甚至有點怕他，因為亞當是他屬下僅剩的一位隨時都敢直言無忌的人。他總以紆尊降貴的姿態應付賽克斯，奇怪的是，賽克斯竟能照單領受。

那天晚上半夜一點發生另一次空襲。因高射砲已開始猛烈發射，我催促泰蒂安娜與保羅。等他們終於穿好衣服，一起下地窖。那地方很淒冷，有點像座老地牢，既窄又深，全是熱水管，令人想到萬一被炸中將泡在滾水裏的可怕情景。現在碰到空襲，我變得愈來愈緊張，甚至無法與泰蒂安娜聊天，因為「禁止交談」的告示貼得滿牆都是，可能是怕遭活埋時氧氣用罄。老實說，有保羅和泰蒂安娜在旁邊，比我獨自一人躲警報更令我害怕，這感覺很奇怪，可能是因為你還替其他的人害怕，情緒更緊繃。保羅就跟我一樣，現在特別想守著我，總是編些來柏林的理由。他對周遭駭人的噪音充耳不聞，埋頭苦讀一本講述他祖先、著名的奧國首相梅特涅的一本磚頭書。兩個鐘頭後，我們走出地窖。

六月二十九日，星期四 今天早上十一點開大會。賽克斯博士坐在桌首，我坐長桌另一端——亞當．特洛和亞歷克斯．維爾中間。他倆是我唯一的支柱，若沒有他們，我一定會感到茫然無助。亞當不斷將「最高機密」的文件從桌子底下塞給我，大多是國外新聞稿。我們三個人不停小聲交談，繼續抽菸，其他的人則輪流挨批。今天早上賽克斯情緒特壞，可憐的法官里希特坐在他右手邊，很辛苦地想扮演和事佬。亞當卻趁著賽克斯暴怒稍歇，說了不少冷嘲熱諷的話，賽克斯當著所有人的面，全吞了下去。我喜歡亞當反駁賽克斯的方式。後來亞當乾脆交叉雙臂開始打盹。我卻在一旁做心理準備，等著輪到我挨罵。亞歷克斯在旁悄聲鼓勵我，提醒我一位朋友，霍恩（Horn）博士太太，每當賽克斯對她狂吼，她不知該如何讓他住口時，便站起來扯著嗓門尖叫「賽克斯全權委員先生！」——後者總會嚇了一跳，立刻噤聲。果不其然，雖然我是名單上最後一位，還是挨了一頓好削。他夢想出版一份德國的《讀者文摘》，想在克魯曼修柏成立一間印刷廠。他指控我總是以所有技術人員都已動員的藉口推諉責任，但那是不爭的事實啊！依照慣例，開了三個鐘頭的會，毫無結果。

到葛斯朵夫家午餐，接著東尼．紹爾馬載泰蒂安娜、羅瑪莉．申博格和我到城裏轉一圈，看昨天空襲造成的災況。這一次腓特烈街車站周圍整個區完全被掀掉，包括中央旅館和大陸旅館（Hotel Continental）。上次來柏林，我還跟羅瑪莉一起在中央旅館裏住了兩天。

我因為必須到艾德隆旅館內留一個口信，結果在前廳巧遇喬奇歐．奇尼（Giorgio Cini）。他老遠跑來柏林，想賄賂黨衛軍放他父親——老奇尼伯爵——自由。去年義大利倒戈後，他父親（一度擔任墨索里尼的財政部長）在威尼斯遭到逮捕。過去八個月來，一直被囚禁在達豪集中營一間地下牢房內。他患有狹心症，現在狀況很糟。奇尼家族是百萬富翁，只要能救他出來，再多的錢喬奇歐都願意付。和戰前比，喬奇歐自己也變了很多，顯然憂心如焚。他極愛他的父親，之前很多個月既不知道他的下落，也不知道他是否還活著。現在他在等某蓋世太保的大頭。誰知道呢？秉持這樣的決心和意志力，再加上金錢，或許他可以成功。他希望他們同意先將他父親轉入一家黨衛軍醫院，再從那裏把他送回義大利。其他家人都待在盟軍占領的羅馬，但他似乎還和德國方面保持聯絡。

後來喬奇歐・奇尼成功地買回他父親的自由，自己卻在戰後一次意外中死亡。威尼斯的「奇尼基金會」便是他父親為紀念他而成立的。

腓特烈斯陸（Friedrichsruh） 七月一日，星期六 我把波茨坦的旅館房間退掉，搬回城內，現在住在艾德隆旅館內。奧圖・俾斯麥邀請保羅・梅特涅、泰蒂安娜和我，去他們家族在漢堡附近著名的產業腓特烈斯陸過週末。我們從來沒去過那裏，以後也可能不會再有機會去，所以便答應了。早上待在辦公室，然後趕去車站和他倆會合。抵達時，俾斯麥夫婦竟十分驚訝，原來他們根本沒收到我們接受邀請的電報。穿著睡衣的奧圖正在睡午覺；安瑪莉和喬奇歐・奇尼在花園裏。喬奇歐穿了一件極帥的淡藍色襯衫，讓我想起五年前在威尼斯最後一個和平的夏季。

七月二日，星期日 奧圖・俾斯麥安排了一次小型的狩獵會——獵野豬，但沒人射到任何東西。我們看到的唯一一頭野豬跟頭小牛一樣大，大剌剌從保羅・梅特涅站的台子旁走過。保羅當時正和安瑪麗・俾斯麥聊得起勁，聽到我們的尖叫聲才胡亂開了幾槍，野豬當然跑了。奧圖很生氣，因為他把位置最好的台子給了保羅。

晚餐後，我們和一位著名的動物學家詳細討論除去希特勒的最佳辦法。他說印度土著將老虎鬍鬚剁碎，拌在食物裏，受害者會在數天後死亡，沒有人能診斷出死因。可是我們去哪裏找虎鬚呢？

腓特烈斯陸維護得極好，很美。

柏林　七月二日，星期一　清晨四點起床，準時趕回柏林。很不幸，把行李放回艾德隆旅館時，竟撞見我們可憎的新人事室主任史拉雅，因此被他看見我出城了（當局不鼓勵私人旅行）。

克魯曼修柏　七月四日，星期二　回到克魯曼修柏，發現母親（我邀她來看我）已經到了。她暫時先跟我們住，但不能待太久，因為我們無權邀請客人。蘇倫堡伯爵不在村內，羅瑪莉・申博格去了柏林，這次不再回來。上級甚至准許她去柏林休假養病。史拉雅這麼體諒她，令每個人都十分驚訝。

七月五日，星期三　和母親散了個長步，她覺得鄉間的風景極美，不斷拍照。我怕她會覺得和我在一起的時間不夠，因為我的工作時間很長，而且下個星期又得回柏林。

瑪丹娜・布魯姆為她舉行一個小型晚宴，餐後我們倆合奏手風琴。蘇倫堡伯爵的助理去瑞士後沒有回來，推論是滑雪摔斷了腿，但顯然這並非真正的理由。我怕蘇倫堡可能會因為他的緣故招惹麻煩。

柏林　七月十日，星期一　已回柏林，住艾德隆。喬其歐・奇尼仍在這裏。

亞當・特洛找和在旅館內吃晚餐。我們跟侍應生領班講英語，他有機會練習英語，顯得非常高興；但隔壁桌的人卻開始瞪我們。餐後，亞當載我出去兜風，途中我們談到即將發生的大事，他雖然沒有討論細節，卻告訴我隨時會進行。我們倆在這方面意見不盡相同，我一直覺得大家浪費太多時間在籌劃細節上面，對我來說，現在唯一最重要的事，便是除掉那個人。至於他死後德國的未來該如何，以後再討論不遲。或許因為我不是德國人，總覺得事情很單純，但亞當卻認為一定要確定德國還有繼續存在的機會。今天晚上我們為了這件事竟然大吵一架，兩個人情緒都很激動。真悲哀，到了這個時候……

亞當．特洛所謂「隨時會進行」的大事，是指本來計畫在隔天謀刺希特勒的行動，但臨時取消，因為他們打算一起除去的戈林及希姆萊並不在希特勒旁邊。

七月十一日，星期二　去看瑪麗亞．葛斯朵夫的大夫蓋爾布蘭教授。我的健康情況顯然出了問題，瘦得不像樣。他診斷是甲狀腺分泌失調，建議我休個長假。

克魯曼修柏　七月十二日，星期三　蘇倫堡伯爵被李賓特洛甫召去薩爾斯堡，剛剛回來。他奉命去希特勒在東普魯士的司令部報到。他們似乎終於想諮詢他的專家意見了；走到這個田地，似乎為時已晚。不過謠傳他們想在東歐進行全新的談判（自從三年前蘇倫堡伯爵從莫斯科調回國之後，這是希特勒第一次想召見他）。

伯爵借我前羅馬尼亞外交部長加芬庫（Gafencu）寫的書《東方戰爭的開端》（*Preliminaires de la Guerre á lÉst*），非常有意思，書中經常提到伯爵，因為戰前加芬庫和他同是駐莫斯科的大使。不過加芬庫顯然記錯了某些事件，蘇倫堡在日內瓦糾正他，他極謙恭地全部接受。不過真要修改必須等到戰爭結束，因為修正的部分全是對元首的攻擊，現在改肯定會造成醜聞。

這裏的一切都在分崩離析中，我很高興下個星期我也將離開克魯曼修柏，計畫永遠不再回來。

七月十三日，星期四　蘇倫堡伯爵和我們一起午餐，然後離開（蜜絲再也沒有見到他）。亞當．特洛米信，希望我別在意上次的誤會。我立刻回了一封信。他已啟程赴瑞典。俄軍的攻勢突然變得非常迅速。

結果亞當．特洛並未獲得許可前往瑞典。他最後幾次瑞典之行都發生在一九四四年六月，那時未能自西歐盟國方面得到反納粹密謀集團一直想得到的承諾，本來計畫透過邁爾道（Gunnar Myrdal）教授與俄國大使柯倫泰夫人（Mme Alexandra Kollontai）接觸，後來臨時決定放棄，主要是怕蘇聯駐斯德哥爾摩大使館已遭德國情報局滲透。

七月十五日，星期六　傾盆大雨。和母親及瑪丹娜．布魯姆去看電影。當局發布新法令，不准平民搭乘火車，兩天後執行，母親必須立刻離開。

七月十八日，星期二　母親在今天早上離開。昨晚我們和瑪丹娜．布魯姆一起吃晚餐，在回家的路上去找村裏照顧馬群的那群俄國哥薩克人聊天（因為村裏沒有汽車，馬車便成為高級長官的交通工具）。瑪丹娜送他們香菸。他們又唱又跳，為了能夠講俄文而樂不可支。這批可憐人被夾在交戰兩方中間，進退不得，既已選擇唾棄共產主義，卻又不為德軍接受。

到辦公室看見事先請亞當發來的電報：柏林方面要我明天去報到。

哥薩克人一直是最強烈反共的民族，也是對德軍最具向心力的俄國志願軍。他們帶著全家，甚至全村，一起投效德國。所組成的兵團在潘維茲（Helmuth von Pannwitz）將軍及一群由德軍、前紅軍及白俄移民混成的軍官隊伍率領之下，在南斯拉夫境內進行反游擊戰，多方奏捷。到了大戰結束前最後幾週，他們一路戰鬥，穿越奧國，最後總計約六萬人向英軍投降。結果英國比照對待弗拉索夫將軍所率領之「俄羅斯解放軍」的方式，先誘騙將遣送他們至國外居住，繼而引用「雅爾達協議」強行將他們交到蘇聯手中。許多人（包括婦孺）因此自殺，高級將領皆被吊死，低級軍官則被槍決，其他人被送往古拉格，生還者極少。

一九四四年

七月十九日至九月

蜜絲註：這個部分全是在一九四五年九月依照當時以速記寫的日記重新寫成的。

柏林　七月十九日，星期三　今天離開克魯曼修柏——我想應該不會再回來了。已收拾一切，但盡量少帶行李，其餘物品都將寄放在瑪丹娜．布魯姆處，待確知未來去向後再通知她。

十一點抵達柏林。因為最近空襲頻仍，車站一片混亂。巧遇前皇帝的第四個兒子奧古斯特．威廉老王子（Prinz August Wilhelm），他好心幫我提皮箱。我們好不容易搭上一班巴士，整座柏林城煙塵瀰漫，到處堆積破磚碎瓦。終於在葛斯朵夫家下車。

夏天來了之後，他們都在樓上的起居室用餐，不過家裏仍然沒有窗戶。客人還是固定的那群老朋友，加上亞當．特洛。

稍後和亞當長談。他看起來蒼白而緊張，不過見到我似乎很高興。羅瑪莉．申博格回城令他驚駭，她不斷想拉攏她認為可能會支持我所謂「密謀」的人士，那些人很多其實已經涉及很深，都想盡辦法避免遭到懷疑。她不知用什麼方法，也發現了亞當參與其事，現在不停騷擾他及他的隨從，他們給她取了個綽號，叫她「洛善」（Lottchen，為刺殺法國大革命時代政治家馬拉〔Marat〕之夏洛特．

科爾台〔Charlotte Corday〕的別名〕。她的確對很多人的安全造成威脅。亞當還告訴我，她甚至埋怨我不願積極參與籌備工作。

其實我和他們之間存在一項最基本的歧見：因為我不是德國人，所以我只在乎一件事——除掉那個魔鬼！我從來不特別在乎以後的事。他們因為愛國，都希望能夠同時設立某種過渡性政府，拯救德國免於滅國。我卻不相信盟軍會接納這樣的過渡政府，因為他們根本拒絕分辨「好」德國人和「壞」德國人。當然，這是盟軍犯的大錯，或許我們都得為這個錯誤付出慘痛的代價。

我們同意等到星期五再見面。等他離開後，瑪麗亞．葛斯朵夫說：「我覺得他看起來好蒼白、好疲倦；有時候我覺得他不會活太久。」

大戰拖延不決，所吞噬的歐洲國家愈來愈多，死傷人數、物資破壞及百姓疾苦愈演愈烈，同時有關德國人虐行暴政的報導亦不斷增加，同盟國愈來愈難分辨希特勒及其走狗與所謂的「好德國人」，也愈來愈難同意讓肅清納粹分子後的德國重新加入文明國家的陣營。再加上除了得自少數個體的保證及承諾之外，從來沒有任何可靠的證據顯示，希特勒並不代表整個德國。誠如艾登（Anthony Eden）爵士一九四〇年五月所說：「希特勒並非一獨立現象，而是一個顯示大部分德國國情的病徵。」邱吉爾接著在一九四一年一月二十日指示英國外交部，忽視所有來自德國國內的和平試探性接觸：「我們對於這類詢問及提議，一律應以沉默回應……」

亞當．特洛及他參與反納粹活動的朋友們所面對及努力想克服的，便是這樣一堵不信任與充滿敵意的牆。一九四三年一月，羅斯福總統更在卡薩布蘭加做了最後的答覆：「無條件投降！」堅決反納粹的人士面對如此的絕境，別無選擇，只能鋌而走險。

艾嘉・傳森堡來和我們吃晚餐。她已搬進男演員維利・費爾區（Willy Fritsch）在綠森林的一棟可愛小屋裏。費爾區在一次空襲中精神崩潰，倉促離開。據說他躺在床上啜泣了一整天，被他返回柏林的太太發現，帶著他離開德國。現在艾嘉和擔任外交官多年、迷人的喬奇・巴本海姆（Georgie Pappenheim）合住；後者剛從馬德里被調回來，可能是因為他姓氏的關係（巴本海姆是德國最老的姓氏之一）。他的鋼琴彈得極好。

我獲准請四週病假，不過可能必須分兩次休，而且得先訓練一位助理，好在我休假期間代理我的工作。

七月二十日，星期四　今天下午羅瑪莉・申博格和我正坐在辦公室樓梯上聊天，葛弗瑞・俾斯麥突然衝進來，雙頰緋紅，我從來沒看過他這麼興奮過。他先將羅瑪莉拉到一旁，然後問我有何計畫。我說上級並不確定，但我希望能盡早離開外交部。他要我別擔心，說幾天後就會塵埃落定，每個人未來的情勢都將明朗化。然後，他要我跟羅瑪莉盡快一起去波茨坦，說完便跳上車開走了。

我走回辦公室，撥電話給瑞士公使館的普爾西・弗雷，取消我跟他的晚餐約會，因為我寧願去波茨坦。等待電話接通之際，我轉向站在窗邊的羅瑪莉，問她葛弗瑞為什麼那麼激動，是不是和「密謀」有關係？（當時我還拿著聽筒！）她悄聲說：「沒錯！就是！已經完成了！今天早上！」普爾西就在那個時候拿起電話，還拿著聽筒的我又問：「死了？」她回答說：「對，死了！」我掛上電話，捉住她的肩膀，兩人繞著房間跳起華爾滋來。然後我抓起幾份文件，把它們塞進第一個抽屜裏，對著門房大叫道：「我們要出去辦公事！」便奔去動物園車站。去波茨坦途中，她附耳告訴我細節，雖然車廂裏擠滿了人，我們卻無意克制興奮及喜悅的情緒。

希特勒在東普魯士拉斯坦堡（Rastenburg）最高司令部召開會議，一位擔任高級參謀的上校克勞斯．馮．史陶芬堡伯爵在他腳邊放了一枚炸彈。史陶芬堡等在外面，直到炸彈爆炸，看見希特勒渾身是血躺在擔架上被抬出來後，才跑回他藏在附近的車子上，和他的高級副官維納．馮．海夫騰一起開往當地機場，飛回柏林。當時一片混亂，並沒有人注意到他已逃脫。

一抵達柏林，他逕自前往班德勒街上的德國陸軍總部，陸總部已同時被密謀者接管，葛弗瑞．俾斯麥、赫爾多夫及其他許多人都在那兒集合（指揮部就在沃野許街的運河對岸）。今天晚上六點收音機將對全國廣播希特勒已死，新政府已形成。新的帝國總理將由前來比錫市長郭德勒（Gördeler）擔任；他的背景為社會黨員，同時是公認的傑出經濟學家。我們的蘇倫堡伯爵或馮．哈索爾大使則將出任外交部長。我的第一個反應是：用最傑出的人才組成過渡性的臨時政府，可能是一項錯誤。

三十七歲的史陶芬堡加入反納粹陣營的時間較晚，一九四三年七月才被吸收。年輕時，他也和許多愛國的德國人一樣，相信希特勒能夠將德國從辱國的「凡爾賽和約」中拯救出來。後來他在隆美爾麾下赴非洲作戰，負傷嚴重，失去一隻眼睛、右臂及左手的兩根手指——這樣的殘疾使他戎馬生活中輟。一九四四年六月，他奉派擔任後備部隊（Ersatzheer）的參謀長，該部隊的副指揮官奧布萊赫特上將便是資深的反納粹密謀者。史陶芬堡因為職務關係，必須定期親自向希特勒會報。由於希特勒的隨從之中沒有人能夠或願意刺殺他，史陶芬堡決定擇機自己下手。

頭兩次的刺殺計畫——分別訂在七月十一日及十五日——皆臨時取消。這時軍中不斷有人遭到逮捕，顯然蓋世太保已展開肅清行動。七月二十日，希特勒再度召見史陶芬堡，他便決定不計一切，採取行動。

等我們抵達波茨坦官邸時，已超過六點。我先梳洗，羅瑪莉衝上樓去。才過幾分鐘，我便聽到門外拖沓的腳步聲，她走進來說：「收音機剛才廣播說：『一位史陶芬堡伯爵企圖謀殺元首，但上帝拯救了他……』」

其實第一次在六點二十五分發佈的廣播並未指名道姓，只說：「今天有人以爆炸物企圖謀刺元首……元首本人除輕微灼傷及瘀傷之外，並無大礙，並立刻恢復辦公，並依照行事曆接見指揮官長談。」只有在接下來的評論中，發言人才暗示（「敵方工作」）主事者是誰。不過剛開始希特勒並不知道那枚炸彈其實代表一次欲推翻納粹政權的大密謀，直到後來他得知柏林、巴黎及維也納軍部都同時被接管之後，才恍然大悟。

我揪住她的臂膀，拉著她一起跑上樓，看見俾斯麥夫婦坐在會客室裏，麥勒妮一臉震驚，葛弗瑞則不停踱著方步；我都不敢看他。他剛從指揮部回來，嘴裏不斷重複說：「不可能！這是個圈套！史陶芬堡看見他死了！」、「他們安排了一場鬧劇，讓希特勒的替身出面！」然後他進書房去打電話給赫爾多夫，羅瑪莉跟了進去，留我一個人陪麥勒妮。

她開始呻吟：葛弗瑞是被羅瑪莉逼的；她嘮叨了他好多年；如果他現在死了，是她，麥勒妮，得獨自把三個孩子帶大；羅瑪莉或許不在乎，但哪一個孩子能夠忍受沒有父親呢？別人的孩子或許可以，她的絕不可以⋯⋯真可怕，我完全無言以對。

後來葛弗瑞踱回會客室。撥給赫爾多夫的電話沒接通，但他得到進一步的消息：最主要的廣播電台已失守；電台先被叛黨人士接管，但他們不知如何操作機器，現在又被黨衛軍奪了回去。不過郊區的幾所軍官學校都已拿起武器，現在正朝柏林前進。果然，一個小時後，我們聽到克蘭普尼茲坦克訓練學校的裝甲車滾過波茨坦街頭，朝首都開去。我們探出窗外觀看，心中不斷祈禱。街道上空蕩蕩的，幾乎沒有人跡，沒有人知道到底是怎麼一回事。葛弗瑞不斷重複說他不相信希特勒沒有受傷，「他們」一定在耍詐⋯⋯

過了一會兒，收音機廣播說，元首將於午夜對全國國民發表談話。我們知道必須等到那個時候，才能確定這到底是不是騙局。葛弗瑞仍不願放棄希望，他認為即使希特勒還活著，他在東普魯士的最高司令部距離這麼遠，鞭長莫及，只要其他地方一切按照計畫行動，大家還是有機會在希特勒重新控制德國前推翻目前的政府，但我們都覺得十分不安。

早在一九四三年，位於柏林班德勒街之「德國陸軍總部」便設計出一個暗號為「女武神」（Valkyrie）的緊急計畫，目的在於應付內部騷動，或鎮壓由當時在德國工作之數百萬名外國勞工發起之大規模顛覆活動。該計畫主要仰賴後備部隊及時調派軍力進駐，或圍守首都——由護衛部隊進駐柏林，軍官訓練學校把守外圍。最諷刺的是，「女武神」乃經過希特勒親自的批准！奧布萊赫特、史陶芬堡及其他潛伏在陸軍總部內的密謀者，隨後加上一條祕密附文，打算利用該計畫推翻納粹政權，確保新政府和平接掌政權。然而這項密謀一開始便有致命的缺陷；首先，奉命執行「女武神」的軍事將領不僅必須接管德國，還需接管所有被德國占領的歐洲國家，但只有少數幾位將領清楚密謀者真正的企圖。密謀者並指望其他人，從攸關該計畫成敗的關鍵人物、即後備部隊指揮官弗洛姆上將開始，在因元首死亡而解除其效忠領袖的誓言之後「立刻跟進」——也就是說，一切端視希特勒是死是活。同時拉斯登堡與外界的通訊必須完全中斷數小時，以防止反制行動。最後，計畫中的刺客，史陶芬堡，不僅必須殺死希特勒，還得安全返回柏林，監督「女武神」順利執行。但一般德國士兵這時早已習慣服從軍紀，密謀者根本無從預測他們面對占領祖國重要機關的命令，會有何種反應，使得問題更加複雜。

赫爾多夫打了幾次電話進來。勃蘭登堡（Brandenburg）的市長也來電，問波茨坦的地方首長俾斯麥先生到底有何打算？因為身為市長的他，知道目前首都內正發生騷動，甚至叛變！葛弗瑞竟厚著臉皮告訴他，陸總部已發出命令，元首希望所有高級長官稍安勿躁，等待進一步的指示。其實他是希望叛軍部隊趕快前去逮捕市長。

入夜後，大家開始口耳相傳叛亂行動並不如想像中那麼成功。有人從機場打電話來：「空軍不打算跟進！」他們要求戈林或元首親自下令。葛弗瑞的語氣這時才首度顯得有些疑慮，他說這種事必須速戰速決，每拖一分鐘便失去一分優勢。現在早已過了午夜，希特勒仍未出面。整件事令人太沮喪，我覺得再熬下去亦無意義，便上床睡覺；羅瑪莉不久也跟了上來。

半夜兩點，葛弗瑞探頭進來陰沉地說：「是他沒錯！」

希特勒終於在七月二十一日凌晨一點公開談話，表示：一小群和德國軍人及德國民眾毫無共通之處、野心勃勃、無榮譽感又愚蠢的軍官，陰謀策畫想除去他，同時推翻軍部指揮。一枚由馮·史陶芬堡伯爵上校（唯一指名者）放置的炸彈，在距離他兩公尺外爆炸，他的忠心幕僚有數名嚴重受傷，一名死亡，但他自己除了輕微刮傷、瘀傷及灼傷之外，並無大礙。他認為這再度證實了上帝的旨意，希望他繼續追求他生命的目標，即創造偉大的德國。至於這一小群罪犯，會立刻全部處決，絕無寬貸。接著他便指示各項重新建立秩序的措施。

黎明時，我們再度聽到克蘭普尼茲軍官學校坦克車經過的聲音，徒勞而返，正在返回軍營的路上。

密謀者對克蘭普尼茲騎兵訓練學校寄望很高，希望他們協助接管柏林。他們接到陸軍總部傳來希特勒已遭黨衛軍刺殺身亡、開始執行「女武神」計畫的消息之後，便移師柏林，進駐預先指示的據點。可是當他們的指揮官（並未參與密謀）得知希特勒並沒有死，而且他的同僚中有人企圖發起兵變之後，便召集所有坦克車，率領他們開回軍營。

七月二十一日，星期五　早餐時得知葛弗瑞與麥勒妮·俾斯麥已開車進柏林（大概去見赫爾多夫）。羅瑪莉·申博格看起來像死了似的。我一個人回柏林，留她窩在床上。我們仍然不清楚這場災難波及的範圍到底有多大，和那批人的處境到底有多危險？

進城途中，我在綠森林艾嘉·傅森堡的住處停了一下，留下我的過夜小包。波茨坦太遠，葛斯朵夫家又經常遭到轟炸，我決定去她那裏住。整個事件令艾嘉感到困惑，她顯然完全被蒙在鼓裏，不知涉案的人有誰。雖然很難，但我們從現在開始必須假裝毫不知情，就連對朋友也絕不可露出半點口風。

才在辦公室裏待了一下，便前往瑪麗亞·葛斯朵夫家。她顯得十分絕望，告訴我說史陶芬堡伯爵昨天夜裏，在班德勒街的陸軍總部遭到槍決，他的高級副官維納·馮·海夫騰也被處決了。本來將出任國家元首的貝克（Beck）上將已自殺。另一名主要密謀者、即早先取代舉棋不定的弗洛姆上將，成為後備部隊司令的奧布萊赫特上將，亦和其他人一起被槍決。

史陶芬堡在拉斯坦堡的行刺計畫一開始就不順利。希特勒的每日簡報本來都在一間地下掩體內舉行，但因為那時天氣炎熱，改在一間地上木屋內進行，結果炸彈爆炸時木屋的牆全往外坍，爆炸力量因此疏散不少。史陶芬堡因為只有一隻手，只能啟動一枚炸彈（本來計畫在他的公事包內放置兩枚炸彈），因此爆炸威力本來就不大。當史陶芬堡離開房間去接聽一通預先安排好的電話時，一位參謀發現了擺在希特勒彎身看地圖的桌子底下的公事包，便將它移到一道厚重木檯的另一邊，等於替希特勒形成一道屏障。

十二點四十二分，傳來一聲巨響，木屋在一團火舌及煙幕中瓦解。史陶芬堡及其高級副官海夫騰本來站在遠處，和另一名密謀者——希特勒的通訊指揮官費爾傑貝（Erich Fellgiebel）將軍聊天，這時立刻跳進車裏，一路編造理由穿過立即接獲警報的崗哨站，抵達機場，然後從那裏飛回柏林。

費爾傑貝的任務為打電話到柏林，向奧布萊赫特上將報告希特勒的死訊，然後徹底切斷拉斯坦堡與外界的通訊。但他卻大吃一驚地看見希特勒從破木堆裏蹣跚走出來，雖然滿身塵土，瘀傷累累，而且褲子撕裂多處，但顯然還活得好好的。他的時間有限，只能以保守的口氣通知柏林「剛才發生一樁可怕的悲劇……元首還活著……」然後通訊網就被黨衛隊接管了。這時密謀的兩項成功要件——希特勒的死亡與掌握拉斯坦堡通訊網——都已宣告失敗。而且刺客身分暴露，全德國都已接到逮捕史陶芬堡的電報。

一週前「女武神」計畫本來已箭在弦上，卻因史陶芬堡延後前兩次謀刺行動而臨時取消。因此這一次，奧布萊赫特將軍在接獲費爾傑貝語焉不詳的口信之後，並未立即下執行命令，決定等到確定情況後再說。

下午三點五十分，史陶芬堡的座機在一個偏遠的軍事機場降落，但他的司機卻還沒趕到。海夫騰打電話去班德勒街查詢狀況，奧布萊赫特問他希特勒死了沒有。得到肯定的答覆之後，他才走過去要求弗洛姆上將准許啟動「女武神」計畫。但弗洛姆立刻起了疑心，他打電話去拉斯坦堡，與凱特爾（Wilhelm Keitel）陸軍元帥聯絡上，後者證實的確有人企圖謀刺元首，但行動失敗。就在這個時候，史陶芬堡和海夫騰衝進房間，弗洛姆表示已不需要進行「女武神」計畫，史陶芬堡大怒，說凱特爾撒謊，希特勒已經死了，是他親眼看見的，而且炸彈就是他親自放的！而且現在取消計畫為時已晚，「女武神」已經啟動了。「是誰下的命令？」弗洛姆問。「我們！」奧布萊赫特和史陶芬堡回答。弗洛姆氣得臉發白，更畏懼自己前途不保，便下令史陶芬堡舉槍自盡，奧布萊赫特立刻取消「女武神」；結果卻被這兩個人繳了械，關進自己的房間裏。

下午五點三十分，已經不能走回頭路了。陸軍總部終於在比原定計畫晚五個小時之後，開始對各個軍事指揮部發出執行「女武神」的電報。這時又出了另一項差錯；因為拉斯坦堡列在原計畫的通訊名單上，而且沒有人想到要將它畫掉，所以這時希特勒竟是由密謀者本身那兒得知他們的計畫內容。一小時之後，全德國的廣播頻道便已發布叛亂者企圖謀殺及失敗的新聞，同時宣布了第一波的報復措施。

這時其他密謀關鍵人物陸續抵達班德勒街集合：貝克上將（密謀中未來的國家元首）、魏茲萊本（Erwin von Witzleben）陸軍元帥（預定接管陸軍）、霍普納（Erich Hoepner）將軍（預定接替弗洛姆）、赫爾多夫、葛弗瑞．俾斯麥……等等。很多人抵達之後又離開——有些人非常憤怒，所有人都感到驚慌，因為大家發現情勢愈來愈混亂，卻沒有人知道下一步該怎麼走。貝克與史陶芬堡不斷催促各指揮部遵循柏林的榜樣，卻沒有結果。就連柏林本身亦後繼乏力：克蘭普尼茲的坦克車已開到又開走了；主要廣播電台被占領之後又被棄守；警備營開始接管，政府機關卻半途而廢。

那天待在柏林的納粹資深領袖只有戈培爾一人，他等於拯救了希特勒。當戰功彪炳的警備營指揮官雷莫（Otto Remer）少校奉柏林警備司令馮．哈斯中將之命，前來逮捕戈培爾時，後者打電話到拉斯坦堡讓雷莫直接和希特勒通話；希特勒當場擢升雷莫為上校，命令他前往班德勒街重新建立秩序。雷莫抵達時，叛亂行動已宣告結束。

因為這時效忠希特勒的軍官已接管陸總部，釋放了弗洛姆並逮捕密謀者。貝克上將獲准自盡，在兩次嘗試都失敗之後，由一位士官了結。奧布萊赫特及其參謀長莫茲．馮．昆罕（Mertz von Quirnheim）上校、史陶芬堡與海夫騰則在接受臨時軍法審判之後，立刻被架入中庭，在一排車前燈照耀下遭槍決。行刑前，在拒捕過程中受重傷的史陶芬堡竟然還奮力大呼：「神聖的德國萬歲！」幾

具屍體起先埋在教堂內，隔天由希姆萊下令掘屍，剝除制服及勳章之後火化，骨灰撒在風中。

幾個月前羅瑪莉曾經告訴我，在她又一次「吸收行動」中，曾經拜訪過奧布萊赫特將軍，因為她聽說他是「積極分子」。結果他私下對她洩露，他手中握有好幾袋、超過三萬封、寄自一九四三年在史達林格勒之役中被俘德國士兵寫的家書，可是希特勒卻下令把它們全部燒毀，因為官方已發布那場「光榮戰役」並無生還者。羅瑪莉有一位兄弟自從「史達林格勒之役」後便下落不明，雖然她苦苦哀求，奧布萊赫特卻堅持不讓她看那些信。

瑪麗亞跟史陶芬堡是點頭之交，他有幾位表親是她極親密的朋友。現在她替他們感到非常害怕。我自己曾在亞當・特洛家見過年輕的海夫騰一面，那天晚上只有我和亞當在他家裏吃晚餐，一位鬈髮的英俊上尉突然衝進來，自我介紹後便將亞當拖出房間。他們在外面談了很久。之後亞當想知道我對他的印象如何，我回答：「典型的密謀者，就跟童書裏描述得一模一樣。」當時我並不知道他將扮演什麼樣的角色。現在瑪麗亞和我都無法不替葛弗瑞和亞當憂心，昨天他們倆都曾經去過班德勒街，消息會不會走漏出去？同時又得隨時裝出一副驚訝，甚至關心的模樣，卻不能露出害怕的神色……

其實亞當・馮・特洛、亞歷克斯・維爾，以及漢斯－伯恩・馮・海夫騰，一整天都待在外交部位於威廉街的主要辦公室內，等待叛亂成功後立即接管外交部。

晚上普爾西・弗雷來接我。因為我不想吃晚餐，我們便開車進綠森林的樹林內，下車散步。我試著向他解釋這是一場多麼可怕的大悲劇。他漸漸明白之後，感到既震驚又同情。之前他也一直相信官方的說法，認為這只是一兩名叛軍的作為。

我一定要見亞當。雖然我們約好今天見面，但我仍然不敢去找他。

七月二十二日，星期六 今天早上每份報紙都登出一則啟事：任何人只要透露一位名叫「郭德勒」的人的下落，便可獲得一百萬馬克的獎金。太好了！表示他並沒有被捕。

謠傳克勞斯・史陶芬堡的太太和四個小孩皆已遇害。她原是馮・勒欽費德（von Lerchenfeld）男爵之女，也是母親的教女，因為一次世界大戰之前她的雙親都住在俄屬立陶宛境內。

依照不久前才實施的「連坐法」，兵變失敗後幾天之內，不僅史陶芬堡的太太及小孩，甚至連他的母親、岳母、兄弟、表親、叔伯、姨嬸（以及他們的丈夫、妻子和小孩）全部遭到逮捕（關於他們最後的命運，請讀後記）。

希姆萊於八月三日在波森（Posen）對納粹黨各地方領導人發表演說，替「連坐法」報復手段辯護：「沒有人能夠對我們說，你們的做法是布爾什維克的做法；不！這並非布爾什維克主義，而是一項極古老的德國傳統……當一個男人成為法外之徒，眾人會說：這個男人是叛徒，他體內流著壞血，血裏帶著背信與不忠，這血必須被根除。因此，整個家庭，包括最遠的遠親，都必須根除。我們也將根除所有的史陶芬堡族人，包括他們最遠的遠親……」

早上走進法官里希特辦公室時，看見海夫騰的哥哥漢斯—伯恩（我們的前任人事室主任）坐在他桌子後面，還在吃裝在紙袋裏的櫻桃。而他的弟弟昨天才像隻狗似地遭到槍決！他笑著跟我閒談，彷佛什麼事都沒發生。等他離開之後，我問法官他知不知道自己弟弟的事，法官說他知道。法官倒顯得既擔心又不快樂，不過他若知道關於亞當・特洛的真相，一定會更擔心。

我接著下樓去亞當的房間，他的一位助手也在房內，但很快就離開了。亞當往沙發上一倒，指指自己的脖子說：「我脫不了干係的！」他看起來糟透了。我們倆一直悄聲說話，看見他反而令我更不快樂，我老實告訴他。他說他知道，但這件事對我來說，只像失去了果園裏最心愛的一株樹，對他來說卻是失去了一切的希望。這時室內通話機響了：我們的老闆賽克斯博士要見他。和他約好今晚再見面，然後我留了張紙條給他祕書，告訴他我會等他電話。

到了瑪麗亞・葛斯朵夫家之後，我告訴她，我為亞當感到十分焦慮。

「為什麼呢？」她問。

「他跟史陶芬堡只不過是點頭之交而已，不是嗎？不，我確定他的牽連並不深！」

「不，」我說，「他根本沒參與！」

亞當打電話給我，約好六點鐘到艾嘉・傅森堡的住處來找我。我先去艾德隆旅館和羅瑪莉・申博格和艾嘉見面。艾嘉正怒不可遏，因為她在街上碰到海瑟・艾茲朵夫，他竟然轉頭不認她。我想他涉案一定也很深。我們一起去艾嘉家，在草坪上喝茶。東尼・紹爾馬和喬奇・巴本海姆也在。稍後亞當也加入我們。他剛見過賽克斯博士，努力試著消除他的疑慮。他看起來像死了似的。我陪他開車回家，坐在陽台上曬太陽。等他換好衣服。這時空襲警報響起，就像一窩蜜蜂吵得令人心煩意亂，如此而已。等亞當出來以後，我們坐在屋外，他又告訴我一些內情。

他說史陶芬堡是個了不起的人，不僅非常聰明，而且生命力過人。他是密謀者中極少數經常被希特勒召見的人。他已帶著他的炸彈去過最高指揮部兩次，但每次都遇到障礙，否則就是希姆萊、戈林或其他幾個他想和希特勒一起幹掉的人臨時缺席。第三次被召見時，他通知同謀的人無論如何這次一定會下手。他承受的壓力太大，這也難怪。如果換一個能夠開槍的人來行刺，或許就能成功了。可是史陶芬堡的殘疾太嚴重。亞當說他已失去最好的朋友。他似乎整個人都垮了。

二十號那天，亞當一整天都待在威廉街的外交部辦公室，等待軍事接管成功。他說他知道自己一定會被逮捕，因為他涉案太深；我並沒有問他到底有多深。他已辭退家裏的女傭，因為她目睹過太多會議，若被提訊，可能會招供。他害怕赫爾多夫也會因為受不了酷刑而招供（我記得赫爾多夫曾經對羅瑪莉說過他自己也怕這一點……）。

亞當若有所思地說，他不知道是不是該寫篇文章讓倫敦時報發表，解釋這批人所代表的理想。我不同意這個想法，因為德國人的直接反應會認為，這些人都已被敵方買通，尤其現在計畫又失敗了，輿論更不會支持他們。

亞當接著告訴我，一九四〇年法國剛戰敗不久，他收到老朋友洛錫安爵士（當時擔任英國駐華盛頓大使）的一封信，催促他致力於德國與英國的和解。洛錫安所指的德國是否為剷除納粹後的德國（他當然明白亞當痛恨目前的政府），亞當並不確定。不過對他而言，只要希特勒仍然在位，兩國之間就算能達成任何「交易」，也醜惡至極，所以他從來沒有跟任何人提過這封信。後來他常想，當初自己是不是做錯了。

我們整夜沒睡，一直聊天，同時聆聽屋外若即若離的各種聲響。每次聽見汽車放慢速度，我都可以從他臉上看到他心裏在想什麼……

我實在不忍心丟下他，如果我在的時候他們來逮捕他，至少我還可以去警告他的朋友。亞當說亞歷克斯．維爾知道一切，如果他被逮捕，亞歷克斯知道該怎麼做。他覺得賽克斯博士也起了疑心，一直催促亞當去瑞士。我也堅持他應該立刻離開，但他不肯，因為顧慮妻子和小孩。他說就算被逮捕，他也會否認一切，希望出獄後能重新再試。凌晨四點，他開車送我回家，並答應我早上會再打電話，讓我知道他沒事。

洛錫安爵士所屬的保守政客集團——所謂的「克萊夫登組織」（Cliveden set）——規模雖小，一度卻頗具影響力。這群人雖批評希特勒的做法，卻頗同情希特勒欲掃除「凡爾賽和約」（他們一直不同意該和約內容）所帶給德國恥辱的企圖，以及他解決國內經濟問題的顯著成就。最重要的是，他們不願意看見歐洲剛經歷過一九一四—一八年的浴血戰爭（這些人中有許多都是退伍軍人），馬上又捲入另一場全面戰爭；這樣不僅將嚴重削弱歐洲的力量，為海外殖民帝國敲響喪鐘，甚至可能摧毀西方文明，讓共產主義征服世界。但他們尋求和解的努力，卻因為希特勒在國內愈形殘酷的政策，以及他不計任何代價想使德國成為歐洲霸權的決心而一再遭遇挫折。這群人中後來有很多都被冠上「姑息分子」的惡名。

蜜絲註（一九四五年九月）：亞當從未對我解釋他參與密謀的實際工作內容。我只知道他每次出國（赴瑞士或瑞典）都藉出差之名，鍥而不舍地試圖與盟軍建立和平談判共識，希望一待行刺希特勒的行動成功後，便立刻開始談和。

他衷心相信盟軍一旦面對「正派的」德國政府，態度必將軟化。我不斷想打消他這種幻想，堅持唯一最重要的事，便是除掉希特勒這個人，沒有別的！我相信接下來發生的許多事件都證明我是對的。

蜜絲直到臨終前，都不願承認她在史陶芬堡伯爵發動「七月密謀」之前，到底知道多少內情。但根據她各項無意中的暗示，從一九四三年八月二日首次提及「陰謀」一詞，到密謀者不斷要求她協助將羅瑪莉·申博格支開柏林，最後更在一九四四年七月十九日的日記中，洩露「我們（即亞當·馮·特洛與她）同意等到星期五再見面」，都顯示她所知道的其實遠比她明說出來得多，而且她甚至知道計畫行動的確實日期！

七月二十三日，星期日 亞當·特洛依約來電，目前一切平安。我告訴他，我打算去波茨坦，會從那邊打電話給他。

抵達官邸後看見葛弗瑞·俾斯麥穿著泳衣在噴水池裏玩水，天氣極熱。麥勒妮和羅瑪莉·申博格也在。麥勒妮似乎冷靜不少，甚至打算回鄉間，好讓職員與僕役們覺得生活一切如常。

我告訴他們我很替亞當·特洛擔心。葛弗瑞並不認為他會遭到逮捕，他說現在處境最危險的人是赫爾多夫。他在兵變中扮演的角色太明顯，而且他提不出不在場證明。

我們討論到大使的姪子費茲·蘇倫堡，他以前在赫爾多夫手下擔任柏林警察局的副局長。謠傳星期四他也在班德勒街遭到槍決。戰前我在東普魯士見過他，還記得他年輕時的模樣。雖然他曾經是納粹黨員，卻早已唾棄當今的政府。昨晚亞當告訴我，他見到了史陶芬堡的祕書，她描述費茲如何奔出他在陸軍總部的臨時辦公室，但在走道上背後中彈受傷，然後被拖進中庭遭槍決斃命。

結果這是訛傳。蘇倫堡在班德勒街被捕，成為第一批上「人民法庭」受審的人。被判死刑，一九四四年八月十日被絞死。

下午，我們都睡了個午覺，因為壓力令人疲倦。之後，羅瑪莉告訴我，葛弗瑞從他辦公室壁櫃裏拿出兩大包東西給她看，他不知該如何處理。她問那裏面裝了什麼東西，他說是「做炸彈剩下來的炸藥」。她求他趕快扔掉，因為當局一定很快就會來搜，他卻不肯，說當初這些炸藥非常難弄到，他想留到下次再用。最後她說服他，把包裹藏到地窖裏。

打電話給亞當，他仍然沒事。和普爾西．弗雷吃晚餐。

那批炸藥成分為德國軍事情報局所用之 Hexogen 與三硝基甲苯（T．N．T．），早在一九四二年便由密謀者冒險取得；因為大部分密謀者都是參謀，很難自圓其說為什麼需要炸藥。當時一部分炸藥已用在較早幾次的謀刺行動中，引信則來自英國，是從被俘的法國反抗分子身上擄來的。

七月二十四日，星期一　麥勒妮．俾斯麥請我要求俄國教堂，為星期四的受難者舉行一場追思會，並為身在險境中的人祈禱。有太多人了：亞當．特洛、葛弗瑞．俾斯麥、赫爾多夫……她不敢請天主教或新教徒教堂做這件事，認為俄國正教教堂比較不引人注目。我答應去找夏可夫斯克耶神父談，並說好只有我一個人去參加，盡量不聲張。

早上在辦公室裏工作。中午亞當雖已在職員餐廳吃過午餐，我仍說服他陪我去瑪麗亞．葛斯朵夫家。我給他一個聖徒撒羅夫（St Serafim of Sarov）的聖像，並告訴他，麥勒妮想舉行彌撒的主意。他說我們不必操心；克勞斯・史陶芬堡是極虔誠的基督徒，全德國的人一定都在替他望彌撒。當時其他朋友也在，我們試著談別的事。分手時，亞當告訴我和羅瑪莉・申博格，如果沒有一個人活下去，就沒有人會再去嘗試，所以從現在開始，我們必須非常、非常小心，不可再見面，因為我們都受到監視……云云。這些人似乎都在講同樣的話：他們一定要繼續嘗試！

晚上葛弗瑞載我們去波茨坦，和他一道晚餐。他告訴我們，赫爾多夫今天早上被逮捕了。警察局拒絕提供任何消息，只表示：「局長今天早上出去之後，沒有再回來。」

晚餐後，葛弗瑞的姊姊漢娜・布雷道大步走進來。她這個人實在很有意思；她抓著一把雨傘，坐下來說：「葛弗瑞，我想知道這檔子事你到底牽涉有多深？你不可以再瞞著我，我心裏清楚得很。我必須知道我們現在的處境！」葛弗瑞含糊其詞，搪塞了一頓，什麼都沒說。漢娜很替她十九歲的女兒費莉芭擔憂，她跟史陶芬堡的副官維納・馮・海夫騰（一起遭槍決）走得很近，海夫騰似乎對她毫無隱瞞。稍晚，漢娜用紙牌替我們每個人算命；她算得很準。結果我們三個人的大限似乎都還沒到。然後我們一起去她家。喬奇・巴本海姆彈鋼琴給我們聽，彈得極好。然後，他、艾嘉・傅森堡和我一同返回綠森林艾嘉處過夜。

早在七月十六日，布雷道家裏就已開始談論，那個星期希特勒的司令部將被炸毀。

發生空襲，我們全被拖下床。這一次炸彈就落在我們住處附近，只好進掩體躲藏；所謂掩體只不過是搭在草叢下面一棟可笑的木頭建築而已。兩枚鏈在一起的空雷掉在距離不遠處，因為用降落傘吊著，所以墜落的時間頗長。我們全蹲在地板上，頭上戴著鋼盔。艾嘉的鋼盔歪得不像話，最緊張的時刻我還忍俊不止。廚子福氣好，耳朵全聾，外面的噪音一點都聽不見，學我們的樣兒趴在地上。

下午去見約翰神父。他認為在俄國教堂內舉行追思太危險，但他公寓裏有個小教堂，我們在那兒舉行儀式。只有我一個人參加，從頭哭到尾。後來我告訴羅瑪莉，我忘了赫爾多夫的教名，她震驚地大叫道：「蜜絲！是伍爾夫欽！」

七月二十五日，星期二　一早打電話去亞當・特洛家，他還好好的。可是等我去他辦公室時，他人已經不在了！房間裏只有他的祕書——她人很好，也是我的朋友——滿臉驚懼！很快在瑪麗亞・葛斯朵夫家吃過午餐，趕回辦公室。這一次亞當的祕書想把我推出他房間，我擠了進去，看見一個穿便服的小個子站在他桌前搜他的抽屜，另一個人斜坐在扶手椅上。豬玀！我仔細瞄他們，想看清楚他們的釦眼，後來才想到蓋世太保都把徽章戴在裏面。我故意大聲問祕書：「馮・特洛先生呢？還沒回來嗎？」那兩個人都抬頭看我。走出房間後，祕書用充滿哀求的眼光看我，同時把食指按在嘴唇上。

我一步三階地衝下樓梯，闖進法官里希特的辦公室，表示我們必須立刻採取行動，阻止亞當回辦公室，蓋世太保已經來搜了。法官痛苦地看了我一眼說：「太遲了！今天中午他們已經把他帶走了。幸好當時亞歷克斯・維爾跟他在一起。他開另一輛車跟在後面，希望很快就會回來，查出亞當為什麼遭到逮捕。」法官顯然仍未起疑心，他說早上亞當去威廉街外交部參加每日會報，蓋世太保在那個時候走進他辦公室，問他人在哪裏。祕書本想溜出去警告亞當，卻被捉住不准離開房間，結果亞當直接走進陷阱裏。國務卿凱普勒（他是在外交部任職的一位納粹黨高官，曾經擔任解放印度司司長）本來跟他約好下午一點在艾德隆旅館吃午餐。目前賽克斯博士似乎有意救他出來，已派副官去打聽罪名。

但我懷疑賽克斯不會努力太久。

我離開辦公室，奔去瑪麗亞·葛斯朵夫家。但丹麥代理大使史丁森也在那裏，所以我不能多說；只拚命流眼淚。瑪麗亞試著安慰我：一定是搞錯了，他不可能涉案的……云云。她若知道真相就好了！但我絕對不能做任何解釋。

過了一會兒，漢因斯·葛斯朵夫回家。他自己也有麻煩，因為他的上司，柏林警備司令馮·哈斯將軍（我們去戰俘營看吉姆·維耶曾斯基就是他安排的）是參與兵變的重要人物，在和戈培爾會面發生嚴重爭執後已遭到逮捕。為什麼哈斯不當場就把那個鼠輩給斃了？

好幾個人已經自殺；包括將位在東普魯士的產業拉斯坦堡讓給希特勒做最高司令部的蘭朵夫伯爵。哈登堡王子（Prince Hardenberg）聽說有人去逮捕他，開槍射中自己的胃，傷得很嚴重。他很早便參與反抗活動，因為史陶芬堡和維納·海夫騰最後一個週末是去他家過的，所以受到懷疑。結果逮捕他的兩名蓋世太保，在返回柏林途中發生車禍死了——這是目前唯一的好消息！我們部裏的漢斯——伯恩·海夫騰今天早晨也遭到逮捕，據說他們還發現了名單。

晚上睡在葛斯朵夫家客廳裏的沙發上。他們還是沒裝窗子，不過天氣炎熱，反正也沒有差別。空襲在午夜開始，機群很快便飛到頭頂上，我們幾乎沒時間穿衣服便倉皇鑽進隔壁房屋（去年十一月燒毀）的地窖裏去。敵機來投下空雷。這麼多年來，這是我頭一次一點都不覺得害怕。

事實上，蘭朵夫先遭到逮捕，到了柏林成功脫逃；但後來又被逮住，之後被處絞刑。

有些名單不可避免（諸如為進行「女武神」計畫，必須列出各軍事指揮部內負責聯絡的密謀軍官）；有些（譬如未來政府的組成分子）卻不可寬赦，像是馮．德．蘇倫堡大使被列入名單，事先根本沒跟他商量過。

七月二十六日，星期三　早晨法官里希特依舊保持鎮靜；顯然並不知道亞當．特洛和漢斯—伯恩．海夫騰涉案有多深，認為一切都是誤會，很快就會化解。可是當亞歷克斯．維爾走進來，只絕望地看著我，我的眼淚又奪眶而出。法官和萊波爾特都一副驚愕的表情。

我實在沒辦法待在辦公室，決定回家。瑪麗亞．葛斯朵夫已經慌了，彼得．約克．馮．瓦登堡（Peter Yorck von Wartenberg）伯爵（他妹妹是瑪麗亞的摯友之一）也被逮捕了。

約克．馮．瓦登堡伯爵為資深公務員，長期參與反抗活動。他的名字列在密謀者的內閣名單上。

午餐過後，普爾西．弗雷來看我。我領他走到屋外的廢墟裏，告訴他以後我不能再和他見面；常在瑪麗亞家出入的人，現在可能都遭到監視，他那輛掛著外國牌照、全新的汽車太引人側目。現在我們都不應該和外國人交往。他同意最穩靠的做法是，偶爾打電話去「獅窩」（也就是辦公室）跟我聊聊。

晚餐前，我一個人在綠森林裏散步，獨自坐在長凳上一整個晚上，愈想愈悲哀，不管路人怎麼看我。

晚上戈培爾再次在收音機上廣播，談這次謀刺行動，盡可能惡毒地攻擊每一個人。不過輿論似乎並不支持政府。街上的行人看起來各個臉色慘白，心情沮喪，甚至不敢直視別人。一位電車車掌大聲批評戈培爾的談話，對我說：「真令人作嘔！」

但「安全局」對於當時大眾反應的報告（戰後才公布，且可靠性出奇地高），卻顯示一般民眾及前線部隊都不支持該次兵變，就連各教會亦正式發表譴責聲明。

畢竟德國境內的反抗運動規模一直不大，只有少數由個人或小集團發起的獨立行動，互無關連，又少互通聲息。這些行動從譴責不公平待遇、協助遭威脅或迫害的人士、到策畫兵變及謀刺希特勒不等。最後的這個極端手段，就連許多最堅決反納粹的人士都認為是不道德的作法，不可接受。

七月二十七日，星期四　今天法官里希特告訴我亞當．特洛的案子愈來愈不樂觀。檢察官在過濾目前蒐集到的證據之後，向賽克斯博士的副官證實他們的確找到名單，而且亞當是負責外交事務的副國卿人選！賽克斯似乎仍有意救他出來，亞歷克斯．維爾更日以繼夜地催促他這麼做，至少現在他尚未落井下石。他們希望能爭取第三中立國出面干預，但我覺得這樣反而對他更不利。

葛弗瑞．俾斯麥每天都進城，和我約在我住處附近的廢墟裏見面。今天他仍滿懷希望，不認為他們會殺亞當，可是他說赫爾多夫必定難逃一死；希特勒特別恨他，因為他不僅是納粹黨老黨員，還是褐衫軍將領之一。據說瓦格納經理署署長（Quartermaster-Geneval Wagner）已自殺。

葛弗瑞打算明天開車去他在波美拉尼亞的農場「萊因費德城堡」，因他覺得已經在家裏乖乖待了一個星期，證明他沒什麼好怕的，或許現在該離城一段時間。他希望我和羅瑪莉．申博格也一塊兒去，但我不可能。我必須假裝一切如常，每天仍去上班，即使我根本什麼事都沒做。

反納粹多年的瓦格納將軍因提供史陶芬堡逃離拉斯坦堡的飛機，絕不可能脫罪，便於七月二十三日舉槍自盡。

七月二十八日，星期五　今早去美容院燙髮。

戈培爾宣布將「全面參戰」，意謂著關閉所有「不必要」的商店，全民動員，顯然希望藉此徵召所有成年人口，斷絕人民在後方推翻政府的可能性。本來編制整齊的後備部隊，因受到這次案件的牽連，現在司令官已換成希姆萊；部隊內不再行傳統軍禮，改為伸出右臂，喊叫：「希特勒萬歲！」令每個人都氣憤填膺；實施這一連串瘋狂的法令已到了荒謬的地步。

目前仍沒有人知道前後備部隊司令弗洛姆將軍的消息。葛弗瑞．俾斯麥說密謀者並不信任他，因為他從未明確表示願意加入，所以兵變一開始便逮捕他，把他鎖在他自己辦公室內，班德勒街指揮部由奧布萊赫特將軍接管。

結果警備部隊（該單位負責所有政府機關的守衛工作）裏的一位指揮官雷莫少校把他放了出來。行動之前，他們本來打算將雷莫支開，赫爾多夫曾經這麼提議過，但軍隊裏的密謀者卻沒有聽從他的警告。其實雷莫一開始似乎也有意加入，後來戈培爾召見了他，並且安排他直接和希特勒通電話。

吃過中餐後，葛弗瑞和羅瑪莉．申博格開車來道別，他們將前往波美拉尼亞，希望一個星期後能夠回來；他們又試著說服我一起去。這兩個人處境都極危險，卻一副毫不在乎的樣子。東尼．紹爾馬已回他在西利西亞的家。所有好朋友都離城了，只有我還留在這裏；但我必須留在柏林城內。

弗洛姆將軍並沒有因為在兵變當天臨陣退縮而得到任何好處。隔天他遭到逮捕，被囚禁長達數月，受到各種酷刑，最後於一九四五年三月處決。

七月二十九日，星期六　亞當·特洛的處境懸宕不決。很多人都做了努力，現在只能靜觀其變。我會想辦法去傅爾家過週末。

早上辦公室的電話鈴響，原來是羅瑪莉·申博格。「妳在哪裏？」「艾德隆。我跟麥勒妮（俾斯麥）住在這裏，千萬別告訴任何人，我們想給妳們一個驚喜，很棒吧？」這只代表一件事：葛弗瑞·俾斯麥終於被捕了！我說我會在午餐時間趕到。到了艾德隆旅館後，看見葛弗瑞的長兄奧圖，他昨夜剛從腓特烈斯陸城堡趕來。他們正打算回波茨坦。麥勒妮雖然臉色慘白，卻很鎮定，決心不計任何代價也要把葛弗瑞救出來。她說她試著跟所有人聯絡，奧圖則試圖聯絡戈林。後來羅瑪莉告訴我經過情形：昨天出城時，葛弗瑞的車子拋錨，他們轉搭火車，先到萊因費德城堡，凌晨三點才剛吃完晚餐，三名蓋世太保便走進來逮捕了葛弗瑞，同時還搜索整座城堡。他們給他時間聯絡麥勒妮，然後直接載他回柏林。麥勒妮對我說，有人警告她葛斯朵夫家已受到監視，電話亦遭竊聽。她求我別再和普爾西·弗雷見面，我答應她至少絕不會再帶他去葛斯朵夫家。

下午剛從里斯本回來的羅拉·沃夫走進辦公室。她即將臨盆，特別趕回德國生產。她看起來簡直像從外星球回來的：新衣服、精神飽滿又整潔。這裏發生的變化令她瞠目結舌；結婚前她曾替法官里希特工作，那時泰蒂安娜和露易莎·維爾捷克都還沒結婚，藍卓還在這裏工作。哎，恍如隔世！

到動物園車站和普爾西·弗雷和提諾·索達提會面，他們開車載我去距離柏林一個小時車程的傅爾家，艾嘉·傅森堡和喬奇·巴本海姆已經先到了。

曼斯費德（Mahnsfelde） 七月三十日，星期日 一談起七月二十號的事件，C．C．傅爾就變得特別謹慎。我提起某一個細節，他一副震驚的表情，我立刻改變話題。不知事前他是否已有所聞；就算他知道，我也不覺得驚訝，因為他在軍事情報局工作，那裏有很多人都參與密謀。不過這種時候，每個人都難免提心弔膽，如履薄冰。

下午普爾西．弗雷開車載一些人去布科夫霍茲曼家，但我留在家裏，什麼人都不想見。

柏林 七月三十一日，星期一 回來上班後發現辦公室一片混亂。戈培爾最近宣布「全面參戰」殃及全國，我們情報司必須交出百分之六十的職員，男人上前線，女人進軍需品工廠。伊迪絲．普爾弗（Edith Perfall）、厄徐．馮．德．葛羅本和羅瑪莉．申博格都被解職，我被留下；令人有點納悶，因為支援我做照片檔案的最後一批技術人員、攝影都已離開了。

其實我也注意到，自從亞當．特洛被逮捕後，賽克斯博士對我關愛有加，有時候甚至讓我想跟他談亞當的事，可是法官里希特求我千萬不可以鬆口，因為賽克斯其實非常憤怒。他表示亞當被捕，連累了整個外交部。他從來沒有公開提過亞當的名字，只在一次會議裏宣布說：「我們司裏有兩匹害群之馬！」指的當然就是亞當和海夫騰。他大概覺得至少應該公開表態一次吧，其他時候則絕口不提。亞當的名牌到現在還掛在他辦公室門上，令我感到安慰，彷彿是保證他仍活著的一個象徵。我害怕名牌被拆掉的那天終將來臨。

自一九四四年春天開始，希姆萊透過瑞典方面，小心放出求和的試探風聲，賽克斯博士多次赴瑞典便為執行那項任務。就連希姆萊都開始懷疑德國不可能戰勝，向來講求實際的賽克斯更心知肚明。

他在「七月密謀」前後對特洛，甚至對蜜絲的態度判若兩人，很可能是因為他老謀深算，希望戰爭結束時，能夠利用這兩個人與盟軍陣營的關係。賽克斯的親信之一蒙卡（Hans Mohnke）博士便作證指出，賽克斯曾命令他和另一位黨衛軍高官史密茲（Schmitz）博士，草擬一封致希姆萊的信，建議某些外交部遭到逮捕的官員（指特洛及海夫騰）雖然罪行重大，但明智的做法或許不該予以處決，應將其收押，做為來日與盟軍協商的籌碼。據稱希姆萊本人贊同這個做法，但當他上呈希特勒時，後者暴跳如雷，大吼道：「外交部最壞，應該把裏面所有的人統統吊死！」

午餐吃到一半，保羅・梅特涅從艾德隆旅館打電話來。他選在這麼危險的時候來柏林，把我嚇壞了。但他實在太替這裏的朋友們擔心；他說他沒有告訴泰蒂安娜他來這裏，假裝是為了處理捷克另一片產業的問題趕赴布拉格。又告訴我喬奇歐・奇尼又來了。我很高興有保羅陪伴，但這個時候待在柏林實在太危險了！

稍後，去艾德隆和保羅及喬奇歐見面。奧圖・俾斯麥和羅瑪莉・申博格也在那裏。艾嘉・傅森堡這次玩笑又鬧過火了，見到保羅時，她老遠從旅館前廳的另一頭大叫道：「你也是密謀者之一嗎，保羅？怎麼一張苦瓜臉？」現在向來口無遮攔的她和東尼・紹爾馬，成了我們的「麻煩鬼」。兵變隔天，東尼在街上遇見另一位軍官，竟然自我介紹說他是「史陶芬堡」！

奧圖很快便帶著喬奇歐返回腓特烈斯陸。羅瑪莉趁著保羅在和別人說話的當兒，把我拉到角落裏，告訴我這兩天她的經歷。

葛弗瑞在被蓋世太保帶走之前，抓住機會告訴她，史陶芬堡用剩的炸藥被他藏在波茨坦官邸的保險箱裏，並把鑰匙塞給她。她立刻搭送牛奶的火車，趕在葛弗瑞與警衛之前抵達官邸，取出兩個包裹——她說兩個包裹都跟鞋盒差不多大，外面包著報紙——推出一輛腳踏車，把其中一個包裹小心放在龍頭上，騎進聖蘇西（Sans-Souci）公園內，途中撞上一位送貨男孩，跌下車來，包裹也掉了。為了怕引起爆炸（她對炸藥當然一無所知），還很勇敢地撲在包裹上，但當然什麼事都沒發生。最後她把包裹丟在公園裏的一個池塘裏，但包裹不斷浮出水面，她不斷用樹枝往下按。後來在絕望之餘，只得把包裹撈出水面，埋在一叢樹後面。正打算騎腳踏車離開時，抬頭一看，赫然見到一個男人站在池塘後面看她。他看了多久？會不會去告密？她像一陣風似地騎回官邸。但這時已緊張過度，沒辦法再如法炮製處理另一個包裹，只得把它埋在花園裏的一個花床下面。俾斯麥家的女僕安娜幫著她埋，一副完全不好奇的樣子。羅瑪莉很可能因此救了葛弗瑞一命，因為幾個小時後第一批警察就來了，對整棟房子做了地毯式的搜查。

雖然，羅瑪莉有時候狂熱得近乎危險，但我的確佩服她的勇氣和機智。

保羅到瑪麗亞．葛斯朵夫吃過點心後，堅持要去波茨坦一趟，讓麥勒妮和葛弗瑞知道朋友們一定會支持到底。我們很晚才抵達，只有奧圖和羅瑪莉在家。我們坐了一個小時左右，才搭最後一班火車回城。一路上我覺得非常不舒服，好幾次趁火車進站走到月台上嘔吐，保羅只是極有耐性地陪在旁邊。或許是我的身體終於開始對這幾天緊張的情緒起了反應。

保羅給我極大的支持，他一如往常，沉靜且講求實際。他說得沒錯，現在的情況是不可避免的結局，我們愛莫能助。兵變既然失敗，所有涉案的人當然必須付出代價。這樣反而給了納粹一個大好機會，除去他們向來最痛恨又畏懼的人。

保羅現在總是隨身帶根手杖，那是他祖先梅特涅首相留下來的遺物。但保羅並不習慣用手杖，所以時常被絆到。那根手杖看起來很輕，外面包著一層木質，其實是用鐵做的，非常沉重，若掉到地上，就跟發射手槍一樣響。我第一次聽到時嚇得跳了起來。保羅說若必要，他會用它。

另外一名參與密謀的關健人物崔斯考（Henning von Tresckow）少將在兵變失敗後自殺。死前留言：「我們都沒有權利抱怨，無論是誰，參與了反抗活動就等於已破釜沉舟。然而一個男人真正的價值，正決定於他是否隨時準備為自己的信仰犧牲。」

八月一日，星期二　保羅．梅特涅今早離開。現在他已知道一切，催促我趕快請醫生建議的病假，去柯尼希斯瓦特和家人相聚。由於聽說初次審判要等到三個星期後才開庭，我決定聽他的話。

奧圖．俾斯麥來瑪麗亞．葛斯多夫家午餐，他已用盡各種辦公想幫助葛弗瑞，但直到目前為止，他和麥勒妮還沒見到任何一位在台上的人。他們透過蓋世太保送食物進去，卻不知道他拿到了沒有。亞歷克斯．維爾送了一個皮箱進去給亞當．特洛，我們也不知道結果如何。

晚上我和普爾西．弗雷在廢墟見面，討論各種逃亡的可能。羅瑪莉．申博格一直想說服普爾西替那些成功逃脫的人弄到瑞士簽證。麥勒妮的姊姊，愛麗絲．赫約斯（Alice Hoyos）也從維也納趕來，幫忙打聽他們到底被關在哪個監獄裏。

然後普爾西載我去萬西。墨索里尼的大使安傅索邀請奧圖和我去他那裏晚餐。只有安福索和他的新婚太太在家；她是個漂亮的匈牙利女孩，名叫奈莉．塔斯納蒂（Nelly Tasnady），有點像泰蒂安娜，不過是金髮。

之前我沒有機會問奧圖是否打算提葛弗瑞的事，但很快便看出來他不打算談。其實我有點驚訝，因為他和安福索算是很好的朋友；不過，安福索也是在墨索里尼垮台之後，少數還對他效忠的義大利大使；我尊敬他這一點。吃過晚餐後，我們坐著聊天。安福索一直談論「炸彈事件」，因為那件事剛發生過後，他便陪同墨索里尼去拉斯坦堡做官方訪問。他說那天晚上希特勒是唯一還保持鎮靜的人，其他的隨從仍顯得十分混亂。安福索開玩笑說，一開始他自己也如坐針氈，因為他怕刺客是支持巴多格里奧的義大利人，後來聽說是德國人自己幹的，才大鬆一口氣。他不斷講俏皮話；奧圖和我努力裝著一副滿不在乎、甚至還覺得好笑的樣子。

我們很早便告辭。奧圖自己開車，叫他的司機坐後座，然後用英語問我最近有沒有見到羅瑪莉，因為麥勒妮今天晚上也在波茨坦被捕了。兩個男人和一個女人去官邸逮捕她；當時她還住在那裏，因為葛弗瑞仍是名義上的地方首長。他們搜了房子，不過沒搜花園；感謝上帝！幸好羅瑪莉已搬去艾德隆旅館。奧圖相信下一個被逮捕的親屬一定會是她，他要我陪他去艾德隆，如果警方已在那裏等候，我可以通知他留在腓特烈斯陸的太太，安瑪莉。回到旅館時已過午夜，奧圖小心檢查過前廳和信箱，然後問工作人員有沒有人找他；一切似乎還好！我們約好明天早上十點由我打電話給他，如果聽說他出去了，就等於出了狀況。

八月二日，星期三　現在我也搬進艾德隆旅館跟羅瑪莉．申博格一起住。在昨天約定的時間打電話給奧圖，一切平安。我同時跟泰蒂安娜聯絡上，保羅．梅特涅已平安返回柯尼希斯瓦特，我告訴她我很快就會去。

今晚又發生空襲。我們因為太疲倦，懶得下樓，但後來突然聽見兩聲巨響，這才趕緊穿上長褲和毛衣，衝到掩蔽壕內。所有客人似乎都在倉促間胡亂穿衣，平常總是衣著光鮮的卡拉揚此刻光著腳丫，披著一件風衣，毛髮根根倒豎。

八月三日，星期四　羅瑪莉．申博格現在每天大部分時間都待在艾伯希特王子街（Prinz Albrechtstrasse）上的蓋世太保總部。她說她找到了一位「聯絡人」；那人是希姆萊的高級副官，很多年以前跟她認識。她現在設法從他口中套出葛弗瑞．俾斯麥和亞當．特洛的情況。聽他的口氣一點都不樂觀，他說：「那群豬一定會被砍頭！」很懂得適時討好別人的羅瑪莉，故意天真地跟他辯論。她真正的目的是想查出監牢裏有沒有可以收買的守衛，同時也想設法見到黨衛軍中將吳爾夫（Wolff）。據說他是黨衛軍所有將軍中較「溫和」的一位，他曾赴義大利訪問了幾次，擔任凱賽林（Kesselring）元帥的副指揮官。另外一位羅倫茲（Lorenz）中將，依據「他們」的標準，也算正派，素來負責重新安頓從東歐調回來的德國人；他也是亞歷克斯．維爾妻子的叔叔，有兩個很可愛的女兒，以前喬奇常跟她們玩在一起。據說他正盡力替亞當說情，不過已引起許多同僚不滿。或許正因為他不像其他人這麼壞，所以也沒多大用處。羅瑪莉勤於跑蓋世太保總部，有一次竟在走廊裏撞見亞當本人，他戴著手銬，顯然正被帶往審問室；他認得她，卻毫無反應。她說他臉上的表情就像已經身在另一個世界似的。他們肯定都受到酷刑。

有一次羅瑪莉還在樓梯上看見馮．哈索爾大使。他身穿緊身夾克，手臂上綁著吊腕帶。幾天前她才和他吃過中餐，那時他的手臂好得很。意外相遇時，雙方都不敢露出認識對方的跡象。

許多被逮捕的人的確遭到毒打及酷刑，最普遍的刑法為夾手指、用長釘刺腿，甚至用中世紀的「拷問台」（將犯人往兩邊拉）。但只有少數參與「七月密謀」的人招了供，令人欽佩折服；這也是為什麼雖然緊跟著發生浴血肅清，但仍有許多人倖存；而且一直到大戰結束，蓋世太保仍然不知道全部真相的主要原因。

哈索爾跟馮・德・蘇倫堡伯爵一樣，也出現在密謀者的名單上，是未來的外交部長人選之一。兵變失敗後，他在柏林街頭逛了好幾天，後來返回辦公室，沉著等待被捕。當時大部分逃亡的人都拒絕投奔朋友，怕連累別人；更有些人故意被逮捕，以拯救家人免遭「連坐法」的報復。

今天早上我在辦公室裏「工作」時，彼得・畢倫柏突然走進來。他和亞當一向很親近，今天來找亞歷克斯・維爾，但維爾出去了。我們坐在樓梯上，我把我能講的全告訴了他，他堅持一定有辦法救亞當出來。他說亞當現在被關在柏林城外，但每天都會由一名守衛押送，從監牢到艾伯希特街的蓋世太保總部接受審訊。彼得認為我們應該伏擊押送人犯的汽車，然後將亞當偷偷送到德國占領下的波蘭，把他跟波蘭游擊隊藏在一起；彼得在該地管理一家工廠，他和游擊隊有聯絡。聽到有人願意採取行動，甚至敢對抗黨衛軍，我感覺十分欣慰！其實參與密謀的關鍵軍官這麼多，並非所有人都已遭到逮捕，這個計畫聽起來的確可行。

因「七月密謀」遭逮捕的人犯，最初被關在艾伯希特王子街蓋世太保總部的地牢裏，後來因人數增加，被移往距離兩公里半之外、位於萊特街所謂的Zellengefängnis Moabit監獄內，再從那裏被押回總部接受審訊。

我們慢慢得知，兵變除了在柏林失敗之外，幾乎其他地方都成功了。巴黎一切依照計畫進行，所有黨衛軍高官都遭到逮捕，眼看著整條西線即將由密謀者接管。如今指揮駐法德軍的馮．斯徒普納格（von Stülpnagel）將軍已舉槍自盡，卻沒有死成，只是瞎了雙眼。西線的總司令，馮．克魯格（von Kluge）元帥曾幾次和葛弗瑞長談，但直到現在似乎仍未受牽連。羅瑪莉告訴我，隆美爾也有份，可是他在七月二十號之前突然發生車禍，現在仍住在醫院中。

西歐有許多高級將領都參與密謀，從西線總司令林克魯格陸軍元帥開始，以及法國的軍事首長斯徒普納格將軍。七月二十日下午六點半，貝克將軍從班德勒街打電話給斯徒普納格，問道：「你支持我們嗎？」「當然！」幾個小時之內，未發一槍，一千兩百名黨衛軍及蓋世太保重要軍官，便在黨衛軍中將、希姆萊駐法代表歐伯格（Carl-Albrecht Oberg）帶頭之下，全部被收押。到了深夜，希特勒仍然活著，以及柏林兵變失變的消息傳來，克魯格的隨從催促他逕自與盟軍簽定停戰合約，但他決定放棄，下令釋放黨衛軍。巴黎兵變於是也在午夜時分告終。

斯徒普納格在座車經過凡爾登（Verdun）時（一次世界大戰他曾在該地作戰），他命令司機停車，讓他「伸伸腿」。司機很快聽見一聲槍響，衝過去發現將軍手握著槍，雙目已瞎，但仍活著。雖然他受了傷，卻仍被拖上弗瑞斯勒（Freisler）主持的「人民法庭」。一九四四年八月三十日，他和「西方集團」另外幾個人一起被處絞刑，之後還有許多人陸續受害。

至於一直受到希特勒寵愛的隆美爾元帥，雖然密謀者不斷與他接觸，他亦表示同情，卻從未做出任何正面承諾。不過在盟軍登陸諾曼第之後，他曾經對希特勒下了一道最後通牒，要求立刻終止西歐的戰爭。兩天之後，他在從諾曼第前線乘車返回途中，座車遭盟軍戰鬥轟炸機砲轟及掃射，他嚴重受傷。回德國療養期間，他與密謀者的接觸曝光。十月十四日，輪到他接獲最後通牒：自殺，或與家人一起遭到逮捕及接受審判。隆美爾選擇服毒。希特勒為了顧全顏面，仍為他舉行軍事葬禮。

維也納的接管行動亦進行順利，不過只維持了四十八小時。但所有參與的人到那時已涉案極深，幾乎沒有一個人逃脫。

維也納的軍事接管和巴黎情況相同，非常成功。但過了幾個鐘頭之後，當地指揮官瞭解到「女武神」只不過是推翻政府的一個幌子，立刻放棄，讓黨衛軍及蓋世太保重新接管。

事實和蜜絲想的正好相反，密謀者推翻政府的呼籲，不論在德國境內或德國占領的歐洲各地，都未獲得積極的回應——再一次證明就連德軍部隊也不支持他們。

今晚羅瑪莉、喬奇・巴本海姆、東尼・紹爾馬和我一起去艾嘉・傅森堡住處晚餐，吃醃碎牛肉，甚至還有威士忌——是喬奇從西班牙帶來僅剩的食物補給。餐後東尼載我和羅瑪莉回艾德隆。多虧他一條腿受傷，到現在還獲准使用汽車。現在他成了我們不可或缺的精神支柱，總是愛開玩笑，總是很願意幫忙，充滿了勇氣。現在像他這樣的男人太少了。

亞當被捕之後，我一直嘗試想與海瑟・艾茲朵夫聯絡；我現在知道他也很早就參與密謀。這當然就是他一直不可捉摸，甚至對我都閃爍其詞的原因。我聽說他在柏林城內，希望他能給我一些建議。幾天前他的座車在科爾福斯坦路上經過我身邊，他命令司機停車，下了車走回頭來跟我打招呼，然後挽著我的手臂，帶我穿過著名時尚攝影師弗格（Vog）被炸毀的房子，走上後面樓梯，然後才開口講話。他證實費茲・蘇倫堡留有密謀者及未來政務人選名單的傳言。真是瘋狂！我告訴他我拚命想找他，必須仰賴他的幫助，他表示現在最糟的一點，是沒有在位的人可以求助；不過他仍然承諾會盡力而為。我感覺他自己似乎也準備隨時被逮捕，不斷四下張望，一聽到聲響就噤聲住口。他答應過幾天會來找我，可是到現在仍然沒有下文。

柯尼希斯瓦特　八月五日，星期六　今天早上搭早班火車赴柯尼希斯瓦特。我打算用醫生證明請病假，盡量久待。

八月六日，星期日　在德勒斯登受訓的漢西・維爾捷克來度週末。他太太西姬整個夏天都待在這裏和泰蒂安娜一起接受治療。大部分時間我們都躺在小島上曬太陽，討論七月二十號發生的事。保羅・梅特涅把他最好的葡萄酒全搬了出來。漢西的體重直線上升。下午茶時間，一輛極巨大的禮車開進中庭，保羅忠實的大管家兼祕書丹豪福將所有的門都堵了起來，大家都相信一定是警察來了。泰蒂安娜下去迎接他們，裝得一副滿不在乎的樣子。結果車門打開，西姬的姊姊，瑞妮・施廷內斯（Reni Stinnes）跨下車，原來是她開她男朋友的車來看我們。他是利凡特人（**譯注：Levant，指中東或近東**），挺討人喜歡，大概在從事黑市交易。瑞妮留下來喝下午茶，向我們描述布達佩斯；她剛去那裏買衣服，聽起來像個綠洲。

八月八日，星期二　今天所有報紙的頭條新聞：馮・魏茲萊本陸軍元帥、馮・哈斯中將、霍普納上將、史地夫（Stieff）少將、彼得・約克・馮・瓦登堡伯爵，還有其他幾個人——總共八人——都已被解除軍職，押上恐怖的「人民法庭」接受審判。這批人肯定會被判死刑，遭槍決或處以絞刑。新聞標題為「叛國重罪」。其他我們認識已遭逮捕的人，名字都未上報，讓我們還懷抱一絲希望，或許政府不願鬧大。

早在七月二十四日，鮑曼（Martin Bormann）便已警告納粹黨各地方首長，希特勒極關切暗殺事件的報導方式，不希望演變成對軍方全面性的攻擊，應強調暗殺為一偶發事件，而非涉及廣泛之陰謀。軍中各高級將領立刻回應，壓制一切對軍方不利的報導。八月四日，一個特別成立的榮譽法庭在聲譽卓著之馮・倫德斯特（Gerd von Rundstedt）陸軍元帥主持之下，先剝下所有涉案的軍事官員的軍服，再將他們交到劊子手的手中。

盟軍方面的廣播毫無道理：他們不斷指名道姓，報導他們認為參與密謀的人士，很多人根本還沒被政府通緝。

我以前常警告亞當・特洛這種情況一定會發生。他總希望盟軍會支持「正派」的德國，我卻一直強調到了這個地步，他們只想摧毀德國，不管是什麼樣的德國，絕不會費心思去區分「好」德國人與「壞」德國人。

當時盟軍的廣播紀錄現在已極難取得，不過那些報導的確導致許多本來可能倖存的人遭到殺身之禍。所有負責或參與戰時英方對德國廣播的節目策畫人，一致宣稱他們對此事一無所知，然而盟軍做了這些廣播卻是不爭的事實。彼得・畢倫柏的妻子克莉絲托貝在其出版的《逝去的自我》中寫道：「沒有人表示支持…邱吉爾志得意滿地旁觀『德國人自相殘殺』；埃恩斯軍中廣播電台（Soldatensender Eins）得意洋洋的組員，過去向來扮演丑角，現在卻成了惡作劇的童子軍，大為開心地落井下石，把所有他們能想到與所謂『和談密謀』有關的人全扯進來……」唯一曾經提起過這類廣播的人是鮑爾福（Michael Balfour），他在《一九三九—一九四五年間之戰時宣傳》（*Propaganda in War: 1939 - 1945*, Routledge & Kegan Paul, 1970）一書中寫道：「加萊軍中廣播電台（Soldatensender Calais）除了助長關於涉案人士的謠言之外，亦促成納粹黨與德軍之間的猜忌，成果有目共睹……」埃恩斯與卡雷廣播電台都利用曾經由德方控制的頻道，對德國播出「黑色」、即打擊士氣的宣傳廣播，由倫敦情報司負責運作。

除了類似菲爾比（Kim Philby）在其著作《我的祕密戰爭》（*My Secret War*, Granada Publishing, 1969）中所告白，由英國情報局惡意使許多反納粹人士和平試探努力成為泡影的幕後操作之外，反納粹人士本身對這些具毀滅性的廣播也難逃其咎，他們為了博取盟軍的支援，誇大支持密謀的人數及官階。

盟軍對德國反納粹活動的曖昧態度，在「七月密謀」事件發生前便令許多密謀者大失所望，兵變失敗後這種態度亦無改變。雖然密謀失敗，但由蘇聯贊助之「解放德國委員會」早在七月二十三日便公開向德國軍隊、及平民大眾呼籲支援反納粹活動；英方卻一直不表支持。BBC並接獲指示，刻意不把該事件詮釋成一場內戰的發軔，只強調它再度證實了德國將領面對不可避免的失敗，已無心戀戰的事實。當布雷肯（Brendan Bracken）向邱吉爾報告「七月密謀」的消息時，後者只說：「德國人自相殘殺得愈厲害，愈好！」

八月九日，星期三　保羅．梅特涅收到艾伯特．艾爾茲寄來的一張明信片。艾爾茲剛去過柏林，只停留數小時。「親愛的保羅，我現在柏林，感到十分絕望。多麼大的悲劇！多麼混亂！我們所有的希望都已化成灰燼！你對有人企圖暗殺元首作何感想？感謝上帝，我們偉大的領袖又再一次獲得神佑！艾伯特上。」

八月十一日，星期五　報紙登出「人民法庭」對第一批被告初審，及交叉訊問證人的細節。發布的答辯似乎全屬捏造，儼然是「史達林樣板大審」的再版。有時候根本詞不達意，令密謀者在國人眼前顯得荒唐無稽。庭上的法官是個名叫弗瑞斯勒的傢伙，是隻典型的犬儒豬。歷史會永遠記得他！

所有被告一律被判絞刑。馮．哈斯將軍和他的家人都是我們的好朋友；尤其是母親，常去看他們。他們甚至來過這裏。約克伯爵是亞當．特洛的密友，他的兄弟姊妹已全遭到逮捕，只有已故馮．毛奇大使的遺孀例外。

弗瑞斯勒博士（一八九三—一九四五）曾是共產黨員（一次世界大戰以戰俘身分在西伯利亞接受思想改造），參與了一九四二年一月二十日所舉行、決定德國占領下歐洲之猶太人「最後命運」的萬塞會議。一九四二年八月，他奉派擔任「人民法庭」主席，該法庭在攝影機前審判所有反對第三帝國的罪犯，在被告無上訴權的情況下，作出最後判決。

審判的基本原則由希特勒親自制定：「最重要的是，絕不能給他們時間發表冗長的演說；這點由弗瑞斯勒負責。他便是我們的維辛斯基（Vyshinsky）！」——指的是「史達林莫斯科樣板大審判」的主要檢察官。為了讓被告在經過挑選的觀眾前出醜，不准他們打領帶或配戴吊褲帶及皮帶，弗瑞斯勒因此可以不時嘲諷他們必須抓緊褲腰的窘態。

弗瑞斯勒並適時打暗號，指示啟動攝影機，然後開始高聲漫罵污辱被告，討好觀眾——尤其是討好希特勒，因為膠片一洗出來，便會立刻送去給元首欣賞。技術人員常抱怨他的狂吼令影片聲帶模糊不清，但他並不理會。就連一手制定許多第三帝國最殘酷法令的司法部部長提拉克（Thierack，在盟軍占領德國之後自殺）博士，都為他用詞下流的辱罵譏嘲感到震驚，曾對鮑曼抱怨弗瑞斯勒的表現「值得商榷，且有損如此重要場合的尊嚴」。本來戈培爾打算利用每週新聞短片播出時段，播放這些影片，但第一次試放，便令經過挑選的納粹黨觀眾大倒胃口，於是作罷。最後只有一捲拷貝倖存：三十多年後在東德發現，一九七九年七月由西德電台播出，令當時的觀眾瞠目結舌。

八月十二日，星期六　瑪麗亞．葛斯朵夫來信，語氣模稜兩可，顯然不能放心多說……「一切都令人悲傷沮喪……」我希望她指的是第一次審判，不過仍然覺得忐忑不安。

安唐奈特．克勞伊和她丈夫開車從卡爾斯巴德（Karlsbad）來這裏，告訴我們巴黎的最新消息。她常和喬命見面；她提議替他從反抗軍那裏弄一張假身分證，好讓她取消婚禮，留在法國，直到戰爭結束。甚至帶著那張證件趕去車站，希望她在離開前的最後一秒改變主意。

八月十八日，星期五　我們在湖裏裸泳。大家在這裏的生活看似悠閒愜意，其實內心的焦慮彷彿套在頭上的鐵箍，愈箍愈緊。我的病假想必對我健康有益，但再過三天就將結束。怪的是，我竟感覺輕鬆無比，因為這裏的平靜生活反而令我無法忍受。有時候跟父母相處也很困難，因為他們完全不能體諒我，或許因為他們一無所知，又心生懷疑吧，所以總是替我擔憂，逼我多說。但我沒告訴他們什麼，因此更令他們生氣；惡性循環！

柏林　八月二十二日，星期二　一早抵達柏林，直接趕去瑪麗亞．葛斯朵夫家，她正在吃早餐。我問她最新情況，她驚訝地瞪著我說：「難道妳不知道？亞當、海夫騰、赫爾多夫、費茲．蘇倫堡和其他很多人都被判死刑，上個星期五已經吊死了！」我立刻打電話給羅瑪莉．申博格，她卻什麼都不肯講，只說馬上趕過來。瑪麗亞說羅瑪莉現在集中心力，想查出老蘇倫堡伯爵的下落，因為他昨晚失蹤了。

羅瑪莉來了以後，我們坐在樓梯上呆瞪著眼前的一片廢墟。最近發生的事令她感覺癱瘓了似的。她並不相信亞當已經被吊死了，謠傳他是刑期唯一往後延的人。

八月十一日，外交部接獲通知，特洛將在下一次「人民法庭」舉行的審判中（八月十五日星期二或十六日星期三）被判死刑。後來鮑曼接到命令，表示，「特洛顯然還隱藏了許多事實，『人民法庭』因此決定延後執行死刑，讓有關單位繼續進行審訊。」

東尼．紹爾馬去旁聽審判，大吃一驚，因為只准經過挑選的觀眾入席。羅瑪莉坐在他車裏等在法庭外面。他出來後放聲痛哭；所有的被告都坦承他們想殺希特勒，海夫騰說如果再給他機會，他還會嘗試。他認為希特勒領導下的德國是個詛咒，亦是罪惡的淵藪，將他的祖國逼上絕路；他們都將為德國的滅亡負責。法官弗瑞斯勒問他，明不明白他所說的那番話是叛國重罪，海夫騰說他知道自己將被吊死，但他並不會因此改變想法。

雖然漢斯－伯恩．馮．海夫騰曾經為道德理由反對刺殺希特勒，不過他和特洛不同，自從兵變失敗後，他從未懷疑過自己只有死路一條。他先駕車赴鄉間與家人道別，然後便返回柏林，成為遭到逮捕的第一批人之一。

亞當說希特勒靠舞弊得到大權，很多人都被迫宣誓對他效忠。他說他的確希望能夠結束戰爭，並承認曾在國外與敵方代表會談。赫爾多夫表示，自從「史達林格勒之役」後，他便希望希特勒下台，因為他替德國帶來太大的危險。東尼說他們每個人看起來都非常蒼白，他不能確定他們是否真的受到酷刑；我卻相信這是一定的，因為我們最後一次見面時，亞當曾經告訴我，他打算否認一切，好等待出獄，重新再試。否則就是罪證確鑿，他們都決定放棄了。

我拖著沉重的腳步去辦公室，上樓進法官里希特和亞歷克斯．維爾的房間，沒有別人在。我們悄聲交談。亞歷克斯說他確信亞當還活著，因為他們和一位在行刑現場的警察有聯絡。其他的人都死了。赫爾多夫是最後一個受刑的人，因為他們要讓他看著其他人死。據說他們並非被吊死，而是用屠夫用的掛肉勾吊著鋼琴琴絃慢慢將犯人勒死的，而且為了延長他們的痛苦，還注射了強心劑。謠傳行刑過程全被拍成影片，希特勒沒事就拿出來在司令部裏放映，獨自暗笑。

行刑場在距離萊特街監獄不遠的普羅增西監獄（Plötzensee prison），因為德國沒有絞首台（一般處決方法為砍頭），獄方於是將普通的掛肉勾吊釘在行刑室（為監獄內一棟獨立建築）天花板上的鐵欄杆上。絞刑過程被拍成影片，並有聚光燈照亮場景，出席者計有帝國檢察長、兩位典獄長、兩名攝影師，以及死刑執行者及他的兩位助手。桌子上會擺一瓶白蘭地——給觀眾喝的。死刑犯一位接一位輪流被帶進來，行刑者將鋼圈套上他們的脖子（希特勒指示用鋼琴琴絃代替繩索，好慢慢將死囚勒死，而非擰斷他們的脖子）；然後在死囚痛苦掙扎期間（有時長達二十分鐘），攝影機轆轆運轉，以具有恐怖幽默感聞名的行刑者，則在一旁說下流猥褻的玩笑。影片隨後以急件送往希特勒的司令部，博元首一笑。今天該建築已成為紀念館。

亞當的太太克麗瑞塔也已被捕。亞當被判刑後，當局不准她去見他。我跟她並不熟，因為過去兩年，她大部分時間都住在鄉間公婆家。他們的女兒也被蓋世太保帶走，現在沒人知道她們的下落，但亞歷克斯正想盡辦法找到她們。

亞當的妻子克麗瑞塔在得知他被捕的消息之後，趕赴柏林，希望能見到他，卻苦無結果。蓋世太保趁著她不在家，把他們的兩個小女兒——一個兩歲半、一個九個月大——帶走。亞當受審當天，維爾企圖偷偷帶她進法庭，不幸被一名打雜女傭發現，向黨衛軍警衛告發。但該名警衛竟然反過來想幫助克麗瑞塔混進法庭，可惜不成功。但她仍然對他表示謝意，他只喃喃說道：「我們都瞭解！」兩天後，克麗瑞塔亦被逮捕。

我現在和羅瑪莉一起住在東尼位在科爾福斯坦路上的公寓裏。公寓裏有兩個房間，除了兩張沙發之外，幾乎沒有家具，再加上一個廚房和一間浴室。平日東尼在鄉間的服勤單位和柏林城之間往返，他主要是想看住羅瑪莉，因為他堅信下一個被捕的一定是她。晚上也不敢留我們倆單獨在家。家裏床單不夠，不過天氣熱，也無所謂。

羅瑪莉當然有危險；她幾乎每天都去蓋世太保總部打聽內部消息。奧圖・俾斯麥聯絡上負責管理葛弗瑞個人檔案的蓋世太保督察，他表示葛弗瑞的案子「非常嚴重」；元首不願饒恕與「七月密謀」有關的任何人，已到了發狂的地步。每天都打電話去蓋世太保總部，想知道又有多少人被絞死了。羅瑪莉的內線說，有時蓋世太保雖想拖延時間（可能想查出更多有關密謀的內情），元首卻會暴跳如雷，堅持要他們速戰速決。

我曾經想過搬去波茨坦的布雷道府邸內住，葛弗瑞的姊姊漢娜雖然不在城內，但我卻聽說布雷道家三個女兒已遭到逮捕。他們先帶走小海夫騰的女朋友，十九歲的費莉芭；然後打電話給二十歲的亞莉山卓，叫她送毛毯去給妹妹，卻乘機扣押了她；接著又打電話給第三個女兒，黛安娜。黛安娜大膽地反問，叫她帶床單被枕給全家人不是更乾脆嗎；他們回答說，的確如此！唯一沒受到騷擾的女兒是瑪格麗特，她在一家醫院裏當醫生。蓋世太保總部不斷傳喚她去，每次他們一開始問問題，她便極不以為然地抗議說，還有滿滿一整間病房的傷患等著她去看顧。至於布雷道家的男孩，長子已在前線作戰，其他的還太小。

八月二十三日，星期三　今天報上刊載了極長一篇有關亞當・特洛審判內容的報導，列出所有被告的名單，接著表示所有人都當場處決。報紙稱亞當為「史陶芬堡的外交事務顧問」。奇怪的是，新聞報導的日期極少與實際情況吻合，可能是想混淆仍在逃的反對人士的視聽。這則新聞登出後，亞當辦公室門上的名牌終於被拆了下來，換上別人的。他的車仍停在花園裏，沒人敢用，看起來已像一堆廢鐵。雖然賽克斯博士已接獲正式通知，說亞當已和其他人一起於十八日問吊。亞歷克斯・維爾卻告訴我，他相信亞當仍然活著。

羅瑪莉・申博格目前在進行另一項計畫。一位現在住在戈林鄉間別墅「卡琳邸第」(Karinhall)的納粹空軍上校，和她聊了一整夜；他認為他在將她改造成一名國家社會黨員，她則設法說服他如果讓她去見戈林，一定大有好處。戈林已躲著不露面好一段時間，甚至拒絕接見奧圖・俾斯麥；以前他還常去腓特烈斯陸城堡打獵。顯然他極害怕自己也被牽連進去。

麥勒妮・俾斯麥在獄中流產，現在住進波茨坦醫院，但受到警衛監視。他們不准訪客去看她，只准和護士交談。

自從蘇倫堡伯爵在上星期二失蹤後，我們一直沒有他的消息。星期一他曾經從艾德隆旅館打電話給羅瑪莉，說他剛去過希特勒的司令部；後來她跟他吃午餐，把一切經過情況全告訴他。他似乎對這些最新發展一無所知，顯得非常震驚，尤其為亞當感到難過。然後他倆在史拉雅全權委員虎視眈眈的監視之下（那些人都不太謹慎）在旅館大廳裏一起踱方步，最後約好隔天再一起吃中餐。隔天羅瑪莉準時到達，伯爵卻一直沒有出現。她立刻打電話去威廉街，但他的職員都不知他的去向，而且也已開始擔心，因為他們以為早上他會進辦公室。我們都認為他已遭到逮捕，但被關在哪裏呢？

郭德勒在五天前被一名德國陸軍婦女部隊士兵認出來，經告發後遭到逮捕。當時他藏匿在波美拉尼亞一個村莊內。我們懷疑亞當之所以未被處決，就是因為他的緣故（他們一直密切合作），現在兩人正接受交叉審訊。如果當初亞當及時離開德國該有多好！郭德勒真的以為躲在德國境內行得通嗎？當局懸賞一百萬馬克捉拿他啊！

郭德勒的通緝令早在兵變事發前，便於七月十七日發出。他接獲警告，開始躲藏，先躲在柏林（其中一位包庇他的人，猶太裔的前柏林代理市長艾爾薩斯〔Fritz Elsas〕博士，便為此賠上一條性命），接著下鄉。他於八月十二日被捕，九月八日被判死刑，卻拖了五個月才行刑。期間他一點一點地招供，同時不斷寫下所謂「密謀者的未來德國計畫」備忘錄。蓋世太保終於在一九四五年二月二日看穿他的計謀，予以處決。

只要能救出亞當和葛弗瑞，我什麼都願意做——還有蘇倫堡伯爵。我們不能一直被動地活著，等待劊子手的斧頭落下來。現在就連密謀者的家人，甚至朋友，都遭到逮捕，許多人開始害怕，即使提起涉案者的名字，都會嚇得將目光移開。為了達到目的，我想到一個新辦法：我決定去試試戈培爾。羅瑪莉也認為透過戈培爾或許有用，因為他還算聰明，或許他會意識到這一連串的屠殺是多麼地愚蠢。現在我還不知道該如何著手；我只認識一位跟戈培爾很熟的人，馮·德克森太太，但她一定馬上就會猜出我的意圖。或許更好的辦法是，假裝我對拍電影有興趣。我決定打電話給珍妮·優后，她是德國現在最紅的女明星。

八月二十四日，星期四　早上打電話給珍妮·優后。她聽到我堅持要立刻見她一面，語氣開始緊張，說她正在別伯斯堡內的環球製片攝影棚拍戲，如果我搭高架火車，她會派車去車站接我。我在令人窒息的大熱天裏趕去，然後被一位留黃色長髮、穿鮮豔襯衫的怪異年輕司機載到攝影棚。抵達時珍妮正在拍戲，一名年輕男子跪在她腳旁。緊緊抱住她的膝蓋。幸好那個鏡頭沒有拖太久，她很快便回更衣室換衣服，並把女僕支開，好跟我談話，但我們仍然不敢放大聲量。

我告訴她。我非見到戈培爾不可，她必須替我安排一次面談。她說如果真有必要，她當然會想辦法，不過她已經跟他鬧翻了，已有兩年沒見他。「怎麼回事，難道是泰蒂安娜或保羅・梅特涅有了麻煩？」我說，「都不是。」她舒了一口氣。我說：「是我上司。」然後說明他已被判處死刑，但我們懷疑尚未行刑，所以必須趕快行動。畢竟戈培爾是當今最大的英雄──兵變就是他一手壓下去的！我會對他說。德國禁不起損失這麼多特別有才幹、能報效國家的人才……等等。珍妮一聲不響聽我把話說完，領我走進花園，然後她就爆發了：我的想法太瘋狂！戈培爾是頭豬，絕不會幫助任何人、事、物都不可能誘使他替那批人動一根小指頭！赫爾多夫被絞死之後，他甚至拒絕接見前者來請求暫緩處刑的兒子──而他們早年還常玩在一起。他甚至懶得告訴赫爾多夫的兒子他父親已經死了！她說他是個殘酷又邪惡的虐待狂，他對那些企圖謀害希特勒的人深痛惡絕。我們根本無法想像，因為他天生就厭惡這批人所代表的東西，而且他是個躲在污水溝裏的鼠輩。我若引起他的注意，肯定會拖累全家，保羅一定會被逮捕，我自己的麻煩也永無終日。她懇求我立刻打消這個念頭，又補充說，烏發電影公司內部充斥戈培爾的奸細，都想打探出演員之中有誰可能會叛國。兩天前公司內開政治會議，戈培爾走進大廳，赫然發現有人在他將站上去的紅色講台上，用粉筆寫了兩個大字「糞便」！但沒有人敢上前去把它擦掉。她自己的電話也被人裝了竊聽器，每次她一拿起聽筒，就會聽見「喀啦」一聲。和我吻別時，她對我耳語說，如果有人問起我來訪的目的，她會說我想拍電影。

我筋疲力竭又喪氣地回到城內，發現羅瑪莉・申博格和東尼・紹爾馬都在公寓內；羅瑪莉已處在完全歇斯底里的狀態中。以前我從來沒看過她這個樣子。原來今天下午警察來了；鄰居抱怨我們窗子塗黑得不夠徹底，雖然只為了這點芝麻小事，羅瑪莉卻崩潰了。東尼還有更壞的消息：西線總司令馮・克魯格元帥已自殺，意謂著密謀者都受到刑訊，有人供出了克魯格，否則本來幾乎沒有人知道他也有份。

克魯格並沒有因為在兵變失敗當天變節，而得到任何好處。他雖是希特勒最寵信且最成功的指揮將官之一，但他曾與密謀者密切接觸的事實終究曝了光。八月十七日，他接到卸職命令，奉命趕回德國，他懷疑自己也將受審，便在途中自殺。

羅瑪莉歇斯底里的情況愈來愈嚴重。她說我們誰也逃不掉……他們會給你打針，使你喪失意志力，你就會全部招出來。她求我嫁給普爾西・弗雷，立刻去瑞士。東尼這時也參一腳，表示他隨時都願意帶她去瑞士，因為他本來已打算這個週末逃走，不過他必須先去西利西亞拿些貴重物品。東尼也開始替自己擔心，有人舉發他，曾在酒醉之後到軍營餐廳裏對著元首照片亂開槍。羅瑪莉說除非他們先結婚，否則她絕不會跟他一起走，因為她父母會氣瘋掉。雖然當時氣氛如此恐怖，我卻覺得她突然在乎起禮節來十分可笑。東尼立刻拒絕，說這件事以後再商量不遲。大家的情緒愈來愈激動，最後圍坐餐桌旁淚眼相對。然後東尼跳起來開始踱方步，說他再也無法忍受這種壓力。面對這些眼淚，他已下定決心，要飛離杜鵑窩。我說隨便他們想幹嘛都可以，但我會留下來，而且我覺得羅瑪莉也該留下來；一旦到了瑞士，她會和家人失去聯絡，必須熬到戰爭結束；這一點她絕對無法忍受。最後每個人都決定留下。

稍晚東尼走進我房間，告訴我亞當受審的全部細節。亞當看見他，卻沒有露出任何認出他的反應，只凝視他很長一段時間，接著便從腰部以上前後晃動。他沒有打領帶，鬍子刮得很乾淨，臉色蒼白。東尼很仔細地察看過審判大廳，他的結論是，在那裏絕對不可能強行救走任何一個人，就連大部分的「觀眾」都是便衣警察和職業殺手，而且全部配有武器。他沒有等到宣判便離開了，因為他一開始就知道結果會是什麼。

現在每晚都有空襲，但東尼給我們一張通行證，可以過街去西門子辦公大樓的掩蔽壕內躲避。他們的地窖很深，在裏面極有安全感。通常我們都會和值夜班的人一起熬夜，其中一位工人是個很好的法國人，我們常一起幻想著，戰爭結束後的巴黎將會多麼地美好。

八月二十五日，星期五　羅瑪莉·申博格已從她短暫的憂鬱症中恢復過來，現在又開始作戰。我們終於發現監獄（是一座軍方監獄）就在萊特車站附近。她已去過那裏，並用普爾西·弗雷提供的香菸買通了其中一名典獄長，請他傳一張寫滿字的小紙條給葛弗瑞·俾斯麥。那人甚至帶回一張回覆，葛弗瑞抱怨牢房裏蝨蚤太多，要我們送些防蝨粉給他，也要求一點食物，因為牢裏只有黑麵包，他無法消化。以前送進去的包裹他都沒收到，所以唯一的辦法似乎是，每天送三明治進去。羅瑪莉很想問那位典獄長亞當·特洛是否也關在裏面，但她必須小心，因為根據官方的說法他已經死了，如果我們表現得太好奇，可能會引起他們的戒心，不但令往後的脫逃計畫更加困難，而且還可能提早他被處刑的日期。

知道亞當或許還活著，令我大為安心。但很多人，包括羅瑪莉在內，卻認為我的反應不可思議，都說早死早了，免得每天忍受酷刑。我無法同意，仍希望奇蹟出現。

我突然想起彼得．畢倫柏，他曾經提議伏擊運送亞當去蓋世太保總部接受審訊的車子。他最後一次來辦公室找我時，仍滿懷希望，非常樂觀。於是今天我便搭巴士去他在達蘭的住處，結果來開門的女孩滿臉狐疑地上下打量我，堵住門口，又什麼都不肯說；只表示彼得不在，要隔一陣子才會回去。我感覺她並不信任我，有所隱瞞，便告訴她我是外交部的職員，曾經替馮．特洛先生工作。她一聽到這句話，表情立刻變了，走進屋裏，換另外一個女孩出來。這個女孩比較友善；她告訴我彼得失蹤了，也沒去城外的工廠上班。我問他的地址，說我必須立刻跟他聯絡。她說她瞭解，但寫信也沒用，因為他收不到的；意謂著他也被捕了。

我頭暈目眩地離開，坐在人行道上等待回城的巴士，沮喪地連站起來的力氣都沒有。不論我去找誰，似乎所有的人都一個接一個地失蹤了，真的是求告無門。現在他們逮捕的人只是密謀者的點頭之交，或是碰巧在同一間辦公室上班的同事而已。我並不知道彼得是不是真的參與了密謀，只知道他和亞當在歌廷根大學念書時，參加了同一個社團，而且是好朋友。即使就這麼一點關係，也可能被拖累。

「七月密謀」發生時，彼得．畢倫柏正在管理位於德國占領之波蘭境內的一家工廠。七月二十五日，他獲悉特洛被捕，便前往柏林組織營救計畫；他就是在那個時候和蜜絲談起他的想法。可惜一等他返回波蘭，並針對營救計畫做最後的調度，自己竟也遭到逮捕，並被關進惡名昭彰的萊特街監獄。

然後我想起克勞斯・B。雖然過去我一直避免跟他變得太熟，因為我從來不確定他的底細，可是現在，我決定如果他真是我懷疑的那種人，也許只有他能幫我。回城後，我找到一座還沒壞的電話亭，打電話去他辦公室，說我必須立刻見他一面，他叫我去動物園車站附近等他。我們沿著布達佩斯街走下去，經過被炸毀的葛達尼斯教堂（Gedächtniskirche）；我一五一十把所有的事情都告訴他。

他等我說完，停下來面帶覺得好玩的微笑看著我說：「原來妳懷疑我跟『他們』是一夥的？」

「我希望你是，」我脫口而出，「因為這樣或許你就可以幫忙了！」

他立刻一臉嚴肅，說他會盡量想辦法去打聽最新的狀況，看看是否還來得及，並要我信任他。我們約好明天在伊甸旅館的廢墟外見面。

八月二十六日，星期六　今天我問史拉雅全權委員是否可以免我的職，因為我想參加紅十字會，去當護士。萬一法官里希特和亞歷克斯・維爾我最後的兩個朋友也出了事，我就得獨自面對這幫走狗。我唯一的顧慮是，上級很可能視我這項決定為表明立場。史拉雅的回答令人喪氣；他說賽克斯博士絕不會讓任何人自由決定他們的去留。我的結論是，唯一的解決辦法便是再生一場病。

下午下班後趕去伊甸旅館，克勞斯・B腋下夾了個用報紙包的大包裹，在那裏踱方步。他一言不發，領我走到動物廢墟裏的一張長椅旁，等確定四下無人後，才告訴我他已四處打聽，但現在沒有任何人尤其是像我這樣的人能做任何事。希特勒復仇的心如飢如渴，沒有一個涉案的人能逃得過；而且每個人都如驚弓之鳥，就算稍具影響力，亦不敢輕舉妄動，深怕引起懷疑。他接著說，所有和密謀者有關係的人，現在都遭到監視，我的情況非常危險；一旦面對他們的刑訊方法，我很可能會招供，連累其他仍在逃的人，所以我必須不計任何代價，避免被捕。這時他打開包裹的一個角落，露出一把小型輕機槍的槍管。「如果他們來抓妳，妳千萬不要猶豫，把他們全部射死，趕快逃。他們一定料想不到妳會這麼做，或許妳逃得成……」我忍不住笑了。「不，克勞斯。如果我真的走到那一步，最好還是別犯下謀殺罪，罪加一等……」他似乎非常失望。

和他道別後，我去波茨坦官邸拿我留下的東西，並找兩位僕人談話。他們告訴我，住在俾斯麥波美拉尼亞產業上的某人向當局告發麥勒妮，說她擦腳趾甲油，而且在床上吃早餐，她因此還成了「反社會分子」，使她的案情更加複雜。他們說她現在非常虛弱，昨天在醫院裏第一次試著起床，結果暈厥過去，面朝下摔了一跤，跌斷了下巴；聽得我心如刀割。當局准許她哥哥善—喬其・赫約斯去看她，她只是不停地問：「他死了嗎？」

稍晚，我騎單車去果菜園，用咖啡換了兩顆瓜，會想辦法送進牢裏去。

回柏林後，在葛斯朵夫家看見羅瑪莉。她說今天守衛把葛弗瑞的髒衣服遞給她時，她悄聲問他：「馮・特洛先生是不是還在這裏？」他說：「呀！呀！他還在這裏！」又說她也可以寫張紙條給他；明天他會把回覆交給她。她寫道：「需要我們送什麼東西給你？愛你的蜜絲和羅瑪莉。」她問那人亞當是不是在挨餓；他說不，俾斯麥伯爵跟他分享他的包裹。如果我們能夠確定那男人沒有說謊，那該有多好！（亞當・馮・特洛就在這一天在普羅增西監獄內被處絞刑。）

我們仍然沒有蘇倫堡伯爵的消息，只知道編號一百號以上的牢房裏面，關的人犯仍有活下去的希望；九十九號以下的人犯都已判處死刑。葛弗瑞被關在一八四號；亞當被關在九十七號。據說他們都戴了鐵鍊。

亞歷克斯．維爾已救回亞當的小孩，現在都住在鄉間，可是他太太克麗瑞塔仍在獄中。史陶芬堡的小孩已改名，住在孤兒院裏，但消息走漏，所以日後或許有希望再找到他們。

密謀者的小孩總計有五十名，有些還在襁褓中。納粹最初計畫將父母及較年長的兄姊都殺掉，讓剩下的改名後寄養在黨衛軍家庭及學校內，教育他們成為納粹黨員。不知為何緣故，這個計畫後來作廢。一九四四年十月，他們讓其中一部分孩子回家，其他則藏在普通寄宿學校裏。直到戰爭結束一段時間之後，所有的家庭才全部團圓。

據說葛弗瑞的姪女費莉芭．馮．布雷道也將被送上「人民法庭」受審；他們已逼她招供，她承認事前便從年輕的海夫騰那裏得知企圖暗殺希特勒的日期。

我和奧圖及安瑪莉．俾斯麥長談。他們倆也在葛斯朵夫家，正在設法見到當權的人。羅瑪莉．申博格認為有些獄卒願意接受賄賂，條件是必須帶他們一起逃脫。她希望俾斯麥家族拿出傳家的珍珠，我們自己也有一點貴重物品可以貢獻。看來每位犯人都由六位獄卒看守。即使我們成功地賄賂了所有的人，日後還得設法將三名犯人和十八位獄卒偷偷送出國境。我可以想像普爾西．弗雷的臉色！安瑪突然爆出一句挖苦話：「乾脆在騰珀爾霍夫機場開一場雞尾酒會，列隊替他們送行算了！」我們的這番討論都是在艾德隆樓上私人房間內進行的。

葛菲德．克蘭從鄉間回來，看見他我並不高興；又得多替一個人擔心。我們上一次見面便在七月二十號，他也是亞當・特洛的朋友，所以至少說話不用忌諱。現在他說：「我不要聽他們現在的情況，我只想知道他們是否還有機會活下去、出獄；誰還沒被抓起來？什麼時候打算再試一次？如果他們有這個打算，我一定兩肋插刀！」同時他對史陶芬堡的炸彈竟然炸死了一位自己人——戰前著名的馬術表演冠軍布蘭特（Brandt）上校——非常不以為然。爆炸時布蘭特也在希特勒的會議室內，當場斃命。事後他先和其他「叛國罪行」受難者一起以軍禮下葬，後來當局在某名單上發現他的名字，便掘屍火化，將他的骨灰撒在風中。

布蘭特上校為德國陸軍總部作戰部門內的資深軍官，雖未積極參與密謀，卻與許多密謀者友好，亦同情他們的理想。早在一九四三年另一次企圖暗殺希特勒的行動中，他便差一點喪命；當時元首一行人從東線飛回拉斯坦堡，在飛機上開慶功宴，一瓶內裝炸彈的白蘭地並未如計畫爆炸！七月二十日當天，正是布蘭特在無意之間將史陶芬堡的手提箱移走，救了希特勒一命。爆炸後，所有站在木枱右方的人，包括布蘭特本人，非死即受重傷。

葛菲德要我替他安排與亞歷克斯・維爾會面。去辦公室當然不可能；我唯一能想到的地方便是葛斯朵夫家，但不知瑪麗亞同不同意，她現在很替丈夫擔心，因為漢因斯和已死的馮・哈斯將軍很親密。

八月二十七日，星期日　我們花幾乎一整天的時間清掃公寓。然後普爾西・弗雷載我們去艾嘉・傅森堡的住處，大家坐在花園裏曬太陽。

蜜絲從柏林去信給住在柯尼希斯瓦特城堡的母親，日期：一九四四年八月二十八日　附上喬奇寫的幾封信，是他一位朋友在盟軍進駐巴黎之前帶來的。妳可以看得出來，他過得很好……柏林城內及附近地區已好幾個星期沒有下雨，彷彿住在火爐裏，而且生活中只見憂慮和悲苦。每晚都有空襲，白天幾乎也都有，但沒什麼特殊狀況……下個星期我可能會請幾天假去柯尼希斯瓦特，否則病假就過期了。後天我將返回克魯曼修柏兩天。

克魯曼修柏　八月三十日，星期三　一大早便前往克魯曼修柏，結果在希爾施堡錯過轉乘火車，等了三個小時。下火車時，我發現布蘭肯宏跟在我後面。每次看見和亞當・特洛有關係的人，我的第一個反應便是掉眼淚。把皮箱和以前留下的行李放在一起後，我走到外面的街上；布蘭肯宏仍然跟在後面。後來他經過我身邊，低語道：「進公園，挑張長椅坐下，我待會兒過去找妳。」我們從不同的方向，同時走到長椅旁。他一直等到那個時候才敢開口說話。

他告訴我，他和亞當二十一號那天曾在綠森林的樹林裏見了一面。他問亞當是否燒毀了所有的文件，亞當說他已經做了。但還是有些文件被搜了出來，大部分都是他出國時記的備忘錄。怎麼這麼傻！我問布蘭肯宏他們會不會殺亞當。他說：「毫無疑問！」我告訴他蘇倫堡伯爵也失蹤了。這一點他並不知道；不過他說如果伯爵真被逮捕了，肯定也難逃一死。我說：「不可能。這樣會在國外造成太大的醜聞！」「妳想他們會在乎嗎？」他告訴我郭德勒之前在布里斯托旅館內租了一個房間，把所有的祕密文件全藏在房內的保險櫃裏。去年二月，布里斯托被一枚空雷炸毀，結果暗殺希特勒事件發生兩個星期之後，有人意外在瓦礫堆裏發現並掘出那個保險箱。保險箱不僅完好無損，裏面的文件一份也沒少，而且有幾份上面還有馮．哈索爾大使親筆的加註和修正；所以哈索爾才會遭到逮捕。布蘭肯宏說每天都有更多的人遭到逮捕。我們將搭同一班火車去克魯曼修柏，但約好不再見面。我真高興他還是自由身，祈禱他們別來抓他。

後天我將返回柏林，打算把所有剩下的東西全部打包，寄去約翰尼斯城堡。雖然城堡現在只修復了屋頂的部分，不過一定有穀倉或別的地方可以暫時寄放我的東西。克魯曼修柏彷彿與世隔絕，令我無法忍受；沒有了蘇倫堡伯爵，讓我更覺得痛苦。我去找他的屬下聊天；他們還不知道他已失蹤，不過他的祕書謝林（Schilling）小姐，和助理（感謝上帝，他沒有待在瑞士不回來！）都已被召去柏林，想必很快就會發現。

直到今天，因涉及「七月密謀」遭到處決的人數仍無定論。根據納粹黨官方消息來源，兵變後被捕總人數達七千左右，共五千七百六十四人在一九四四年遭到處決，接著又有五千六百八十四人在一九四五年納粹統治下的最後五個月內被處決。這些人當中，約有一百六十到二百人直接涉及密謀案，包括：二十一位將軍、三十三位上校及中校、兩位大使、七位資深外交官、一位部長、三位國務卿、刑事警察局局長及數位高級首長、地方首長及警察局高官。

柏林　九月一日，星期五　大戰爆發至今已滿五週年。

午餐時間回到柏林，直接去瑪麗亞．葛斯朵夫家。她看起來比平常蒼白，平靜地對我說：「蜜絲，妳必須在這裏住下來。羅瑪莉．申博格和普爾西．弗雷把妳所有的東西都搬來了，」她指指我躺在地下、露出幾個沙袋的行李。「東尼．紹爾馬昨天早上被逮捕了。」罪名是：曾經對著元首的照片開槍，而且在史陶芬堡暗殺未果之後表示：「沒關係，或許下一次運氣會好些！」普爾西已找到一名律師，他在他們辦公室替瑞士人工作，保障敵方的利益。那位律師本身也以反納粹聞名——或許這不是一個很好的選擇——非常出色，而且就住在沃野許街附近。羅瑪莉已搬回艾德隆旅館，也通知了東尼住在西利西亞的母親。東尼現在關在萊特街監獄內，不過因為他是軍官，所以將接受軍法審判；這表示即使他被判死刑，也將被槍決，而非絞死——我們是否應該為此感到安慰呢？

九月二日，星期六 羅瑪莉．申博格也搬來瑪麗亞．葛斯朵夫家，和我一起住在葛菲德．克蘭以前住的房間裏。她心情太壞，不該一個人住，而且我們寧願一起面對警方，萬一……

父親進城兩天，又回柯尼希斯瓦特了。他把曾曾祖父的十字架留給我，當初曾曾祖父參加拿破崙對俄戰爭，一直戴著它；父親說當初十字架救了他，現在也會救我。

同時羅瑪莉和萊特街監獄附近一家麵包店主人交上了朋友，他在監獄裏兼差當獄卒，已經送了些香菸和幾封信給東尼．紹爾馬。她現在每天都去那裏，希望能拿到亞當．特洛的回覆紙條，可是替他傳紙條的那位獄卒現在躲著她。不過兩天前他還說：「蘇倫堡伯爵需要幫助，他的身體愈來愈虛弱了。」證明了他的確也被關在那座監獄裏。我將負責送食物給他，因為我們必須盡量分開行動。

一整個下午，我們都在切麵包和烤一隻奧圖．俾斯麥送來很小的雞。然後把所有食物分成三份，一份給大使，一份給葛弗瑞．俾斯麥，一份給亞當。羅瑪莉還準備了水果和蔬菜給東尼，因為後者不准吃麵包和肉，或任何補充精力的東西。獄方故意餓他們，好逼他們「合作」！

普爾西．弗雷開車來接我們，然後讓我們在離監獄一段距離外的地方下車。羅瑪莉教我該怎麼做，但我仍然雙腿發軟。這是我第一次去那裏。監獄是一棟紅磚建築，從外面看就跟普通軍營一樣。我們約好由我要求見伯爵，羅瑪莉從另一個入口去找東尼。等我出現後，她再進去遞送給葛弗瑞和亞當的包裹。

每座大門都由兩名黨衛軍把守，進門後是中庭，然後是一扇巨大的前門，也由兩名黨衛軍把守，他們把我攔下。我說我想找蓋世太保談話，其中一名警衛便領我沿著一條寬闊的走廊一直走到一扇金絲雀黃的巨大鐵門前，門的左方有一個小窗，窗後坐了一個胖子，也身穿黨衛軍制服。他問我想幹什麼，我拿出包裹，表示想把它送給馮．德．蘇倫堡伯爵大使。他叫我等一下，然後就消失了。同時鐵門打開好幾次，走出幾名警衛。每次我都乘機往裏面瞄，看見一大塊空地，上面搭起很多窄小的波狀鐵皮樓梯間，通往高低不同的平台；牢房便沿平台兩邊延伸出去，牢門都沒接到屋頂，就像低級廁所的門。整個地方非常嘈雜，警衛穿著厚重馬靴踱來踱去，彼此吹口哨、大聲吼叫，景象令人作嘔。不一會兒那名獄卒就回來了，問我伯爵的教名是什麼。我遲疑了一下，但很快便想起是「維納」。那人注意到我猶疑了一下，大吼道：「妳對他這麼感興趣，起碼該知道他的名字吧！」我的火氣也上來了，回嘴道：「絕對不可能弄錯的。大家都知馮．德．蘇倫堡伯爵大使只有一位，而且他已七十多歲，我從來沒直呼過他的名字。」他接著叫我在一張紙上寫下伯爵的全名，還有我自己的名字及地址等。我又加了幾句問候的話，問他需要我再帶什麼來。交出那張紙時，我的心往下一沉，不過已經走到那步田地，也無所謂了；如果他們真想追查我，那可容易得很。那人再度消失前，我看見他跟兩個同黨商量了一會兒。後來他終於回來了，把包裹丟還給我，不屑地說：「他不在這裏！妳若想打聽別的事，去艾伯布特王子街上的蓋世太保總部問！」我覺得全身不對勁地走出來，然後在街角一家商店的窗前瞥見自己的臉：是綠色的。

我把經過情形告訴羅瑪莉，決定先回家，讓她繼續去嘗試遞送她的包裹。等她回瑪麗亞家時，似乎已過了很長一段時間。她一直在哭，說她在監獄裏等那位替她傳紙條給亞當的獄卒，後來他終於出現，卻仍然不理她。她只好放棄離開。另一名獄卒一直在旁監視她，跟著她出來，一直走到地下道，然後對她耳語道：「為什麼妳還每天都來？他們把妳當傻瓜耍！我注意妳很久了，看妳傳信進去，告訴妳：他已經死了！」他指的是亞當；他大概以為她很愛亞當。然後他又說：「我再也受不了看那些人受罪了。我快瘋了。我決定回前線，當初我根本不想要這份差事。妳送進去的那些紙條，其他人看了，都快把腰笑斷了。求求妳，聽我的話，別再回去！盡快離開柏林。現在有人在監視妳。替妳傳紙條的那名獄卒也已經被調回總部了，他們也不信任他……」當初就是那個人叫她寫紙條給亞當的——「他一定會很高興！」羅瑪莉現在不知道該相信誰。

萊特街監獄於一八四〇年建成，仿照倫敦本頓維爾監獄（Pentonville）的設計，建築呈星形，共有四道側翼，其中一道為軍方監獄，由軍方管理，另外兩道由蓋世太保接管，囚禁政治犯。大部分「七月密謀」的涉案人犯便關在這裏。

根據生還犯人後來的描述，獄中情況淒慘：四面牆、一張床（白天禁止躺下）、一把木凳、角落裏釘一張靠牆的小桌、一個臨時拼裝的馬桶——由警衛提供舊報紙做為草紙，沒有紙筆，沒有書，沒有報紙，不准去中庭散步透氣，看不見外面的世界。

警衛由一般獄卒擔任，但他們也受到黨衛軍嚴密的監視；這些黨衛軍多為德裔外國人，從東歐遷回德國，因長期在俄國打游擊戰，早已習慣殘暴的行為。打掃牢房、送飯及傳送刮鬍用具的工作，都由模範囚犯擔任；他們多為猶太人、別的政治犯或耶和華見證會的信徒。除了後者因信仰的宗教不允許他們參與政治，多數拒絕幫助受苦的牢友之外，其他的模範囚犯經常成為犯人與外界唯一的聯繫管道。

牢房內從傍晚到天明都點著燈，只有碰到盟軍轟炸機群飛越上空才熄滅。空襲時警衛躲入地窖，犯人則戴著腳鐐手銬待在牢房內。有一次，一道側翼被炸中，許多人犯因此遇害。奇怪的是，好幾位生還者都表示，遭到轟炸時其實是他們感覺最平靜的時刻，因為那是唯一不受監視的時刻。

囚犯中（大多信仰基督教）有幾位神職人員。天主教的神父藉賄賂或與警衛友好，甚至能夠接受其他犯人的告解及懺悔：由模範囚犯用密封信封傳送告解內容，再用另一個信封帶回神父的赦免詞和一片聖餅。因此囚徒即使面對單獨幽禁以及絕對不准開口交談的規定，他們對基督的信仰仍在監獄中形成一股就連蓋世太保也無法摧毀的強大力量。

每天我們都在普爾西・弗雷的陪同下去看東尼・紹爾馬的律師。他是個頭髮少年白的年輕人，公餘時間是畫家，可能是個同性戀，但肯定很聰明。今天他聽羅瑪莉・申博格說完她去探監的經過之後，兩手一攤，說她非立刻離開柏林不可：這樣去探監簡直瘋狂！到頭來我們一定也會被逮捕；而且我們這樣做對誰都沒有好處！他也認為亞當・特洛還活著，但他接著說：「死了倒比他現在活受罪好。」我似乎是唯一一個盼望戰爭趕快結束，讓他還有機會活下去的人。

我們決定羅瑪莉必須回鄉間去和家人住。她留在柏林並不能幫助任何人，反而一定會被逮捕。艾嘉・傅森堡將繼續每天送東西給東尼；至少她是個新面孔。問題是現在除非持有特別通行證，否則很難離開柏林。不過羅瑪莉剛接到一封電報，說她祖父病危，或許她可以靠這封電報買到車票。

九月三日，星期日　今天雖然是禮拜天，我仍得去辦公室——值空襲班。我什麼工作都沒做，只不斷練習手風琴。接近傍晚時，艾伯特・艾爾茲和羅瑪莉・申博格來看我，我們坐著聊天，聊著聊著，艾伯特突然掏出手槍大吼道：「賽克斯在哪裏？我要取他的首級！」說完便想衝下樓去。我扯住他的空軍制服，因為賽克斯博士正好在他辦公室裏工作。

稍後我們去普爾西・弗雷家吃晚餐。途中艾伯特不斷停車，見到警察就問他們，對赫爾多夫伯爵有何看法。他想看看他們知道多少，如果他們表示整個事件好比「豬舍」，他才繼續聽下去。他真的很瘋狂！這種歇斯底里的表現，只能說是長期承受心理壓力後的激烈反應。

晚上發生嚴重空襲；我們待在面對普爾西住處的地窖裏，因為不敢再回東尼家。

九月四日，星期一　羅瑪莉・申博格今天早上回家，她甚至懶得去申請官方通行證。葛斯朵夫派一位家僕陪她去車站，看著她跳上一列已經開動的火車；她買了一張月台票，混過剪票口。女僕說她看到的最後一幕，是車掌對著羅瑪莉大聲喊叫。雖然我一直催促她離開，卻很擔心她這樣魯莽行動可能招致當局翻出她所有的舊帳。不過東尼・紹爾馬的律師和瑪麗亞・葛斯朵夫都大鬆了一口氣。

我打算再多待一陣子，因為明天東尼便將上軍事法庭接受初審。律師對第二條罪狀，即他表示「下次運氣或許會好一點」，感到悲觀。光是那句話就可以讓東尼送命。幸好他的長官發給他一張褒揚狀。律師說東尼身體很好，情緒也不太低落。他教他如何答辯，別表現得太具攻擊性。我現在很後悔當初勸他打消逃亡瑞士的主意，否則他可能早就安全了。

我還記得東尼告訴我葛弗瑞．俾斯麥被捕當晚的情形：當時他正開車下西利西亞，警方設下路障，也把他攔住。他請警察抽菸，大家聊起天來，他們給他看一張通緝令，指示要逮捕一個駕著一輛銀色塔特拉（Tatra）、載一位女孩的男人。他立刻猜到那便是葛弗瑞和羅瑪莉，因為他知道那天晚上他倆準備去萊因費德。他覺得他們一定到不了，不過他們因為車子拋錨，便棄車改搭火車，才安全抵達萊因費德。

九月五日，星期二　東尼．紹爾馬第一天出庭。結果庭上立刻宣布將審判延後兩週，以搜集來自西利西亞的資料。這年頭能拖就是好事，不過律師很擔心，因為證據愈積愈多，沒有一條對東尼有利。現在就看法官為人如何。今天我也寫了一封信給東尼，因為明天我將離城赴柯尼希斯瓦特。

儘管東尼的律師認為亞當．特洛還活著，如今辦公室裏的朋友卻都相信他已經死了。不論如何，沒有一個人能夠幫他、或幫葛弗瑞．俾斯麥、或蘇倫堡伯爵。多虧奧圖．俾斯麥鍥而不舍努力拖延時間，葛弗瑞的審判似乎也一再延期。報上到現在仍未提起他的名字。的確，一個姓俾斯麥的人居然也想殺希特勒，聽起來實在難堪；就連「那些人」也瞭解這一點。我們只能祈禱和等待，盼望他能夠活下去。

現在我也應該離開柏林了。我還剩下一些病假可以利用。能夠離開令我安心，同時也令我沮喪。過去幾週來，我們一直承受極大的心理壓力，整天腦海裏只想著最近發生的事，其他的事都無暇顧及。雖然痛苦不堪，但我早已習慣活在廢墟裏，日夜嗅聞瀰漫在空氣中的瓦斯味，混合著瓦礫堆、銹鐵，甚至加上腐爛屍臭的味道，想到柯尼希斯瓦特翠綠的田野、寧靜的夜晚和清新的空氣，竟令我感到害怕。

往事歷歷，我的柏林生活似乎就將結束。保羅．梅特涅和泰蒂安娜將在八天後和我在維也納會面，到時候必定會努力說服我繼續待在柯尼希斯瓦特，把身體養好。若身在遠方，或許我還能抗拒家庭壓力，一旦團聚，我可能就會同意。

這幾週來，我一直害怕盟軍會繼續廣播有關「七月密謀」的細節（跟剛開始時一樣），暴露亞當出國旅行的真正目的，因而對他造成更大的傷害；不過盟軍對亞當特別仁慈，態度謹慎，只在德國報紙宣布他已遭處決後才開始寫他。

黨衛隊官方週報（Das Schwarze Korps）最近大肆漫罵「流著貴族血液的豬玀和叛國賊」，但褐衫軍的機關雜誌《襲擊》（*Der Angriff*）最近刊登的一篇文章語氣卻出人意料，表示在這場戰爭中，德國沒有一個社會階級在比例上，比貴族階級做出更大的犧牲、承受更大的痛苦，以及付出更慘重的代價。看來有些納粹黨員已在替自己鋪後路。

大戰結束後，各方證據透露，德國面對即將來臨的失敗，就連黨衛隊——從希姆萊開始——也開始舉棋不定。希姆萊早在一九四二年便曾問過他的芬蘭按摩師克爾斯登（Felix Kersten）：「你覺得那個人是不是瘋子？」他同時開始建立希特勒的醫療檔案。史達林格勒之役使他對希特勒的信心更加動搖，於是，如前文所提，賽克斯自一九四四年便代表希姆萊向盟軍提出和平試探。

有些黨衛軍高級將領的態度更積極。如刑事警察局長，黨衛軍奈比（Arthur Nebe）中將，雖然自己曾在東歐屠殺無數，卻與七月密謀集團走得很近，後來亦被處絞刑。有一段時間，黨衛軍施泰納（Felix Steiner）將軍及狄特里希（Sepp Dietrich）將軍——後者擔任希特勒私人護衛隊隊長多年，亦是一九三四年執行他所策劃之「長刀之夜」（Night of the Long Knives）的主要領導人——曾共同計畫突擊希特勒的司令部。接替卡納里斯管理軍事情報局及安全局合併後、情報機關的黨衛軍謝蘭伯（Walter Schellenberg）亦曾打算綁架希特勒，交給盟軍。「七月密謀」事發期間與之後，希姆萊駐法國巴黎的代表黨衛軍歐伯格中將態度亦相當曖昧。軸心國軍隊在義大利投降，黨衛軍吳爾夫中將是關鍵人物。一九四五年春天，安排帝國行政總監希姆萊與瑞典的貝納多提（Folke Bernadotte）伯爵會談的便是謝蘭伯，希姆萊因此在最後一刻決定結束戰爭。

碧采．西門子（Pütze Siemens）昨天來吃午餐；她是瑪麗亞．葛斯朵夫的好朋友，還在為她和魏茲萊本陸軍元帥一起被絞死的兄弟彼得．約克服喪哀悼。以如此傳統的方式紀念如此反傳統的死亡，似乎完全無法表達一個人內心真正的哀慟。她問了我許多關於亞當的問題，因為他們都是朋友，但我們並沒有提起他的兄弟。我會無言以對。

手上為了打開東尼在被捕前、帶給我們吃的生蠔所劃破的傷口，至今尚未消失。

維也納 九月六日，星期三 待在柏林的最後一晚與艾嘉．傅森堡與喬奇．巴本海姆共度。喬奇陪我坐電車回家，一路吹奏口琴，令同車的乘客大樂。結果他留下來過夜，因為只有瑪麗亞和我在家，我們怕又有空襲，希望有個男人在旁邊。他睡在會客室的沙發上，我睡另一張。早上老廚子瑪莎叫醒我時，哼哼鼻子說：「我年輕的時候哪能這樣！都是『七月密謀』，把整個世界都鬧翻了！」

一九四五年

一月至九月

蜜絲註：自從一九四四年九月請病假離開柏林後，我一直和家人住在柯尼希斯瓦特，努力振作自己，面對大家都心知肚明的大戰尾聲。赴柯尼希斯瓦特途中，我與泰蒂安娜及保羅．梅特涅在維也納停留數天，做了徹底的健康檢查，結果艾賓格（Eppinger）教授診斷，我至少兩個月無法工作。他發現我甲狀腺腫大（所以我才這麼瘦）多少是因為神經緊張的緣故。之後我便開始服用大量的碘。

柯尼希斯瓦特　一月一日，星期一　下了一場大雪，我們大部分時間都待在戶外，笨拙地乘雪橇和玩孩子氣的丟雪球遊戲。家裏食物很多，但我們都在廚房裏用餐，因為僕人陸續消失——男的入伍，女的進兵工廠。現在由管家莉賽特下廚。我們把所有的晚宴服都收起來，平日玩玩遊戲，享受保羅最好的葡萄酒，因為明天我們又得分開了。

一月二日，星期二　保羅．梅特涅將返回軍團報到，醫生宣布去年在俄國前線、差點害他送命那個肺部膿瘡已經痊癒。我會再待一天，陪伴泰蒂安娜，她心情低落。

維也納　一月三日，星期三　今天是待在柯尼希斯瓦特的最後一天，輪流和每位家人長談。看來真的必須等到度過「最後高潮」後，我們才能再度團聚。母親希望我留下，但我的病假已結束，非走不可，否則「人力總動員委員會」會找我麻煩。泰蒂安娜在午夜時分開車送我去馬林巴德。

一月四日，星期四 昨晚在火車上，聽大家談論維也納現在次數愈來愈頻繁的空襲。通常來轟炸的都是從義大利基地飛來的美國機群，時間多半發生在大白天。城內唯一仍在運作的大眾交通工具電車只開到中午。我有點擔心，因為我的行李還是太多，而且還帶了一隻鵝（已拔毛）。幸好，一名俄國前戰俘志願替我提行李，交換一大把香菸。在步行回家的漫長路程中，他告訴我，史達林正計畫下令大赦，「或許我們很快都可以回家了」；他又說最近他幾乎沒有任何東西可吃，所以等我們抵達目的地——安唐奈特・葛納・克勞伊位於摩登納廣場（Modenaplatz）旁的兩房公寓（我將和她住在一起）——之後，便把公寓裏所有能找得到的食物全給了他。安唐奈特人在南斯拉夫，去看她丈夫。

當地人力總動員委員會的召集令已寄到；他們真的連一秒鐘都不浪費！

去布里斯托旅館和法蘭索・恩圖－塔克西斯（Franzl Thurn-und-Taxis）吃午餐。恩圖－塔克西斯家兩兄弟都因身為「皇族」，被軍隊踢出來，在這裏的大學念書。布里斯托旅館從四個月前，我和梅特涅夫婦一起來住過後，到現在一點都沒變。艾弗烈德・波托茨基（Alfred Potocki）和他八十三歲的母親卻仍精神矍鑠的女伯爵「碧卡」，仍然坐在他們的角落裏。俄軍進駐波蘭後，他們被迫放棄舉世聞名的家族產業「蘭卡特城堡」（Lancut）；蘭卡特一直被視為東歐的凡爾賽宮，多虧戈林（戰前他常去那裏打獵）介入，向來只對德國高級指揮官開放，至今仍完好無損。

一月五日，星期五 去了人力總動員委員會一趟。他們建議我去當護士；其實戰爭剛開始時，泰蒂安娜和我便有此打算，卻因持有立陶宛護照被拒。現在他們顯然嚴重缺乏護理人員，甚至不在乎我只受過二十四小時的基礎急救訓練。朋友們告訴我，現在當護士工作極辛苦，難怪他們看到我一副快樂的樣子大吃一驚。

一月六日，星期六　進公寓時，被一堆行李絆了一跤；安唐奈特和她丈夫，約根・葛納回來了。她戴著滿頭髮捲衝出來迎接我，忙不迭告訴我，她去布萊德（Bled）的經過；約根的部隊在那裏和南斯拉夫游擊隊作戰。她顯得十分興奮，因為他們的座車在樹林裏遭到槍擊，結果冷卻器旁被射穿一個大洞，內燃機被毀。她在那兒的生活想必很沉悶：從來不准出門，因為游擊隊喜歡綁架人質。不過她說那兒風景美極了。回家後她顯然很高興。

費德・基堡來看我。他也因為是「皇族」被海軍踢出來，現在也在大學裏念書。

一月七日，星期日　今早上教堂。晚上葛納正經八百地烤了我從柯尼希斯瓦特帶來的那隻鵝。他因為毫無經驗，便一手握住湯匙、一手拿著食譜坐在烤箱前面。結果倒頗令人滿意；我們分了一點給房東——一位德國太太，她先生是上校，在前線作戰。應邀賓客為：法蘭索・塔克西斯、費德・基堡和西塔・弗雷德（Sita Wrede，她在德國空軍醫院當護士）。

一月十一日，星期四　今天是我生日。

西塔・弗雷德已說服德國空軍醫院的醫生讓我進去工作。今早院長約我去面談；他膚色黝黑，在印度住了十八年。這是個好消息，因為空軍醫院算得上是維也納最好的醫院，不過我可能必須上課，因為院方希望，一般護士能在碰到緊急狀況時，取代全部被調往前線的男性看護。訓練課程包括火傷急救（若被派往機場工作便有需要）。我已領到一套紅十字會的制服、一張新的身分證，和一枚金屬名牌——我的名字在上面刻了兩遍，萬一「陣亡」，可以撇成兩半，一半交給我的「至親」——好奇怪的感覺！

晚上費德．基堡帶了一瓶香檳出現，大夥兒一起慶祝我的二十八歲生日。

一月十三日，星期六 和特勞曼斯朵夫（Trauttmannsdorff）夫婦一起喝下午茶，他們住在羅瑪莉．申博格祖父的產業，申博格皇宮（Palais Schönburg）內。那棟小巧雅緻的十八世紀城市宅邸是由當年最著名的建築師，希爾德布萊特（Lucas von Hildebrandt）設計的，外面有大花園圍繞，園裏種滿極美的樹木，可惜位在城中不太好的地段內，附近的街道都有點破舊。宅邸內最具特色的地方，是一間正圓形的小舞廳。

艾弗烈德．波托茨基邀請我、嘉貝兒．凱塞斯達特（Gabrielle Kesselstatt）和列支敦斯登（Liechtenstein）家的三兄弟一起去看戲。他們的長兄是執政王子法蘭茲—約瑟夫；都差不多三十多歲，仍害羞得可憐。看完戲後，大家到布里斯托晚餐。可憐的亞弗烈德絞盡腦汁想引誘他們開口講話。嘉貝兒就住在對街的帝國旅館（Hotel Imperial）裏，未老先耄的艾弗烈德無論如何不肯讓我獨自走路回家，列支敦斯登三兄弟又沒一位自願送我，他便不知從哪裏喚出一位老太太，說是每次他母親想出去散步時都找她作伴。

一月十六日，星期二 俄軍已進占東普魯士。

一月十八日，星期四　我和一大群護士一起到空軍管區指揮部（Luftgaukommando）集合，他們提議派我去薩爾茨卡默古特（Salzkammergut）的伊休溫泉（Bad Ischl）工作，令我兩難：因我不想馬上離開維也納，但如果留下來，又可能永遠都走不掉，因為俄軍正穩定前進。最後我終於打定主意，告訴他們我寧願留在維也納工作。今晚我把這個決定告訴安唐奈特・葛納和費德・基堡，他們都嚇壞了。

俄軍已占領華沙。

一月二十一日，星期日　匈牙利已和盟軍簽定停戰協議。

雖然國內被德軍占領，匈牙利攝政王霍斯海軍上將卻一直沒有放棄停戰的希望。一九四四年十月十五日，他終止與德國的聯盟，並命令阻擋俄軍前進的匈牙力軍隊停止作戰，結果他與家人立刻被送進德國集中營。德方指派法西斯黨領袖薩拉希（Ferec Szalasi）接替他的職位，做為傀儡。蘇聯很快也設立了一個匈牙利政府，並於一九四四年十二月三十一日對德宣戰；那時布達佩斯已被包圍。一九四五年一月，布達佩斯被攻破，圍城期間，約兩萬市民死亡，該城損失了三分之一的人口。勝利的俄軍進城後大肆姦淫擄掠，再將成千上萬的市民驅逐到蘇聯境內。

一月二十八日，星期日　去俄國教堂和聖史蒂芬大教堂（Stefansdom）。才剛回到公寓內，空襲警報就響了。費德・基堡在不遠處他舅舅何亨羅（Hohenlohe）家中發現一間很堅固的地窖。其實我並不喜歡一個人去——因為我根深蒂固的恐懼感，就怕沒人知道我被活埋了！但今天實在沒辦法。等我走出地窖時，發現附近災情嚴重。安唐奈特仍不見蹤影，我開始替她擔心，怕她出事了。

我把蠟燭插在酒瓶裏，坐下來寫信；我們這一區已經停電好幾天，再加上停水。稍晚到帝國旅館，在嘉貝兒・凱塞斯達特的套房裏洗了一個舒服的澡。等安唐奈特再度出現後，我和她踉蹌走到街上的水龍頭旁接水，各提兩桶水回家。本來我們以為可以用水桶裝滿雪當水用，可是雪融化後卻是黑色的，裏面還浮滿了馬鈴薯皮。

一月二十九日，星期一　開始在空軍醫院（Luftwaffenlazarett）上班。醫院舊名為「商人醫院」（Kaufmännisches Spital），一切都好，就是太偏遠；位於城市邊緣第十九區，坐落在山丘上「土耳其戰役紀念公園」（Türkenschanzpark）的後方。光是坐電車去就得花上一個小時，而且現在大眾交通工具行駛速度又慢得教人心慌，因為街道上不是炸彈坑，便是積雪，所以每天早晨六點就得起床。

我和另外兩位助理一起在藥局內工作，上司是丁姆（Thimm）醫生，每天要看差不多一百五十位病人，包括做各種檢查、照X光等。我負責抄錄他的口頭診斷。他來自柯尼斯堡（Königsberg），挺會講俏皮話——或許該說是冷嘲熱諷的話。晚上一直工作到七、八點，中間有半小時的午餐時間，得喝一種極難喝的湯。

替我謀得這份差事的西塔・弗雷德在手術室裏工作；她幾乎從大戰爆發後就一直在當護士，跟我們比起來，資格很老，而且戰前還在西班牙內戰期間做過兩年護士。和她一起工作令我感到心安，她卻因為我沒被調去她的部門感到非常氣憤，堅持說這是院方故意刁難，「因為他們不喜歡讓我們這些貴族在一起工作！」不過她每天早晨都會下樓來看我，帶三明治給我吃；因為她可以取得特別為傷患準備的食物補給，同時還走私一點牛奶給我喝，大約每天一小瓶；所以雖然工作辛苦，令我感覺非常疲累，不過仍希望能保持健康。諷刺的是，我因為健康理由離開柏林的外交部，結果卻來這裏上班，工作量反而沉重許多。其實這樣也好，我就沒時間胡思亂想了……

西塔開始把我介紹給同事和病人。重病患者都住在樓下所謂「地窖單位」內，雖然病房不全建在地下，不過空襲時仍比較安全，因為那些人都不能被移動。醫院裏最優秀的三位護士都在這個特別病房內工作，其中有個女孩個性開朗，名叫艾格妮絲（Agnes），是西發里亞人，我跟她已經挺熟了；另外一個女孩有點醜，名叫露琪（Lutzi），未婚夫是空軍中尉，很年輕；這可憐的傢伙兩週前被送進來，打了這麼多年的仗毫髮未損，最近卻在一次飛行訓練中同時失去兩條腿。他名叫漢尼（Heini），臉頗迷人，大約三十歲，頭髮卻白了。他和露琪雖然相愛，卻不能表現出來，因為院方禁止護士與病人交往。

一月三十日，星期二　由於我尚未正式做護理工作，護士長（她人非常好）特准我不戴護士帽到處走動，別的護士卻已經開始抗議，說我擺出「好萊塢作風」。如今在德國若想符合標準，必須整天灰頭土臉才行！我才不管咧，只要醫生和護士長不講話，我就是不戴帽子！我好不容易才慢慢習慣不塗口紅。西塔．弗雷德一看見我塗口紅就大為緊張，不斷哀求我擦掉。

今天護士長命令我去讓負責替職員看病的醫官蒂利希（Tillich）醫生檢查身體。西塔慎重警告我，絕不可掉以輕心，因為據說他是醫院裏的賈利．古柏；她連得扁桃腺炎的時候都不讓他碰一下。她甚至還去找護士長鬧了一場，等到我去照X光時，她就站在旁邊，雙手扠腰，隨時準備和那個魔鬼交鋒。不過最後她還是得讓我們單獨相處，離開時，一臉的不情願。蒂利希醫生跟我聊了很久——我穿著「簡略」的服裝——談論兩年前我從馬上摔下來，接著脊椎受傷的經過；整個過程中規中矩，不過他的確很有魅力。我猜他是艾賓格教授的明星學生，當初就是靠艾賓格開的證明，我才能離開柏林。

二月六日，星期二 約根．葛納堅持要安唐奈特現在就離開維也納，免得以後走不成。她住在西發里亞的家人也開始緊張，於是昨天她便啟程前往巴發里亞，去和一位老同學住。我一定會很想念她。昨天約根派他的勤務兵來幫忙，也替我打包好行李，因我不想單獨跟歐伯斯特（Oberst）太太住。我打算搬回布里斯托旅館（以前每次來維也納都住在那裏），跟他們長期租最小的房間（我的存款仍然很少）。或許這個辦法可行，因為現在我在「戰時必要單位」（Kriegswichtiger Betrieb）工作。

我的糧票快用完了，得向漢諾威的克里斯欽借一些。他現住在帝國旅館，因為身為皇族王子（而且還跟英國皇室有親戚關係）被陸軍踢出來，後來進大學念書。

早上休假，和布里斯托的經理菲舍爾（Fischer）先生談住房問題，似乎頗樂觀。

二月七日，星期三 今早又發生嚴重空襲。我躲在重患病房的地窖裏，其實情況好不到哪裏去，因為我們可以聽見每一枚炸彈落下來的呼嘯聲，感覺到每一次的爆炸。碰到這種情況，我總是陪在傷勢最嚴重的人身旁，看見他們那麼地無助，自然會變得勇敢些。我替安唐奈特．葛納高興，因為這次空襲炸斷了主要的鐵路線。

二月八日，星期四　又一次嚴重空襲。

泰蒂安娜從布拉格打電話給我，她此行仍是去接受治療。聽到她的聲音真好。

菲舍爾先生通知我，這個週末便可搬進布里斯托。

二月十日，星期六　空襲愈演愈烈。今天是近來第三次遭到轟炸。院長發布命令，指示所有能夠走動的病患，以及較年輕的護士，遇到空襲時不可再待在醫院內，必須走五分鐘左右到貫穿土耳其公園的鐵路隧道內躲避。但附近的人似乎都認為這個隧道最安全，每天都有超過八萬人擠進去。人潮從早上九點就開始排隊，等到警報聲響時，入口處已擠得水泄不通，萬頭鑽動，全往裏面擠。沒有人能每天忍受這種情況，更糟的是，我們必須留在醫院內，等到最後一分鐘才逃出去，所以總是最後一批抵達隧道入口，所以到目前為止，我們才進去躲過兩次。我必須承認自己的膽子（經過在柏林躲警報多年之後）還是很小，現在來維也納，一聽到投炸彈的聲音就開始發抖。

二月十一日，星期日　利用假日搬進布里斯托，他們給我一個極小、卻一塵不染的房間。不過菲舍爾經理表示我可能住不久，因為旅館裏擠滿了黨衛軍的人。我很不以為然；我也是勤奮工作、對社會有所貢獻的勞工，為什麼就不能擁有一個像樣的房間?!

和法蘭索·塔克西斯和漢因茲·丁提（Heinz Tinti）一起吃午餐。法蘭索的公寓被炸得很嚴重，已收拾剩下的財物，搬進隔壁的葛蘭旅館（Grand Hotel）。我們在葛蘭旅館內發現兩輛單車，先沿著旅館內的走道騎了一陣子，接著騎回我的公寓；再把我的行李放在單車上，推回布里斯托。經理告訴我們，上一次保羅·梅特涅來住的時候，留下兩瓶拿破崙白蘭地。既然酒可能會在空襲中不保，他便頗不情願地交了出來，我們把酒也放在單車上推進房裏，開了一瓶。

二月十二日，星期一 空襲。

二月十三日，星期二 空襲。

二月十四日，星期三 空襲。

維也納唯一照常工作的團體是愛樂交響樂團，從醫院下班後，我幾乎每天都去聽他們的演奏會。盟軍在雅爾達舉行的會議已結束。我的小收音機只能收聽到德國的廣播電台，報導當然有限。謠傳德勒斯登一連遭到兩次猛烈轟炸，整座城已被夷為平地。俄軍已進入布達佩斯。

同盟國於二月四日—十一日在雅爾達會面，舉行戰時最後一次高峰會議。邱吉爾、羅斯福與史達林同意加強攻勢，並畫定自戰後存在至今的歐洲國界。

會議開始的前夕，盟軍決定恢復對敵方重要大城進行轟炸，向史達林炫耀強大的戰力，同時打擊德國民心士氣，期望形成大批難民潮，阻斷德軍部隊調度及補給線。當時位於德勒斯登的少數軍事目標及主要火藥庫都在轟炸範圍之外，因此城內幾乎沒有戰鬥機或高射砲的防禦部隊；該城主要以巴洛克時代的建築聞名。結果英國皇家空軍及美國第八航空軍自二月十三日開始，持續猛烈轟炸該城到四月，等於將這個歷史古城徹底炸毀。死於火風暴的市民及難民（有人估計高達二十萬人）達九萬至十五萬人。今天的史家認為，對德勒斯登刻意的摧毀，乃是西方盟軍在二次大戰期間最不公正的暴行之一。就連制定「無選擇性地區轟炸政策」的始作俑者之一邱吉爾，亦在獲得勝利之後感到良心不安，從未公開褒揚過哈里斯空軍元帥及其轟炸隊指揮部。

二月十五日，星期四　好像開始生病了。昨天因為空襲，工作被打斷三個小時，後來一直加班到晚上九點，覺得極難受，趁著醫生替一位病人檢查時，量了自己的溫度：攝氏三十九點四度。丁姆醫生得意地猛搓手，說我只是累了，明天體溫就會恢復正常，又可以回來上班。

收拾東西準備回家時，兩名在昨天早晨被射下來的美國飛行員，分別被兩名德國士兵一左一右扶了進來，傷勢似乎都很嚴重，舉足維艱。其中一個人臉部灼傷，黃髮根根直豎。到目前為止，醫院裏已收容了大約三十位美國飛行員，院方待他們很好，但只在碰到嚴重空襲時，才把他們抬到地下掩體裏。我想跟他們聊聊，但院方禁止。有一位護士曾經在英國做過家庭教師，送了一束花給其中一位飛行員，結果當場被開除。不過有一次空襲期間，西塔．弗雷德帶我去他們住的特別病房。有幾位看起來人很好，但大部分傷勢嚴重，幾乎全身都包了繃帶，幾乎每個人都受到嚴重灼傷。

來我們部門的病人一般狀況都很糟，大部分都超過五十歲或不滿二十歲。通常都剛剛接獲召集令。丁姆醫生必須決定他們是真的病了，還是裝病。因為丁姆醫生有一種惡意的幽默感，所以他與病人的對話有時頗不堪，有時又令人捧腹。

回家的路程又極漫長。

二月十七日，星期六　過去十天每天都有空襲，今天居然沒有。下午醒來後發覺高燒已退，吃了很多顆阿斯匹靈，然後蹣跚走去美容院，心裏祈禱別在路上撞見任何醫生。朋友們來看我。旅館亦送餐到我房間，還算幸運。

二月十八日，星期日　空襲。

早上待在醫院地下室內，後來去看我們的賈利・古柏，蒂里希醫生。他診斷我得了扁桃腺炎，叫我立刻回家，星期三再來上班。我已經完全失聲了。

來醫院上班後這麼快就病倒，令西塔很生氣：「妳這麼嬌弱，他們會怎麼看我們這些貴族？」我倒從來沒想到這一點。

二月二十日，星期二　空襲。

二月二十一日，星期三　今天空襲特別嚴重，警報開始響時，我仍在旅館。大家到地下室集合，盡量往下走；碰見文奇・溫迪施－格雷茨、瑪莎・普羅奈（Martha Pronai）、波托茨基母子、薩佩哈（Sapiehas）夫婦、艾娣・貝希托爾德（Etti Berchtold）和她母親等人。外面的噪音震耳欲聾，爆炸聲和玻璃粉碎的聲音彷彿沒完沒了。

警報解除後，我和維克多・施塔勒姆貝格（Veichtel Starhemberg）一起走到環市道路（the Ring）上，因為聽說列支敦斯登皇宮（Liechtenstein Palace）被炸了。快抵達時，已瞧見皇宮的屋頂不見了，不過建築其他部分似乎損壞並不嚴重。一架被擊落的美國飛機殘骸散落在皇宮前的人行道上，仍在熊熊燃燒，不時發出小爆炸聲，顯然是機上的彈藥。機上的組員幾乎全死了，只有一個人設法彈出飛機，卻被卡在一座屋頂的尖塔裏，雙腿都被切斷。路人告訴我，空襲期間從頭到尾都可以聽見他淒厲的尖叫聲，卻沒有人敢離開掩蔽壕；等他們把他救下來時，他已經死了。

我們繼續往下走。一枚定時炸彈落在伯格戲院（Burgtheater）附近，尚未爆炸，整個區域都被封鎖起來，但我們仍然照常經過，並沒有多想。整座城硝煙瀰漫，隔著環市道路，我們旅館對面的卡爾斯廣場上多了一個巨大的炸彈窟窿。

二月二十二日，星期四 聲音仍極沙啞。自從上次空襲後，公共交通系統已癱瘓，我必須走路去上班，得花兩小時。

二月二十三日，星期五 晚上留在醫院過夜。西塔・弗雷德值班，讓我用她擺在她老闆書房裏的行軍床。

二月二十四日，星期六 又在西塔・弗雷德的行軍床上睡了一夜。在醫院裏過夜比每天來回走數哩方便多了。

蒂里希醫生叫我去當他的助理，因為我在藥局代班的那位護士即將回來上班。我不喜歡這個主意，雖然他人很好，又有魅力，但他兼任我們的政治醫官，負責整飭職工士氣。每個星期一，無論工作有多忙，我們都必須去小教堂聽政治訓話。我報到的那一天，他發表一場簡短的演說，討論「戰爭進入第五年身為護士的責任」；基本要義：別太富同情心，因為多數病患都在裝病；醫生必須嚴格，因為前線需要所有能夠動員的人；不過，若觀察到有病患受到不公平的待遇，我們也應該出面干預。他同時透露一位護士曾經替一位負傷士兵——是她已陣亡兒子的朋友——打了一針，令他暫時殘廢的藥，他因此不必再被調回前線，結果，「她被判處十年徒刑！」我們無能為力，他補充說。我們沒有選擇，就算剩下最後一個人，也必須作戰到底！……云云。那番話聽起來好冷酷，從此我沒有再去參加集會，每次都用川流不息的病人當藉口。我一直以為遲早會惹麻煩，但蒂希里醫生到現在都沒說一句話。

護士長則表示，可能派我去替神經科主治大夫奧爾斯伯格王子（Prince Auersperg）工作；他有點古怪，不過也很有趣，是本地的名人之一。看來我的命運仍未定。

今天正準備回家，警報又開始響起。和朋友們一起晚餐，飯後梅莉·克芬許勒帶我去參加一個派對。他們請了一位查理·庫恩茲（Charlie Kunz）風格的爵士鋼琴樂手表演，非常棒。熬到很晚，一邊啃培根肉，一邊聽他演奏。

二月二十五日，星期日 去史蒂芬大教堂望彌撒。街上擠滿人潮。現在每天有成千上萬的維也納人從郊區湧進城中心，因為據說古老的地下墓窖是最安全的掩體；大家都不信任普通地下室，太容易坍方，而且已有幾百個人遭到活埋。大部分進城的人都來自勞工區，得徒步走幾個小時。

和波托茨基母子一起吃午餐；這頓飯經過精心準備，因為主客是嫁給住在德國占領波蘭境內洛次（Lodz）一位德國百萬富翁的赫瑞茲（Heryz）太太；他們希望能從她那裏打聽到舊家的消息。食物美味極了，甚至還有鵝肝醬。

我現在吃的東西不是醫院裏淡得像水的湯，便是偶爾在旅館裏享受的大餐。如果我的糧票能維持久一點該有多好！每個月過完前十天就全用完了。艾格妮絲護士偶爾會餵我吃蛋酒，那是專門為重傷患調的；幸好他們對蛋酒的興趣都沒有我大，所以總會剩下一些。

過去四年都在城堡皇宮（Hofburg）醫院內擔任手術護士的西西．維爾捷克（Sisi Wilczek）來看我。我們先去找朋友喝咖啡，然後出去散長步。星期三被擊落的那架美國飛機，殘骸仍散落在列支敦斯登皇宮前面，不過大部分零件已被撿拾紀念物的人拎走了。結果列支敦斯登突然從門口冒出來，交給我一台淡紫色的大手風琴，他說他也打算離開維也納，「不再回來！」

不知為什麼，我現在成了所有想躲蘇俄軍隊、離開維也納的人的財務託管人。反諷的是，其實真的應該躲蘇聯軍隊的人是我！等到輪我逃跑的那一天（是否逃得了還很難說），這些東西還不是得全部扔掉。

後來我們巧遇另外一位來自匈牙利的難民賈撒．安德拉西（Geza Andrassy）。他說他姊姊伊羅娜也是紅十字會的護士；她拒絕離開布達佩斯。接著大家一起去赫林路（Herrengasse）上的維爾捷克皇宮（Wilczek Palace）坐了一會兒。之後我回家上床睡覺；現在每天都感覺非常疲倦，晚上幾乎都不出門。

二月二十六日，星期一　塔克西斯兄弟住在波希米亞家族產業內的家人寄給他們一隻鵝，今天大家在梅莉．克芬許勒（Meli Khevenhüller）家烤了它。雖然我們總共有五個人，不過大家都吃得很開心，因為平常我們都營養不良。

「普卡」，傅森堡（Puka Fürstenberg）的父親死了，他是奧地利老派的外交官，很迷人。我發現曾經統治過奧帝國的上一代貴族，和現在這一代在遭到瓜分後、毫無前景可言的小國環境下長大的貴族之間，有天壤之別。後者基本上鄉氣很重，就算腰纏萬貫，也幾乎不會講任何外國語言，而且都沒有住在國外的經驗。雖然他們也挺可愛，但一般來說都是輕量級人物，很少具有這一代優秀德國人才貨真價實的學養；在柏林我就認識很多那樣的德國人。一九三八年的德奧合併，及其各種後果（如種種強制性服軍役、勞役等）以及馬上接著爆發的大戰，當然可能是造成這種現象的原因之一。

二月二十七日，星期二　今天比較早下班，抽空去看住院牙醫。

晚上西西．維爾捷克帶賈薩．安德拉西來找我，三人在我房間裏用我的小電熱器燒晚餐，甚至煮了香醇的咖啡——這得感謝漢諾威的克里斯欽送我一台咖啡機。

二月二十八日，星期三　泰蒂安娜來電話。她現在仍在布拉格，不過馬上就會去漢堡附近的腓特烈斯陸與奧圖．俾斯麥夫婦相聚，因為保羅．梅特涅最近被調去城堡附近的呂納堡（Lüneburg）。去年秋天被判無罪的葛弗瑞，最近終於從一直監禁他的集中營裏放出來，據說也會去那裏。我一直不敢相信他真的自由了，因為「七月密謀」他涉案這麼深。泰蒂安娜即將遠行令我擔憂，現在火車也經常遭到轟炸。

三月二日，星期五　兩天前，我們必須在空襲期間替漢尼（被切斷雙腿的那位飛行員）換紗布。當時他的未婚妻露琪不在；因為停電，我必須提著兩盞油燈，替換紗布的醫生及護士照明。每次清洗傷口，漢尼必須忍受的痛苦簡直令人無法想像，因為他的兩根斷肢等於是被絞斷的，骨頭碎得到處都是，不斷從肉裏刺出來，得用鑷子一片一片挑。西塔說如果我可以看著他的傷口而不感到噁心想吐，那我就什麼都不怕了。起先我還以為自己沒辦法，奇怪的是，我竟然能夠忍受，尤其是在必須幫忙的時候，全神貫注，專心工作，和病患突然疏離，因此所有的感覺都被忽略了。感謝上帝！

三月三日，星期六　今天沒有空襲，總算可以準時回家。醫院裏變得很冷，因為煤炭燒完了。現在就連醫院都無法享受配給煤炭的優先權。

三月四日，星期日　今天和翰西·奧普斯朵夫（Hansi Oppersdorff）走出史蒂芬大教堂時，警報聲響起。現在翰西經常陪我，他因為聲帶遭到槍擊，正在城內接受治療，他只能小聲講話。稍後，我去看梅莉·克芬許勒。她在軍需品工廠內工作，即使俄軍進城，也不可能獲准離開。不過她已從鄉間的家族產業那兒偷偷弄來兩匹馬和一輛馬車，萬一我們必須在最後一秒鐘逃難，可以用得著。

今天接到母親一月二號從柯尼希斯堡寄來的一個包裹，被郵局擔擱了兩個月，打破了以前的紀錄。

三月六日，星期二　富格爾（Fugger）家族的老祖母死了。她的兒子「波弟」是德國空軍的將軍，前幾天來維也納。西西·維爾捷克一直催我去拜託他，把我調到西邊一點的空軍醫院。他的確有點影響力，因為他是一次世界大戰的明星飛行員，獲頒德意志帝國最高榮譽勳章。西西自己將隨所有職工遷往薩爾斯堡附近的格蒙登（Gmunden）。不過她也不想立刻離開維也納，正在設法拖延。漢諾威家族在格蒙登有一座城堡，現在改成醫院。克里斯欽建議如果西西和我真的去那裏，可以去他父母家（由馬廄改建）住；並且答應為我們安排一切。聽他這麼說令人心安，如果我們真的必須逃難，肯定會非常倉促。

三月七日，星期三　西西・維爾捷克帶我去見波弟・富格爾（Poldi Fugger）。他滿頭白髮，臉孔卻仍然很年輕；非常帥，極有魅力。他答應會去找本地的空軍醫官指揮談我的事；此人對我們來說好比上帝，卻正好是他朋友。其實我去關說主要是想讓朋友們放心，他們都覺得維也納守不了十天，我竟然還待在這裏，實在恐怖。的確，俄軍前進速度穩定，就算不馬上進城，也絕非德軍的頑強抵抗，據說德軍防守力早已疲軟。

今晚弗拉希・米托洛斯基（Vladshi Mittrowsky）邀請我、嘉貝兒・凱塞斯達特和法蘭索・塔克西斯到塞赫旅館（Hotel Sacher）的私人宴會廳內吃晚餐。整個氣氛仍具有濃厚的「古風」：戴白手套的侍應生、吃由主人親手射殺的雉、喝擺在冰桶裏的香檳……等等。雖然敵軍離他家門檻不到幾公里，他卻繼續過富豪地主的生活。

三月八日，星期四　空襲。因此必須加晚班。

聽收音機報導，盟軍已渡過萊因河，現在科隆及波昂附近作戰。雖然到處都受到他們的包圍，但德軍在西線的抵抗似乎仍相當頑強。這點令我想不透。如果必須在兩者中作選擇，難道他們不想優先抵擋俄軍嗎？

三月十日，星期六　一位我從來沒見過的穆爾巴克（Mühlbacher）先生替我帶來安唐奈特・葛納和費德・基堡（他也在上個月離開維也納）寫的信。他們倆都在慕尼黑，都懇求我立刻離開維也納。我在旅館前廳跟穆爾巴克先生見面，他本來應負責安排我離城的事，但這並不容易，因為一個星期前當局已下令禁止所有人做私人旅行。結果他遞給我一份由慕尼黑軍備單位核發的空白旅行證，我只需填上名字及地址便可。但光持有這張旅行證還是沒用，除非情況變得一團混亂，否則我不可能離開醫院；可是若等到情況大亂，火車一定停駛，那又可能來不及了。即便如此，安唐奈特為我費的這番心思仍令我十分感動。

半夜，瑪麗安・圖恩（Marianne Thun）替母親從卡爾斯巴德打軍用電話給我；她說母親急壞了，我向她報告最新的情況。

回旅館後，發現母親發來一封電報。艾琳娜從羅馬、喬奇從巴黎分別捎來好消息。太神奇了，到現在私人的信息似乎仍能通過前線，或許是經過瑞士吧。母親要我打電話給她，可是我每晚都試著撥電話去柯尼希斯瓦特，從來沒接通過。

三月十二日，星期一　今天是維也納的黑暗日！

在醫院工作時，西塔・弗雷德衝進我辦公室，通知我大群敵機正朝我們飛來。當時我手邊工作實在太多，不能立刻跟她一起去隧道躲藏。她卻喜歡趁著還不太擠的時候，早早趕過去。等我準備好時，她已失去耐心，說我們乾脆留下來算了，讓我覺得有罪惡感，彷彿都是我的錯似的。其實留下來的人很多，地下室掩體內擠滿傷患和護士。我跟傷患坐在一起；其中一位病人是鮑爾（Bauer）上尉，他是著名的明星飛行員，獲頒橡葉十字動章。他肩膀受重傷，不過仍能起來走動。我們聊了一會兒，但很快燈就熄了，外面的噪音打斷所有的談話。我往地窖裏瞄，瞥見艾格妮絲護士蹲在一張桌子上啜泣，一位年輕的外科醫生正在拍她的背。她平常總是和善又開心，可是每次碰到空襲都會崩潰。我走過去，坐在桌上陪她，和她緊緊抱在一起。外面的哨音及吼聲不斷，我從來沒有在維也納碰過這麼可怕的情況。院方派了一位守望員待在屋頂上，他奉命無論如何不准離開屋頂，後來傳下來一個口信，說隧道遭炸彈直接命中。我們立刻想到躲在裏面的許多病患和護士。果不期然，大約十分鐘之後，待轟炸噪音安靜了一點，扛著擔架的人潮便不斷湧進，受傷的全是一個鐘頭以前高高興興走去隧道的人，看了教人心碎！有些人一直尖叫，其中一個人被擊中胃部，抱住我的腳苦苦哀求道：「麻醉藥，護士，給我麻醉藥！……」然後一直不停呻吟。醫生當場就在地窖裏替好幾個人動手術。院長卻在一旁不斷咒罵，不聽從他命令留在醫院裏的人。他發現幾乎所有職員此刻都集中在這裏，變得怒不可遏：「如果現在我們被炸彈炸中，我豈不是要損失所有的職員?!」據說當一部分病患走到隧道外面想透口氣時，一枚炸彈正好掉在隧道出口前方；還有些人說，當時誤傳空襲警報已解除……總而言之，有十四個人當場被炸死。大批倖存的受害者被抬進我們地窖的那一幕，我永遠都不會忘記。

稍後，我們爬上屋頂，往城裏眺望。奧爾斯伯格教授說，他看見歌劇院在燃燒，可是當時煙塵瀰漫，實在看不清楚到底發生了什麼事。

晚上，威利．塔克西斯出現。他聽說隧道被炸，很替我擔心。他一直等我把工作做完，陪我走回城內；一路上滿目瘡痍。他說城中心災情嚴重——歌劇院、賽馬俱樂部、甚至連我們住的布里斯托旅館，都被炸了。我問他我的房間還在不在；他說不知道。等我們走到城中心時，已經入夜，但很多建築仍在冒著熊熊火光，你甚至可以在旁邊看報紙。而且到處瀰漫濃濃的瓦斯味，就和柏林最慘的日子一樣。

我們先去赫林街上的維爾捷克家慰問他們。西西得了扁桃腺炎，又發高燒，躺在床上。每個人都有點歇斯底里，彷彿喝醉了似的。據說被炸得最慘的是賽馬俱樂部，地窖裏死了兩百七十個人；到現在建築物本身仍在燃燒，無人能接近。喬絲．羅森費德（Josy Rosenfeld）告訴我，在最緊張的時刻，她緊緊抓住波弟．富格爾，因為她覺得空襲期間，能躲在一位獲頒勳章的空軍將領旁才最安全！

波弟還留在城內，等待安葬母親，可惜此事一直懸宕未決，因為棺材嚴重缺貨。剛開始人們還湊合著用補窗槅的卡紙嵌板做棺材，後來連卡紙嵌板都找不到了。幾天前，梅莉．克芬許勒才對我說，她不准我現在死：「妳絕對不可以這樣對待我們！」暗示替我辦喪事會太麻煩！不僅棺材缺貨，而且連掘墳都得親戚朋友親自動手，因為挖墓工人都當兵去了。結果很多地方都堆了一大堆等待下葬的棺材。幸好現在還是冬天，那景象僅僅怪異而已；天知道等春天來臨，雪融之後會變成什麼樣子！前幾天有人替一位死去的上校舉行隆重的葬禮，甚至請來軍樂隊，結果棺材被降下墓穴當兒木蓋突然滑落，竟露出一位灰髮老婦的臉孔——葬禮繼續舉行！

從維爾捷克家出來後，我們繼續查看災況。歌劇院仍在燃燒；布里斯托沒有一扇窗子完好如初，從街上一眼就可以看見裏面的餐廳。外面萬頭鑽動，每個人都衣衫不整，滿身硝煙味兒。

我和波弟．富格爾及他女兒諾拉、他妹妹絲維雅．明斯特（Sylvia Münster）一起吃晚餐。波弟的前妻在戰爭爆發以前嫁給前奧國首相舒施尼格（Kurt Schuschnigg），現在兩個人都被關在集中營裏。

一九三四年七月，馮．舒施尼格博士（一八九七—一九七七）繼被刺身亡的道弗斯（Dolfuss）

成為奧國首相。因為堅持反對希特勒於一九三八年三月執行之德奧兼併，與其妻一同遭到逮捕，大戰期間一直被關在集中營內。一九四五年，美軍釋放了他，餘生在美國教書。

布里斯托的管理階層實在厲害：旅館內停電，只得在每張餐桌上點蠟燭，此外，一切如常。飯後我們走路去隔壁彼得・哈比格（Peter Habig）開的店，觀看仍在燃燒中的歌劇院。彼得眼眶裏噙著淚水；對維也納人來說，鍾愛的歌劇院遭到摧毀，無異為個人的悲劇。

維也納歌劇院於一八六九年在法蘭茲—約瑟夫皇帝御前，以莫札特的歌劇《唐璜》（*Don Giovanni*）揭幕啟用。巧的是，該院被炸毀前演出的最後一齣歌劇，竟是華格納的《諸神的黃昏》（*Götterdämmerung*）。歌劇院被炸毀，連帶焚毀總計一百二十齣歌劇的場景，及大約十六萬套的戲服。戰後奧國人生活雖十分艱苦，然而歌劇院的重建卻一直被全國上下視為當急要務。歌劇院終於在一九五五年十一月重新啟用，不啻象徵了「文明奧國」的重生。

三月十四日，星期三　今天又得步行去醫院上班；現在往返得花四個鐘頭！我非想辦法搭便車不可，不過現在馬路上到處堆滿破磚瓦礫，沒有車輛能夠通行，每個人都用走的。

三月十五日，星期四　醫院放我兩天假，然後我將換工作，轉到「部隊顧問服務及福利」單位。我還不太清楚工作內容到底是什麼，可能包括與本地空軍管區（Luftgau）通信討論院內傷患升級及授獎事宜，同時替他們的私人問題提供顧問服務。這份工作必須和三教九流的人接觸，院長似乎認為我擅長此道。不幸我還得處理所有與死亡有關的事情，自從隧道掩蔽壕被炸的悲劇發生後，我們和許多死者的親屬會談過。今天有一位死者的未婚妻來見我，所有血淋淋的細節她都想知道。

三月十六日，星期五　今天早上又有空襲。我穿越歌劇院廣場走到薩赫旅館，因為聽說他們的地窖比布里斯托的安全。塔克西斯兄弟和漢因茲·丁提也和我一塊兒去，結果在裏面待了四個小時，幸好一切平安，不過每個人似乎都比以前更緊張。警報解除後，儘管聽別人說火車已停駛，喬絲·羅森費德仍直接去車站（她們家在林茲附近有產業）。她變得歇斯底里，連在維也納多待一晚都不願意。她留了些蛋給我。

三月十七日，星期六　今天，西塔·弗雷德和我又在薩赫旅館的地窖內待了幾個鐘頭。那個地窖看起來的確很牢固，不過炸彈到底會從哪個角度炸過來，誰也無法預料。

猛烈轟炸開始後，家人不斷捎來家書，語氣都急瘋了，我卻無法回信，因為維也納對外郵件服務已中斷。

三月十八日，星期日　和翰西·奧普斯朵夫一起上教堂，然後去探望仍臥病在床的西西·維爾捷克。歌劇院被炸毀的那天，她叔叔凱利寫了一封信給我，日期註明為「維也納有史以來最悲慘的一日」。可憐，他傷心透了；西西的父親也一樣。法蘭索·塔克西斯告訴我，維也納對他們那一代的重要性就像臥室對我們：每個角落都「屬於」他們，每一塊石頭他們都一清二楚……

和嘉貝兒·凱賽斯達特及另一位波蘭難民，塞巴斯提恩·魯伯莫斯基王子（Prince Sebastian Lubomirski）在布里斯托吃午餐。波托茨基母子一直拖延離城的日子，終於在三天前離開。看不見他們感覺好怪；我們這群人已經變得如同一家人，每個人離開都會留下一片空虛感。餐後到對街嘉貝兒的旅館內喝咖啡。她剛買了幾頂新帽子——這是現在唯一不需用配給券購買的衣飾類。由於她持有列支敦斯登家族的護照（她是執政王子的表妹），現在隨時都可以乘汽車離城。

三月十九日，星期一　又過了彷彿噩夢的一天。

這次敵機在醫院內進行地毯式轟炸；當時我們躲在上次悲劇發生的隧道內。自從上次事件發生後，院方從醫院接了一條直通電話線到隧道內，傳達在屋頂上守望人瞭望的結果。今天有三枚炸彈擊中隧道；西塔．弗雷德大叫道：「蹲下！」——因為我比大部分的人都高，她怕我首當其衝，承受空氣壓縮力。起先病患驚惶失措，彷彿牛群般尖叫亂竄，過了一會兒，才慢慢平靜下來。雖然每次爆炸都會震倒一批人，不過並沒有人受傷，隧道也沒有坍塌。另外七枚炸彈落在醫院內，一枚炸中手術室，貫穿三層樓後才停下來，然後就在地下室掩蔽壕正上方爆炸，所有的窗子都被震碎了。

一架美國飛機墜落在附近的土耳其公園內，院方派了幾名職員去把機上組員抬回來；他們只找到四個人，另一個人不見了。

我們奉命清除善後，在成堆破碎玻璃和瓦礫之間蹣跚踟躕。我將接替其職位的那個女孩歇斯底里發作：她在路上遇到空襲，不得不躲進一間小屋內。我先讓她回家，然後繼續撿拾炸爛的家具和窗櫺。

快到六點時，我決定回家。走到一半，有人從樓上朝街心扔下來一扇破窗框，把我的手劃破了一個大口子。結果一輛軍用汽車停下來，把我送到維爾捷克家；我本來想找西西，但她出去了，結果她父親用一條毛巾包住我的手，讓我撐回布里斯托旅館，由薩佩哈夫婦接手照顧我。他們說我的傷口怵目驚心。

現在日子變得很難捱，因為城裏已停水幾個星期。旅館如何繼續供應三餐，令我百思不得其解。現在也沒人敢喝茶或咖啡。夜晚也沒燈，西西送給我的聖誕蠟燭也都快用光了。晚上，我經常摸黑坐在房間裏練習手風琴。

三月二十日，星期二 街上覆滿一層碎玻璃。現在我都搭便車去醫院。雖然不容易搭到車，不過我眼明腳快，連續兩次攔下同一輛軍用汽車，後來那位駕駛答應以後會注意找我，因為他每天都會經過我走的路線。彼得．哈比格也答應把他新弄到的單車借給我，因為他白天並不需要用車。有了單車我就可以獨立了。

再度發生空襲，但未造成災情。

三月二十一日，星期三 今天的空襲持續了五個小時，但未造成損害。敵機從義大利飛來，一直飛往柏林——挺大的成就！

居然接到喬奇寄來的一封信。他仍在巴黎，在一家新聞社工作，同時繼續在科技學校念書。他建議全家人「守在一起」；俄國人會說這是「隔岸救火」的建議。此刻泰蒂安娜和保羅．梅特涅在北方；父母住在柯尼希斯瓦特；我被困在維也納城內！……不過喬奇當然是好意啦！

三月二十四日，星期六 每天晚上我都和塞巴斯提恩．魯伯莫斯基走到地下室，用大果醬瓶裝滿水回房間；雖然旅館每天會在房客的盥洗池裏放一小杯水，不過因為空氣裏滿是煙塵，很容易口渴。最近我都趁著空襲期間在醫院裏洗澡，不過現在這麼做已變得太危險，我不敢了；況且就連醫院裏都缺水。所有戰俘，包括那批飛機被擊落的美國飛行員，只要還能走動，都被派去附近蓄水池提水。雖然大家都知道池裏的水污染嚴重，仍照用不誤，甚至用來煮飯。衛生標準每況愈下，護士亦開始接種霍亂疫苗，因為布達佩斯已經開始流行傳染病了。不過我們都忙得焦頭爛額，根本沒時間多想或擔心。

我即將搬去維爾捷克家住。西西下週將與她的醫院一同撤退，但她的哥哥漢西是預備軍官，雖然負傷，仍須留守城內，直到俄軍攻來。至少他能提供我俄軍進展的最新消息。已開始運送行李到赫林街。

工作人員終於挖出一條路，通到賽馬俱樂部坍塌的地窖內，並開始掘出屍首。那股臭味令人作嘔，留在鼻內幾天都不散。通常我都騎單車繞到史蒂芬大教堂，避開那條街。

三月二十六日，星期一　今天是接下新工作的第一天，非常忙碌。

昨天我和凱利·維爾捷克叔叔正在前往史蒂芬大教堂望彌撒（昨天是受難週的第一天）的路上，警報響了。空氣中煙塵瀰漫，太陽已下山，我們坐在米迦勒廣場（Michaelerplatz）的教堂石階上，法蘭索·塔克西斯偶爾會過來向我們報告敵機的方位。

上個星期六，凱利叔叔告訴我，當薩佩哈夫婦終於獲准攜帶財產（是他們從波蘭逃出來時，用一輛卡車運來的）離開維也納時，半夜打電話給他說，車上還有些空間，可以帶一些波托茨基母子寄放在列支敦斯登皇宮內的東西走。凱利叔叔馬上帶一批可以立刻取出的箱子過去裝車。等他們離開之後，他盤點了一遍。波托茨基家族的蘭卡特城堡內擁有世界聞名的瓷器、家具及華托（Watteau）和弗拉戈納爾（Fragonard）的名畫等，全是他們家族的祖先在法國大革命期間，凡爾賽宮遭掠奪時廉價購得的。多虧戈林出面干預，這些寶物才安全抵達維也納。不過，凱利叔叔很不好意思咧嘴笑了笑說，被薩佩哈夫婦的卡車載走的那批東西，卻是波托茨基家族的交響樂隊樂器！當然這些樂器也算得上是十八世紀的古董，不過你可以想像可憐的艾弗烈德（波托茨基）開箱時的表情……

三月二十七日，星期二 在醫院裏出了糗：我替幾名士兵頒授勳章，卻不知道只有院長才有權利頒獎。但公文放在我桌上，註明這件事必須立刻辦！結果院長氣壞了，因為他把這種事看得很認真。

回家途中，看見賈薩・帕賈斯維奇（Geza Pejacsevich）的汽車停在米迦勒廣場上；他是西西・維爾捷克的姊夫。我嚇了一跳，手裏抱的東西都掉了，因為這裏沒人有這麼大的膽子，除非不怕死。他雖在匈牙利出生，卻持有克羅埃西亞護照，因為他們家族的產業都在前南斯拉夫境內。他有一位兄弟本是克羅埃西亞駐馬德里大使，後來投奔同盟國，他因此受到拖累，剛被克羅埃西亞外交部解僱。賈薩來接西西，如今卻困在維也納城內，必須等找到足夠的汽油後才能啟程。

稍晚我騎單車去布里斯托拿我的手風琴，回來時想試另一條捷徑，結果那架該死的手風琴就在我經過賽馬俱樂部時掉了下去，我彎腰去撿，卻撞見停在瓦礫堆前的一輛卡車。那地方還是一股可怕的臭味，我抬起頭，赫然看見卡車後面裝滿沒綁緊的布袋，最靠近我的那一袋裏伸出一個女人的兩條腿，雖然還穿著鞋，其中一隻鞋的鞋跟卻掉了。

賈薩載我回醫院，我發現西塔．弗雷德的情緒極怪異。她溜進我辦公室，悄聲對我說，她有話不吐不快：自從手術病房被炸毀後，病患床位變得非常擠。以前地窖裏有所謂的「水療單位」（Wasserbad-station），這是奧國人的發明，非常有用，裏面擺了很多澡缸，讓脊椎受傷的病患日夜躺在溫水裏，甚至讓他們睡在水裏，從來不移動；不僅可以防止骨髓滲出骨頭，同時能減輕許多痛苦。以前我常去那裏探望一位俄國戰俘；他非常年輕，傷勢嚴重，整天都在哭。我希望用母語跟他交談可以讓他好過一些，果然沒過多久他就開始吹口琴，感覺好多了。可是自從停水後，我們必須把這些病患抬回乾床上。有一名塞爾維亞人不知染上何種壞疽症，味道非常難聞，不可能讓他和其他病患住在同一間病房內，最後只好讓他一個人住一間病房，讓其他八張床空著。醫生早就放棄他了，可是他一直撐著，院方急著用空床，經過「祕密會商」，現在決定讓他「解脫」。西塔剛才發現這件事，情緒很壞。她帶我去看他的情況有多嚴重。我們走到他床邊，她掀起被單，讓我看他已變得跟煤炭一般黑的手臂，西塔毫不費力氣就可以用手指戳進他肉裏。他一直用詢問的眼光看我們，好可怕！

下班後賈薩來接我，我們把車開到卡蘭堡（Kahlenberg）坐了一會兒，整理思緒，然後才返回城內，去向嘉貝兒．凱塞斯達特告別；她終於可以離城了。接著到布里斯托和弗拉希．米托洛斯基一起吃晚餐。我在去旅館的路上，看見一個老人用一台小獨輪手推車推一具棺材，上面寫著「馮．拉瑞許先生」——可能是賽馬俱樂部的受難者。我推著單車從他身旁繞過，快要碰到他袖子時才想起來應該問他一件事——棺材是在哪裏買的？

維爾捷克皇宮內也逐漸人去樓空：西西的父母和漢西的太太芮妮，已在十天前離城，如今家裏只剩下凱利叔叔、漢西、西西、賈薩、塔克西斯兄弟（他們家兩個星期前被炸毀）和我。

俄軍已越過奧國邊境，正迅速推進中。聽說德軍幾乎沒有反抗。

維也納賽馬俱樂部會址所在、即位於著名之薩赫旅館轉角處的菲立普斯皇宮（Phillipshof），其廢墟於一九四七年被夷平，改建為公園。大部分受害人屍首一直沒挖掘出來，至今仍埋在地下。

三月二十八日，星期三　西塔・弗雷德一直堅持要我去找院長丁姆醫生談話，向他解釋我身為一名白俄，萬一紅軍進城時逮住我，將「很不健康」。今天我照她的話做了，結果他回答我，說他是業餘的星相學家，根據他最近的計算，元首還會再活十年；也就是說：戰爭還沒有失敗！然後他愈說愈激動，最後還對我大吼大叫，警告我最好別到處散布謠言，擾亂民心，否則他會叫當局以「失敗論者」的罪名逮捕我……云云。

走出他辦公室時，我打定主意以後再也不提這件事，但只要我覺得時機到了，我就會逃走。姑且不論我個人的情況，院方對撤離病患與職員毫無計畫，簡直令人不可思議，同時俄軍已抵達等於是郊區的維也納新城了！

今天賈薩・帕賈斯維奇又來載我回家。

三月二十九日，星期四　西塔・弗雷德開始宣戰了。今天她和院長「火爆會談」，要求被調去拜羅伊特。院長立刻威脅道：「如果再聽到別的職員散布失敗主義論」，他打算把我們全調到前線去。

今晚我正安靜地在辦公室裏工作，西塔突然衝進來報告最新消息：空軍管區剛剛來通知，整個醫院，包括傷患、職員及器材，必須立刻撤退到提羅爾去。

賈薩．帕賈斯維奇來載我回家，我試著發電報給家人，向他們報告最新的好消息，可是郵局不接受電報。火車也停駛了，整座城都陷入恐慌狀態。

三月三十日，星期五　整個早上在辦公室裏打包我認為最重要的東西，同時趕辦急件。我們奉命將所有不必要的文件焚毀；做這件事我挺樂的，因為反正它們全是官僚公文。但仍有許多傷患需要協助及建議，所以整天都很忙碌。

下午四點，護士長叫我們晚上九點回來報到，第一批傷患及職員將在那個時候離開。西塔．弗雷德和我都屬於第一批走的人。賈薩．帕賈斯維奇和我趕回薩赫旅館去通知西塔，因為今天她正好休假，但我們沒找到她，只留了張條子，然後我便趕回家去收拾行李。

賈薩一直不相信醫院真的會撤退，不斷催促我跟他、西西．維爾捷克及西塔一起逃走。但他必須先替他的車子取得通行證，而且我們也必須得到醫院的許可，否則會被視為逃兵。

以前曾擔任希特勒青年團領導人、現在是維也納市長的希拉赫（Baldur von Schirach）在城內貼滿告示，宣稱將把維也納變成一座堡壘，反抗到底。

希拉赫（一九〇七－一九七四）的母親雖是美國人，卻很早便成為狂熱的納粹黨員，曾在一九三一－四〇年間擔任希特勒青年團領導人，接著奉派擔任維也納市長。儘管到後來他亦對希特勒喪失信心，但他仍然參與了對猶太人的迫害活動，而且在「七月密謀」發生後，亦追緝逮捕了不少反納粹分子。

我在薩赫旅館前面碰見波弟・富格爾的女兒，諾拉。她眼淚汪汪的，說約好來載她離城的卡車沒出現。

西塔和我帶著所有能帶的行李趕去醫院，結果發現院內一片混亂，根本沒有人離開，而且沒有人知道我們該離城了。西塔去找護士長談，最後終於拿到我們的旅行證。院方不管我們用什麼方法離城，但要求我們必須在四月十號到提羅爾位於史瓦扎克—聖維特（Schwarzach-St Veit）的空軍基地醫院內報到，這表示我們有十天的旅行時間。現在到處兵慌馬亂；碰到赫格勒（Högler）教授，他說他準備留下，因為太多病患傷勢嚴重，無法移動，很多大夫亦有同感。現在醫生們在開會，謠傳將給無望痊癒的傷患打針，免得他們落在俄軍手中。

羅瑪莉・申博格在戰場上負傷的軍官長兄當時便躺在布拉格醫院中，幾天後他被拖下病床，遭俄軍冷血謀殺。羅瑪莉有五位兄弟，全部都在大戰中死亡。

三月三十一日，星期六　西塔・弗雷德回醫院探望大家。部分傷患及較年輕的護士已經離開，其他人則很驚訝我們仍留在城內。

中午，當局公布一項籠絡人心的政策：任何匈牙利牌照的車輛都不准離開維也納，否則將被沒收！賈薩・帕賈斯維奇的牌照便來自布達佩斯！他無視這項規定，繼續蒐尋汽油。我乘機四處向朋友道別。彼得・哈比格認為大家都急著離城是件奇怪的事；他打算留下來，不過他年事已長，冒得險並不大；而且他認為維也納會跟柏林一樣，拖很久。我並不同意。柏林是柏林，維也納是維也納！——完全是兩碼子事。然後我在歌劇院廢墟外撞見瓦利・賽柏（Wolly Seybel），他戴著一頂大禮帽，手上甩著一把雨傘——雖然神氣，卻完全不合時宜。不過他是維也納出了名的花花公子，他說：「真可怕，不過你又能怎麼辦呢？我是不走的！」

我們最後再把行李整理一遍。西西・維爾捷克不停重新打包她那一百零一個背包，拉斯婁・薩坡瑞（Laszlo Szapary）和厄文・申博恩（Erwein Schönborn）來幫我們把最後幾樣東西塞進包包裏。他們倆才剛從申博恩皇宮（Palais Schönborn）的瓦礫堆裏爬出來；空襲時，他們還來不及躲進地窖裏，一枚炸彈已落入皇宮的中庭內。整棟建築損壞嚴重，現在他倆想在瓦礫堆裏找出厄文的射擊紀念獎品；他有很多銀座象牙，還有兩頭紅毛猩猩標本，可能都毀了。拉斯婁打算回他自己的產業去，但那個方向已經可以聽見槍聲。俄軍已逼近巴登貝維恩（Baden-bei-Wien）。

賈薩此刻大顯身手：他同時在三個不同的地點跟三批人約好見面；又不斷到各個炸毀的地窖內跟可疑人物約談，那些人都答應以天價美金賣他汽油，簡而言之，他興奮得要死，卻讓我們三個女人愁眉苦臉守著包袱，等待奇蹟發生。

我帶他去帝國旅館找山卓・索姆斯（Sandro Solms）；山卓是外交部官員，將決定羅馬尼亞、保加利亞等國傀儡政府人員的命運，把他們撤退到薩爾斯堡郊區去。我們不敢告訴他，賈薩已被自己的外交部踢出來，只拿出他的克羅埃西亞外交人員護照，做為他持有匈牙利牌照車輛的理由。可憐的山卓卻向我們抱怨，自從希拉赫上台之後，他已被架空；他接著建議我們去包豪斯廣場（Ballhausplatz）——過去是前奧帝國首相的皇宮，現已改為希拉赫辦公室。

賈薩進去捋希拉赫屬下的虎鬚時，我坐在車裏等；他去了很久，我本想跟進去找他，卻怕車子被沒收充公，不敢離開。後來他終於出現了，毫無進展！現在他才開始自責，把我們延誤在維也納全是他的錯。他說那群下僚態度友善，立場卻很堅定：所有證件都需市長親自簽名，但現在他不在城內。明天再來吧！

回到維爾捷克府邸，發現每個人都極端亢奮。漢西的軍營已進入全面戒備狀態；形形色色的人潮不斷經過門房小屋前方：提水桶的安妮．圖恩、扛梯子的厄尼．申博恩（他還想挖出他的紅毛猩猩）；胸前戴滿勳章，蓄一把黑色大鬍子的費齊．霍亨洛厄（Fritzi Hohenlohe）剛從西利西亞逃出來，帶回來一大堆描述俄軍集體強姦女人、濫殺無辜的恐怖故事，聽得在座男士，從凱利叔叔開始，驚惶失措。西西和我決定，如果賈薩明天還想不出辦法來，我們倆將徒步逃亡，否則凱利叔叔可能會狗急跳牆，惹上麻煩。

大戰末期，約有一億德國人從他們位在東歐及歐洲中部的家園倉皇逃難，約有五十萬人死在路上，許多女人都被強暴。

和法蘭索．塔克西斯一起午餐，我們用泰蒂安娜寄給我的最後一批糧票買來巨大的炸肉排，放在酒精燈上烹煮，雖然十分油膩，卻極可口；並用塔克西斯家族上好的葡萄酒（都是法蘭索從被炸毀的圖恩—塔克西斯皇宮地窖內搶救出來的）沖下肚裏去。雖然有點浪費，但留給入侵者更可惜。法蘭索的兄弟威利，似乎參加了某奧國地下反抗軍組織，一副極神祕的樣子衝來衝去。

這正是稱為「〇五」的軍事組織，他們與其他反納粹地下組織互通聲息，協調行動。大戰一結束，該組織成員便成為重建奧國民主政府的主要分子。

晚上法蘭索安排了一頓真正的送別晚餐。現在逃難隊伍又多加了賈薩的姊夫：卡皮斯坦．艾當莫維奇（Capestan Adamovich）——這麼絕的名字！他剛帶著老婆和許多孩子從克羅埃西亞逃出來，現在坐在這裏，認定賈薩會帶他繼續往西逃。西西．維爾捷克的表姊，琪娜．列支敦斯登（Gina Liechtenstein，她嫁給執政王子）寄給她一瓶很特別的鎮定神經的補藥，我們輪流對著瓶嘴大口吞，很快就把整瓶喝光了。我不停用我的小酒精燈煮咖啡，保羅．梅特涅的最後一瓶白蘭地也壯烈犧牲了。

凱特琳．金斯基（Katalin Kinsky）和她的兩個女兒，以及佛瑞迪．帕拉維奇尼（Freddy Pallavicini）因為也持有匈牙利汽車牌照，現在和賈薩同病相憐。吉嘉．貝希托爾德（Gigha Berchtold）本來開了一輛裝滿糧食的汽車過來，半路上遭蓋世太保攔截，沒收了所有的東西，車子充公，叫他以後用走的。他年輕的時候可是風流倜儻的名公子。帕里．帕爾菲（Pali Pálffy）也是，現在他也被困在城內。

這批人在大戰期間一直活在過去的「黃金時代」中，住在商店裏堆滿商品的國家裏（布達佩斯直到前一陣子對德國占領之歐洲各地而言，仍有如聖地麥加），有寬敞豪華的家族產業可棲身，不用服勞役，不用吃苦，更不用擔驚受怕；他們經常渾然不知或根本不在乎戰爭到底為何物。如今，在一夜之間，他們的世界整個垮了，俄軍侵略他們的家園，所到之處，無一倖存。隨著俄軍不斷前進，難民潮的國藉亦不斷改變，最新的一波來自多瑙河對岸的布拉第斯拉瓦（Bratislava）地區。

俄軍已進駐但澤，那正是大戰發韌之地。

四月一日，星期日　去史蒂芬大教堂望大彌撒，不知日後是否還有緣再見，尤其捨不得右邊小教堂內，泰蒂安娜最鍾愛的那尊聖母像。稍後到凱恩特納街（Kärntnerstrasse）上帕多瓦的聖安東尼小教堂內祈禱。

賈薩．帕貴斯維奇又去了包豪斯廣場一趟，結果他們說希拉赫仍未回城。西塔．弗雷德聽到這個消息後，秉持一貫作風，決定接管大局；她說希拉赫現在一定躲在卡蘭堡內、特別建造的私人掩蔽壕內，又說她認得他的高級副官，韋斯豪夫（Wieshofer），要親自去對付他。說罷便領著賈薩開車走了，留下西西．維爾捷克、梅莉．克芬許勒和我，在充滿懸疑緊張的氣氛下午餐，吃附近茶室供應難以下嚥的三明治。

梅莉依舊很平靜，計畫在最後一分鐘駕著她的馬車溜出維也納。我們談到在這裏認識的年輕男仕們，多數似乎都已化成空氣消失了，甚至沒跟我們道別，更遑論幫助我們。或許這也不能怪他們，因為男人的情況可能比我們女孩更危險。即使如此，我們仍忍不住慨嘆身為所謂的「弱者」，並沒有得到應得的保護。僅就這一點來看，老一代與年輕一代的差別再一次有天壤之別！要不是還有照顧我們無微不至的賈薩，誰會管我們呢？

一夜之間，希拉赫神經兮兮的宣告，便如雨後春筍般到處張貼，一再強調大家必須保衛「祖先的土地」，不受「最後一批野蠻人」的侵犯；他不斷引用十七世紀波蘭國王索比亞斯基（Jan Sobieski）戰勝土耳其人的例子。

西塔與賈薩終於回來了。這一次，輪賈薩坐在車內，由西塔攻入聖地，將所有奴才小人推開，直接撲向希拉赫的高級副官韋斯豪夫——有時候弗雷德雙胞胎姊妹結交的奇怪朋友還真有用處——韋斯豪夫很快帶她去見希拉赫。西塔提起她與亨里希．霍夫曼（Heinrich Hoffman）的交情——霍夫曼是希特勒的御前攝影師，恰巧也是希拉赫的岳父），接著要求希拉赫核發特別許可證，讓賈薩離城。起先希拉赫似乎願意合作，可惜在打了一通電話後，口氣大變：「我剛才聽說帕賈斯維奇伯爵已不再是代表克羅埃西亞的外交官了！」西塔表示她對這件事毫不知情，接著解釋賈薩必須載三位護士去新單位報到。希拉赫答說他愛莫能助，但賈薩可以等他撤出所有大使館時，跟他的舊同事一起走，否則只好留在維也納；其他免談！西塔回家見到我們之後，還為韋斯豪夫掉了一滴清淚，因為他在分手前對她說：「永別了！我們將死守在這裏，直到城亡！」我十分懷疑，覺得他們很可能會在最後一分鐘逃亡。

維也納被俄軍攻陷之時，希拉赫果然逃往西方，並輕易混入美國人之中找到工作；後來自首，結果在紐倫堡大審中因反人道的罪名被判處二十年有期徒刑。他是少數認罪的人之一，自懺教導年輕一代的德國人信仰後來變成殺人魔王的希特勒。

賈薩當然不可能和他的舊同事一起走，他們彼此蔑視。最後，我們女孩子決定自己上路，減少賈薩的負擔；若不必替三個女人擔心，他的出路一定比較多。接著法蘭索．塔克西斯（少數留下來的「忠實」男仕）被派去車站查詢火車出班表，回來後報告大部分火車都已停駛，但仍可試試往返於維也納與林茲之間沿多瑙河行駛，經過各個種葡萄小村落的多瑙線（Donau-Ufer Bahn）。下一班預定凌晨四點發車。

我們叫西塔回薩赫旅館去睡個午覺；西西消失在漢西房間內，與哥哥話別；賈薩和我則繼續煮咖啡；沒有人更衣。賈薩告訴我，他現在聯絡上三名黨衛軍內身分可疑的低級軍官，願意給他假的汽車行照及牌照，條件是載他們三個人離開維也納——沉船上的老鼠都準備開溜了！賈薩很想冒險試試看，因為沒有別的選擇，而且照目前混亂情勢來看，這招或許行得通。

大家在赫林街道別，可憐的凱利叔叔看起來很不快樂；誰知我們何年何月才能重聚?!然後賈薩載我和西西去法蘭茲—約瑟夫車站，途中接了西塔。我們都沒帶重的行李，像是毛皮大衣等；賈薩答應會盡量替我們帶，萬一沒空間，也只好算了！

恩斯河小村（DORF-AN-DER-ENNS）　四月三日，星期二　車站管制非常嚴格，所有人都必須通過檢查。幸好我們都持有蓋上官印的合法旅行證，可以合法旅行——有點出乎我的意料。我的證件上面寫著：「德國紅十字會護士瑪麗·瓦西契可夫。奉派前往空軍4/XVII醫院工作」；接著註明任何與上述目的地方向不符的旅行路線，將視同逃兵處理。

火車自然相當擁擠，西西·維爾捷克和我擠進一節車廂，西塔·弗雷德擠進另一節。我們準時離站，但大家都十分惦掛賈薩·帕賈斯維奇。車行如蝸步，我們根本沒東西吃，很快便飢腸轆轆。將近中午，剛離開克雷姆斯（Krems）不久，第一批敵機出現，對我們頗感興趣，火車立刻躲進隧道，待在裏面長達六個鐘頭，敵軍轟炸機就在這段時間內將克雷姆斯炸個粉碎。

她們搭上的那班火車是最後一班，因為那次空襲將剩下來的鐵路線全部炸斷。

西西除了攜帶一個背包及幾個小包袱之外，還在胸前緊緊抱住一個鞋盒大小的包裹，裏面放了幾百萬馬克和數目差不多的捷克銀幣；那是維爾捷克家族全部的現金財產。西西必須把它交給她在卡林西亞（Carinthia）的父母，我可以想像那個錢盒一路上一定會帶給我們很大的麻煩。

在隧道內感覺彷彿就要窒息了，於是乘客們紛紛下車走到出口外面。大家可以看見頭頂上有大群轟炸機朝維也納飛去。等到火車重新開動時，天色已黑。火車走走停停，每次停車，西西都會下去在車旁舒展一下筋骨；我們都開始抽筋，疲憊不堪。這時西塔也擠進我們這一節車廂，平躺在其中一條長凳底下。離城之前，她在赫林街秉持一貫作風，把所有西西不要的東西全撿起來，收進自己的包袱裏：舊平底鞋、沒蓋的保溫瓶、假珠寶……現在這些雜貨全跟著我們；因為她說：「妳們怎麼知道用不著呢……」

半夜兩點，一輛貨車在我們這列火車旁停下來。西西過去調查，得知它將早一點離站，我們決定換車。三人爬下車後，才發現忘了錢盒，又爬回去拿，再爬上貨車。貨車車廂都沒有門，裏面擠滿裹著毛毯的人，全是從匈牙利逃出來的難民。西塔不小心坐在一個人身上，旁邊的人立刻大叫：「小心！他才剛剛動過手術！」火車終於開動了。晚上月色極美，卻也凍得可怕。不久，旭日自多瑙河後方升起。我們在赫約斯家族，即麥勒妮・俾斯麥娘家的家族產業，史瓦特堡（Schwertberg）停了頗長一段時間，這時又聽說原先那班車已迅速趕上來，很快將超過我們。西塔又驚又氣，逮住站長，給他看我們的旅行證，並堅持應讓我們先走；他只是漠然地瞪了她幾眼。她接著去找火車司機，送他香菸——亦無結果。這時原先那班火車冒著煙進了站，長嘆一聲後停下來；我們又火速爬了回去。不久便朝恩斯（Enns）河畔的聖瓦倫廷（St Valentin）駛去，那將是這條線的終點。

到了聖瓦倫廷之後，我們踉蹌穿越被炸斷的鐵軌，登上另一班駛往恩斯河小城（喬絲・羅森費德家族產業所在地）的火車，並在早晨九點抵達目的地。我們已和賈薩・帕賈斯維奇約好在那裏等他。

那時我們已在路上奔波超過二十四小時，一點東西都沒吃。喬絲的家距離車站還得再走半小時，飢餓不堪的我們一路舉步維艱，最後終於倒在喬絲腳旁，背包、包袱、錢盒散得滿地。看起來一定慘不忍睹！

喬絲立刻開始照顧我們，先餵我們吃早餐，再讓我們洗個澡。兩個小時後，大家才慢慢恢復人形。她的宅邸和這一帶許多鄉間巨宅一樣，建築中央留有一塊列拱的開放中庭，氣氛典雅，詩情畫意。喬絲和母親及兩位未出嫁的阿姨（全是好心卻挑剔的老太太，看到我們都嚇壞了！）住在這裏，不過她並不打算留在這裏等俄軍攻來，早已開始收拾行李。兩位阿姨拒絕離開，再加上寄住在這裏的霍亨伯格（Hohenberg）家的兩個小孩，一個八歲、一個一歲，連同他們的護士，使得情況更加複雜。孩子的父親，即奧地利法蘭茲—斐迪南大公爵（他於一九一四年在塞拉耶佛遇刺身亡，結果引發了一次世界大戰）的次子，厄尼斯特王子，是德奧兼併後第一批被關入達豪集中營內的人之一。孩子的母親是英國人，現在雙親都留在維也納，王子希望日後能為奧地利效力。

大家都守在收音機旁，但維也納並沒有太大的變化。我們還幫喬絲把大量頗醜陋的銀器裝入洗衣籃內；一群在產業內擔任農工的法國戰俘，接著把這些籃子藏在水泥污水管內封死，埋入花園內。完工後，那批法國人（全來自法國南部）進屋裏來和我們共飲一杯葡萄酒。整個過程都在蠟燭照明下完成，免得引起附近居民生疑。掘埋工作雖然辛苦，倒是絮語笑聲不斷。

德國及奧地利各地農莊都僱用了這類法國戰俘，大多數都非常和善，也幫了許多大忙。待戰爭結束他們恢復自由身之後，又常志願保護急難中的人，陪伴以前的僱主逃往西方，擔任他們的保鑣。後來保羅及泰蒂安娜・梅特涅便是在這樣的情況之下逃難的。這些戰俘不論政治立場為何（很多人都是左派分子），多數選擇徒步走回法國，而不願留在東歐等待「解放軍」來到。

四月四日，星期三　仍不見賈薩・帕賈斯維奇的蹤影。我們決定再等二十四小時，若他還不出現，便先往格蒙登去。

格蒙登　四月五日，星期二　凌晨四點起床，趁天黑上路。喬絲・羅森費德陪我們走了一段路；她想在附近的施泰爾（Steyr）城內找到一家美容院。結果我們碰上兩名酒醉的士兵，他們老遠從匈牙利邊界走來，一路通行無阻，可見德軍陣營的混亂情況。

早上十點便抵達林茲。車站附近彷佛一大片廢墟地，人潮萬頭鑽動，看了令人十分沮喪。希特勒本來希望將林茲變成藝術大城，眼前卻只剩下一片殘破。

由於下一班開往我們下一個目的地、阿南－普克漢（Attnang-Puchheim）的火車下午兩點才發車，又沒地方寄行李，我們只好魚貫拖著行李走進城裏。天氣燠熱，西塔・弗雷德拖著大包小包塞滿舊鞋、無蓋保溫瓶、和西西・維爾捷克其他垃圾的行李，落在後面。我們哀求她把那些垃圾全部扔掉，但她堅持不肯。

最後終於找到一家沒被炸壞的旅館，他們讓我們進去梳洗及休息。然後再上街找郵局，想發電報給家人，卻遍尋不得。我決定去找肉舖，結果非常自豪地帶了半磅香腸回去。但西西和西塔都認定那是馬肉或狗肉做的，堅持不肯吃；我只好把香腸送給女侍應生，令她大樂。喝了點稀湯後，西西和我到公園裏坐在長凳上曬太陽，四周全是炸彈坑。後來警報響了，我們奔回旅館取出行李，帶著西塔趕回車站。無論如何，我們都不願被困在林茲，或躲進林茲的掩蔽壕內。

車站裏鬧哄哄的，沒有人知道該往哪裏去。西西眼尖，瞧見一列火車停在另一條鐵軌上，正開始冒蒸氣，而且似乎朝著我們要去的方向。我們趕緊爬上車，靜觀其變。結果我們非常幸運，火車為了躲避即將發生的空襲，提早離站。

阿南—普克漢是通往格蒙登與薩爾斯堡的重要轉車站。下車後我們先進村裏，村裏只有一條街道；紅十字會已接管所有的客棧，發放中心請我們喝湯。據說傷患不斷朝這個方向湧來。看見那些皮膚被晒得紅紅的、制服漿得畢挺，且態度友善的護士們，令人驚喜。這裏似乎離戰爭還頗遙遠，當地郵局甚至讓我發電報給母親；只不過不知她是否能收到。泰蒂安娜在漢堡，距離太遠，根本不必嘗試。

下午五點登上駛往格蒙登的火車，西西和我在那裏下車，西塔則繼續坐到艾爾特蒙斯特（Altmünster）。下週我們再會合，一起前往史瓦扎克聖維特。

我們對格蒙登的第一印象不太好，等了很久才等到一班電車，不過後來漸漸習慣不時的耽擱。電車載我們到湖濱大旅館「施萬」（Schwan）前的市集廣場；廣場上也一片混亂，一輛輛載滿從維也納逃亡人潮的卡車不停駛來，這些人無處可去，下了車後便拎著包袱席地而坐。我在人堆裏認出一位西班牙外交官。

我們徒步走上一個陡坡，抵達柯尼金別墅（Königinvilla）。別墅最早由坎伯蘭伯爵（Duke of Cumberland）建造，現在屬於漢諾威克里斯欽王子未出嫁的阿姨，奧嘉。那棟建築乍看之下像是已荒廢了，我繞到後面馬廄去找人。西西則被一條巨大的獵狼犬困住，動彈不得；狗圍著她繞圈子，吠個不停。產業內插了好幾個「內有惡犬」的告示，讓我們有點擔心。後來終於有一位德國上校的太太開門讓我們進去，她自己也帶著兩個小女兒在逃難。然後她喚來一位典型的舊式侍女——戴著夾鼻眼鏡、頭頂上梳個髻的史奈德（Schneider）小姐。後者領我們上樓，把我們安頓在主臥室內。主臥室很小，擺了一張窄床，床尾放一張長椅。我們倆抽籤決定誰睡哪裏。史奈德小姐很不開心；雖然克里斯欽通知她我們會來，她卻不知道確實的日期，所以沒作好準備。其實我們滿心感激克里斯欽，哪還會埋怨呢?!那位上校夫人邀請我們一起吃晚餐，她人很好。飯後我們泡了一個舒服的澡。整間浴室從天花板到地板，都貼滿了維多利亞時代歐洲皇族的家族照片。

這時我們突然聽到汽車喇叭聲，原來是賈薩・帕賈斯維奇！他和他姊夫卡皮斯坦・艾當莫維奇一起開車過來，一路平安，而且似乎把我們所有的行李和大衣都帶來了。不僅如此，賈薩不知從哪裏找來一輛拖車，掛在車後，上面堆滿其他朋友留下來的東西。即使在這種非常時期，有膽識、有決心的男人仍能有志竟成！他唯一丟下的東西，便是我淡紫色的手風琴，和西西的一只皮箱。

我們堅持要他們留下來過夜，但睡在哪裏呢？這棟房子雖大，但每個房間都堆滿了從附近一座城堡（已改成醫院）運來的家具。最後我們兩個女孩擠在窄床上，賈薩睡長椅，卡皮斯坦則睡在浴室一張臨時架起來的沙發上。他們敘述了維也納自我們離開後的狀況。

過去幾天情勢遽變，我們離開的那天下午，西西的哥哥，漢西，便領著部隊移防到阿姆施泰騰（Amstetten）。賈薩和卡皮斯坦次日早晨載著那三名提供汽油、證件及汽車牌照的黨衛軍逃兵離開，賈薩同時答應替他們運送所有的行李。令我們大吃一驚的是，這三名黨衛軍中，竟有一個人是我們的朋友，即布里斯托旅館的副總經理，洛許（Rusch）先生。他人這麼好，實在不像一名黨衛軍，我因此懷疑他為了離城，可能也持有假證件。賈薩強調他奉派替蓋世太保執行一項祕密任務，證件有效期為一個月，他們一行人因此得以自由出入整個薩爾斯堡區域。本來他應該在抵達聖吉爾根（St Gilgen）之後，把車子交給那三個人，但他認為自己已仁至義盡，不打算那麼做，於是便讓他們在林茲下車。

奧斯塞溫泉（Bad Aussee）　**四月六日，星期五**　我們把車上行李卸下來，讓男士們開車去接賈薩・帕賈斯維奇的太太，阿莉（她是西西・維爾捷克的姊姊）、他們的兩個小孩，以及卡皮斯坦・艾當莫維奇的人太絲黛，和他們的四個小孩，這兩家人一直住在奧斯塞溫泉艾爾茲家。我們計畫週末去找他們。

但首先，我們必須先申請留宿柯尼金別墅的許可證。格蒙登的納粹地方黨領導極不友善，但市長為人卻頗正直，一聽到我們的名字後（漢諾威克里斯欽王子曾經跟他提過），立刻准許我們住下。克里斯欽也交代過園丁，讓我們自由採蔬果，所以看來我們還有希望活下去。西西保持低姿態，因為她未來的醫院格蒙登醫院還不知道她已經到了。我們去施萬旅館吃午餐，一位剛從維也納逃來的人告訴我們，俄軍昨天已在維也納郊區、弗羅瑞茲朵夫（Floridsdorf）的樹上吊死了一些納粹黨員。

下午我們搭火車去伊休溫泉，探望施塔勒姆貝格夫婦。賈薩再開車接我們回奧斯塞溫泉。艾爾茲母親仍然沒有任何一個兒子的消息，但據說艾伯特就躲在附近的樹林裏。

四月七日，星期六　全家人一起吃早餐，接著帶孩子們出去採蒲公英，拌在沙拉裏很好吃。然後去美容院做頭髮。絲黛・艾當莫維奇替所有人做飯，很困難，因為沒有人有糧票。

格蒙登　四月八日，星期日　早上在教堂碰見許多來自維也納的難民，像是何亨羅夫婦、帕爾菲夫婦等。午餐後，帕賈斯維奇夫婦載我和西西．維爾捷克回伊休溫泉，路上被黨衛軍巡邏攔下，虛驚一場！賈薩拿出他的假證件，他們也要求看我們的；我的證件上註明我應該去史瓦扎克－聖維特，方向跟這裏完全不對，立刻引起他們的懷疑。他們問我為什麼到這個時候，距離目的地還這麼遠？我解釋我離開維也納的日子比原訂啟程的日期晚很多。最後領頭的上士表示，要不是他心地善良，早把我拉下車，派我去挖戰壕了；我反脣相稽，說我以為「六年戰爭」期間護士的用處應不只挖戰壕而已！這場對話不甚愉快，離開時大家都還在發抖。回到伊休溫泉後，西西和我搭火車回格蒙登；我們計畫好好休息兩天。

四月九日，星期一　天氣美極了。我們坐在柯尼金別墅的陽台上曬太陽，享受湖光山色的可愛景觀。很快西西．維爾捷克就得去格蒙登醫院報到了。

今天在施萬旅館內碰見厄爾巴赫（Erbach）夫婦；維多．厄爾巴赫是駐雅典的最後一任德國首長，他太太厄莎貝絲則是凱特琳．金斯基的姊妹。他們剛從匈牙利逃過來，告訴我們凱特琳在林茲被黨衛軍攔下，所帶的東西全被沒收——主要是培根、麵粉和香腸——都是她老遠從匈牙利帶來，本來希望做小孩的糧食，維持到戰爭結束。厄爾巴赫夫婦一副驚惶失措的模樣，可能會在旅館裏住一夜，讓我們感覺很愧疚，自己住得那麼舒服；然而未經漢諾威家族的同意（他們現在都在德國），我們不敢收留任何人。

四月十日，星期二　西西．維爾捷克和由附近那座城堡改建而成的「坎伯蘭醫院」院長談過話；

他提議就讓她在那裏工作，這樣對她很方便，她每天只需走路穿過公園便可；但她有點猶豫，因為那間醫院內沒有手術室，而她整個大戰期間一直在手術室內工作。

四月十一日，星期三 住在別墅後面改建馬廄內那家人的先生的陸軍上校，從蘭巴赫（Lambach）開車來看他們。他並不認為德軍還能撐過兩個星期，建議我最好別嘗試趕去史瓦扎克—聖維特。他負責率領一個爆破小組（Sprengkommando），經常和林茲的地方首長艾葛魯伯（Eigruber）見面，後者等於是奧地利這一區的國王，是個非常可憎的人物，很愛大放厥詞，高談「抵抗」、「榮譽」……云云。

已有消息傳來：我們醫院的傷患沒有一名安全抵達史瓦扎克—聖維特，只有年輕的護士及一批醫生報到。然後我有命令在身，儘管很想待在這裏和朋友們一起面對「大崩盤」，但此刻的明智之舉似乎仍是上路為妙。賈薩．帕賈斯維奇會開車送我一程。

四月十二日，星期四 上校載西西．維爾捷克和我去格蒙登車站。雖然我一部分的行李已比我早一步運走，但我攜帶的包袱還是很重。開往聖吉爾根的慢車擠得水泄不通，我們只好把行李塞進車窗裏，站在車廂外最低的台階上，緊緊抓住任何可以抓住的東西。後來警衛走過來命令我們下車；我們繞到火車另一邊，等火車開動，再趕快跳上對面的台階，結果西西兩隻腳各踏一截車廂，就這樣搖搖晃晃上路了，實在很危險。後來一位軍醫救了我們，他跳到我們後面，保護我們別因為撞上樹枝或狹窄隧道的牆壁而掉下車去。抵達聖吉爾根後，賈薩和阿莉已在車站等我們。

羅斯福總統就在當天死於喬治亞州的溫泉鎮（Warm Springs）。

四月十三日，星期五　駕車開往拉德斯特（Radstadt）的一路上險象環生，到處都有路障，守衛若非陸軍憲兵，便是黨衛軍。碰到後者，賈薩便拿出他的假蓋世太保證件；碰到前者則亮出他的克羅埃西亞外交官護照。由於陸軍和黨衛軍彼此仇視，他得放亮罩子，千萬不能搞錯。這點可不容易，因為從遠處看，他們的制服幾乎一模一樣。我們已聽說傅修（李賓特洛甫以前的藏身處）附近的路障檢查尤其嚴格，好幾輛車已被沒收，乘客被趕下車子。在一處黨衛軍設的路障前停下來時，有一群人便不懷好意地圍上來，但看見賈薩的證件之後，卻宣稱他們是「蓋世太保的擁護者」對我們揮手致意，甚至警告我們要多加小心，原來他們之中有一個人被一個偽裝成憲兵的駕駛擊斃，他們正在追捕那名兇手。

開進拉德斯特之後，我及時跳上一列正準備離站的火車。火車開動後，賈薩才扔給我一疊糧票。一個小時後，便抵達史瓦扎克－聖維特。途中經過一處名叫比肖赫芬（Bischofshofen）的地方，赫然看見鐵軌兩邊圍滿鐵絲網，後來別人告訴我，那裏是專門關俄國人和波蘭人的集中營，戰俘都擠在圍欄後，目光呆滯地看著我們經過。

史瓦扎克－聖維特是個小村落，四周環繞醜陋的矮山。我下車時已六點，有人告訴我，院長丁姆大夫正在某間客棧內吃晚餐，我最好去那裏跟他報到。步入市集，艾格妮絲護士一把抱住我，她和另外兩名護士在一起，三個人都穿著可愛的阿爾卑斯山地農家少女裝。她尖叫著跟我打招呼，忙不迭向我報告最新的閒話：目前一切停擺，接下來兩週都不用工作。這裏的醫院受兩個敵對集團的控制，其中一個集團正遣往加斯泰因溫泉（Bad Gastein）……

後來我終於找到丁姆大夫，他正和另外六、七位官員吃晚餐；他劈頭便問我：「卡門人呢？」——指的是西塔．弗雷德。接著問我，找到住的地方沒有，因為他已無空房撥給我，所有房間都住滿了，他只能讓我去睡他自己的床！我怯生生地問他，那我可不可以離開，去別家醫院工作。他說他以為西塔和我逃了，已向伊休溫泉空軍管區指揮部報備——然後猛眨眼睛，補了一句：「不，不，我一定要留妳們在這裏的手術室內工作。再過十天醫院就開工了。」這段時間，我可以回格蒙登，但到時候一定得帶西塔回來報到，不得有誤！然後他建議和他一起吃晚餐的一位上校開車送我一程。我趕緊將所有行李搬來，包括我事先寄來的東西，和今天手提的幾個包袱。我們在晚上八點啟程，那位上校和他的駕駛坐在前座，顯得有點緊張。他說現在山區裏藏有游擊隊。我們繞了一大圈經過薩爾斯堡，終於在凌晨一點抵達格蒙登。

四月十四日，星期六　我雖然因為旅途勞頓已筋疲力竭，仍然步行走去艾爾特蒙斯特——往返總計兩小時——通知西塔．弗雷德這個好消息。

昨天俄軍攻占了維也納，聽說德軍根本沒有抵抗。

其實「維也納之役」，俄軍自從四月六日便開始圍城，戰役雖持續不到一週，卻歷經整個大戰期間流血最多、破壞性最大的沿街戰鬥。

艾葛魯伯首長最近不斷在收音機裏叫囂「奧柏多瑙」（Oberdonau，納粹替上奧地利省取的名字）

必須作戰到底，直到犧牲最後一個人；現在無論情況變得多艱苦，誰都不准逃亡，就連婦孺亦不許撤退，因為已無處可退！他常在演說中引述希特勒的話，不過至少他很坦白，並不企圖粉飾太平。同時他表示為了補償民眾，答應加發米及糖。

四月十五日，星期日　今天在家休息和整理房間。終於打開行李，把東西放好。

四月十六日，星期一　火車已停駛（缺煤），我騎單車去四十公里外的伊休溫泉，拿留在施塔勒姆貝格家的一件毛皮大衣和背包，往返花了我五小時！附近鄉野極美，可是路邊有另一座集中營，可以看見遠處的營房，周圍全圍著鐵絲網。這座名叫埃本塞（Ebensee），似乎沒有人知道關在裏面的是什麼樣的人，或有多少人，只聽說它是全奧地利最可怕的集中營之一，光是靠近它就令我渾身難受。

埃本塞集中營為毛特豪森（Mauthausen）集中營的分營，以嚴苛待遇及高死亡率著稱。巴頓將率領的第三軍團逼近時，黨衛軍指揮官決定將倖存的三萬名人犯關進裝滿炸藥的隧道內，全部炸死，但營中守衛（多為從東歐來的德裔人）拒絕服從命令，所有人犯才逃過一死。如今該營已改建為紀念公墓。

四月十八日，星期三　賈薩．帕賈斯維奇從聖吉爾根打電話來，說他碰見一個在柏林看見保羅．梅特涅的人。保羅終於被踢出軍隊，正打算回柯尼希斯瓦特。我們本來以為他老早可以離開軍隊，首先他是個王子（皇族），而且他的母親和妻子都是外國人，不過當局似乎最近才突然意識到這兩點。泰蒂安娜現在和他在一起。讓我們祈禱他們能在柏林環城道路封閉前離開，敵軍已逼近城郊了。

四月十九日，星期四　西西．維爾捷克和我找不到足夠的糧食。商店裏缺貨，客棧總是擁擠不堪，而且供應的食物都極可怕，而且我們倆都沒在工作——醫院裏至少還有餐廳——兩人都處在飢餓狀態中。即使如此，西西仍設法拖延回醫院的日子。她過度勞累，整天睡覺，看起來很不健康；在手術室裏工作五年後，現在終於累垮了。她長得這麼漂亮，如今這副慘相，看了教人更心疼。

四月二十日，星期五　今天是希特勒的生日。戈培爾發表了一場可笑的演說：「元首常在我們心中，我們也常在元首的心中！」還有比這更肉麻的話嗎？他接著說轟炸後的重建工程毫無問題。然而盟軍現在正從四面八方逼近，空襲警報整天響個不停。不過至少像上校的太太就相信他的話；她堅信德國擁有某種祕密武器，將在最後一刻拿出來用，否則他們怎麼敢發表這樣的聲明呢？她堅持要我們跟她一起吃早餐，真的非常好心，因為那便是我們一天裏唯一的一餐。

四月二十一日，星期六　早上十一點，西西．維爾捷克喚我爬上屋頂去看，天空裏密布飛機，從四面八方飛來，在陽光下閃著銀光。今天天氣雖美，對山谷下方的阿南普克漢因而言，卻是悲劇性的一天。我們可以看到炸彈如雨點般落下，機群一直在空中盤旋，扔完炸彈後，又飛回我們頭頂上繞了一圈才走。空襲時間長達三個鐘頭。我從未在這麼近的距離內觀看整個轟炸過程，因為通常敵機來襲時，我們都蜷縮在地窖內。這一次我看得一清二楚，整片大地因爆炸而搖撼，那景象既恐怖又美麗。

四月二十二日，星期日　傾盆大雨。我們去教堂做禮拜，回家途中一輛裝滿士兵的卡車經過我們身旁，讓我們搭便車，沒想到卻突然轉彎朝林茲駛去。我們好不容易才喚起司機的注意，請他停車。

有些士兵身上配戴著騎士勳章被調回前線。他們請我們吃培根。

昨天對阿南－普克漢因的轟炸顯然造成極大的傷亡，車站裏有好幾列紅十字會的火車停在側軌上，讓我想起兩週前我們從維也納逃出來，經過那裏，那一群好心照顧我們、被太陽曬得紅通通的年輕漂亮護士們！艾葛魯柏答應加發給飢餓民眾的米與糖存糧也化成灰燼了。

俄軍今天占領了埃格爾，意謂著柯尼希斯瓦特也落在他們手中。家人都逃走了嗎？

四月二十三日，星期一 西西．維爾捷克終於去格蒙登的醫院報到了。我再一次騎單車到伊休溫泉，在一間客棧裏午餐，和一位十一號才從維也納逃出來的人聊天。他講了幾則民團和黨衛軍在最後一刻發生激烈衝突的恐怖故事。

四月二十四日，星期二 西西．維爾捷克今天一整天都在醫院裏洗髒繃帶。醫院裏似乎沒有手術設備。她現在發燒了。我仍在設法找食物給她吃。又下大雨！

四月二十五日，星期三 今天終於出太陽了。我們到陽台上曬太陽，想曬黑一點。下午去湖邊騎腳踏車，坐在湖邊休息時，周圍的山巒開始發出低吼，彷彿在晃動。附近一定有地方遭到轟炸，卻不能確定是哪個方向。聽聲音彷彿就在附近，卻看不見飛機。回家後才聽說，是五十公里外的貝希特斯加登，聽起來之所以這麼近，是因為群山會製造迴音的緣故。西塔．弗雷德打電話來報告最新狀況，稱貝希特斯加登為「磐石」！

這天美軍與俄軍在易北（Elbe）河岸的托爾高（Torgau）城外會合。納粹帝國因此被切成兩段。

四月二十六日，星期四　早上西塔・弗雷德開車來看我們。附近又發生空襲，我們只穿內衣躺在陽台上看飛機。稍後其中一架飛回來在湖上方繞圈子。由於敵機極少單飛，西塔認為那可能是一架被擊中的美國轟炸機。起先我們懶洋洋地看著它轉彎，後來它突然朝我們俯衝過來，我們拔起腳就往客廳裏衝，心想它一定會撞上屋子，尚未回過神來，飛機已墜落在外面的公園裏。我們趕緊奔出去，但機身已迅速燃燒，沒有人能夠接近。據說組員都已彈出機外，但時間短促，似乎不太可能。或許駕駛想在草坪上迫降，卻沒有成功。我們都嚇壞了。

上校派了幾個人來公園裏的菜園裏種蔬菜。現在大家最大的恐懼便是飢饉。

那一天，墨索里尼和他的情婦克拉拉・裴妲琪（Clara Petacci）以及好幾名法西斯領袖，一起遭義大利游擊隊槍決，然後用繩索綁住屍首的腳跟，倒吊在米蘭大廣場上。

四月二十七日，星期五　今晚回家時，看到門前停了一輛巨大的灰色汽車。我認出駕駛正是安唐奈特・克勞伊的丈夫約根・葛納（四個月前在維也納替我們烤鵝的那個人）。約根說他和安唐奈特來巴發里亞住了幾天，現在奉命前往捷克投入荀納（Schörner）陸軍元帥麾下，但荀納的軍團眼看即將受圍，而且約根的部下都被困在克拉根福（Klagenfurt）。他顯然在拖時間。我們告訴他食物嚴重短缺的情況，他答應想辦法幫忙。

收音機報導俾斯麥家族在腓特烈斯陸的宅邸被炸壞，而且有好幾個人死亡。幸好泰蒂安娜和保羅・梅特涅已經不住在那裏了，可是他們現在又在哪裏呢？占領埃格爾和馬林巴德的似乎不是俄軍，而是美國人。俾斯麥家的人又去了哪裏？

雖然盟軍正從四方逼近，再繼續打下去毫無意義，但駐紮在我們這一區的德軍一般來說仍非常守紀律，服從命令。

四月二十九日，星期日 我們讓約根．葛納和他的副官奧爾（Auer）住在屋裏，因為他們無處可去。漢諾威家族產業的經理史塔拉克（Stracke）先生看見這麼多人進進出出，開始緊張；但現在是非常時期，他也不能說什麼。而且直到目前為止，所有來暫住的人都是幾位王子的朋友，他們絕對不會反對的。約根覺得我不應該回史瓦扎克．聖維特，他認為頂多再過一個星期戰爭就會結束。

氣候變了，又開始下大雨，甚至飄了些雪。我們騎腳踏去教堂，其餘時間都待在屋內。賈薩．帕賈斯維奇開車來找西西．維爾捷克，討論未來的計畫。他已替家人弄到護照，將帶全家前往瑞士，要西西也一起跟去，但她放聲大哭，堅持不肯。

我去找坎伯蘭城堡醫院的院長談過，但他表示，除非伊休溫泉空軍管區的主任醫官放我走，否則他不能僱用我，因為這附近的醫院全屬於陸軍。我們三個人於是決定去伊休溫泉請願，若獲得許可，我打算陪賈薩和西西去穆山（Moosham）幾天。維爾捷克家族在那裏有一座城堡，他們計畫待在那裏等戰爭結束。然後我再回來工作。西西雖然不肯去瑞士，卻同意和父母住。以後可能就沒車子送她去穆山了，而且去那裏她至少會有東西吃。至於西塔．弗雷德，她決定不理會任何命令，到本地醫院做義工。

經過數月的祕密會商，黨衛軍中將吳爾夫就在這一天於卡塞塔（Caserta）率領所有駐義大利德軍向盟軍投降。

穆山 四月三十日，星期一 我們在陣雨中出發。我仍拖拉著一大堆不必要的行李，萬一在伊休溫泉的面談不成功，還是得趕去史瓦扎克—聖維特。

抵達伊休溫泉後，費了好大的工夫才找到空軍管區主任醫官，他正和一群軍官吃晚餐，幸好我穿著制服。他領我進他辦公室，聽我描述史瓦扎克—聖維特的情況後，立刻發給我一張證書，解除我對空軍的義務；表示現在我可以自由選擇任何一家醫院工作。我立刻被他迷倒！

現在大家都可以前往穆山了。賈薩・帕賈斯維奇領隊，載著阿莉、西西・維爾捷克和我；絲黛・艾當莫維奇載著所有的小孩居中；第三輛車是雅各・艾爾茲（Jakob Eltz）的，由卡皮斯坦駕駛。每輛車都載滿各種稀奇古怪的行李，包括幾袋麵粉、米和一些罐頭食物，全是帕賈斯維奇和艾當莫維奇家族從匈牙利大逃亡沿途蒐集所得，而且奇蹟似地全保存了下來。

駛過奧斯塞溫泉時，居然瞧見迪基・艾爾茲。大家一陣驚喜，可惜他看起來一副茫然的可憐相；他說他只有一個願望，就是想返回他們在巴爾幹半島上的家！

本來一切順利，後來卡皮斯坦突然不見了。我們等了好久，終於決定下車伸伸腿，這時他才出現，大家繼續上路。開了六公里後，西西突然尖叫一聲：她把她的皮包和裝有維爾捷克家族現金財產的盒子，忘在剛才停車的路邊了！絲黛載著她開回去，到了休息地點，她們看見錢盒，卻沒找到皮包；便繼續往前開了一段路，趕上兩位騎腳踏車的女人，其中一輛的龍頭上正掛著西西的皮包。接下來的對話極不愉快，那個女人堅持要把皮包交給警方，後來總算放手，我們這才繼續上路。

經過拉德斯特後，接著進入陶恩隘口（Tauernpass）；那裏下大雪，我們的車子被困住，動彈不得。西西和我只好下去推車，凌晨四點穿著制服做這件事實在不太舒服。這時一輛由兩匹馬拉的馬車突然從轉角出現，上面端坐著梅莉．克芬許勒，身邊堆滿大小包袱，儼然一幅難民圖畫。她果然按照計畫，駕著馬車從維也納一路逃來，現在朝她們家族在卡林西亞區的奧什—奧斯特維茲城堡（Schloss Hoch-Osterwitz）前進。後來總算所有人都穿過了隘口，下到山邊，於凌晨五點時抵達目的地。

穆山城堡原來是一座中世紀防禦城堡，整個村莊都在堡內，讓人感覺彷彿進入世界末日一般。我們吵醒了漢西的太太芮妮，她趕忙替我們安排一切。西西和我共用一張四柱大床，明天我們將出去打聽情況，開始計畫下一步……

希特勒就在當天，四月三十日，進入他柏林住處的地下室內自殺身亡。

蜜絲註（一九四五年九月）：幾天後，西西．維爾捷克和我返回格蒙登，一起進入公園對面的坎伯蘭城堡醫院內工作。但院內的工作環境極惡劣，我們倆幾乎立刻同時感染嚴重的猩紅熱，原因是我們必須替自東歐撤退回來數不清的士兵除蝨，當然過度疲勞與營養不良亦使得病情更為嚴重。

我們躺在家裏生病的同時，美軍第三軍團抵達格蒙登。對我們而言，戰爭已經結束了。

接下來的那段日子我沒有寫日記。所有留在德國與奧地利境內的人，在戰後頭幾個月置身於世界徹底瓦解的大混亂中，每個人都把全副精力集中在如何活命這件事上，其他的事全部拋諸腦後。對我個人來說，唯一支撐我活下去的渴望，便是我願不計任何代價與分散世界各地的家人恢復聯絡。當時我沒有任何一位家人的消息，憂心如焚，而且我知道他們也一定在替我擔心。

巴頓將軍率領的美國第三軍團於五月四日抵達格蒙登，翌日所有駐巴發里亞的德軍全部投降。四

天之後，即五月八日，歐戰正式結束。

西西．維爾捷克（現為賈薩．安德拉西伯爵夫人）對於這一段蜜絲沒有寫日記的日子描述如下：有一天，一輛載著兩位美國軍官的吉普車開上柯尼金別墅。由於產業經理史塔拉克及史奈德小姐都不會講英語，當時在公園對面坎伯蘭醫院工作的蜜絲便被喚來充當翻譯。兩位軍官很明顯地立刻對蜜絲產生極大的興趣，他們聲稱俄軍正迅速逼近，希望保護她，極力想說服她跟他們一起離開。蜜絲婉拒，表示不願丟下我一個人。但他們表示過兩天他們還會回來，同時禁止我們離開別墅。兩天後，他們果真回來了，這一次催促我們倆都跟他們一起走，我們拒絕。他們再一次禁止我們離開，並威脅說我們會被槍殺。這時我們已明白俄軍逼近的說法完全是托詞，其實他們另懷鬼胎。幸好我們再也沒有看到那兩個人。

很快地，我們倆都染上了猩紅熱，被裝上一輛沒有車蓋的馬車拉到格蒙登醫院，也就是我原先服務的那家醫院。我們倆睡在同一張床上，對周遭發生的事渾然不覺，只知道有一陣子外面傳來很多煞車聲，人們用美語大叫、發號施令。接著一批穿著陌生卡其色制服、戴鋼盔的士兵，手持武器衝進我們房間，但立刻被醫院內的醫生及護生推了出去。幾天後，他們告訴我們，戰爭已經結束了。

對於那段日子，我的記憶非常模糊。只彷彿記得有一次我們找到一本食譜，上面印有麵包、牛奶及肉的照片，我們倆便開始夢想著享受裏面所有的食物。另一次我爬下床，溜進花園裏偷拔了一杯紅穗醋栗，結果被一位護士當場逮住，她大罵我是賊，我只緊緊抱住那杯寶貝，衝回病房內，然後趁著別人還來不及進來，和蜜絲狼吞虎嚥把穗醋栗全吞下肚去。六週後，醫院放我們出院，我倆已瀕臨餓死狀態。

回到柯尼金別墅後，才發現主棟已被美軍反情報軍團（C·I·C·）沒收，指揮官為克里斯多（Christel）少校。接下來那段日子，我記憶最深刻的，仍是不時折磨我們的飢餓感覺。蜜絲雖在病假期間，但仍是坎伯蘭醫院的員工之一，我們因此可以領到馬肉等糧食配額，美國人允許我們拿到廚房裏烹煮。我還記得那種每次看見別墅「客人」所享受的各種美食、讓我們猛嚥口水的感覺。最後在絕望之餘，蜜絲和我想到一招詭計。每次等到美國人快要坐下來用餐的時候，我們便溜到餐廳窗前的花園裏製造各種響聲，像是搬弄花盆、剪玫瑰等等。當然他們幾乎每次都會邀請我們跟他們一起用餐（戰爭剛結束的那段時期，美軍禁止官兵與德國人建立任何形式的「友好關係」），然後總在吃下大量花生醬和喝下好幾大杯道地的咖啡後，整晚興奮得睡不著覺！

克里斯多少校是一位非常有禮貌又善體人意的正人君子，他不遺餘力地保護我們，命令不斷更換的屬下規矩對待我們。由於別墅很快成為美軍的「週末度假中心」，進行的活動可想而知（直到我們離開之前，即被遣散回鄉，我們才搞清楚美軍每晚都在一樓公寓內幹什麼），因此他的這項努力極有必要，也令我們非常感激。

遣散前，克里斯多少校特別替蜜絲擔心。蜜絲曾經告訴他，她在柏林的經驗，尤其是與「七月密謀」有關的那段日子，少校深怕她會因此遭到拘禁，接受審訊。幸好他的憂慮並沒有成為事實。

有一天，我們和一群由無篷卡車及馬車組成的車隊一起離開，隨行的是一群穿著黨衛軍制服的年輕男孩。我們在眾多守衛嚴密監視下，被送去毛爾基爾深（Mauerkirchen），接受篩檢。那群黨衛軍小孩幾乎立刻被釋放，顯然都是在大戰最後幾週內受召入伍，在毫無訓練的情況下穿上黨衛軍制服的。

其餘的人則需通過坐滿三節火車車廂、各種不同審訊人員的質詢；那些人不斷問我們問題，同時不停拿出成疊的名單與我們的名字核對，想確定我們的確不是重要的納粹黨員。不消說，每位審訊官都覺得蜜絲非常神祕，首先，她一口字正腔圓的英語，卻又自稱是俄國人。他們總會問她：果真如此，她為什麼不留在俄國呢？顯然他們都從沒聽過所謂的白俄難民！最後我們終於被放出最後一節車廂，臨別時兩腿還各被刷上一道白漆，表示已經「洗清」了。又等了很長一段時間，他們才通知我們可以自由離去。對我們倆來說，戰爭終於在這一刻真正結束了。

接著我們用徒步及搭便車的方式，走完漫長的歸程。在同一天晚上回到柯尼金別墅，克里斯多少校為我們準備了可口的洗塵大餐。

我們在格蒙登又多待了幾個星期，探望許多來附近避難的親戚朋友，像是去穆山城堡看我父母、去奧斯塞看艾爾索一家……

四個月後，蜜絲重新開始寫日記：

奧斯塞溫泉　八月二十三日，星期四　西西．維爾捷克和我離開了格蒙登，不再回去。現在我打算想辦法回德國和家人團聚，但願他們都已成功逃出柯尼希斯瓦特（城堡現在落在捷克人手中）。

我把大部分行李都留在伊休溫泉施塔勒姆貝格家，陪西西去奧斯塞溫泉一天，結果在車站碰見威廉．列支敦斯登，他從瑞士來，想去斯台里亞（Styria）。他從手提箱裏拿出培根、起司和餅干給我們吃。我們倆正餓得發昏，求之不得。他身上還藏有七小瓶白蘭地，打算送給願意讓他搭便車的駕駛。

然後他在無意間告訴我，保羅和泰蒂安娜．梅特涅現正住在保羅位在萊因河畔、已被炸毀的製葡萄酒產業約翰尼斯堡內，那一區現在屬於德國境內美軍占領區。這是自從四月以來，我第一次聽到關於他們的消息！威廉陪我們去奧斯塞，幫忙提行李。

斯特勞波（Strobl）　八月二十四日，星期五　整個早上都待在奧斯塞溫泉和艾伯特．艾爾茲的母親聊天。她最近獲悉留在俄軍占領之捷克境內的女兒絲黛芬妮．哈拉克（Stephanie Harrach）的消息。迪基．艾爾茲於戰爭前夕被俘，現在還關在盟軍設在巴發里亞前線的戰俘營內；他們顯然受到惡劣的待遇，而迪基其實是個徹底的親英派！我會設法請吉姆．維耶曾斯基幫他忙；吉姆已被經過德勒斯登的俄軍從戰俘營中釋放出來。

晚上兩名美軍從柯尼金別墅開車過來——他們倆都叫吉姆，請我們明天去格蒙登參加一個派對。其中一位吉姆跟一位法國女孩訂婚了！

八月二十五日，星期六　阿莉．帕賈斯維奇和我試著搭便車去聖吉爾根看出租房間，但路上一輛汽車都沒有，我們最後坐上一輛由兩名前德國士兵駕的馬車；他們每經過一棟房子都會停下來，想找些秣草餵他們的馬，結果都沒找著。很快與他們分手後，我癱在路邊的陽光下，阿莉坐在馬路中央，好阻擋來往車輛。後來我們終於走到了聖伍夫岡（St Wolfgang），再從那裏攔下一輛吉普車。雖然這段路只有十二公里，卻花了我們三個鐘頭才走完。

幾間出租房間都令人失望，我們正在發愁怎麼回家，便碰上準備去接我們參加派對的兩位吉姆。抵達會場後，看見很多女孩都經過刻意打扮，讓我們覺得自己好像難民一般。一整晚大部分時間，我都和一號吉炯聊天，他即將前往維也納，再度成為克拉克（Mark Clark）將軍手下的幕僚。我自己則打算星期二出發，去約翰尼斯城堡。

八月二十六日，星期日　下午賈薩・帕賈斯維奇、西西・維爾捷克、亞弗烈德・阿波尼（Alfred Apponyi）和我，一起走了幾公里路去探望羅瑪莉的一位表親，卡爾・申博格（Karl Schönburg）；他住在隔幾個村落外的一棟農舍裏，農舍原屬於他兄弟，但後者在捷克失蹤了。俄軍占領初期，本來卡爾也留在那裏，但接管他們家族產業的捷克主管人很正派，勸他離開，因為情勢愈來愈危險。現在他在捷克的城堡已被改建成醫院。他請我們喝可口的牛奶及白蘭地，令我們非常感激。然後他又裝了滿滿兩袋馬鈴薯，要我們帶回去給阿波尼一家吃。回程路上，賈薩不停抱怨他腳痛，因為他從來沒走過這麼遠的路。最後一輛美軍吉普車載了我們一程，西西和亞弗烈德一路唱岳得爾山歌，令駕車的美軍樂不可支。

八月二十七日，星期一　西西・維爾捷克和我睡同一張床，頭對腳；有時鼻子會被對方的腳趾搔得很癢。不過因為染上猩紅熱時，醫院就把我們倆扔在同一張床上，所以我們早已習慣這種「潛水艇組員」式的睡姿。

去薩爾斯堡見一位馮・蘭（von Lehn）先生。他正藉奧地利當局的協助，試圖將幾百名大戰期間自德國北部遭轟炸城市撤退至奧地利的德國難民小孩遣送回國。他建議我加入紅十字會的護送隊，但籌備時間不知要等多久。下午我和普卡・傅森堡的母親一起喝茶；她是位迷人的匈牙利老太太，擁有一棟很漂亮的房子。她給了我幾本英文書和一些通心麵及沙丁魚帶回家，我非常感激地接受了。我們在這裏都未經登記戶口，沒有人領得到糧票，已經又開始挨餓了。每天我們都進樹林裏去採草菇，那便是日常主食。前幾天我赤腳，不小心把大拇趾給劃破了，流血不止；賈薩・帕賈斯維奇堅持要替我把血吸出來，以防感染敗血症。我們和阿波尼一家一起用餐，他們非常慷慨好客，但他們的存糧也很少。

八月二十八日，星期二　今天我和阿莉・帕賈斯維奇坐阿波尼的馬車去聖伍夫岡，希望能用我在格蒙登領的糧票換些食物。斯特勞波屬於薩爾斯堡區，格蒙登則屬於上奧地利省，所以這些糧票照理無效，卻幸運地換到我一週的配糧：一條黑麵包、四分之一磅的牛油和半條香腸。到目前為止，還算順利。

我們接著去探望圖恩夫婦，他們帶著三個小孩和他母親一起住在四個房間裏，請我們喝茶，並描述從東歐逃難過來的驚險故事。回家路上，我們每經過一株梅樹都會停下來，車伕幫我們用力搖樹、撿梅子。

弗拉希・米托洛斯基（他也在最後一分鐘逃出維也納）給我一小罐沙丁魚，這是非常珍貴的禮物，因為我並沒有為返鄉旅途做任何準備，而我很可能必須旅行數天。

八月二十九日，星期三　午餐後，吉娜・列支敦斯登（執政王子的太太）、她父親斐迪南・維爾捷克（Ferdinand Wilczek）、賈薩・安德拉西（西西・維爾捷克未來的丈夫，他們倆剛宣布訂婚）乘坐一輛插有列支敦斯登家族旗幟的汽車出現。他們帶來梅特涅夫婦的消息，是從嘉貝兒・凱塞斯達特那兒聽來的；嘉貝兒從特里爾（Trier）去瓦杜茲（Vaduz）探望家人，途中停留約翰尼斯堡，見到了他們。

吉娜在晚餐後離開，留下幾瓶琴酒，我們和阿波尼夫婦都喝得醺陶陶的。這是一場成功的話別派對。賈薩和阿莉・帕賈斯維奇明天即將前往艾爾特蒙斯特，最後定居瑞士，而我也終於要離開了。

八月三十一日，星期四　阿莉和賈薩・帕賈斯維奇已離開；房間裏少了他們的東西，顯得空蕩蕩的。我也開始收拾行李。馮・蘭先生給了我最後的指示，我將隨難民小孩的車隊在明天下午五點出發。

馮・蘭先生陪我們去米托洛斯基家，在那兒喝了一點葡萄酒。由於我搭的火車將直達德國不來梅，克麗斯多・米托洛斯基怕我中途無法下車，給了我一個不來梅的地址。大家待到很晚才走路回家，途中被巡邏的憲兵攔下，因為忘了帶身分證，被罵了一頓。

離開的時刻愈來愈逼近，我也愈來愈緊張。從我逃離柏林後，時隔已一整年，終於將重返德國。

以下摘錄自西西・安德拉西—維爾捷克寫於一九七九年的一封信：我最後一次看見蜜絲，是在斯特勞波的火車站月台上，她即將隨同難民小孩返回德國。擁別時，我們一起發了一個重誓：不願很快結婚，盡量保持「自由身」！……結果還不到一年，蜜絲就食言了！

八月三十一日，星期五（記於一九四五年九月，萊因河畔約翰尼斯城堡）　寫了一封信給住在羅馬的艾琳娜，然後最後一次穿上剛洗乾淨的紅十字會制服（我以護士的身分旅行），在斯特勞波城內逛最後一圈，吃了午餐，然後在西西・維爾捷克、艾伯特・艾爾茲及弗拉希・米托洛斯基陪同下去車站。

馮．蘭先生在薩爾斯堡與我們會合。火車開了六個小時才抵達，因為兩輛美軍卡車在鐵軌上相撞，花了很長一段時間才拖走。

到薩爾斯堡之後，他們要我去搭另一節指揮部職員乘坐的車廂。上車後一位迷人的護士幫我安頓好；車廂裏只空出兩張長凳，其餘空間塞滿白麵包、牛油、香腸和起司，全是美軍贈送的禮物，亦是供應八百名小孩和四十位大人兩個整天的食糧。因另外幾百名小孩將從貝希特斯加登趕來，我們等了很久才終於全員到齊，出發上路。

總共有四十五節車廂，每節車廂裏裝著來自不同難民營的孩童及他們的老師。大部分孩子看起來都很整潔，吃得也很好，都因為即將回家而顯得十分興奮。自從不來梅被炸毀之後，他們便被撤退到奧地利，過去一年都沒有家人的消息。

指揮部職員包括馮．蘭先生、一位醫生、一位祕書、我和另外一名護士，還有一位帶著四歲女兒寄住在蘭先生斯特勞堡家中的太太，再加上由一位美國軍官及四名男子組成的護衛隊。

火車在巴發里亞邊界被攔下，等了很久，終於在凌晨兩點抵達慕尼黑。城內火車站只剩下一個巨大的鐵骨架。當地紅十字會替孩子們準備了咖啡和三明治，各車廂輪流分發。大家都睡得很差，因為空間太小，長椅又太硬。

九月一日，星期六　大戰於六年前的今天爆發；恍若隔世。

今天一早經過奧格斯城堡，幾位同車廂的旅伴試著就月台上的水龍頭清洗一番，我則繼續昏睡。

火車繼續駛過紐倫堡、班堡及烏茨堡。從車上看出去，每個城市看起來都一模一樣：同樣的廢墟、同樣的荒涼。我們在烏茨堡停留了頗長一段時間，我下車徹底清洗了一番，然後和其他人開始準備食物，切麵包（超過八百條）、塗牛油、切香腸等等，一直忙到天黑。

每次停車都有人想擠上來，大多是剛除役的士兵。照理說任何人都不准上車，但我們那位美國軍官人很好，讓他們擠進行李車廂內。一路上我們都享用優先權，因為是特別車隊，不過出發後我還沒看見另外一輛載客列車，一般民眾似乎都搭貨車，而且發車時間也不一定。基本上，德國就是一副慘相。

旅伴和我猛看地圖，想決定我在哪裏下車最好，有些人勸我一直坐到不來梅，再設法從那裏去約翰尼斯城堡。我因為好奇，的確想去那裏看看（該區由英軍管理），可是必須繞太大一圈，實在沒道理。

今天我們找了一個地方停下來，開始分發食物。我站在外面，孩子們依不同難民營排隊走過來領從火車上遞下來的食物。他們看起來都很可愛，滿懷感激，尤其喜歡白麵包；不斷向我們說「謝謝」。發完後，很多擠上車的平民也走過來，替他們的小孩要食物，因為糧食很多，我們也發給他們。然後我們將蠟燭插在馬克杯裏點燃，大家心情都變得比較好。尤其是另一位護士和那位祕書，她們都是薩爾斯堡人，再過兩天就可以回家了。她們唱維也納的民歌，我們應和。接著大家又開始討論我該怎麼辦？其中一位車掌說他將在富爾達之前的某個車站下車，火車將在那裏停兩分鐘，他建議我也在那兒下車；他會安排讓我在車站內夜宿，隔天我再搭火車去法蘭克福。他認為我應該避開富爾達，因為整座城幾乎被炸成平地，已成了荒城，根本沒有車站。

快駛進那個小站時，我們站到車門旁等待，那位車掌手提一盞油燈，馮・蘭先生和兩位女伴則抱著我的行李。火車慢慢駛過小站，卻沒有停下來，車掌跳了下去，狂亂地揮舞油燈，要司機停車讓我下車。沒想到車速卻加快了。所以我還是得在富爾達下車。

馮・蘭先生很生氣，企圖勸我打消這個主意，但我不願去不來梅。其他的人這時都去睡了。我們一直注意看前方，終於看到一個像是富爾達車站的月台在遠方出現，我準備跳車，因為我不相信火車會停，不過至少車速減慢了，讓我可以溜下鐵軌。馮・蘭先生隨後將我的行李丟下車，並大叫，兩週後他會經過約翰尼斯堡，會去看看我是否已安全抵達。

我很幸運，正好跳進一位提著油燈的鐵路工人臂彎中，他也剛跳下火車，也打算去富爾達。他幫我提行李，我倆在漆黑的夜色中，踉蹌穿過被炸爛的鐵軌、炸彈坑和纏住我們雙腳的電線，朝車站廢墟走過去。我突然感到十分絕望，想到一旦走到富爾達後，得在月台上待一整夜，更覺得恐怖。我的守望天使已消失在前方，他先去偵察情況；這時我突然看見一輛火車頭打著頭燈朝我慢慢駛來，我狂亂地揮手，它果然在我前方停下。我問司機去哪裏，他答道：「哈瑙（Hanau）！」（哈瑙就在法蘭克福附近）但他必須先將貨車停去別的地方，但我可以先上車。

坐在火車頭裏開一整夜的車，似乎比待在被炸毀的車站內過夜吸引人些，於是我便在司機協助下，爬上車。火車頭裏另有兩個男人，他們替我把行李掛在司機座位四周的鐵勾上。這時我的第一位旅伴，那名鐵路工人，也從黑暗裏衝出來，大家又把他也給拉上車來。儘管火花不停濺到我身上，我卻滿心感激，因為坐在火爐旁很溫暖，且不去想我那身潔白的制服到明天會變成啥模樣。三位男士脾氣都很好，但剛開始都只用單音節與我對話。那名鐵路工人家就在附近，即將下車，他提議我跟他一起下車，到他家去等開往法蘭克福的火車，他可以請我喝咖啡、吃蛋糕，「全是美國北佬送的！」我很感動，但還是婉拒了，因為覺得待在火車上，早點抵達法蘭克福的機會較大。

火車以我覺得嚇人的高速度衝進黑夜裏，周遭鄉野滿目瘡痍，鐵軌彷彿隨時都會中斷。我們駛進一個名叫埃姆（Elm）的地方停下來。他們將後面的貨車車廂卸下，然後兩位司機就消失了，留我坐在火爐前的板凳上打盹。不久他們再度出現，顯得非常氣憤；雖然他們已連續工作二十四小時，但主管卻不准他們回哈瑙，反而命令他們再拖另一列貨車，回我們十個小時前經過的維爾茨堡。我差點沒哭出來！個子又高又魁梧的主駕駛這時表示，既然已經答應要帶我去哈瑙，他無論如何絕不會食言。於是他們先試著溜著車站，但轉轍軌已經接好了；接著他們決定停留一整個晚上，如果有人過來查看，我必須躲起來，否則可能會惹出麻煩。我本想在地圖上找到我們現在的位置，卻一片茫然，正符合了我對「荒原」的想像！我下車蹣跚走進站內，假裝才剛剛進站，卻聽說下班開往法蘭克福的火車後天才會到。

駕駛一直跟著我。突然對我說，以前他曾開過戈林和希特勒的專車，現在他已經替艾森豪駕駛過兩次火車，而且他們請他去美國工作，月薪兩千美元（他現在每個月賺四百馬克）；在德國過的日子比狗還不如。他受夠了！問我願不願意跟他去美國？「我好像已經愛上妳了！妳說妙不妙！」我又踱回車上，希望另一個傢伙會保護我，卻發現他已經睡死了。我開始覺得很冷，試著升火——沒用！我把那個人叫醒，請他多加點煤。這時我的仰慕者已回來，他倆叫我放心，說德國現在幾乎已經沒有火車司機了，主管非聽他們的不可，否則他們就罷工。我說幸好戰爭已經結束，否則他們這種表現等於犯了顛覆罪，會被吊死。他們都同意我的說法。

九月二日，星期日　一個小時後，天開始亮了。兩位司機抓起袋子就跑，向我保證馬上就會回來。七點，站長終於在打電話向各方報備後決定讓步，打信號放我們出站，因為有別的車隊即將進站。兩位司機啟動引擎，很快便加速朝哈瑙前進；我的包袱猛烈晃盪，車外的鄉間景色迷人——至少在大鬆一口氣的我眼裏看來是如此。

早上九點抵達哈瑙，其中一位司機替我提行李，到站內一個掛了「閒人勿進」招牌的房間內。友善的道別、感激的握手，並且跟我最後一包香菸說再見！

管理那個房間的美官上士很驚訝地看我一眼，問道：「妳要不要去清洗一下？」然後遞給我一面鏡子。我的臉上全是黑紋，圍著白圍裙的制服更是慘不忍睹。他用鋼盔替我接了些水來，經過一番努力，我總算恢復人樣。角落裏擺了一張行軍床，一個女孩坐在另一名士兵的大腿上。她告訴我，她等開往科隆的火車已等了兩整天，不過現在似乎已安然接受完全不同的命運。

經過一番打聽之後，我找到另外一位十分鐘之後將開往法蘭克福的火車司機，他同意帶我；這一次好幾個人一起爬上火車。兩位美國士兵幫我提行李，我們很快就上路了。火車緩緩穿過法蘭克福——又是一大片廢墟。我數數梅因（Main）河上總共有六座橋，全已炸毀；由兩座浮橋代替。抵達赫克斯特（Höchst）後，又等了三個半小時，接著坐一小時火車到威斯巴登（Wiesbaden），然後又等了兩個小時；最後再轉搭另一列火車到約翰尼斯堡山腳下的小村莊，吉森海姆（Geisenheim）。和我一起下車的女孩，志願幫我把行李提到附近的烏爾蘇拉修道院（Ursulines cloister）。我們開始往山坡上走，穿過保羅．梅特涅著名的葡萄園，我心裏一直祈禱他和泰蒂安娜千萬別出門度週末了。

走了很久，才走到被炸毀的城堡前；那景象也夠慘的了，大門口只剩下一間警衛室。我看到的第一個人是柯尼希斯瓦特的僕役長，寇特。他告訴我泰蒂安娜和保羅已在十天前駕車前往薩爾斯堡——去找我！

那時我已累得哭不出來，倒在管家的客廳裏。寇特的太太莉賽特很快出現，讓我突然覺得又像回到過去一般。在他們慇切的照拂下，我爬進一間看起來全新的臥室內唯一的一張床上。一切等明天再說吧，現在我只想睡覺，把所有的事都忘掉。

九月三日，星期一　今天我出去四處看看。這棟警衛室是一九四三年經過盟軍轟炸約翰尼斯城堡之後，剩下來唯一還算完整的建築，我住的那間小套房本來是給管家住的，現在泰蒂安娜和保羅．梅特涅就住在裏面，管家則搬到樓上。套房裏有客廳、一間臥室和一間浴室，窗外是一片圓形花圃（現在成了菠菜園）和一片寬闊的空地，通向被炸毀的城堡。透過城堡原為窗戶的大洞，可以眺望下方的萊因河谷。城堡內到處可見梅特涅家族的扈從及佃戶，他們從現在又落入捷克手中的各個產業地逃來這裏，希望能謀個一差半職，但大部分的人整天無所事事，看了令人沮喪……

我得知在美軍抵達柯尼希斯瓦特兩天後，泰蒂安娜、保羅、父母親坐上一輛由兩匹馬拉的馬車，由七名一直在保羅產業上工作的前法國戰俘護送離開。當地的美國指揮官恰巧是我們在美國一位表親的朋友，他警告家人，美軍很快必須將那一部分的捷克交給蘇俄，建議他們立刻離開。結果他們總共花了二十八天才穿越德國，晚上寄住在農舍或穀倉裏，偶爾去朋友家住。現在照顧我的寇特和莉賽特，帶著他們的女兒、女婿，和保羅的祕書丹豪福在幾個小時後，也乘坐另一輛馬車隨後出發。大部分財物都沒帶出來，令他們非常難過。泰蒂安娜和保羅帶的東西似乎也很少，到這裏後甚至連晚上蓋的毛毯都沒有。這裏的東西全在一九四三年被炸毀了。現在父母親住在巴登—巴登（Baden-Baden），在法國占領區內（小時候我們全家在那裏住了很多年）。

我聽說我們家有兩位在盟軍內服役的親戚，曾經前來詢問我們的下落，想幫我們的忙：一位是吉姆．維耶曾斯基，他現在替俄軍與法軍司令擔任聯絡官；另一位是葛吉．夏巴托夫叔叔，他是美國海軍少校，曾經擔任雅爾達會議的口譯。

一整個早上都在設法申請許可證，去法國占領區探望父母。丹豪福與我寸步不離，甚至陪我去採蘑菇。他不信任美軍；有一批人已經強占了隔壁芒恩家族的宅邸，而且舉止惡劣，把很多家具和瓷器丟到窗外，還把奧莉莉和麥德琳的衣服分送給村裏的女孩。

稍晚布萊特．芒恩出現；他剛被位在法國理姆斯（Rheims）附近的盟軍戰俘營放出來。他在德國占領期間，回巴黎管理他們家族的香檳製造業（一次世界大戰結束後交還給芒恩家族），法國人不原諒他這一點。雖然他被囚禁了四個月，幾乎沒有東西可吃，不過看起來仍然很健康。現在他和家人住在法蘭克福北邊的怡森堡（Ysenburgs）。他把我從奧地利帶回來一部分的信帶走了，答應會在法蘭克福寄出去，讓我心頭放下一個負擔。他告訴我佛瑞迪．霍茲曼在俄軍攻占柏林期間，一直搭帳篷住在樹林裏，所以現在還活得好好的。

晚上，丹豪福帶我去吉森海姆見露西．英格韓（Lucie Ingelheim）女伯爵；她現在替駐呂德斯海姆的美軍指揮官蓋文（Gavin）少校工作，亦是去年七月企圖行刺希特勒的史陶芬堡的表親。她答應替我想辦法申請去巴登—巴登的許可證。

九月四日，星期二　奧莉莉．芒恩帶著剛從英國占領區抵達的洛布科維茨（Lobkowitz）來訪。他說英軍頗守紀律，卻極不友善，而且會搶東西；像他從東歐產業帶來的那幾匹馬就被「充公」了。這裏的食物種類不太平均；有極好的葡萄酒，足夠的牛奶，自己種的水果和蔬菜，卻一點肉都沒有。但寇特仍堅持戴白手套上我們節省的餐點，在我耳邊低聲唸出葡萄酒的年分。每位僕人都爭相服侍我，急切地想在這片荒廢的產業上做點正事。

九月五日，星期三　布來特．芒恩再度帶來最新消息，艾菲．克萊里帶著莉蒂從捷克逃了出來，據說就住在附近。我會立刻開始找他們。

去村裏的補鞋匠店裏取我寄放的鞋子，回家路上撞見我在格蒙登認識的一位美軍，喬．漢姆林（Joe Hamlin）。他現在已升少校；說他在哈瑙碰見一位美國陸軍女軍官，向她提起我，說我曾經對他描述戰時柏林的情況，他本來不信，後來親自去柏林後才相信我說的話。那位女軍官告訴他，她認識泰蒂安娜，還把他們在這裏的地址給了他。於是他開車到約翰尼斯堡來找他們，想告知關於我的消息，沒想到找不著他們，卻碰到了我！他正打算直接開回奧地利，我求他載我一起去，但他不敢，因為盟軍仍禁止與德國人「友好」，而我無論如何仍被視為是德國人。不過他同意替我帶信。我們倆一起喝完保羅的一瓶葡萄酒，然後他就離開了。

下午我走路去看鄰居馬圖許卡（Matuschka）夫婦，向他們借了幾本英文書。他們一直非常幸運，美麗的城堡仍完整無缺，甚至到現在都不必供盟軍住宿，不過那跟他一直從事反納粹活動有關。

九月七日，星期五　我開始重新整理日記。「七月密謀」之後，我一直用速記寫日記，而且記得非常潦草，我怕再拖下去，會忘了當時發生的事，或者根本看不懂自己的筆跡。

九月八日，星期六　和寇特一起出去採蘑菇，結果收穫不多，因為蘑菇季節快結束了。這是個災難，因為蘑菇是肉的代替品。

喬・漢姆林回來了。他見到了泰蒂安娜和保羅・梅特涅，他們現在住在斯特勞堡的傅森堡家。他還帶了信回來；他們要我寄三百瓶葡萄酒過去，可能想當現金用。喬現在很後悔那時沒載我一起去。他即將前往柏林，會設法替我找份工作，做為載我去奧地利與梅特涅夫婦聚首的理由。如果這個計畫行不通，我便去巴登—巴登看父母。

今天漢斯・弗洛托出現了，從海德堡帶了兩位朋友來。他已開始工作，看起來很健康。柏林別後，我們一直沒見過面。他說羅瑪莉・申博格現在替美國反情報單位工作，地點就在我待在那輛火車頭裏一整夜、附近的一個村莊裏。

晚上，一名除役軍官從柯尼希斯瓦特帶了幾封信要給保羅。六週前，他和一位朋友回去，結果染上白喉，遭捷克人囚禁，後來又被放出來。聽他描述，情況並不樂觀。現在美軍仍住在城堡內，經常開派對，邀請村裏的女孩去參加。她們都帶著空皮箱去，然後滿載而歸。現在開始拿我們的衣服了。柯尼希斯瓦特的園丁寫道：「眼看美麗的城堡被如此玷污，實在心痛。」那位軍官還帶來一封羅瑪莉表親——葛蕾特・羅昂寫的信——居然以平信從捷克境內的蘇俄占領區順利寄到柯尼希斯瓦特。她和她的五位姊妹（年齡從十五歲到二十二歲不等）被迫到圖瑙的一家旅館內當僕役。捷克人洗劫了她們家族的西區洛夫城堡（一九四四年我還去那裏住過），把所有家具都搬去布拉格。我不禁想到那些由米尼亞爾（Mignard）、納蒂埃（Nattier）和里戈（Rigaud）畫的美麗家族肖像——它們全是羅昂家族在法國大革命期間從法國帶到波希米亞的寶物——不知前途如何？葛蕾特現在急著想返回奧地利與她的未婚夫團聚，現在請法蘭茲—約瑟夫．列支敦斯登王子的其中一位弟弟（他可以自由旅行），替她們想辦法。

蘇台德的德國人在一九三八年投票決定歸併德國，此刻得付出慘痛的代價。捷克人現在毫不留情地驅逐他們出境，讓捷克本國人移進他們的產業及家園。負責保羅產業的經紀人便遭到逮捕，妻小都被趕出國，而且當局不准他們帶走任何財物。梅特涅家族位於捷克斯洛伐克普拉斯（Plass）另一片產業的林務經理更慘，和他的姊姊及管家一起遭到謀殺，美國人只是冷眼旁觀。

九月九日，星期日 我的小收音機經過長途跋涉，終於壯烈成仁。送修之後，我對世界情勢新發展一無所知，只能看書和整理日記。

九月十日，星期一 整天看書、寫東西、睡覺，在美麗的樹林裏散步。其實有點詭異，因為一個人影都看不見。

九月十三日，星期四 到英格韓夫婦家吃晚餐，史陶芬堡家族的一位年輕人也在。他在達豪集中營內關了好幾個月，表示有一位參與「七月密謀」的馮．史拉布蘭朵夫（von Schlabrendorff）先生逃過一死，並保存了許多關於反納粹活動的文件，他打算出版。的確，此刻應該把真相公諸於世，一般大眾到現在對那次事件的瞭解仍相當有限，像是外傳隆美爾「自殺」的內情，最近才被揭發。記得亞當・特洛在被逮捕前，曾經考慮想讓《倫敦時報》發表全部的內幕，當時我堅決反對，深怕會對密謀者造成更不利的影響。現在情況不同了，就算是對他們的犧牲奉獻聊表敬意吧。

馮・史拉布蘭朵夫博士的著作，《反希特勒的軍官》（*Officers Against Hitler*）於一九四六年出版，成為第一本描述德國反抗活動的目擊紀錄，直到今天仍是最可靠的史實資料。

九月十四日，星期五　又有柯尼希斯瓦特的新消息。亞伯特夫婦已遭到逮捕，捷克人指控他們是間諜。為什麼他們還留在那裏？

九月十五日，星期六　今天早上向露西・英格韓借腳踏車，騎去威斯巴登拿我的收音機。路程漫長，而且空手而返。菲力浦牌的小燈壞了，無法換新的。本來帶了一瓶保羅・梅特涅的酒，打算當作修理費用，後來又得老遠拎回家。沒有音樂聽真可悲。

威斯巴登充斥駕著吉普車橫衝直撞的美國士兵，他們大多身穿盟軍制服。不過那裏跟薩爾斯堡很不一樣，一個俄國兵都看不見。城內滿目瘡痍。

回家途中在埃爾特維爾（Eltville）停留，去探望艾爾茲一家人。雅考伯的母親看起來仍然年輕美麗，她的母親勒文斯坦（Löwenstein）公主，也住在那裏，再加上其他幾位逃難的女士。我還記得在特普利茨城堡內看過薩金特替她和她美麗的姊姊，即艾菲的母親，泰瑞絲・克萊里畫的肖像。和她們現在的窘境相較，對比多麼地強烈—愛德華時代的黃金時代不再！她們告訴我，艾菲與莉蒂現在住在布朗巴赫的勒文斯坦府邸。他們被迫在特普利茨的農田裏挖了一段時間的馬鈴薯，後來平安逃了出來，唯一生還的兒子馬可斯現在被關在蘇俄戰俘營內。

九月十六日，星期日　時間又撥回一小時，我因此足足睡了十四個小時。過去幾個月的睡眠不足，現在慢慢補回來。今天上教堂做禮拜，本地神父——一位薩伏那洛拉（**譯注：**Savonarola，**十五世紀義大利強烈反教宗的宗教改革家**）派的小個子——情緒異常激動地講了一段經，痛罵納粹黨。現在才罵！……

騎單車去馬圖許卡家吃午餐。吃到一半時，約翰尼斯城堡一位女僕騎腳踏車過來找我，說有一位美國將軍開車去城堡，指名要見我。

原來是直負責指揮柯尼希斯瓦特區域美軍的皮爾斯（Pierce）陸軍准將，最近才調走，他在返回美國前，特別開車過來，想向梅特涅夫婦報告他們產業的最新狀況。現在捷克當局同意讓美國大使斯坦哈特（Laurence Steinhardt）接收城堡，做為夏季別墅，如此一來，至少可以保證城堡會繼續存在下去，也可以保存剩下的財物。皮爾斯將軍還帶來一封亞伯特夫婦寫的信，他們仍被拘留。

九月十七日，星期一　陪馬圖許卡夫婦開車轉了一整天，搞政治活動。一個新的基督教民主政黨剛剛成立。

即基督教民主聯盟（C・D・U・）；戰後該黨與巴發里亞的相對黨C・S・U，在德意志聯邦共和國政壇上交替執政。

回約翰尼斯城堡的路上，繞道施瓦爾巴赫溫泉（Bad Schwalbach），穿過圖瑙斯美麗的森林區。那兒的寧謐是如此完整、徹底，充滿了安詳平靜之感……

我的日記到此結束。

（差不多就在這個時候，我遇見了未來的丈夫，彼得・杭登〔Peter Harnden〕）。

瑪麗・瓦西契可夫—杭登

柏林 一九四〇—倫敦 一九七八

後記

蜜絲於一九四六年一月二十八日，在奧地利基茨比厄爾嫁給彼得．杭登。大戰期間，彼得在美國陸軍情報單位服役，與蜜絲相遇時官拜上尉，在巴伐利亞美國軍事政府內擔任參謀。早期參與反納粹活動，戰後成為西德著名政治家的漢斯．赫爾瓦斯（Hans von Herwarth）是參加婚禮的賓客之一。他如此描述：「由於蜜絲是正教教徒，婚禮在一座歌德式天主教教堂內舉行，由一位從蘇聯逃出的俄藉神父主持。那天豔陽高照，我們列隊走進教堂，依照俄國傳統，由我的孩子手持一座聖像前導，接著是蜜絲和身穿美軍制服的彼得，然後是三名男儐相——穿法軍制服的布羅斯（de la Brosse）伯爵上尉，以及都曾擔任過德國軍官的保羅．梅特涅和我——我們三人並輪流握住一頂極重的皇冠，放在新人頭上。每個人都強烈感覺到這場儀式的重要意義，它結合了來自四個不同國家的人，而這四個國家不久之前才在一場慘烈大戰中浴血交戰。」（摘錄自 *Against Two Evils*, Collins, London, 1981）。

彼得退伍後，便和蜜絲定居巴黎，先參與「馬歇爾計畫」（譯注：Marshall Plan，即歐洲復興計畫）一段時間，之後成立自己的建築設計公司，日後獲得國際間的讚譽及認可。彼得於一九七一年在巴塞隆納過世後，蜜絲遷居倫敦度過餘生。他們共育有四名子女，其中兩位已成家。

戰爭結束後，又過了許多個月，分散世界各地的瓦西契可夫全家才開始彼此探望，再度團聚。

蜜絲的母親於一九四八年十一月在巴黎車禍死亡；她父親則於一九六九年六月在巴登─巴登去世。

她的大姊艾琳娜戰後住在義大利。一九八〇年後定居德國。

約翰尼斯城堡的重建工程大抵完成後，泰蒂安娜與保羅・梅特涅夫婦便正式遷入定居。保羅直到近年仍活躍於各項國際賽車活動，泰蒂安娜則熱心參與紅十字會慈善工作。

蜜絲的么弟喬奇在戰後成為一名國際會議口譯，先參與紐倫堡大審，接著進入聯合國服務。婚後育有兩個小孩，目前從商。

巴伐利亞康斯坦丁王子也和其他德國「皇族」一樣，早在戰爭初期便被逐出德國陸軍，因禍得福，不僅存活下來，同時也和大部分皇族青年一樣，完成了高等教育。大戰結束後，他在德國茁壯新生的自由媒體業中從事新聞工作，同時固定赴美演講，成為第一批功成名就的貴族之一。之後又進入政界，被選為波昂國會議員。他於一九六九年死於飛機失事。

彼得・畢倫柏被逮捕後，遭受蓋世太保惡名昭彰之調查員朗格（Lange）審訊長達數月，卻始終守口如瓶。接下來，他一直被關在拉文斯布呂克（Ravensbrück）集中營的單獨監禁室內。如今他與家人住在愛爾蘭。

雖然葛弗瑞・俾斯麥在獄中不斷遭到毒打及酷刑，但他的律師成功地將他的審判拖延數月。他終於在一九四四年十月四日出現在弗瑞斯勒法官所主持的人民法庭上，結果令所有人大吃一驚，被判無罪開釋。後來大家才知道，這是希特勒親自下的命令。但蓋世太保很快又逮捕了他，並把他關進一座集中營內，直到一九四五年春天才被釋放。當時希姆萊正暗中透過瑞典關係向盟軍做求和試探，葛弗瑞在瑞典出生的姊姊安瑪麗，在瑞典則頗具影響力。戰爭結束後的頭幾年，葛弗瑞與妻子麥勒妮住在漢堡附近的家族產業中，結果在一九四七年赴約翰尼斯城堡探望梅特涅夫婦途中發生車禍，雙雙身亡。

戰爭一結束，赫伯．布蘭肯宏立即成為基督教民主聯盟政黨的創立人之一，後來並擔任該黨祕書長。他與首相阿登納關係密切，在建立西德政府與「歐洲煤礦與鋼鐵聯盟」兩項工作中都扮演關鍵性的角色。之後，他重返外交界，連續擔任駐北大西洋公約組織（一九五五）、法國（一九五八）及英國（一九六五）大使。現已退休。

葛菲德．馮．克蘭在戰後重返國際網球球壇，並與芭芭拉．赫頓（Barbara Hutton）短暫結褵。他擔任西德國際草地網球俱樂部主席多年，一九七六年在埃及死於一場車禍。

艾伯特與油基．艾爾茲都在戰後平安返鄉，如今定居奧國。

大戰結束前幾個月，海瑟．馮．艾茲朵夫奉派前往日內瓦擔任總領事，因此逃過一劫。「德意志聯邦共和國」建國後，他重返外交界，接任一連串重要職位，包括駐加拿大大使（一九五六）、外交部代理副國務卿（一九五八）及駐英國大使（一九六一—一九六五）。現已退休，住在慕尼黑附近。

一九四五年二月三日，俄軍距離柏林城外僅一百公里；同時城內卻在兩個月稍事喘息、未發生空襲（因隆冬氣候）的情況下，在白天遭受到美軍最猛烈的一次轟炸。柏林居民因毫無防備，共兩千人死亡（平均人約一噸炸彈炸死一人），十二萬人無家可歸。其中一枚炸彈正中艾伯希特王子街上的蓋世太保總部，建築毀於一炬；另一枚炸彈擊中「人民法庭」，當時希特勒的「吊人法官」弗瑞斯勒正在審問一名重要反納粹分子馮・史拉布蘭朵夫博士，結果眾法官、警衛、囚犯及觀眾一起衝下法庭掩蔽壕躲避。警報解除後，弗瑞斯勒的屍首被發現壓在一根倒塌的橫樑底下，手裏仍緊抓著史拉布蘭朵夫的檔案。戰爭末期，史拉布蘭朵夫雖然一直被囚禁在集中營中，卻因那次空襲撿回一命。

漢因斯・馮・葛斯朵夫在其手下工作多年的柏林指揮官，馮・哈斯將軍遭處決後，即被徵召加入民團。他的妻子瑪麗亞一直留在柏林，許多個月都沒有他的消息。一九四五年，她聽說他在保衛首都的最後戰役中陣亡，終於精神崩潰，自殺身亡。漢因斯本人一直活到一九五五年。

儘管在盟軍連番轟炸後，霍茲曼夫婦位於克爾岑朵夫（Kerzendorff）的鄉間別墅毀壞嚴重，但佛瑞迪卻拒絕拋下他僅剩的收藏品。俄軍抵達後，發現他與妻子萊莉躲藏在附近樹林之中。即使到那個時候，他仍不願逃走，最後終於遭到逮捕。他於一九四七年在東德集中營裏餓死；萊莉出版的回憶錄《只能哭泣》（*Nothing for Tears*, London,Weidenfeld & Nicolson,1953）成為暢銷書，但不久亦在巴西去世。

帕賈斯維奇夫婦於一九四五年八月與蜜絲分手後，先前往瑞士，然後移居南美洲。賈薩至今仍然在世。

C・C・馮・傅爾先成為美軍俘虜，後在德國地方政府內任職了幾年，接著擔任斯特拉斯城堡歐洲議會駐波昂代表將近三十年。現在過著半退休的日子，定居波昂。

於一九四一年向蓋世太保告發蜜絲母親的卡爾—腓特烈・馮・普克勒，在志願從德國陸軍調往黨衛軍後，步步高陞，官拜黨衛軍准將，兼任希姆萊手下的布拉格警察局長。一九四五年五月，布拉格剛被解放後，他便自殺身亡。

一九四四年八月三十一日，俄軍占領布加勒斯特，所有德國外交官員及家屬立刻遭到扣押。後來婦孺被釋放，但必須自己想辦法返國，男性則全被遣送到蘇聯；據說約賽雅斯・馮・藍卓便死在莫斯科的盧布揚卡（Lubyanka）監獄中。

戰爭結束後，法官里希特及其家人遷往西發里亞，他與妻子創立了一家口譯及翻譯社，生意興隆。一九四九年，他投效蓋蘭（Gehlen）中將所主持的單位，該單位後來成為根據德國聯邦共和國新憲法成立之新情報組織（B・N・D・）。他於一九七二年去世。

東尼・紹爾馬在「七月密謀」發生後的肅清運動中逃過一死，多虧他直屬指揮官仗義相助，以「蒐集進一步證據」為由，設法拖延其軍法審判。終於開庭後，大部分罪證已變成間接證據，不足以定罪，又因為他作戰負傷有功，僅被卸除軍職。他於大戰結束前幾天，設法從位於西利西亞的家族產業逃往西歐，後來成為美軍占領歐洲當局的僱員，擔任卡車司機。不久他便擁有自己的卡車，然後數量慢慢增加，最後成立自己的卡車運輸公司。現在他與家人住在巴伐利亞的一片農場上。

馮・德 蘇倫堡大使從未積極參與過反納粹活動。然而隨著德國對俄戰況每況愈下，他志願替納粹政府與史達林居中調停。蜜絲在日記中記載，一九四四年七月他受召進入希特勒的司令部，大概就是為了這個原因。但他同時亦透過馮・哈索爾大使與一些密謀者接觸，那批人未經過他的同意，逕自將他與哈索爾列入未來外交部長的人選。名單被發現後，他遭到逮捕，被關入萊特街監獄長達數月，終於在一九四四年十月四日被帶到「人民法庭」上，和葛弗瑞・俾斯麥一起接受弗瑞斯勒法官的審判。但他不如後者幸運，被判死刑，於十一月十日問吊。

羅瑪莉・中博格是另一名經過「七月密謀」奇蹟般活下來的倖存者。一九四四年，她倉促離開柏林後，便躲在薩克森的家族產業中，直到俄軍兵臨城下，才被迫逃往西方。一旦戰爭結束，她很快便在美軍反情報機構內找到工作，不久嫁給一名美國軍官，並定居美國一段時間。晚年她熱中於環保工作，一如早期她獻身於反抗納粹主義，狂熱投入。她於一九八六年七月在維也納過世。

縱然犯罪紀錄累累，黨衛軍准將賽克斯卻也因為不同的理由，成為另一種倖存者。大戰剛結束，他便與惡名昭彰的巴比（Klaus Barbie）及其他許多前黨衛軍，一同被美軍反情報機構「吸收」；但他過去的行跡很快敗露，於一九四六年春天遭到逮捕，因策畫集體謀殺行動的罪名接受審判。他一再申辯自己「只是一位科學家，從來沒作過警察」，卻仍在一九四八年被判處二十年有期徒刑。但他顯然有後台撐腰，一九五一年法庭將他的刑期減半，一九五二年，便獲大赦出獄。很快地，他又被蓋蘭將軍主持的西德情報單位「吸收」，同事中有很多都是他在黨衛軍及蓋世太保時代的舊同事；這一批人都因不同的理由，接受蓋蘭的保護，成為所謂的「專家」。賽克斯的「專長」為吸收特定的前蘇俄戰俘及難民，組成間諜小組，滲透蘇聯；同時他還擔任大財團曼內斯曼公司（Mannesmann）子公司保時捷機油公司的公關經理，做為掩護。艾希曼於一九六二年在耶路撒冷受審時，曾描述賽克斯從自詡為「知識分子」墮落成為一名集體謀殺犯，戰後又東山再起，儼然成為美國及德國政府兩邊吃香的機密顧問。

提諾·索達提戰後功成名就，在事業巔峰期，擔任瑞士駐聯合國觀察員及駐法大使。

雖然希姆萊在「七月密謀」後威脅將徹底執行連坐法報復，但史陶芬堡家族卻只有兩人喪命，即克勞斯本人和他的兄弟貝希托（海軍法學專家）；兩人都積極參與密謀。其餘的家人先被關進達豪集中營，孩童都與父母分開，以「麥斯特」這個假姓氏藏在不同的集中營內。隨盟軍逐漸占領德國，他們不斷從一個集中營遷往另一個集中營，不只一次差點就遭到集體處決，後來終於在大戰結束前四天，即一九四五年五月四日，由美軍釋放。

亞當・馮・特洛・祖・索爾茲的名字，與其他幾名在二次世界大戰中犧牲的德國人，一同被鐫刻在牛津大學巴利奧爾學院內的紀念碑上。他的寡婦克麗瑞塔於一九四四年九月被釋放，很快與小孩團聚；後來成為著名的精神病醫師，現在和兩位女兒都住在西德。

法國被解放後，亨利・德・方德夫便加入法國陸軍攻往德國；於一九四五年一月，他二十八歲的時候，在阿爾薩斯陣亡。他的兄弟菲立浦則成為戴高樂將軍的高級副官。

戰後亞歷克斯・維爾逃往蘇聯占領區，不久便遭到逮捕，在東德監獄內待了很多年。後來雖經釋放，逃回西德，並且經商致富，但健康狀態從未恢復，死於一九七〇年代中期。

西西・維爾捷克於一九四五年八月與蜜絲擁別後，很快也違背了她倆共同的誓言，嫁給賈薩・安德拉西；現在住在瓦杜茲。

大戰結束後的頭幾年，西塔・弗雷德和她的孿生姊妹迪琪與母親一起投奔住在阿根廷的娘家家族。後來西塔嫁給一位西德外交官，亞歷山大・祖・索姆斯—朗費斯王子（蜜絲曾在她一九四五年在維也納寫下的回憶片段中提起他）。他在拉丁美洲擔任大使多年，現在他們夫婦住在蒙地卡羅與慕尼黑兩地。

國家圖書館出版品預行編目資料

柏林日記／瑪麗・瓦西契可夫(Marie Vassiltchikov)
著；唐嘉慧譯．--初版．--臺北市：麥田出
版：城邦文化發行，2000〔民89〕
面：　公分．--（麥田叢書；17）
譯自：Berlin diaries, 1940-1945
ISBN 957-469-268-X（平裝）

1. 第二次世界大戰（1939-1945）

740.2747　　89018499